约1917年的卡夫卡

第一次世界大战开始时的奥地利新兵

布拉格"通往金色梭子鱼"之家，长街 18 号，自 1915 年 3 月起，卡夫卡第一次在这里有了自己的家，时年 31 岁

1913年7月卡夫卡在北波西米亚的卢姆堡附近的弗兰克施坦疗养院呆了两周。自1917年5月起这家疗养院在卡夫卡所支持并鼓吹的一个协会的支持下成立了一个"战士和人民神经治疗所"。故此卡夫卡此后也经常来卢姆堡。
上图是该疗养院今貌（1982）
下图是疗养院的学会活动室

卡夫卡母亲和二妹瓦莉 1917 年在弗兰岑斯巴德浴场

上图是卡夫卡家庭照,左起:瓦莉、母亲、父亲及外甥费利克斯,右一为艾莉
下图是弗兰岑斯巴德浴场的疗养花园

上图是举办"新文学晚会"的汉斯·戈尔兹书店
下图是马克斯·勃罗德与卡夫卡联名举办的这次朗诵晚会的广告

卡夫卡与菲莉斯当时住的"巴伐利亚宫"饭店

卡夫卡和他的小妹奥特拉经常光顾的巧特公园的观景宫

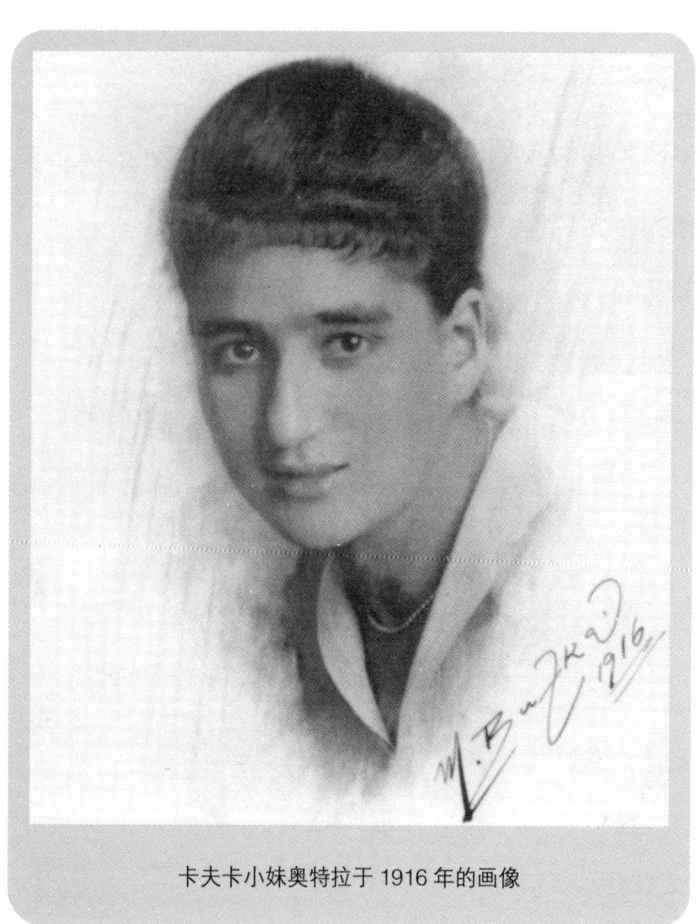

卡夫卡小妹奥特拉于1916年的画像

位于哈拉庆高地上的旧宫步道:"每当子夜时分,经过旧宫步道下行去城里,美极了。"

维茨大教堂内景（哥特式建筑）

上图是从古堡边缘看施特拉夫修道院
下图是位于哈拉庆下半坡的薛波恩宫。1917年3月卡夫卡从长街迁到这里。1917年初他在这里开始咳血

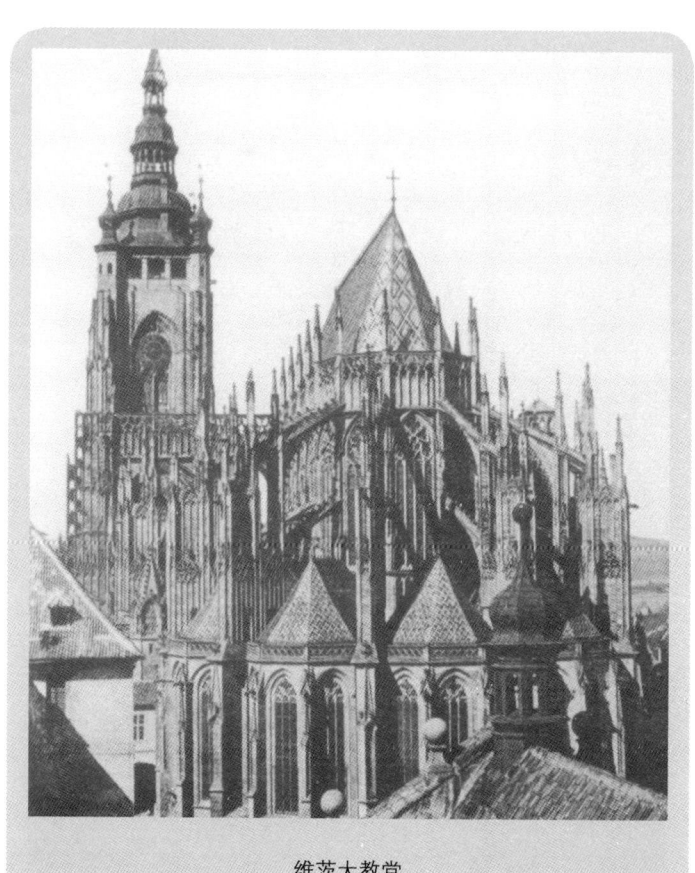

维茨大教堂

奥特拉（左）与她的表妹伊尔玛在屈劳

卡夫卡与他的小妹奥特拉在屈劳

上图是屈劳全貌
下图是屈劳市场；教堂右边被树木遮去一半的地方系卡夫卡住处，原房舍已不在。"那是波希米亚西北部唯一有钢琴的房子。"（卡夫卡的臆想）

屈劳的收获季节：左起第五个是卡夫卡的大妹艾莉；右一是她的男孩费利克斯

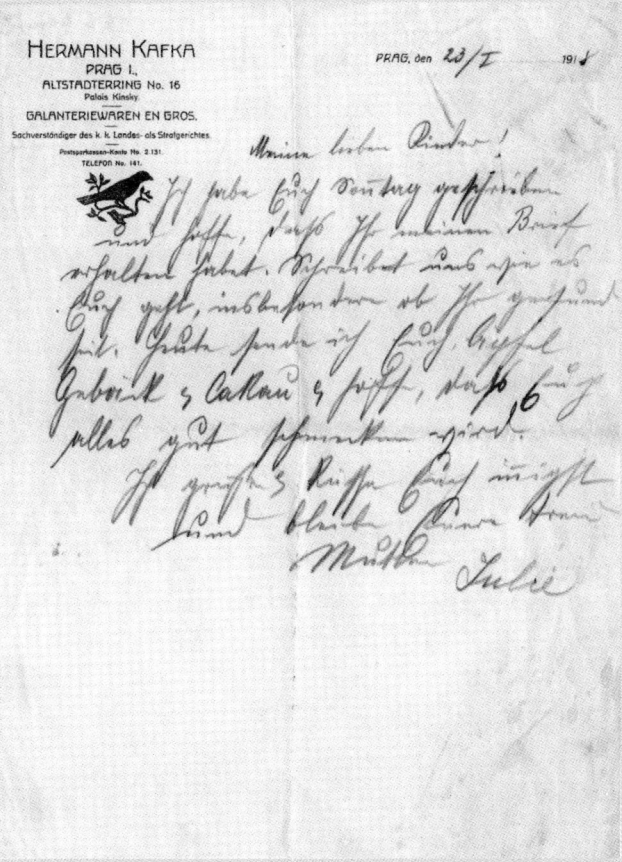

母亲寄给在屈劳的卡夫卡和奥特拉的信

plagen פֶּגַע

Plage Pest פֶּגַע

menschlich אֱנוֹשִׁי

Pflicht חוֹבָה

Verpflichtung
im Gegenteil לְהֵפֶךְ

Gefühl רֶגֶשׁ

Wert עֵרֶךְ

Leid עֵרֶךְ
Umkehrung
Verantwortlichkeit אַחֲרָיוּת

卡夫卡在屈劳练习写希伯来语

奥特拉在屈劳的照片

卡夫卡照片,从一幅合影中抽出加以放大而成

上图是屈劳村全景;见之于一张由卡夫卡和奥特拉寄给马克斯·勃罗德的明信片;
下图是屈劳村的主要入口处

上图是一帧合影，右起：卡夫卡、他的女秘书尤莉叶·凯撒（她于1917年11月前来看望卡夫卡）、小妹奥特拉、表妹伊尔玛、本村的助手马伦卡

下图是同一拨人员的合影；只是少了卡夫卡（显然由他拍照了），多了尤莉叶的新郎奥古斯特·考帕尔（刚才他拍上一张合影）

屈劳村的一对农民夫妇(从后来的墓碑拍的照片)

通向上克利村的马路,是卡夫卡最喜欢散步的一条路

从河谷的另一边眺望施居德尔旅馆

1918年9月卡夫卡住在图尔瑙,并参与马舍克的园艺活动,"这是波希米亚最大的商业性园艺场,主要是树木学校,当然已经是在走下坡路了。"(上下二图)

Gesammelte Werke Kafkas

卡夫卡全集 第7卷

〔奥〕卡夫卡 著

叶廷芳 主编

叶廷芳 黎奇 谢建文 王建政 张荣昌 译

中央编译出版社
Central Compilation & Translation Press

《书信(1922—1924)》马克斯·勃罗德编,费歇尔简装书出版社,法兰克福/美茵,1975

»Briefe(1922—1924)«, Herausgegeben von Max Brod, Fischer Taschenbuch Verlag GmbH, Frankfurt am Main, 1975

《家书》

1.《致奥特拉和其他亲属》,H.宾德尔和K.瓦根巴哈编,费歇尔简装书出版社,法兰克福/美茵,1981

»Briefe an Ottla und die Familie«, Herausgegeben von Hartmut Binder und Klaus Wagenbach, Fischer Taschenbuch Verlag GmbH, Frankfurt am Main, 1981

2.《致父母亲(1922—1924)》,J.切尔马克和M.斯瓦托斯编,费歇尔简装书出版社,法兰克福/美茵,1993

»Briefe an die Eltern aus den Jahren(1922—1924)«, Herausgegeben von Josef Čermak und Martin Svatoš, Fischer Taschenbuch Verlag GmbH, Frankfurt am Main, 1993

3.《致父亲》,选自《卡夫卡手册》,H.波里策编,费歇尔简装书出版社,法兰克福/美茵,1981

»Brief an den Vater«, aus dem »Das KafkaBuch«, Herausgegeben von Heinz Politzer, Fischer Taschenbuch Verlag GmbH, Frankfurt am Main, 1981

编者前言

这一卷包括第6卷移来的1922—1924年之间致友人的书信外，主要收集的是卡夫卡的家书。卡夫卡的家书，由于特殊原因，分三个部分刊载。

卡夫卡文学遗产的保管者和整理者在收集他的遗作的过程中，最困难、历时最长的当推他的家书了。直到1954年，马克斯·勃罗德在他第二次编完卡夫卡的全集后，仍留下一大遗憾：卡夫卡的家书依然是个空白。但很快，60年代初卡夫卡研究界就获得了重大进展，终于发现了一大批卡夫卡的家书，连明信片一共120封，其中101封是致他最心爱的小妹妹奥特拉的，9封是致父母亲的，其余的主要是致他的小妹夫和另外两个大妹妹的。这些珍贵资料经过卡夫卡研究专家H.宾德尔和K.瓦根巴赫的悉心编纂，于80年代初始与读者见面。但阅读这些书信仍令读者感到困惑，这批跨越15年时间（1909—1924年）的书信，其中致父母亲的几乎平均两年才有一封。卡夫卡纵使与父亲关系不是很谐调，但与母亲的关系始终是正常的。尤为蹊跷的是整个1922年连一封致家属的书简都没有。尽管这一年卡夫卡集中精力写《城堡》，但也不至于一封家书也不写，须知他是个勤于写信的人，事实上他这一年给其他友人的信件就不少。5年以后的1986年，卡夫卡家书之谜又一条谜底被揭开：一家布拉格的旧书店收购到又一批卡夫卡家书的原稿，一共32封，全部是致父母亲的，其中绝大多数是明信片，时间从1922年7月下旬至1924年6月2日，即作者离开人世（6月3日）的前夕。这样卡夫卡家书的连续性与完整性得到相当程度的弥补。当笔者获得这一消息时，曾欣喜万分，急切地期待着这一宝贵文献的出版。1991年编者在德国考察期间，到处购买此书而不得。一年半前当接受出版社委托负责编纂卡夫卡中译本全集时，这一著作的空缺成了一块不小的心病。今年2月，意外收到德国友人莫格博格·韦伯夫人给编者寄来的这本卡夫卡致父母的家书，真是如获至宝。韦伯夫人一向关心笔者的卡夫卡研究，经常为笔者留意有关出版消息，并寄赠笔者十分急需的书籍。她的这一友好举动，为编者顺利完成《卡夫卡全集》的编纂任务起到了"及时雨"的作用。

当然卡夫卡家书的收集并未达到完满的程度，他给他两位大妹妹的信绝不会只有这么两封；1922年以前给他父母的信也不会这么少，1922年的全部家书更不可能只有一封……这方面还有待于新的发现和突破。

照理，上述两组不同时期发现的书信应当按时间顺序互相穿插成一个整体。但考虑到二者有不同的历史命运，又有不同的重点（一个绝大多数是致奥特拉的，一个是专致父母亲的），为保持其不同的历史面貌和特点，特予分别成辑。

众所周知，卡夫卡还于1919年写过一封未到达收信者手里的长信《致父亲》。这与其说是一封家信，毋宁说是一篇政论，一篇有关社会学、伦理学、儿童心理学、教育学和文学的论文，一篇向过时了的价值观念宣战的檄文。其观点之鲜明、文笔之犀利，为一般书信所没有。它反映了时代转型期两代人之间精神上、思想上的隔阂之深，这也正是本世纪头20年表现主义运动中人们普遍关心的主题。与不少表现主义作家一样，卡夫卡在小说中强烈地表现了这一主题。这封长信可以看作是卡夫卡用书信体写的一篇创作，具有很高的文学价值和历史文献价值。无怪乎卡夫卡想托母亲转交这封信而遭到拒绝后，他就再也没有采取别的途径让父亲读到它，也没有因此把它撕毁。看来，收信人是否能读到并不是重要的，重要的是留下这样一篇文献，而这是符合作者的观点的。他认为，一切真正的文学都是"文献和见证"。鉴于这样的理由，编者没有把这封超级长信与一般意义上的家书等量齐观，而让它作为单独的一部分入集。

卡夫卡信件的落款大多很简单，往往不写时间、地点，这里译出的时间、地点都是原编者根据邮戳判断的，并一律用方括号标明。但它们在原件中就像一般的欧洲人所习惯的那样，都放在信的正文的前面右侧，如果是注明明信片的，都放在左侧。这里则根据汉语的信件款式，一律将它们移至签名之后；注明明信片的则放到最后。

本卷的注释方式与原版不同，一律采用篇末注。注释的内容除注明者外，均为原编者所为。其中《致奥特拉和其他亲属》的原编者为哈特穆特·宾德尔与克劳斯·瓦根巴赫；《致父母亲》的原编者为约瑟夫·切尔马克和马丁·斯瓦托斯；《致父亲》译自《卡夫卡手册》，原编者为海因茨·波里策。三本书根据的都是德国法兰克福/M.费歇尔袖珍本出版社分别于1981、1993和1981年出版的版本。

叶廷芳

1995年秋

目录 CONTENTS

编者前言

书信（1922—1924）

       1922 年 003

  373. 致罗伯特·克罗普施托克 003
  374. 致罗伯特·克罗普施托克 004
   375. 致马克斯·勃罗德 005
   376. 致马克斯·勃罗德 005
  377. 致约翰内斯·乌尔齐迪尔 006
     378. 致 M.E. 006
  379. 致罗伯特·克罗普施托克 007
  380. 致罗伯特·克罗普施托克 008
  381. 致罗伯特·克罗普施托克 008
  382. 致罗伯特·克罗普施托克 010
   383. 致马克斯·勃罗德 011
  384. 致罗伯特·克罗普施托克 012
   385. 致费利克斯·韦尔奇 012
    386. 致奥斯卡·鲍姆 013
   387. 致马克斯·勃罗德 014
  388. 致罗伯特·克罗普施托克 016
  389. 致罗伯特·克罗普施托克 017
    390. 致奥斯卡·鲍姆 017

391. 致马克斯·勃罗德　019
392. 致奥斯卡·鲍姆　023
393. 致费利克斯·韦尔奇　024
394. 致马克斯·勃罗德　026
395. 致罗伯特·克罗普施托克　030
396. 致奥斯卡·鲍姆　031
397. 致马克斯·勃罗德　032
398. 致罗伯特·克罗普施托克　034
399. 致马克斯·勃罗德　035
400. 致罗伯特·克罗普施托克　038
401. 致马克斯·勃罗德　039
402. 致马克斯·勃罗德　042
403. 致马克斯·勃罗德　045
404. 致 E.S.　047
405. 致罗伯特·克罗普施托克　049
406. 致马克斯·勃罗德　049
407. 致罗伯特·克罗普施托克　054
408. 致奥斯卡·鲍姆　055
409. 致罗伯特·克罗普施托克　056
410. 致 M.E.　057
411. 致库尔特·沃尔夫出版社　058
412. 致罗伯特·克罗普施托克　059
413. 致马克斯·勃罗德　061
414. 致弗兰茨·韦尔弗　062
415. 致马克斯·勃罗德　063
416. 致马克斯·勃罗德　064
417. 致马克斯·勃罗德　064
418. 致马克斯·勃罗德　065
419. 致 M.E.　065

1923 年　066
　420. 致奥斯卡·鲍姆　066
　421. 致 M.E.　067
　422. 致 M.E.　068
423. 致罗伯特·克罗普施托克　068
424. 致罗伯特·克罗普施托克　069
425. 致罗伯特·克罗普施托克　071
　426. 致奥斯卡·鲍姆　072
　427. 致奥斯卡·鲍姆　072
　428. 致马克斯·勃罗德　073
429. 致罗伯特·克罗普施托克　074
430. 致库尔特·沃尔夫出版社　074
　431. 致胡戈·贝格曼　075
　432. 致埃尔泽·贝格曼　076
　433. 致埃尔泽·贝格曼　076
434. 致罗伯特·克罗普施托克　077
435. 致罗伯特·克罗普施托克　078
　436. 致蒂勒·勒斯勒尔　079
437. 致罗伯特·克罗普施托克　081
　438. 致马克斯·勃罗德　082
439. 致罗伯特·克罗普施托克　083
　440. 致马克斯·勃罗德　084
　441. 致马克斯·勃罗德　084
　442. 致卡尔·塞利希　085
443. 致罗伯特·克罗普施托克　086
　444. 致马克斯·勃罗德　086
　445. 致马克斯·勃罗德　087
446. 致罗伯特·克罗普施托克　088
447. 致罗伯特·克罗普施托克　088

448. 致奥斯卡·鲍姆 089
449. 致马克斯·勃罗德 089
450. 致马克斯·勃罗德 090
451. 致马克斯·勃罗德 091
452. 致卡尔·塞利希 091
453. 致费利克斯·韦尔奇 093
454. 致马克斯·勃罗德 093
455. 致罗伯特·克罗普施托克 094
456. 致马克斯·勃罗德 095
457. 致库尔特·沃尔夫出版社 098
458. 致罗伯特·克罗普施托克 098
459. 致马克斯·勃罗德 099
460. 致罗伯特·克罗普施托克 101
461. 致罗伯特·克罗普施托克 102
462. 致马克斯·勃罗德 103
463. 致马克斯·勃罗德 104
464. 致瓦莉·波拉克 105
465. 致马克斯·勃罗德 107
466. 致库尔特·沃尔夫出版社 109
467. 致费利克斯·韦尔奇 110
468. 致马克斯·勃罗德 110
469. 致库尔特·沃尔夫出版社 111
470. 致马克斯·勃罗德 112
471. 致奥斯卡·鲍姆 114
472. 致罗伯特·克罗普施托克 115
473. 致库尔特·沃尔夫出版社 116

1924 年 116
474. 致马克斯·勃罗德 116

475. 致罗伯特·克罗普施托克　120

476. 致费利克斯·韦尔奇　121

477. 致莉瑟·卡茨内尔松　121

478. 致路德维希·哈尔特　122

479. 致路德维希·哈尔特　123

480. 致罗伯特·克罗普施托克　123

481. 致罗伯特·克罗普施托克　124

482. 致罗伯特·克罗普施托克　126

483. 致马克斯·勃罗德　127

484. 致罗伯特·克罗普施托克　128

485. 致罗伯特·克罗普施托克　128

486. 致马克斯·勃罗德　129

487. 致马克斯·勃罗德　130

488. 致马克斯·勃罗德　130

致奥特拉和其他亲属（1909—1924年）

1909年　135

1. 致奥特拉　135

2. 致奥特拉　136

3. 致奥特拉　136

4. 致奥特拉　137

1910年　138

5. 致奥特拉　138

1911年　138

6. 致埃莉和卡尔·赫尔曼　138

7. 致奥特拉　139

8. 致奥特拉　139
9. 致奥特拉　140
10. 致奥特拉　141
11. 致奥特拉和瓦莉·卡夫卡　141
12. 致奥特拉　142
13. 致奥特拉　142

1912 年　143
14. 致尤丽叶、赫尔曼、瓦莉和奥特拉·卡夫卡　143
15. 致奥特拉　144

1913 年　144
16. 致奥特拉　144
17. 致奥特拉　145
18. 致奥特拉　146
19. 致奥特拉　147

1914 年　148
20. 致奥特拉　148
21. 致奥特拉　149
22. 致尤丽叶和赫尔曼·卡夫卡　149
23. 致奥特拉　152

1915 年　153
24. 致奥特拉　153
25. 致奥特拉　153
26. 致奥特拉　154
27. 致奥特拉　155
28. 致奥特拉　155

1916年		156
29. 致奥特拉		156
30. 致奥特拉		156
31. 致奥特拉		157
32. 致奥特拉		157
33. 致奥特拉		159
34. 致奥特拉		160
35. 致奥特拉		160

1917年		161
36. 致奥特拉		161
37. 致奥特拉		162
38. 致奥特拉		164
39. 致奥特拉		165
40. 致奥特拉		166
41. 致奥特拉		167
42. 致奥特拉		168
43. 致奥特拉		169
44. 致奥特拉		170
45. 致奥特拉		170
46. 致奥特拉		173
47. 致奥特拉		174
48. 致奥特拉		175
49. 致奥特拉		177
50. 致奥特拉		178
51. 致奥特拉		179
52. 致奥特拉		180
53. 致奥特拉		180

54. 致奥特拉　183

1918 年　186

55. 致奥特拉　186
56. 致奥特拉　187
57. 致奥特拉　187
58. 致奥特拉　189
59. 致奥特拉　190
60. 致奥特拉　190
61. 致奥特拉　193
62. 致奥特拉　195
63. 致奥特拉　197
64. 致奥特拉　197
65. 致奥特拉　198

1919 年　200

66. 致奥特拉　200
67. 致奥特拉　200
68. 致奥特拉　203
69. 致奥特拉　207
70. 致奥特拉　209
71. 致奥特拉　210
72. 致奥特拉　210
73. 致奥特拉　213
74. 致奥特拉　214
75. 致奥特拉　215

1920 年　216

76. 致奥特拉　216

77. 致奥特拉　**217**
78. 致奥特拉　**220**
79. 致尤丽叶、赫尔曼和奥特拉·卡夫卡　**223**
80. 致奥特拉　**225**
81. 致奥特拉　**226**
82. 致奥特拉　**228**
83. 致奥特拉　**229**
84. 致奥特拉　**231**
85. 致奥特拉　**232**
86. 致奥特拉　**233**
87. 致奥特拉　**234**
88. 致奥特拉　**234**

1921 年　**238**
89. 致奥特拉　**238**
90. 致约瑟夫·达维德　**241**
91. 致奥特拉　**242**
92. 致约瑟夫·达维德　**248**
93. 致奥特拉　**249**
94. 致尤丽叶和赫尔曼·卡夫卡　**251**
95. 致奥特拉　**253**
96. 致奥特拉　**257**
97. 致奥特拉　**261**
98. 致奥特拉　**263**
99. 致奥特拉和约瑟夫·达维德　**265**
100. 致尤丽叶和赫尔曼·卡夫卡　**268**
101. 致奥特拉　**268**
102. 致奥特拉　**269**
103. 致约瑟夫·达维德　**270**

	1923 年	272
	104. 致奥特拉	272
	105. 致奥特拉	273
	106. 致奥特拉	273
107. 致约瑟夫·达维德		275
	108. 致奥特拉	276
	109. 致奥特拉	278
	110. 致奥特拉	279
	111. 致奥特拉	280
	112. 致奥特拉	281
	113. 致奥特拉	282
114. 致奥特拉和约瑟夫·达维德		285

	1924 年	290
	115. 致奥特拉	290
116. 致尤丽叶和赫尔曼·卡夫卡		292
117. 致尤丽叶和赫尔曼·卡夫卡		292
118. 致尤丽叶和赫尔曼·卡夫卡		293
119. 致尤丽叶和赫尔曼·卡夫卡		296
120. 致尤丽叶和赫尔曼·卡夫卡		297

致父母亲（1922—1924 年）

	1922 年	301
	1. 致父母亲	301

	1923 年	303
	2. 致父母亲	303

3. 致父母亲　304

4. 致父母亲　304

5. 致父母亲　307

6. 致父母亲　307

7. 致父母亲　308

8. 致父母亲　309

9. 致父母亲　310

10. 致父母亲　311

11. 致父母亲　312

1924 年　313

12. 致父母亲　313

13. 致父母亲　314

14. 致父母亲　317

15. 致父母亲　318

16. 致父母亲　320

17. 致父母亲　321

18. 致父母亲　322

19. 致父母亲　323

20. 致父母亲　324

21. 致父母亲　325

22. 致父母亲　325

23. 致父母亲　326

24. 致父母亲　327

25. 致父母亲　327

26. 致父母亲　328

27. 致父母亲　329

28. 致父母亲　329

29. 致父母亲　330

30. 致父母亲　331
31. 致父母亲　332
32. 致父母亲　334

致父亲

致父亲　338

附录一：《致奥特拉》原编者序　379
附录二：《致奥特拉》原出版者跋　382

书 信

(1922—1924)

叶廷芳 黎奇 谢建文 译

1922 年

373. 致罗伯特·克罗普施托克

亲爱的罗伯特：

又是一封责备信，我是这么理解的（那种德语——但这不是不理解的原因——与以前相比有点特别，倒不是不正确，完全不是，但却是特别，就好像您很少同讲德语的人待在一起似的），您非得不断地责备我吗？我加在自己头上的责备难道还不够多吗？在这方面我还需要别人帮我一把吗？但我当然是需要有人帮我一把的。其实您是有道理的，我在一次不断恶化的真实的沉船事故中拼命找着一根虚幻的横梁，以致我也许对其他一切的干扰只生气。尤其是信件，无论是男人还是女人的来信，信件能使我愉快、感动，使我崇敬欣赏，但以前我觉得它们的数量比我所需要的多得多，太多了，使得我现在不再能把它们视为生活的一种重要形式。我没有被书信所欺骗，但我用书信欺骗着我自己，整堆信件最终被付之一炬时会产生一种温暖，而在此之前好几年，我实际上已经用这种温暖在温暖着自己了……

马克斯的长篇小说[①]对于我有着重大的意义。可惜我不能把有些内容（比如那个间谍故事、那个青春时代的日记的故事）从您的眼皮底下抽掉，让您能够看到这本书的深处。至少在我看来，这些故事是妨碍这一点的，但对于这部长篇小说，它们却是必不可少的，这正是它的弱处。您不妨花一番力气透过它们去看实质，这是值得的。

对《山羊之歌》您只字未提。

您也许收到了有关钱币的调查报告吧。

---

① 指 M. 勃罗德的《弗兰兹或一种二等爱情》，慕尼黑 1921 年出版。

明天我要寄几本杂志来，《火灾星》我只收到了第1期。星期五我去斯平德尔米勒，呆14天。但愿这段日子比近来无眠的3周好过。在过去的3周中，事情发展到了极限。这种极限我在玛特拉尚未遇到过。

您将怎样设计您的未来？我还没有找到住房，不过，据马克斯（数天前在伊姆卡做过一场报告）讲，在伊姆卡附近，可寻到为大学生们而设的、美妙、安静、舒适的消闲处与书房，及躺卧场所和浴室等等，但无过夜的住所。

祝您生活愉快！请代向格劳伯尔致以衷心的问候！

卡 上

〔1922年1月底于布拉格〕

374. 致罗伯特·克罗普施托克

亲爱的罗伯特：

在斯平德尔米勒，环境绝妙。头几天还好，可现在失眠了，失眠以至于绝望。不然，我可滑雪、登山。山够高，且陡，但不会对身体有特别的损害。我未注意温度计。奥特拉也许已写信告诉您下学期什么时候开学。祝您生活愉快！再见！在经历了一年半的山区生活、荒凉的山区生活后，您现在又投身于城市的怀抱了！

卡 上

〔明信片：1922年1月底—斯平德尔米勒〕

---

① 指《火灾星。创作、批评与版画艺术之页》，由海因里希·爱德华·雅各布发行。

375. 致马克斯·勃罗德

亲爱的马克斯：

这里给人留下的第一印象很好，远胜于玛特拉；在我的第二印象中，此地的精灵们苏醒过来。但我很满意，这儿太妙了。若能保持这样子，我会康复的。我已乘雪橇滑过雪啦，或许甚至还会尝试一回滑雪板滑雪。祝生活愉快！近段日子你给了我很多帮助。我期盼着从杉道来的消息。

你的

〔风景明信片，邮戳：1922.1.31—斯平德尔米勒〕

376. 致马克斯·勃罗德

最亲爱的马克斯：

你不能来此逗留几日，非常遗憾。不然，如果走运，我们可整日爬山、乘雪橇滑雪（也许还可用滑雪板滑雪？迄今我已滑出了五步呢！）和写作；尤其是通过写作，我们会得到期望的结局，一个宁静的结局，并很快会到来的。难道你不想这样么？我现在的情形有如身处文科中学，老师来回踱步，全班同学做完功课回家去了，只我一人还在费力地继续增加我数学作业中的根本性错误，而让好心的老师等待。当然，这一点像所有对老师犯下的罪过一样，也会造成恶果。

到现在为止，我已度过五个美妙的夜晚，但第六夜、第七夜很糟，我的假身份露馅了。

你的

〔明信片邮戳：1922.2.8—斯平德尔米勒〕

377. 致约翰内斯·乌尔齐迪尔*

尊敬的乌尔齐迪尔先生：

衷心感谢您寄来的书①它在实质内容上，但也在结构上使我感到很像伊万·伊里奇②！首先是韦尔弗的非常简单而又非常可怕的真实性（那可怕的"愉快的欺骗欲"），再就这位年轻人之死，那持续了三天三夜的喊叫，事实上人们什么声音都没听到，等到能听见时，人们实际上已经走出几个房间的距离了。除此之外，没有别的出路。再就是您那笔力雄健、并因而带来很多安慰的编后语。假如不是它来得太迟（这是安慰的天性所决定的），在死刑执行后才来，人们当然宁可把自己痛打一顿。伊万·伊里奇的经历也不外乎如此，只不过在《遗著》中更清楚，因为每一个阶段都特别地人格化了。

致衷心的问候！

卡夫卡　上

〔1922年2月17日于斯平德尔米勒〕

378. 致 M.E.

自某日光浴场衷心问候！　卡夫卡

亲爱的闵策：

我是从布拉格给您写信的。我度过了一段艰难的日子，毛病不在肺上，而在神经方面。您的信，我最近才收到，因为信都寄到了办公室，而我又许久未去那儿了。

---

* 布拉格的德语作家。
① 指乌尔齐迪尔编的《卡尔·勃兰德——一个青年的遗著》，勃兰德是1918年去世的布拉格青年作家。
② 指托尔斯泰的小说《伊万·伊里奇之死》。

祝你一切顺利！

卡夫卡　上

〔风景明信片"巨人山之冬"。

邮戳：1922.2.22—维也纳〕

379. 致罗伯特·克罗普施托克

亲爱的罗伯特：

　　我偏巧在斯平德尔米勒多待了几天，那儿的事情也不想再写了。这阵子白天人很倦，一到家就来了那封电报，是母亲的回电，所以字句与往日不同。接着收到了皮克（我对他恼火，或者他生我的气，他对我的了解，不过是前天我俩在一条巷子里擦身而过）的电报，继而是那些信函，这一切在我是一种折磨人的羞愧，还望见谅。今天上午护照退回来了，我即刻去交涉，事情并非那么简单，没有什么事情是这么简单的。他们对我说，这护照已延至一本护照所能有的最长有效期，该申请签发一份新的了，而且为此需要一张新照片。我并不是说，某个手握权柄的人或者一名外交官也办不成护照延期一事，只是要告诉您，我因您的布达佩斯之行、因直达列车、因您的窘困而作的一番申诉，听起来只是亲切友好，但未起通常的作用。因此，罗伯特，您还得寄张照片来。您没有贫困证明书么？疗养院的结账单上写些什么？您为何附上这账单？

　　衷心问候！

您的　卡夫卡

〔邮戳：1922.2.23—布拉格〕

380. 致罗伯特·克罗普施托克

亲爱的罗伯特：

这根本算不得什么，稍稍细察一下您信中的真实内涵，一切即刻就有转机。您恰恰只应知道，您是在给患精神错乱的人中一个可怜的小人物写信（医学毋庸置疑的一项功绩，便是引入了"神经衰弱"这一令人宽慰的概念来替代"精神错乱"一词，不过，因此给治疗造成了困难，此外还留下一个悬而未决的问题：是身体虚弱与疾病导致精神错乱，还是更确切地说，身体虚弱与疾病即为精神错乱的一个阶段，意味着人准备走向不洁魂灵的安息与快乐之所），而且，别人如果不承认这点（但在其他情况下，基本上够了），便是在折磨他。——今天在护照办理处，我什么也未办成，尽管去那儿比上次早，但那地方挤满了人，我让人草草打发走了。明天我要早点儿去。至于免费，希望不大，我妹妹，如她所述，上次已试过一回，结果只是徒然。您不必给我寄贫困证明书了，寄一张照片来，挑张神态俨然如贵族公子、如某个卢登道夫少爷的照片吧。

致

最诚挚的问候！

卡 上

〔明信片，邮戳：1922.3.1—布拉格〕

381. 致罗伯特·克罗普施托克

亲爱的罗伯特：

很久没写信了，我知道，但我必须首先让您有时在来信中既亲切又恶狠狠地在我心中造成的羞惭有时间消失。

我始终感到最奇怪的是，您不时抱怨您在人们眼里（您称之为"亲切的好人们"）的地位。我还觉得"亲切的好人"这话很像您自己的写照。但由于我读到的是已经写下的，而又不是我写的这几个词，它使我感到与其说是真实的，不如说是可笑的，这是一种献给人类的生日祝词，含有许多掩去言辞本身的阴谋诡计。

现在您的第三封信已经寄到，有那么多问题没有答复，我对那些答案一无所知，只感到疲倦。我只能说，您来吧，走出那把您油都晒干的玛特拉，走入人群中，走入您远远超出您自己的论断、能够非常出色地应付、引导和使之兴奋起来的人群中吧。您将会很快认识到，在您的信中，在您手底下的信中形成的、在玛特拉时还不存在的幽灵也许就是我，而它又是吓得我拔腿逃遁，吓得我永远沉默的东西（并非它本身是可怕的，但与我联系起来就是如此）；您将毫无痛苦地认识到，它是不存在的，而存在的只是一个令人难以忍受的、整颗心埋葬在自己体内的、用别人的钥匙把自己锁在屋里的人。但这个人有目可视，他将对您迈出的每一步深感高兴，对您与冲击着您的世界的巨大冲突深感高兴。别的情况吗？为了拯救我不受人们称之为"神经"的那东西之苦，一段时间来我开始写点东西，大约从晚上 7 点开始坐在桌旁，但这算得了什么呢？只不过像一个在世界大战中用指甲挖出来的掩体，下个月连这也得停下来，办公室的日子将开始了。

祝您在布达佩斯旅行愉快！

向伊龙卡问好！不管怎么样，情况终是可悲的。那些不良的壮举：解除婚约，放弃，抗拒父母意志——做得是这么少，而禁锢了那么多。

卡

我有些书，我很想把它们借给您读，但邮寄太麻烦，且有风险，因为它们不是我的。

〔1922 年春于布拉格〕

382. 致罗伯特·克罗普施托克

亲爱的罗伯特：

译作我已交给费利克斯，可他不知道是否该把译作带上。据说布拉格日报上刊登了类似的作品，只是没有这么多有趣的细节。不管怎么说，应当感谢费利克斯。

我刚给一位小姐写了封信，这是很长一段时日以来所写的第一封信，但谈的内容只是一项恳求，恳请她停止令我绝望的钢琴弹奏。在这地球上，我所要的那份深深的安宁，是不存在的。至少，我想有一年时间藏身于我的创作，不与任何人说话。那种最微不足道的琐事在损害我。

办公室工作月底才开始。但医生现在提出了异议，我不知道事情会怎样发展。不过，依我的感觉，肺部经受春天，不如秋、冬顺遂。

伊雷妮小姐在这儿。她明显变年轻了，变漂亮了（除了她用以盖住秀发的塔特拉便帽，在玛特拉，她也总戴顶我以为难看的白帽子，这次则是顶灰色的。这些我可不敢给她讲）。她可能不太喜欢我有时昏昏然的疲乏状态。但我对她则有一份喜爱，内心里对您的行动表示祝贺。

怎样安排您在这里的住宿呢？我一直还未能找到解决办法。但愿宿处有望。

您的 卡

附寄的评论也许会引起您的兴趣。不过，评论尚不能撩起人阅读该书的兴致，至少在我是如此。

〔1922年5、6月间于布拉格〕

383.致马克斯·勃罗德

亲爱的马克斯:

我已惬意地安顿下来,这自然多亏了奥特拉①贡献出来的那些令人难以置信的舒适设备。不过,即便没有这些设备,此地也很好,"就我迄今为止所见"(因为说话不可"说错"),这儿比任何消夏处都安静,"如此等等"。起先,在途中我曾对乡村有过怯意。城里按说应无甚可看,去布吕厄么?可只是在城里才有点儿看头,因为从火车车窗前掠过的一切,要么是墓地,要么就全是——如果可能的话——从尸身上长出来的东西,而城市充满活力,与此截然不同。但第二天这里就相当好了;与乡村打交道,感觉是奇特的。我坐快车来,喧声响处,货车大概到了。它头一天没来,第二天才到。下午睡不成觉,姑以思考打发时光。我在想,于新建筑物旁你在怎样写《弗兰齐》。祝你创作顺利,让那河流奔腾吧。——在办公室里我发现了一封已来一月半之久、很友好且令人极感羞愧的信。我的自我判决包含两个观点,一点在于自我判决是事实。如果我能从沃尔夫的抽屉里取出那个令人作呕的小故事②并将其从他的记忆中抹去,那么,这种自我判决作为事实会使我感到高兴的。他的信在我看来是不易懂的。另一点则在于自我判决不可避免,方法策略也不可避免,同时这么作比方说会令沃尔夫无法做到同意我的自我判决,而且他的不赞同不是出于他在我面前肯定不必采用的虚伪态度,而是出于方法上的考虑。我总是对此惊讶不已,例如抄写员吧,他的自我判决照样包括有事实和不可避免地也要讲究方法这两点,可他不是在事实上(事实未带来成果,事实仅毁灭被毁者)而是在方法上未取得成效。之所以如此,许是因为实际的困境妨碍了他,致使此类蛛网效果不得产生。

这是何等细致的探究哦!有些事情,唯有审核者才可深思。且以这样一句话来结束这封信吧:"我究竟讲了些什么呢?"

你的

〔两张明信片,寄到邮戳:1922.6.26——普拉纳和卢茨尼茨〕

---

① 卡夫卡又到了妹妹奥特拉处。这次是在捷克乡村逗留。
② 指《第一个痛苦》。卡夫卡1922年5月将其交给库尔特·沃尔夫于《守护神》上刊载。

384. 致罗伯特·克罗普施托克

亲爱的罗伯特:

多亏了您的帮助,旅行才非常顺利,只是同车厢的那位小姐,因为我对您未能同行(您刚开始似乎想一起走来着)所表示的失望,而不能原谅自己。我在这里受到了很好的接待。奥特拉让我衷心问候您。她对我的照顾不亚于对薇拉的操心,真是够多的了。但普拉纳的人与动物生气勃勃,所以也免不了喧嚷。喧闹声将我从睡眠中惊醒,使我头脑一片混沌。不然这儿是很美的,森林、河流与花园美极了。有副耳塞,至少起点安慰作用;将它塞入耳内,今早虽未能挡住一名农家小伙子礼拜日吹出的圆号声,但也促使他最终停止了吹奏。为什么一个人的欢娱每每总得干扰另一个人的欢悦呢?奥特拉同孩子和女佣一道,将我的"挨桌座"也从她那有两扇窗户的、到目前为止算是大的、温暖的房间推到了一间凉爽的小屋里,而我则端坐于大房间,为一多口之家的快乐而受罪。那家人几乎是在我窗下翻晒干草,他们制造着无恶意的噪声。

您过得怎样?

卡 上

〔明信片,邮戳:1922.6.26—普拉纳〕

385. 致费利克斯·韦尔奇

亲爱的费利克斯:

假如我没有搞错,你也许已经在舍列森了吧?我记得有一次你称 7 月为工作月。但愿它成为非凡的月份!当时我真不愿同你分手,而且我那时在剧院里还做了件蠢事,把台本借给你了。这一行动使我达到两个目标:你不再关心我的问题;我再也收不回这本台本。但那天晚上的活动是美好的,对吗?剧本①比演出更美吗?比如这个场面,外面响起了

---

① 指果戈理的《钦差大臣》。

雪橇的铃声,迅速地又得到两个情妇的克拉斯塔可夫本来已几乎忘了启程的事,铃声提醒了他,他急忙带着那两个女人夺门而出。这个场面犹如扔到犹太人口边的诱饵。也就是说,犹太人几乎不可能不带伤感地去想象这个情景,甚至不可能不带伤感地加以复述。如果我说"外面响起了雪橇的铃声",听上去是伤感的,马克斯的评论也是伤感的,但剧本却毫无伤感的痕迹。——我在这里过得还可以,要是世界上没有那么多噪音该多好!但愿你在舍列森觉察不到这个问题。——祝你和夫人以及孩子一切顺利安好!

你的 F

〔明信片,1922年6月末于普拉纳〕

386. 致奥斯卡·鲍姆

亲爱的奥斯卡:

如果你写信来,我打算报名,于7月20日左右离开此地。我已拿到护照。新的护照发放改革令人惊异,官僚机构所能做到的办事效率的提高,也就是说,必要的、不可避免的、产生于人类天性之本源(与我相比,官僚机构比其他任何一个社会机构都更贴近这个本源)的办事效率的提高,对自个儿摸索前行的解释来说,是实现不了的。不然描述那些细节便太冗长乏味了,也就是对你来说太冗长乏味了。在官僚机构楼梯上拥挤的人群中,你用不了两小时就会因机构的新型运转方式而感到愉快的,而且,在领取护照,回答某个无关紧要的问题时,你已在真正的深深的敬畏中(还有在通常的畏惧中,不过自然也在那种深深的敬畏中)发抖。

哦,不要将我相忘于盖奥尔根塔尔,但你们也别在找住所时太累了。如果找不到住所,在我则是个伤心的消息,但也不是什么不幸事,只要这世界每月的索价不超过1000克朗,那么,世界对一个退休的公职人员还是敞开着怀抱的。

〔1922年6月底于普拉纳〕

387. 致马克斯·勃罗德

亲爱的马克斯：

从你的信中找出忧郁情绪的实质并不容易。你告诉的细节几乎不够。首先，那部中篇小说还在，难道这不足以证明自己的生活么（不，这不够）？但靠那部中篇小说生活难道不够么？靠中篇小说生活够了，够了，足以让人愉快地生活，安享用六匹马拉的马车。那么其他的事情呢？E写信没规律，但如果仅此而已，如果内容无可指摘呢？罗森海姆的信是德赖马斯肯出版社一个外交上的错误，不是吗？因此也得从外交上纠正。是可怕的消息吗？你认为与拉特瑙谋杀案有点不同？令人费解的是，别人竟让他活这么久。两个月前布拉格就谣传他被杀了。明策尔教授散布这个谣言，传闻极为可信，它完全属于犹太人和德国人的遭遇，在你的书中已有详细描述。不过，这里说得太多了，事情已大大超出我的视野。即便是我的窗子这么大一圈视界，对我来说也太大了。

我现在获悉政治消息的方式仅仅是通过布拉格晚报，这实在是出类拔萃的形式。但愿不要令我生气地寄来另一种报纸供我吞食。如果只读这份报纸，那么对世界形势所获悉的就像通过新自由报的报道对战争时期情况所获悉的那样。根据这份晚报的介绍，现在整个世界就像当初的战争一样平静，还不等人们产生忧虑，它已经为人抹去了。现在我才看到了这份报纸上你的文章的真正立场。先设想一个前提，有人读你的文章。在这前提下，你找不到比这份报纸更好的环境了，前后那些页中没有任何捣乱因素插入你的话语中，你周围一片寂静。而在这里读这些文章，是一种非常美妙的同你接触的方式。我读这里的文章是根据情绪而定的，我觉得斯美塔纳和斯特林堡写得感情过于克制，但"哲学"① 则既清楚又出色。我觉得，所谓"哲学"的症结其实就是犹太人的问题综合体，这一综合体产生于这么一种混乱现象：与事实相反，当地人让人

---

① 这里指勃罗德的三篇文章：评论斯美塔纳的《秘密》（载《布拉格晚报》1922年6月23日）、评论斯特林堡的戏剧《女王克里丝汀》的"凶狠的女人"（载1922年6月22日）和《问候的哲学》（载1922年6月26日）。

觉得太陌生；与真实情况相反，犹太人让人觉得过于亲近，以致人们无论对前者还是后者都不能正确地、平衡地对待。这问题在乡村更加突出，在这里，素不相识的人也有互相问候的时候，但只是一些人这么做。如果有个年长的、令人起敬的人肩上扛着把大斧子在公路上走过你身边，那么无论你怎么努力，也不可能回头追上去补致问候。

假使环境安宁，此地会是很美的，可一天只有数小时的安静，这就远远不够了。没有"作曲小屋"，但奥特拉对我照顾极其周到（她让我代为问候你。在她正为一个做得不太成功的蛋糕而悲伤时，你的问候给了她很大的安慰）。例如今天就是个不幸的日子。一名劈柴人为房东太太劈了一整天木柴。他用手臂和头脑忍受了一整天的东西（这点叫人觉得不可思议），我用耳朵却根本不能忍受，甚至带上耳塞也不行（效果也不是很差）。将耳塞塞入耳内，虽然听到的噪音与以前一样多，但随着时间的推移，脑袋已轻微麻木，受到感觉不灵敏的保护，嗯，现在感觉不到什么了。孩子们的吵闹和其他噪声也置若罔闻了。而且今天我得换几天房。我至今住着的这间房很漂亮，宽敞而明亮，有两扇窗子，视野开阔，但不像旅馆，室内设备十分简陋，可说是"空空如也"。

这样喧闹不休的日子我还将度过一些天，一些天是肯定的，也许会有很多天。在今天这个日子里，我的感觉是自己被逐出了这个世界，不是像以往那样被逐出一步之遥，而是成千上万步远。——凯瑟尔①的来信（我没有答复他，为了列出毫无前景的以非德语发表的作品显得太小家子气）当然是使我高兴的（需要和虚荣心是多么善于舔这种事情的手啊），但他并非不为我的方法所动。那篇小说②也是过得去的，我这里说的是寄给沃尔夫的那篇，一个无偏见的人对它的价值是不会怀疑的。

向你和两位女士问候。也问候费利克斯，可惜我未能与他道别。

你的

〔据寄到邮戳的日期：1922.6.30—普拉纳〕

---

① 指《新周报》编辑鲁道夫·凯瑟尔。他的来信谈的是打算发表卡夫卡小说《饥饿艺术家》的问题。
② 指《饥饿艺术家》。

〔旁注〕据说普赖索瓦①太太住在这里。我很有兴趣同她谈谈,但对这样一次行动,同样也很感恐惧与不安。她也许极高傲,也许与我一样,对每一次打扰都感到绝望。不,我不想同她谈话。

你将怎样答复凯瑟尔呢?豪普特曼与你如此接近,你是不可能拒绝写文章评价他的。

388. 致罗伯特·克罗普施托克

亲爱的罗伯特:

非常感谢您给我寄报纸来,但没有寄来的必要,晚报我每天都收到,这是一份内容充实的报纸,并通过马克斯的文章充实得无以复加,那长篇小说摘要我至少有时也能收到。我倒是想请求您,如果有新的一期《火炬》②出来(它已经很久没出了),如果不太贵,您读完后寄给我,我不想错过这份一切善的和恶的欲望的甜食。——《什赛修·尤代卡》③,您信里谈到的是它吧?如果您这么做,我将很高兴,如果德语不行,那么就用匈牙利语。我无能为力;倘我试着这么做,我的手马上就会沉重地垂下,尽管我当然像所有人那样或许想对此谈些什么。在我的血液中或许会有一个犹太法典学者的成分。但它不能给我以充分的鼓舞,所以我向您求助。您不一定非拒绝不可,我需要的只不过是对呼唤的回答。有朝一日能在德国的、但并不完全陌生的草地上以犹太方式放牧牲畜,一定会很有吸引力,确实是有吸引力的。

卡

〔1922年6月30日于普拉纳〕

---

① 指加布里勒·普赖索瓦。雅纳泽克曾根据她的剧作为自己的歌剧《耶努发》写脚本。
② 由卡尔·克劳斯主办的一个刊物。
③ 汉斯·布吕厄的《什赛修·尤代卡》一书是卡夫卡十分喜爱的(1922年出版)。

389. 致罗伯特·克罗普施托克

亲爱的罗伯特：

在这点上，您当然完全有权利，如果别的事以这种专制的方式让您忙个不停，那么，除此之外，便没有其他任何东西能占得一席之地，您和所有其他人就只得照着办了。按我的提议，我也不想要求您参加一项在任何情况下都是决定性的竞赛，比方说加入巨人与大卫王之间的争斗，而只是敦促您从旁观察巨人，确定力量的对比，知己知彼，以逸待劳，作一项永远能做的工作，不用花时间，您总是处于高兴得要命的清醒状态。在此种状态中，一切必然显示出代表性。批评家表态对此大概也不合适。此外由基督教社会报出面吗？关于马克斯作品的翻译问题，您得到了答复吗？

奇怪的是，性格如此内向的姑娘居然写了这么一封长长的信。我无法想象出她的样子。

谢谢您寄来布拉格的报刊。我不需要那部在晚报上刊载的长篇小说，您要读吗？

妹妹肯定会在赫勒劳停留的，也许今天到那儿，诺伊施泰特尔太太已回信给她。

奥斯卡未寄来只言片语，他沉浸在他那图林根的幸福中，把我忘了。

卡　上
〔1922年7月初于普拉纳〕

390. 致奥斯卡·鲍姆

亲爱的奥斯卡：

你们可真是善良、精确、能替人设身处地着想的人。你为我准备的一切，你给我提的所有建议，样样必要，而且妙极。我来你处，不一定刚好就在15号，但大抵在20号之前。我自己甚至也乐意于早点启程呢，因为我马德里的舅舅说好了8月份要来，只是未定下具体日期，所以，可能会出现这样的情况，8月20号左右（他通常要呆2周）我得回布拉格会他。至于7月15号至20号之间，抵达你处的确切日期，我还会发电报告诉你们的，如果能劳驾你们，除此种种之外还代为同女房东接洽。另外，出于其他原因，将行期定在15—20日之间，对我来说也是很适合的，因为这段时间奥特拉有客人来，——顺便提一下，她这里相当美——住处也许就要挤一点了，而这以后，月底我可能会过来，奥特拉很可能要呆到9月末。

必要的事与不必要的事，我在此乱写一气，也许你觉察到了。这有其或好或坏的原因。除了其他所有驱使我前往盖奥尔根塔尔的原因（与你、与你们一起小住一阵子的快乐），在你工作时陪伴你左右，享受一小段在苏劳时的那种美妙时光（那段时光，连同我当时的一切，已离我远去）；见一点世面，让自己确信，世界上其他什么地方还有可呼吸的空气（即便为了我的肺）——这一认识虽不能让世界因此而变得宽广些，但却能使任何一个痛苦的渴求平静下来。除了这一切，在我还有一个极重要的、促使我乘车前往的原因，即我的恐惧。这种恐惧你定然能以某种方式加以想象，但到不了它的深层，在这方面你太大胆了。坦率地说，我对旅行有种极度的恐惧，当然并不是恰好因为这次旅行，而且绝非仅仅因为旅行，而是害怕任何变动；变动愈大，恐惧愈甚，但这也只是相对而言，我仅把自己限制在极微小的变动之中——这一点自然不为生活许可——而最终，我房内一张桌子挪动所引起的恐惧的程度，也不亚于去盖奥尔根塔尔旅行。此外，不单是去盖奥尔根塔尔的旅行可怕，而且从那里启程也令人恐惧。最后一个或倒数第二个原因则只能是对死的恐惧了。部分原因在于害怕引起众神对我的关注；如果我在房间内继续生活下去，那么，日子会按部就班地、一日复一日地消磨，我自然也该由人来照料了，但事情已在进行之中，众神只是不假思索地手持缰绳，这样的巧妙，巧妙处在于叫人觉察不到。如果说我的摇篮旁站着一位仙女，这仙女便是"退休金"。而现在竟要离开这一美妙的进程，携着行李，头顶广袤的天空，信步走向火车站，让世界陷入动荡之中，却对此浑然不觉，只知自己内心的那份激动，哦，可怕。但假使这情形定会出现，我将——想必不会持续太久——把生活忘个一干二净。——那么日期就定在15—20日之间。向所有人问候。谢谢你太太的女秘书。——假若我还将在同一个晚上抵达盖奥尔根塔尔，可就太妙了。这或许是"盖奥尔根塔尔小镇"？

你的　弗兰茨
〔1922年7月4日于普拉纳〕

391. 致马克斯·勃罗德

亲爱的马克斯：

经过一个不眠之夜（在普拉纳的第一夜），我虽然什么事情都干不了，但也许比平时，甚至比你自己能更好地理解你的信，不过我也可能言过其实，把信理解偏了，因为你的情况毕竟与我的不同，虽然它也不真实，但比我的要接近真实些。我最近的情况是这样的，你知道，我本来是应该去盖奥尔根塔尔的，我毫无不去的理由；如果说我曾经说过，去那里的作家太多，那么这也许是对未来的一种预感，但并不是认真地把它作为不去的理由，不过卖个关子而已，相反，我钦佩近处的每一位作家（因此我也曾想去普拉索凡，我也劝阻了你夫人到那里去）。我虽然钦佩每一个人，但特别钦佩作家，尤其是平时跟我本人不熟悉的作家，我觉得不好想象，在这个空气新鲜而令人恐怖的帝国，他怎么能把生活安排得如此惬意，他在那里怎么能把经济安排得这样井井有条；我所认识的大多数作家我觉得是令人愉快的，至少与他们本人接触时是这样，例如，温德①就是一个。再说这对于我来说甚至是特别愉快的，事情与我毫不相干，我满可以袖手旁观，而且无须担心只有我一个，通常我就可以得到我所喜爱而他对我也很好的奥斯卡的支持。我又将见到一角新的世界，相隔8年我又将见到德国了。这是合理而健康的事。这里，在

---

① 用德语写作的小说家。著有长篇小说《马鞭》、《王位继承人》等。

奥特拉家里固然很好，特别是现在，我又回到了原来的房间。但正巧在月底和下个月从妹夫老家要来客人，房间会变得挤一点，假如我走掉而又能再回来，那是再好不过的，因为奥特拉一直要到9月底才离开。因此，这里在理智和感情上都没有感到不足的地方。这次旅行之理想是没有说的了。昨天收到一封奥斯卡写来的十分亲切而详细的信，说为我找到了一间幽静、漂亮、带阳台的房间，室内有躺椅，窗外有花园，伙食很好，房租每天150马克。我把它要下就是了，或者倒不如说我事先就已经要下它了，因为我曾跟他说过，要是找到这一类房间，我肯定来。

可现在怎么样呢？首先讲讲很一般的情况吧，我惧怕旅行，这在最近几天，在奥斯卡这封给我带来愉快的信还没有来的时候，我就预感到了。但我并不是惧怕旅行本身，我确实也已经到这里来了（自然只有两小时，而去那边是十二小时），乘那么一趟车本身就使我感到无聊，别的倒无所谓。这不是像大家谈到的密西尔贝克①所写的那种旅行之惧，他想乘车去意大利，到本尼肖②就不得不折回了。不是怕盖奥尔根塔尔，要是去那里的话，用不着过一个晚上我马上就会习惯。也不是由于意志薄弱，意志薄弱只有当理智把所有不大可能的事情都作了精确的估计，想要下决心的时候才会表现出来。这里所面临的是一种"边界事件"，在这种场合理智真的能够作出估计，而得出的结论总是我应该去。倒不如说我惧怕的是变化，惧怕由于一种对我来说是大的行动而把众神的注意力转移到我身上。

今天夜间失眠，当我在痛苦的睡眠中对一切进行反复思考的时候，我又意识到那在最近十分平静的时间里几乎被我忘掉的念头，即我生活在一种多么虚弱的、或者压根儿就不存在的土地上，生活在一片黑暗之中，从这黑暗之中，那种黑暗的暴力任意地肆虐，摧残着我的生命，而不顾我的结结巴巴。写作维持着我，但这样说岂不是更正确些：写作维持着这一种生活。当然我的意思并不是说，要是我不写作，我的生活会

---

① 捷克雕刻家（1848—1922年）。
② 捷克地名，离布拉格不远。

更好。相反，不写作我的生活会坏得多，并且是完全不能忍受的，必定以发疯告终。但自然这只有在这样的条件下才会发生，尽管我不写作，但我是作家（事实是这样），而一个不再写作的作家显然是一种向疯狂挑战的胡作妄为。但是，作家生活的本身是怎样的呢？写作乃是一种甜蜜的美妙报偿。但是报偿什么呢？这一夜我像上了儿童启蒙课似的明白了：是报偿替魔鬼效劳。报偿这种不惜屈尊与黑暗势力为伍的行为，报偿这种给被缚精灵松绑以还其本性的举动，报偿这种很成问题的与魔鬼拥抱和一切在底下还正在发生而如果你在上面的光天日之下写小说时却对此一无所知的事情。也许还有另一种写作，但我只知道这一种。每逢夜深人静，恐惧袭来，使我不能入睡时，我经历的就是这一种。而在这场合，那种魔鬼性质的东西我是看得一清二楚的。那是沾沾自喜和享受欲在作怪，即在自己和别人形象的周围不停地拨弄翻掘并以此为乐，而且越搞名堂越多，于是就有了一整套沾沾自喜的体系了。天真的人有时暗暗希望："我恨不得死去，看看人家是怎样哭我的。"一个这样的作家持续不断地实现着这一愿望，他正在死亡（或者说他不是活着），不停地哭泣。于是产生了一种可怕的死亡恐惧，但它不以以死亡恐惧表现出来，而是能以惧怕变化、惧怕盖奥尔根塔尔的面貌出现。死亡恐惧的理由可归纳为两个主要方面。一是他不得不带着可怕的恐惧死去，因为他还没有活过。这样讲，我的意思并不是说，为了活就必须要有女人、孩子、田地和牲畜。为了活需要的仅仅是放弃自我享受；搬进房子，不是为了赞赏它和装饰它。对此不妨这样说，命运交给大家了，却没有任何人接到过它。但为什么人们尔后要懊悔，为什么要懊悔个不停呢？是为了使自己更美，更有欣赏价值吗？也可以这样说。但除此以外，为什么我在这样的不眠之夜里得出的结论始终是：我能活而不活。第二个主要理由——也许只有一种理由，现在这两种理由我不大分得开——是基于这样的考虑："凡是我写过的事将真的发生。通过写作我没有把自己赎回来。我一辈子都是作为死人活着的，现在我将真的要死了。我过去的生活比别人的更甜蜜，我的死亡将因此更可怕。作为作家的我当然马上就要死去，因为这样一种角色是没有地盘、没有生存权利的，连一粒尘埃都不配；只有在最疯狂的尘世生活中才有一点点可能；那仅仅是一种享受欲的幻想。这是作家。但我自己却不能继续生活下去了，因为我没有活过，我始终是黏土，我没有把火星变成火焰，而仅仅是利用它来照亮我的尸首。"那将是一种独特的殡仪，作家，也就是某种不存在的东西把这具旧尸首，这具自古以来的尸首交给坟墓。在彻底的忘我（不是清醒，而是忘我才是作家生活的首要前提）情况下用所有感觉器官来享受这种殡仪，或者说想要叙述这种殡仪，在这个意义上说，我是一个地道的作家。不过这事不会再发生了。但是为什么我只讲真正的死？在生活中它和生是同一回事。我以作家的舒适姿势坐在这里，准备写一切美好的事情，不得不无所事事地思考着——因为除了写作我还能做什么呢？——我的真实的"我"，这个可怜的、毫无防卫能力的"我"（作家的存在是反对灵魂的证据，因为灵魂确实已经公开地把真实的"我"给抛弃了，但"我"仅仅变成了作家，而没有继续陪伴灵魂；难道与"我"的分裂能把灵魂弄得这样虚弱？），如何由于某个原因，去盖奥尔根塔尔一次小小的旅行①（我不敢让它站立，它用这种方式站得也不对），被魔鬼搓拧，鞭打，差点儿被磨掉。我，没有在家的我怎么能不大吃一惊，房子突然"崩溃"了；难道我知道了在它"崩溃"以前发生了什么，因而移居国外，并把房子让给了所有恶的势力？

昨天我给奥斯卡写了一封信，虽然提到我的恐惧，但我答应去那里，信还没有发出，因为当时正值夜间。也许我还要等一夜，如果等不及，我得抄一遍。然后下决心：不再离开波希米亚②远行了，今后我只局限在布拉格，然后局限在我的房间里，然后只局限在我的床上，然后只局限在身子躺着的那点儿地方，然后就没有什么可局限了。然后也许我能够自愿——、一切取决于自愿和欢乐——放弃写作的幸福。

为了用作家方式强调这全部故事（不是我在强调，而是事物本身在这样做），我还得说，在我对旅行的惧怕中，甚至有这样的考虑在起作

---

① 这里有几句话卡夫卡写得无法辨读。
② 捷克斯洛伐克西部地区的旧称，广义指整个捷克地区，狭义仅指南北摩拉维亚以外的捷克区，这里是捷克的德语地区，为卡夫卡的故乡。

用，将至少有那么几天时间把我与写字台隔开。这一可笑的考虑其实是有几点理由的，因为作家的生存真的是依赖于写字台的，只要他不想摆脱疯狂，他就绝不能离开写字台，他必须咬紧牙关坚持住。

作家，一个这样的作家的定义及其作用（如果有那么一种作用的话）的解释是：他是人类的替罪羊，他允许人享受罪愆而不负罪，几乎不负罪。

前天我偶然去火车站（我的妹夫想启程，后未走），一列直达维也纳的快车偶然停在这里，因为它要等开往布拉格的快车，你的夫人偶然到那里，喜出望外，我们谈了几分钟，她谈到了那篇小说的结尾。

倘若我去盖奥尔根塔尔，十天以后我就回到布拉格了，我将幸福地躺在你的长沙发上，听你朗读。但我不去……

我已经打电话回绝奥斯卡给我物色的房间了，只能用这种办法来制服我的激动。昨天给他写的第一封信我就觉得似曾相识，因为我以前就是这样给F①写信的。

〔1922年7月5日于普拉纳〕

392. 致奥斯卡·鲍姆

亲爱的奥斯卡：

附上的这封信，是昨天即7月4日收到你信后即刻写成的。与实际情况相比，它在两方面有所减弱，一则为前来盖奥尔根塔尔的喜悦，二则为那份恐惧。此两者极相矛盾，若要纳入同一封信内，便只得作番淡化处理。去邮局寄信，遇上奥特拉。她建议，最好将抵达的日期定下来。这使我明白过来。因身上未带铅笔，于是又把信带回了家。可我一直激动不已，接着就像我曾担心的那样，整夜失眠。这是在普拉纳无眠的第一夜。到15日差不多还有十个晚上，即使是我打算立刻动身，那么也仍有三四个晚上要过，而这点我将受不了，所以我不能启程。情况就是

---

① 指卡夫卡原未婚妻菲莉斯·鲍威尔。

如此，这无疑让人没法理解。今天我为马克斯写了篇这方面的论文——还在我知道是否该给你发电报之前——我不想以此打扰你，不是为了我给你造成的一切损害，还有一点，在此传播也不好。本质相似的东西，我亲身经历过，数量相似的东西则还没有。对我来说，这也是一次可怕的提高，它意味着，例如意味着，我再也不可以自波希米亚外出远游。明天可能来一项新的限制，后天另一项，一周后则是最后一项。想想这些吧，你们也许会原谅我。如果霍恩太太规定我交罚金，我会马上寄来的，这么做于我也许是一种安慰。

祝生活愉快！

你们的　弗

我今天给你们发了这样一封电报，可惜无法前来，信随后到。

奥特拉试图将恐惧的原因部分归结为（她也不敢在更大程度上归结为）体质虚弱。这是一种极温和的解释。想想看，去年我身体也许更差，可去了讨厌的塔特拉（结果我也没法从那里挣脱开），而眼下的体虚亦起因于精神上的衰弱。

〔1922 年 7 月 5 日于普拉纳〕

393. 致费利克斯·韦尔奇

亲爱的费利克斯：

关于我这里的喧闹，你之所言，大体正确，不过我采纳了你的观点，它成了我数个辅助性结构中的一个，已变为较大支架中的一分子（我靠这些结构与支架搭建我那惨兮兮的棚屋），但世界拥挤，一个被消除的噪声刚消失，即让另一个新的、尚待消除的噪音替代，这序列永无尽头。可这只不过是基本正确，想以此来回复你所列举的事情，恐怕是瞎折腾或行径卑劣。同时，这噪音——不在于描述的方式，而在于客观事实——

对所有对你感兴趣、在此显得软弱与无助、害怕担当睁眼看世界的责任、相反却因此而肩负一副更沉重担子的人而言,更确切地说是一声尖利的谴责。噪音也有一点迷人的麻醉作用。当我——幸好偶有两个房间可供选用——坐在其中某间房内,而且正如你抱怨的那样,是面对锯木厂而坐的时候,锯木厂发出的噪声有时尚可忍受,但圆盘锯一转(这段日子就在持续不断地工作),便直逼得你诅咒生活。假使我就坐在这倒霉的房中,却也无法离去。虽然可去、也必须去(因为噪声不堪忍受)隔壁房间,但我不能换房,只来回走动着。而且我断定另一间房内也不安静,其窗前必有小孩玩耍。这便是我的处境。我总盼着圆盘锯突然停转,就像有一次曾发生过的那样。与厂里的会计我有一面之交,这点甚至也给了我一线希望。虽然他不知他们的圆盘锯在干扰我,对我也不关心,况且他根本就是个难以接近的人,而且即使是坦率之至,如果圆盘锯工作是为他们赚钱,他也不会让它停转,但是,我依旧绝望地眺望窗外,心里挂念着他。要么我就怀想马勒尔。他在一个什么地方的消夏生活曾有过一番描述,说他那里很健康,睡眠也极佳,说他如何每日5时半即在户外沐浴,然后跑步去他森林中的"作曲小屋"(屋内已为他备有早点),并在那里一直工作到午后1点,而一根根日后在锯木厂内制造出如许噪音的树,则静悄悄地簇拥在他周围,为之抵挡噪声。(接着呢,他下午睡觉,自4点钟起方与家人一道生活,而他的夫人,只是极少数情况下才有这份好运气,即他晚上吐露点儿他早晨的工作)但我却要讲讲这家锯木厂。我一个人摆脱不了它,非得等我妹妹来了才行。她舍弃自己的舒适,作出令人难以置信的牺牲,给我清出了另一间房(当然也不是什么"作曲小屋",不过我现在不想谈此事),于是,我得以一时摆脱锯木厂的噪声。所以,别人也该为你换个安静的房间才是。

你的信,给我的第一印象是卓尔不群。起初我把它放在手中转来转去,为收到它而欣喜不已。匆匆扫了一眼,只看到两个地方:一处为伦理学方面的东西,另一处为"小露特了不起"。我当然很满意啰。但我也收到过你另外的一些信件,大抵是谈学生家长晚会,或是谈拉特劳(你读过H.写的、关于拉特劳的小品文吗?一向不犯错的人,弄出了一篇令人惊异的无聊作品。在这篇嘲弄性文字中，一名提交申请的人，讲述他遭杀害的行善者的故事。读后叫人下意识地产生此种印象，即这位以不相上下的嘲讽口吻谈论一位死者的叙述者，至少他自己某种程度上肯定死了。此外，整体上的高潮处在于自嘲，因为如果H.指望拉特劳会说"我们拉特劳人是役马"，那么我同样也坚信，H.还会在什么地方写上"我这条下级编辑的乏走狗"。同时，我不愿给H.带来痛苦，我自己无疑也以同样的趣味描写过这类故事，并要糟糕得多，只不过未曾发表罢了。之所以如此，或许仅仅是因为写得糟多了）。

我恐怕还有几件事要说、要问。这么做与此有关联，即我——思忖！——出于"恐惧"不去德国，尽管我已请奥斯卡在那里为我张罗一间房，而且他令人高兴地办了，办得很出色。这不是对旅行的恐惧，事情还要严重些，是一种普遍的恐惧。

致以衷心的问候和最好的祝愿，代问你夫人和孩子好！

（奥特拉向你致意）

弗　上

〔1922年7月初于普拉纳〕

394. 致马克斯·勃罗德

最亲爱的马克斯：

刚才我在四处乱走，要么就是呆坐，犹如笼中一只绝望的困兽。到处都是敌人，这间房前有孩子玩耍，那间房前也有小孩嬉闹。我正想走开，恰好安静下来（或许只那么一会儿），于是我能给你写信了。你不要以为，普拉纳十全十美或近乎十全十美，也不要以为这便是我在此逗留的主因。虽然住所本身，就其居家的安宁而言，布置得富于创造性，房间设施尽可使用，且极细心的奥特拉也在保持这种宁静（我们隔墙而居，白天和晚上我却未受她、她的孩子与女仆丝毫的干扰），但昨天，比方说下午，却有群孩子在我窗前嬉耍。我眼皮底下的是一帮顽童；稍远些的左前方，则是些文雅的孩子，看上去也可爱。然而，两群小孩制造的噪音却是等量齐观的。我因此而不得不起床来，心怀绝望地走出住处，在太阳穴疼痛不已的情况下穿行于田野、森林，完全绝望了，直如夜游神一般。晚上我在平静中怀着希望躺下，三点半却被弄醒，再也未能入眠。附近那家平日并不特别扰人的车站，不停顿地装载着木头，不时要发出锤击声，不过声音轻柔且有间歇。而今天早晨，一清早就响起了敲击声。我不知道会不会总是如此。这响声划破静谧的清晨，回旋于睡眠不足之人的脑际，听起来与白天迥异。糟透了。一大早我便起了床，其实，根据太阳穴疼痛不止的状态，绝无起床的理由。但同时我还交了大大的好运。这几天，约有200名布拉格来的小学生安顿在此。那噪声地狱般地嘈杂，真是人类的灾难。我就弄不懂，人们在有噪音的地方——这种地方是居民点最大、最重要的部分——何以没有发疯，而从自己的房子里逃入森林。更确切地说，他们似应逃得相当远才是，因为这类美丽的森林，其边缘地带整个儿被污染了。总体来看，我们至今还未受此干扰，但每时每刻都可能带来种种意外，比方说已发生的某些小意外，而且有时候，我像个可怜的罪犯（我是罪人）逡巡地、满怀期望地向窗外张望。对悦耳的噪声，我也在失去任何感觉，且几乎弄不懂，人怎么会单是为了热闹而去剧院聚会。唯有那些评论，你现在写下的、那些特精彩的评论，或是这里可读到的那些特精彩的评论，我才有希望能理解。一个人的所知，如果仅止于印出来的文字，那他准以为，在这里他从夜晚和工作日晚上的幽静中浮上来，独自一人，怀着内心的喜悦，欣欣然于眼前的洁净与耳旁的清静，在剧院内乱跑一气，同时又不断地、严格地探索一个持续地制造生命的秘密。一篇精彩的有关基拉泽克的研究报告，或者哪怕只是这样一篇令人感到喜悦的小文章，例如论"钾碱与珍珠母"[①]（那天晚上一切都安妥了吗？），或者是论"夏季舞台"[②]一文。（尽管其中关于长椅的一小段并非偶然而是原则上地对我产生了几分干

[①] 载于1922年6月28日《布拉格晚报》。
[②] 指Smichover夏季舞台。该文载于1922年7月6日《布拉格晚报》。

扰。不知我们在这篇文章的什么地方发生了一点分歧，难道是我在此缺少某种眼力或判断力？）

我的情况，你讲得对。它向外呈现出来的，就是这个样子。这是一种安慰，有时候又是一种绝望，因为事实表明，没有什么可怕的东西渗透进来，我觉得一切依旧保存完好。这片黑暗，只我一人不得不看，但也绝不是总得看，那日之后的第二天就已不再看了。可我知道，黑暗在那儿，等着我，每当——嗯，每当我看不清自己的时候。你对一切解释得何等透辟、正确啊，如果你这样邀我去柏林，我定将启程，可能还会同鲍姆一道走，假使我俩立刻离开布拉格的话。但是事实上我不能去。我身体虚弱也仍需考虑，奥特拉就考虑到了这一点；这个持外币旅行的人很讨厌，他只是因为旅费低才乘车去的；此外对骚乱也不无理由担心——引起骚乱的原因很多，可只有一个原因，我相信孩提时曾在什么地方亲眼目睹过，这就是大头针的尺寸问题。我现在明白，没有什么比那件事更无意味的了。

你问写作进行得怎样？（这事在这里低水平地发展着，别的没什么可说的，再就是不断地受到噪声的伤害）也许我的声明与你所要了解的方面全然不符，我对你这么说只是为了使你与我的写作尽可能地接近。你我之间的差别显然是，当我哪一天（我不太清楚我是否有过这样的情况）不是通过写作和与之有关的事情而获得幸福，而恰恰在写作上无能为力时，那么车还没有开就会倾覆，因为对写作的渴望无论在哪里都大大重于其他。但凭这一点尚不足以刻画出根本的、天生的、可敬的作家特性。我离开了家，必须不断地给家里写信，哪怕家里的一切早就被洪水永远地卷走了也得写。这种写作就其整体而言不是别的，而是鲁滨逊插在海岛的制高点上的旗帜。

再向你诉诉苦，让我自己宽解一下吧，今早3点半又在安装装卸平台，又是锤击声、树木的滚动声与装卸工的呼喊声。昨天早上8点，这一切本已最终完结，但今天货车又运来了一车货，因此至今大都算得上美好的上午很可能又会响起噪声。为了打发空闲时光，如今我要推动绞盘走上百步左右。绞盘多数时候静静地躺着，或是由不需吃喝、明白事理的马儿拉着走,可今天套的是几头牦牛,它们每走一步都得让你吆喝、让你咒骂"该死的无赖"。这日子怎么过呢?

哦,万湖①别墅,马克斯!给我订个安静的阁楼间(远离琴房)吧,我要闭门不出,让别人压根儿不会注意到我在那里。

但目前只是这痛苦挥之不去,袭扰不断。原因何在呢?挖空心思也想不出来。但如果说我知道的话,只有一点是肯定的,即一切安慰的手段均无作用。不过,你一面痛苦不堪,同时却又梦想万湖。那怎么可能呢?②(该文妙极了,我又读了一遍——撇开全部的忧郁——把忧伤撇在睡乡之外——古老的俄罗斯宫殿——舞女——溺死在湖中——这就是全部内容)——近几日,情况想必又发生了根本性好转。(嗨,刚才有个男孩在我窗下叫嚷。车站上的铁链正丁零当啷地响,只有那些牦牛在休息。这将是个难挨的上午,天气凉了,不然,阳光的温暖能使我免遭孩子们的吵闹。今天我或许有气力动身去盖奥尔根塔尔。当然啰,这次身体上遭的罪,你是从不曾经受过的,哪怕你否认也罢。因为这些身体上的痛苦,我不能原谅E.,即便她对此并无责任。单是因为由你确定的那种因果关系,我已无法宽宥她了。

我也收到了费利克斯的一封抱怨信。我以为,他最易得到我们所有人的帮助,可没人帮助他。

你收到了我的明信片吗?那部中篇小说你还能放在布拉格吗?你写了论豪普特曼的文章没有?

祝万事顺遂,更顺遂!

弗

〔又及〕克罗普施托克的消息,你是否知道点儿?他已有一阵子未写信来了。因为对我的回复不满意,不给我写信完全可以理解。

---

① 柏林市众多湖泊的一个,风景美丽,为旅游胜地之一。——译者
② 此处为一篇评论文章,评的是柴可夫斯基的芭蕾舞剧在捷克国家剧院上演的情况,文章刊于1922年7月11日《布拉格晚报》。

家长晚会（从气氛融洽这一点上看）开得如何？我妹妹讲得怎样？学校明年能招到学生吗①？——适才奥特拉带给我消息，说她把孩子们打发走了（没人要求她这么做，我根本没有促使她去关注这点，此外，她在下面院子里的厨房中几乎不可能听到孩子们的吵嚷），而且孩子们——这是群乖孩子——也极愿离去。仍在安设装卸平台，睡眠依然不足，头脑不清醒，时间已相当晚，一天白费了。多亏奥特拉的关怀，才让人好过点。——不，恰恰是些不服管束的淘气鬼，因为那位女房东、那位姑妈属下的一群，正在我窗前。你问森林么？森林是美丽的。那里能寻得宁静，却找不到"作曲小屋"。傍晚时分，小鸟的聒噪声减弱了的时候（若处在马勒尔的位置，我也许会受鸟声干扰的），去林中（顺便提一下，里面树木纷繁）走走，这儿那儿不时有鸟儿惊恐地啁啾（别人或许以为，鸟儿是怕我，其实是它们对夜幕的降临不安），且在林边视野开阔的地方拣张椅子坐坐（可这里多数时候有布拉格来的孩子们嬉游，极嘈杂），真是妙绝，不过，这一刻也只是在你经历了一个安宁的夜、一个静静的白昼之后才有。

〔1922年7月12日于普拉纳〕

395. 致罗伯特·克罗普施托克

亲爱的罗伯特：

情况正是如此，我仍在普拉纳，待在这儿未动，尽管奥斯卡关怀备至，已为我在盖奥尔根塔尔觅得一间看来很漂亮的房间。因为恐惧，不是对旅行的恐惧，而是一种普遍的恐惧，我未能启程，只发了份电报，留了下来。尽管就我的情况而言，这里不安宁（通常情况下此处很美），弄得我脑袋里乱哄哄的，但我还是留在此地。这样我就没了逃遁之处，

---

① 指布拉格犹太复国主义者新建的一所"犹太人学校"。——在该校举行的家长晚会上，卡夫卡的二妹瓦莉作了重要发言。发言的精神实质与卡夫卡完全相合。

总不能钻到地底下去。

您近况何如？讨论会开得怎样？同赫尔曼告别了吗？（半年的账单2700克朗，支付父亲的赡养费1900克朗。至于说到我的肺，治疗也并非收效甚微。）

我和奥特拉衷心问候您！

卡 上

〔明信片，1922年7月中旬于普拉纳〕

396. 致奥斯卡·鲍姆

亲爱的奥斯卡：

今天只讲几句话，表面上看我是在为我的未能启程辩解，但现在的情况表明，我根本就不可能来你们这里。按第一项计划，我该15号动身前来，可14号下午我在普拉纳就接到了一封电报，说我父亲在弗兰岑斯巴德身患重病，已送往布拉格。我立即赶往布拉格。父亲14日晚便动了手术。可能不是什么恶疾，不是器官上的毛病，是脐疝或诸如此类的原因（我没敢问医生，他们即便告诉我，我也不懂）引起的肠疾，但不管怎么说，总还是一次很大的手术。70岁的人了，身体已被如上所说的，或许与疼痛有关联的疾病弄得衰弱，此外心脏也不好，可到今日，手术过去两天之后，情况却好极了。

我还想谈谈我的未能成行。我曾仔细研究你的明信片，研究每一句话，研究每一句话后的隐念。看了一遍，又看一遍，明信片特亲切，且给我莫大的安慰。但后来——我没能研究完，因为得去布拉格——我有时候顿住了，尤其是在"关怀性进攻"字样处。奥斯卡，你怎敢用这样一个词呢？好一个"关怀性进攻"，（我甚至不会写这个词，恐怕它应写成"qu"吧？）借此我日日爬到你上面来，扰你工作，企图向你苦苦求得最便宜的铁路交通，心中暗生期望：只要我问得够经常，也许仅乘电车也能去盖奥尔根塔尔。那么，"关怀性进攻"可以休矣！你以为，

只是普拉纳的美景留住了我，使我不能前来，哦，别以此来误解我的痛苦。普拉纳的确景色宜人，可我寻求美中的安宁，而我在虚拟的盖奥尔根塔尔之行前后，度过的是段充斥噪音的日子，以至我诅咒起生活来，并过了好多天，才摆脱对噪音的恐惧，才消除那种守候（从未落空）噪音的心理定势，才平复脑海中的纷乱、太阳穴处的疼痛。但接着呢，奥特拉这个最细心的人儿所采取的种种措施，其效力重又减弱，而且新的、可怕的噪音已在那里等候。——今天就谈到这里。祝你和你们一切安好！

霍恩太太为何沉默？

卡　上

〔1922 年 7 月 16 日于布拉格〕

397. 致马克斯·勃罗德

最亲爱的马克斯：

昨天上午我没时间来你处，我必须离去，这种无规律的生活叫人受够了（谈到有规律的生活，普拉纳自然不及布拉格，但那只是因为噪音，绝不是别的什么。这一点我不得不反复提及，以便让"上头"无法否认我的观点），尽管如此，我或许会留下来，如果发现父亲在什么地方尚且需要我的话。但昨天却根本不是这种情形。他对我的好感一天一天(不，第二天他对我最有好感，但接着，好感却持续)减弱了，昨天，他设法使我尽快离开房间，而把母亲强留在身边。即便到目前为止，一切如此顺利地发展下去，可对母亲来说，现在开始的却是一段特殊的、新的、耗人精力的痛苦时日。因为父亲处在可怕的回忆的压力下，迄今仍把躺在床上休息视为享受，而眼下，卧床于他，却成了巨大的痛苦。（他背上有个伤疤，一直弄得他几乎没法长时间躺卧，事情发展到他那胖大的身躯每换一次卧姿都会发生困难，况且，他有心脏病，绷带又大，咳嗽时伤口还疼，最主要的是他精神不稳，自己生出些无可奈何的、阴暗的情绪来。）这种痛苦，依我看已超过以往所有的折磨，目前，在他整体的健康状况已发生好转的情况下,则开始向外喷涌。昨天,在那位朝门外走去,我认为了不起的护士小姐身后,他做了个手势。手势换成他的话只能是"畜生"二字。他这种状态,其糟糕透顶也许只我一人彻底明了。最好情况下,它尚要延续10天。凡可推给母亲的事,也都尽行推过去了。十昼夜的守护啊!现在母亲就面临这任务!

所以说我没有时间上你家去,但即使有时间,我也未必会去,因为只要我想到你可能已经读了我的本子①,我就会羞愧得无地自容。这个我把你的中篇小说还给你后斗胆寄上的本子,我知道,是有资格被写下来,却没有资格被阅读的。你的小说是那么完美,那么纯洁,那么底气十足,那么年轻。这是个祭品,它的云烟可人地在上方缭绕。正由于它于我是这么珍贵,所以我请求你,把那开头,不光是最前面那一段,而是到教授家那儿为止,和最后那一部分重新推敲一下。至少在不识小说全貌的人眼里,那开头部分像是在悠来荡去,举措不定,仿佛在寻找可供舒适地休养,但有害于整体的构思支线,这些支线在整体中确实被彻底地拒绝了,但在开头阶段却在一闪一闪。那结尾却拖得太长,使读者喘不上气来,以致一时迷失了注视的方向。我这么说并不是否定那书信体,这个体裁已经使我信服。我一点都不知道,这个小说该怎样用我对"作家"的观念来解释,但我对此毫不担心,并为这小说已经存在而欣欣鼓舞。但我的观点昨天得到了印证,我在旅馆中读了雷克拉姆出版社的一本小册子《施笃姆②回忆录》。他拜访莫里克③。这两个好德国人在斯图加特,一起坐在寂静的环境中,谈论德国文学。莫里克先朗读了《莫扎特赴布拉格途中》(莫里克的朋友哈特劳普对这小说已很熟悉,但仍然"怀着似乎难以抑制的崇拜激情倾听着朗诵。当朗诵暂停时,他朝我喊道'求求您了,我实在受不了了。'"——时值1855年,他们都已经上了年纪,哈特劳普是牧师),然后他们也谈到了海涅。这本回忆录中已经提到过海涅。施笃姆认为,歌德的《浮士德》和海涅的《歌集》这两本奇书是

---

① 指卡夫卡的长篇小说《城堡》的手稿。
② 德国小说家(1817—1888年)。
③ 德国诗人、小说家(1804—1875年)。

德国文学巍然屹立的两大支柱。在莫里克心目中海涅也具有重大意义，因为在莫里克所拥有并向施笃姆出示的少数几份他认为非常珍贵的手迹中，也包括"海涅一首涂改极多的诗"。尽管如此，莫里克对海涅的评语却别有见地，尽管他这段话只是一种普遍观念的重复，并至少在一个方面是我对作家的看法和我的想法的极好的、始终神秘的总结，但在另一方面它本身是一种普遍观念："他完全称得上是个诗人，"莫里克说，"但让我同他在一起过一刻钟都受不了，由于他的整个本质的欺骗性。"不妨把犹太教圣典的论述拿过来对照一下！

你的

〔又及〕你说，你因替晚报撰稿需要素材的问题而陷入困境。我倒知道一点东西，很值得一用，即为雕刻家比勒克写点什么。而且是在最近。你可知道科林的胡斯纪念碑？它留给你的印象也是如此独特和雄伟吗？

〔1922 年 7 月 20 日于普拉纳〕

398. 致罗伯特·克罗普施托克

亲爱的罗伯特：

您不必为这一似乎是失败的结局如此绝望。（这一失败我的目力当然无法洞穿，但可以用我的方式来感受）如果我们是走在正确的道路上，那么这种失败引起的绝望就会是无穷无尽的；但我们仅仅是走在一条通往第二条道路的路上，而第二条又通向第三条，等等。正确的那条路离我们还远着呢，也许根本就走不到。我们完全处在一种捉摸不定的状态中，但也处在一种美不胜收的五彩缤纷中，所以希望的实现，尤其是诸如此类的希望的实现是一种我们永远无法指望的、但总是有可能发生的奇迹。

至于我，寂静，我需要的是寂静。但遗憾的是，我连您在那儿是否真的拥有寂静也不敢相信，至少我会把那喷泉的水源关掉。而那阻止我踏上旅途的恐惧，我知之已久，它比我更活跃，这是能够得到证实的——再说我也全无出门的可能，我父亲动了手术（脐疝加肠梗阻），那是大约十天前，手术做得非常出色。——马克斯谈到您最近那次来访时，比以前更真诚，更无保留。

K

如果不是日日夜夜戴着耳塞子，简直没法过下去。

〔1922年7月24日于普拉纳〕

399. 致马克斯·勃罗德

最亲爱的马克斯：

已是晚上9时1刻，此时提笔差不多是太晚了些，但白天常显得太短，部分原因在于孩子们吵闹（因为一天之中，只有他们停止喧嚷时留出的空隙方可利用），部分原因是我体虚、漫不经心。对此奥特拉说，我得让自己再退一次休才行。

但这是些小事。可你受着怎样的折磨啊。一种何等伟大的、不为任何东西所迷惑的、甚至那部中篇小说也不能使之平静的想象力在反对着你哟！你也准备收回的《家庭会议》，我可是未能全懂。E.与你的关系在家庭中不是什么新闻，三姐妹和那位姊夫都是有意或无意争取过来的，于是，就只剩下那位父亲了，或许还有那位兄弟。就你的叙述给我的教益而言，小说从远处看仅像那位莱比锡小姐几乎算不上很成功的一个小诡计。此种诡计，从这方面来看，我是颇能积极地投入想象的。

柏林那位女士的信，我倒是乐意读的，现在你看看，如果真回信了。又像前不久那样健谈、可信并引诱人继续写下去吗？"真诚、正派的人"，一方面是从那部中篇小说中援引的预料到的引语，另一方面则是邀人去真正地观察那位正派之士;一点儿自我折磨,当然把可理解的恐惧除外——你把他塑造得那么高大,高大得已超出小说中矿工的境界——妨碍了你那么做。

我不很清楚,你是否已收到我上一封信。你根本未提及那部中篇小说——为了在报上发表的它的片段,也为了那些释义,我深深感谢你。它们也许会吸引我写篇关于中篇小说的评论,只是如何动笔,我现在尚无周密的设想。——不是莫里克——不久前我在安德烈那里翻阅迪德里希斯出版社出版的最近一段时期①的文学史(冯·奥托、冯·德尔·莱恩著或名字类似的什么人写的吧);发觉文学史取温和的、德国式的态度,内中傲慢的语气似乎是作者个人的财产,而不属于他的立场范畴。

晨7时3刻,孩子们(〔补充〕接着被奥特拉赶走了)就来了。昨天非常安静,可现在他们这么快便待在这儿了。起初只有两个小孩和一辆两侧有栅栏的童车,可这就够了。他们是我的"家庭会议",如果我——从房间中央即可看到他们——断定,他们在那儿,我便觉得,自己仿佛举着一块石头,似乎在那边看到了不言而喻的东西、期待却又惧怕的东西,见到了鼠妇、海蟑螂之类以及黑夜中所有游走与蛰伏之物。不过,此乃视觉上的幻象。孩子们并不是夜游神之类,更确切地说,是他们在游戏中从我头上举起了那块石头,且朝我这里面也"赏赐"了一眼。孩子们和"家庭会议"压根儿不是最糟糕之处,两者都可能是生搬硬套。糟糕之处(孩子们对此没有责任,而且,糟糕之处也许使他们与其说是显得可怕,倒不如说是可爱)在于,孩子们是生活的最后一站。不管他们是通过其噪音表面上令人惊恐,还是通过其安静表面上叫人高兴,在他们背后,开始的是奥塞罗预言的大混乱。在此,我们从另一方面陷入了作家式的疑问。这也许可能。我不知道,一个控制着大混乱的人已开始写作,他所写的东西将是神圣的典籍。或者,他在爱;他的爱将是爱情,而不是对大混乱的恐惧。小莉丝错了,不过只错在术语上,在一个有序的世界里,诗人才开始写作。阅读《安娜》(而且我早就盼

---

① 指《新时期德国文学创作》,弗里德里希·冯·德尔·莱恩著,1922年于耶拿出版。

着一读），是不是表明你写了一点评论豪普特曼的文章？——想你现在也该在读"庆祝复活节"了，或许正处旅途中？

关于文学史，我当时仅有一分钟浏览那部文学史。仔细读一读，或许有趣味。它似乎是《什赛修·尤代卡》的伴奏乐。令人惊奇的是，一名极易产生偏见的读者，凭借一部文学史，在一分钟之内，居然能对种种事情漂亮地进行排列归纳。在"我们的国家"这一章出现的、知名且肯定清白的作家中，约有一半按地区划分，而德国的财富，对犹太人的每次行动来说，都是不可企及的。如果瓦塞尔曼日复一日地凌晨4时即起，一辈子只在纽伦堡地区埋头耕田，那么，文学史是不会回答他的，他无疑只会得到风中各种美妙的低吟轻唱，而非它的回答。这不是书中的名单，所以，我可能仅有一次发现，书内并非不友好地提到了你，那是在对隆斯的一部长篇小说和《提荷》进行比较的时候。《提荷》备受人尊崇，又有过多的方言。我甚至得到了赞美，不过只有一半，即"弗兰茨·科夫卡"中的"弗兰茨"，领受了这份荣光。显然应为"弗里德里希·科夫卡"，据说他写了一部好剧本。

比勒克你也未提及，我倒是乐意将他安顿在你的臂弯里。我想到他时，向来怀着深深的敬意。我不得不承认，的确是《论坛》上一篇谈其他问题的小品文（我想是查卢普尼写的）中的一个观点，才又使我终于想起了他。平常之作如扎龙的"胡斯"，或蹩脚的作品如苏哈达的《帕拉基》，被光荣地列出来，相反，比勒克对某个兹什卡纪念碑或科门斯基纪念碑所作的绝对无与伦比的设计，却依然束之高阁，这份耻辱和布拉格与波希米亚故意的、愚蠢的贫困化，假使有可能洗净和清除，那可是无量功德，而且，官方的报纸会是办事时真正的动机。至于犹太人的手是否适于实施这些设计，我不清楚，但我知道没有别的手可以完成这项工作。不过，我相信你的手能干成所有的事。你对那部长篇小说的评价，令我惭愧，也让我高兴，正如我使薇拉既高兴又羞愧一样。薇拉摇摇晃晃地学步，小屁股儿意外地跌坐在地上，我就说："Je ta Vera ale sikovni"① ——这个时候,她又喜又羞。虽然她现在绝对懂得了我的意思(因为她后来感觉到她不幸屁股着地了),但我逗弄她时的呼喊对她具有这么强的控制力,以至她开心地笑起来,并确信她刚才完成了一件艺术品,即"真正的就座"。

相反,韦尔奇先生②递过来的话,不大令人信服。我父亲先验性地认定,一个人只好赞扬和爱自己的儿子。但在这种情况下,有什么因由让"他眼睛闪光"呢?!一个不能结婚的、未能传宗接代的儿子,39岁便退了休,只搞古怪的写作。写作之所求,不过是拯救自己的灵魂或者消灾免祸。而且他心肠硬,疏于信仰,甚至连做祷告以拯救灵魂也不干。还有肺病。此外,依父亲极正确的看法,病是他第一次有那么一阵子离开儿童寝室,在没有任何独立行事能力的情况下,为自己在舍恩博尔恩宫挑选了那间不卫生的房间时闹下的。这就是父亲热情洋溢谈论的儿子!

费利克斯在干什么?他没有再给我复信。

弗

〔1922年7月底于普拉纳〕

400. 致罗伯特·克罗普施托克

亲爱的罗伯特:

这下可好了。如果当时我压根儿不担这份心就好了(因为不写信本身不是什么坏事,但我也不能说是什么好事,原因在于我不写信的兴致那时几乎不是由某个较好的乐趣引发的。而在您身上,则似乎是由某个较好的乐趣引发的。但愿如此),那么,在伊姆卡用过餐的大学生中,学年末爆发伤寒,内有某些学生将病菌(据称至发病需4周)携入度假

---

① 意即"薇拉真灵巧"。
② 指费利克斯·韦尔奇之父。他曾对马克斯·勃罗德说,卡夫卡的父亲谈起弗兰茨时脸带骄傲、眼睛在闪光。勃罗德将此消息写信告诉了卡夫卡。

地，——报上的这则报道就不会没完没了地折磨我了。现在嘛，我们未遭伤寒的侵袭。为此，得将自己保存起来，以进行您预示的斗争。斗争顺利！安享宁静，森林的清新与无人的清静！我过得还——尽管有干扰——可以。您可能收到了我的明信片吧？内中我写了我父亲做手术的事。

卡　上

〔1922年7月底于普拉纳〕

401. 致马克斯·勃罗德

最亲爱的马克斯：

行前匆匆致意（只要楼下的女房东、她的外甥与外甥女允许）。且按你的顺序写来：

比勒克　我非常高兴，你真的想试试我仅敢当作一个本属空幻的愿望表达出来（更进一步的作为我力不能及）的东西。我认为，对雅纳切克来说，这是一场事关斗争等级的斗争；按我的理解（我差点写成了：对德赖富斯来说），并不是比勒克而是雕塑艺术本身和人们的眼福是斗争的雅纳切克或德赖富斯（因为据说比勒克的情况大抵还过得去，那文章写道，他有工作，一尊名为"盲人"的小雕像的第七份复制品已被人订购，他也并非默默无闻，在那篇文章中——总的看来是研究国家对艺术的投入问题——他甚至被称为"velikan"①。对他来说，"伟人"的声名不会是斗争的意义，也不会减低斗争的价值）。在这件事上，我的确总是只想着科林的胡斯纪念碑（倒不是那么想念现代美术馆中的雕像和威塞拉德公墓内的墓碑。我毕竟更想念胡斯而不是在我记忆中已渐次模糊的、人们以前在比勒克那儿见过的难以理解的木刻小玩意和版画作品），正如一个人从小巷里出来，眼前横陈着巨大的广场，广场边上排

---

① 意即"伟人"。

有许多小屋，广场中央耸立着胡斯纪念碑，这一切，在雪中，在夏日，总是构成一个令人窒息的、不可理解的、因而看上去专横独断的、且在任何时刻重又会受到这只有力的手逼迫并将观看者本身也包括在内的统一体。魏玛的歌德纪念馆，受流逝时光之赐福，也许收到了某种类似的效果，但为纪念馆的设计者斗争，却唯有艰难可言，而且，设计者房子的门总是紧闭不开。

不过，了解胡斯纪念碑建立的过程该是很有意思的；据我的记忆（曾听我已故的表兄作过描述），整个城市代表机构，建纪念碑前即表反对，事后则更是强烈，这种态度可能延续到今天都未变。

中篇小说　可惜，我未能读到定稿本。

小莉丝　无疑比 M. 易懂得多。姑娘们大抵是这般模样，上小学时我们就知道了；但有一点却也未能了解，她们应该被人爱，且会因此而令人费解。

费利克斯　这位巫术—精神病科医生不真实，但 F. 的确会得到最最美丽的东西。——他为什么不能接受《犹太人》呢？这可是妙事一桩啊。此妙事不成，那可太让人伤心了。暂时的工作量无疑比《自卫》小，但即便一样大，他或许也能胜任（此时我假设，《犹太人》如果过去能由赫彭海姆编辑出版，那么现在也就可由布拉格编辑出版了），而且那种态度有代表性，不过，给他的工作要比《自卫》给的少得多。漂亮的《自卫》也许的确处在危险中，在爱泼斯坦间隔时代，人们就发现了这点。对那个间隔时代，人们记忆中保存的大抵只是："俄罗斯 Chaluz[①]出现了"，《自卫》不能兼做，应像费利克斯那样全身心地投入进去。——就我而言，想让我去补《犹太人》杂志的空缺，可惜只是玩笑，或是半睡眠状态中突然生出的念头。像我这样对事物极端无知，与他人毫无往来，脚底下没有一寸坚实的犹太人的土地，怎么可以考虑诸如此类的事呢？哦，不，不成。

霍普特曼　晚报上那篇文章极精彩。我还很高兴地盼着读《新评论》

---

① 意即"工兵"。

上的论文①呢。只是不知除了利用爱无法控制的权力外，你是怎么能将约琳德和安娜（据你的复述）联系在一起的。约琳德与安娜全然不同，同时她也易懂些、神秘些。安娜清清楚楚地堕落了，其动机谜一般地费解，堕落却毋庸置疑。她最为神秘之处是自我审判和自我惩罚。她的这个秘密，在一定程度上比约琳德的秘密让我好懂些，但我凭借的不是才智，而是我的要求。相反，约琳德未干任何坏事。如果做了的话，她也同样会像安娜那样以她自己的方式承认的，可她没有任何东西要招认，她什么也不能招认。当然啦，在这件事上，依她的天性——人们也许本可以对堕落前的安娜也这么评价的——让她自己确信无疑地说"我犯了错"，似乎也不可能。她的谜或许正在于此。但这个谜在某种程度上却无法解开，因为约琳德未做任何坏事。人们几乎已走上这样一条道，即只是实地里去寻找她的情人（这么做让人困惑不解）。情人将他的弱点——这弱点无可否认地存在，产生的根由在于他未能结束同那名机械师的来往。这就不单是一时的弱点了，而且还成了其他弱点的预示。所以，当他能够了断这种关系的时候，他或许又会为一种新的、同样干扰他的关系腾出位置来——夸大到使整个世界天昏地暗的程度。约琳德的纯洁，几乎像那名机械师一样，干扰了他，纯洁在这里难以达到。正如你此外也肯定谈到过的那样，他死板地追求着约琳德身上没有的东西。对此，约琳德相反却只是还以闭门羹。当他使约琳德发生动摇的时候，他使她也极感痛苦，因为她无法给予他并不具备的东西。可他当然不能放松追求，因为他想要她闭锁着的东西，而她自己对此却一无所知。无论是他还是任何人都不能了解到一点儿东西，哪怕是尽最大的努力、接受最大的教训。

到米斯德罗伊后，我兴许会给你写信的，但不会给 E. 写。这也许是闹剧，她可能也这么看。相反，如果我写信，就给你写，好让你能出示这信，这样一来，就绝不是闹剧了。顺便提一下，眼下寄往德国的邮

---

① 勃罗德所写《论格哈特·霍普特曼作品中的妇女形象》一文，刊于《新评论》1922 年 11 月号上。

件走得很慢。

祝生活愉快!

F

请你从柏林和米斯德罗伊各寄一张明信片。

〔又及〕比勒克事件比雅纳切克事件引人注目。第一,那时奥地利还控制着波希米亚的局势;第二,雅纳切克的确无半点声名,至少在波希米亚地区如此,但比勒克却很有名,很受尊重,成千上万的人看到他每晚如何在他那老式的别墅花园里的10棵树间散步。

〔寄到邮戳:1922.7.31—普拉纳〕

402. 致马克斯·勃罗德

最亲爱的马克斯:

我在布拉格差不多待了4天,现在重又回到这儿相当安宁的环境中来了。在城里住几天,在乡村过上几个月,这样分配在我也许还合适。夏季在城里停留4天,时间的确很长,如果再长一点,恐怕就几乎挡不住,比方说挡不住城中那些半裸妇人的诱惑了。只是到夏天的时候,才可真正大量地看到她们令人惊奇的肉体。这是一种轻盈的、饱含水分的、温柔肿胀着的、只可保持数日之鲜的肉体。实际上,肉体能延续很久,但这只是人生短暂的一种表现。如果一个人因为他的衰弱,因为他那只存一时的、已塑就的丰润(可这丰润,一如格利佛发现的那样——对这点我大多不信——会由于汗水、脂肪、毛孔和茸毛而受毁损)而几乎不敢触摸这样的肉体,人的生命将会何其短促啊;假使这样的肉体能经历人生的大半旅程,人的生命将会何其短暂啊。

在这儿的小镇,女人们完全是另一番景象。此处虽然也有许多避暑的人,例如,一个极标致、极丰腴的金发女郎,有点儿像男人穿马甲那样,每走几步就不得不挺挺身子，以便把肚腹和胸脯弄妥当，她穿得像只漂亮的毒蘑菇，散发出来的气味——弄得人支撑不住——犹如上好的可食蕈（我自然根本不认识这女人，也几乎不认识这里的任何人），但这些消夏客自可不必理会，他们要么滑稽可笑，要么冷漠，不过，本地的女人，大多数我倒是欣赏的。她们从不玉体半裸，虽然着衣几乎不超过一件，穿戴却总是那般周正。她们很老很老的时候才发胖，只是偶有个把年轻的姑娘体态丰满（晚上我常从一处半塌的院落旁过，比方说那儿就有个做粗活的女佣，间或站在厩舍门内，拘谨地摆弄她的两只乳罩）。可妇人们的干瘦干瘦，这是一种你只是从远处或许能爱上的干瘦。女人们看上去一点儿也不危险，但很了不起。这是一种别样的干瘦，产生于风吹、雨淋、劳作、忧愁与分娩，却绝不是都市的痛苦，而是宁静的、诚实的欢乐。我们旁边住着一家人，他们无疑压根儿算不上 Vesely①。这主妇 32 岁，生有 7 个孩子，其中 5 个男孩。那位父亲在磨坊做工，多数时候要上夜班。他们夫妇敬重我。如奥特拉所言，那位丈夫看上去像巴勒斯坦农民，嗯，有这种可能，你瞧他：中等身材，脸色略显苍白，不过苍白是那捧黑黑的大髭须（你曾写到过会耗人精气的胡须中的一种）衬出来的；而且寡言少语，举手投足迟迟疑疑，这也许不是一种沉静，如果可以说他畏怯的话。那位妻子，属干瘦一类，永远年轻，也永远苍老，一双蓝眼睛，快乐笑时显出满脸的皱纹，以一种不可思议的方式拖带着这一群孩子（一个男孩在塔博尔上中学）生活下去，自然也就没完没了地经受着痛苦。有一次我同她说话，觉得几乎像同她结了婚似的，因为孩子们在窗前玩耍，弄得我也痛苦不堪，不过，她现在也护着我，让我免遭喧闹声的干扰。当然啦，这么做不容易，因为那位父亲白天常得睡觉，孩子们便只好从屋子里出来，而除了我窗前的一片空地外，他们几乎无处可去。这儿是个绿草满径的路段和一块围着篱笆、立着几棵树的草坪。草坪是那位父亲为他的山羊买下的。有天上午，他想在那里睡觉，起初仰卧着，手臂枕在头下。我坐在桌边，不时朝他望去，眼睛几乎无

---

① 意即"快乐的"。

法从他身上挪开,别的什么事也没法干了。我俩都需要安静,这是我们的共同点,可也是唯一的共同点。假使我能为了他而牺牲我这份宁静,我倒是很乐意的。此外,这里不够安宁,别人家的孩子在闹。他翻转身子,想把脸埋在手掌里睡觉,但这不可能。于是他立起身,回家去了。

马克斯,据我逐步的了解,我是在给你讲些一点也引不起你兴味的故事。我之所以这么做,只是为了讲点什么,好同你保持某种联系,因为我是很沮丧、很无趣地从布拉格回来的。本来我根本不打算给你写信。虽然对于噪音和都市的不幸——正如你在那儿生活的情形一样——来说,写上几封信也许是合适的,但当你在北方风平浪静的大海边时,我不想打扰你。你上一次从布拉格寄来的明信片,也强化了我这一念头。然而现在,由于我已自布拉格归来,因为不断受折磨的父亲(或许终究会痊愈,一周来他天天散散步,但疼痛、不适、不安、恐惧仍缠着他)而有些悲伤,因为极勇敢、精神上极坚强、但护理父亲却弄得自己的健康日渐受损的母亲而伤心,因为其他一些次要得多、但简直更扰人的事情而伤感。所以我(由于我目前处在自我毁灭状态)也想念你,今天我就梦见了你,梦到了你种种的事情,可只有一件还记得,就是你从窗口往外望,瘦得吓人,脸盘俨然一个三角形。由于一切是这么个情状(我也因为这几天"反常的"生活而从相当平静的心态中发生了动摇,而且立即就看到我脚前的那条路——如果迄今为止那是条路的话——中断了),因此我给你写信,也顾不得外在的考虑与内在的困难了。你最近在布拉格,总在急切地等候莱比锡的来信(有时则盼着某一封比以前的信更令人痛苦的信的到来)——就依你这种方式,你看上去很可能便是我梦中的模样,除非你像我衷心祝愿的那样,度假时已略有恢复。哦,这有可能,因为你眼下已不再遭受信函不断的折磨,相反却享受着源源不断的、生气勃勃的消息所带来的快乐。我当然乐意问候S.小姐,但我不能。对她我了解得越来越少了。据你对她的描述,我将她视作美妙的女友,此外认为她是那部中篇小说中虽令人费解但从来无可指责的女神,最终她还是那个在做着毁灭你的工作、"同时却又否认有此种意图"的写信人。这里存在太多矛盾处,由此产生的不是荡妇。我不清楚,谁走在你身边,而且我不能向她致意。

祝你生活愉快,健康归来!

弗

〔1922年8月初于普拉纳〕

403. 致马克斯·勃罗德

亲爱的马克斯:

　　我要归拢我认为比你理解得清楚的事,尔后再理顺我还未弄懂的事。也许情况会表明,对那些抑或可能的东西,我一点儿也不懂,因为事情繁杂,距离又遥远,加之我还担心着你。你的状况比你承认的或许还要糟。从这一切里面只能产生一幅模糊的图景。

　　首先,我不明白,你为什么要这样强调 W 的优点。也许是为了(安安静静写信已不可能。雷雨降临,我妹夫来了,有点孤零零地。他坐在我桌旁。是我的桌子吗?不,是他的桌子。他把漂亮的房间让给我住,三口之家却挤在一间斗室——当然将那间大厨房除外——里睡觉。这是一种不可思议的善举。头几天房间不是这么分配的时候,我妹夫早晨能美美地舒展着四肢躺在他床上,而且他住过的那间房,在别墅中算是最美的,睡醒觉后,从床上向外望,即有一片开阔的视野,比方说远处的森林什么的,可几天后,他却睡在那间斗室里,看到的是邻居家的院子和锯木厂的烟囱。———想起这些,我尤其觉得这是不可思议的善行。提起这一切,是为了——不,目的暂且不表)——可就你而言,W. 绝对没有优势,但是为了极度地折磨大家,天平在必要的时候,至少在目前似乎已如此细心地称出净重。W 无优势可言。他不能结婚,不能给人帮助,不能使 E. 成为母亲。不然,如果有能力,他早就这么做了,而且预示出他比你粗暴得多。那么,就别谈高尚的动机或邪恶的动机吧。他爱 E,你也爱 E,谁将在此作出决断呢?因为连 E. 也不能完全决断。他外表潇洒,具有青春的魅力,甚至能诱惑一个上了年纪的女人。你美化他时,这样的赞词很多。在甚至连犹太教也不能那么沉重地压着你时,尤其如此。但你看来要具备多得多的优势和更持久的东西。你给人男性的爱、男性的帮助,并能不停顿地时而给人梦幻、时而给人具有艺术家气质的真实。什么会让你在这方面丧失信心呢?看来不是你那场争斗的前景,而是争斗本身及其种种变故。在那事上你当然有权力;我可决不能忍受那种事,它最轻微的暗示也不能忍受,但你容忍了多少我躲避或在躲避我的事啊。这里我或许高估了你。对你的能力,我不具备哪怕是勉强算得上明智的判断力。

第二点,E 在撒谎,漫无边际地撒谎。那点儿事,的确更多的是她窘困而不是她好说谎的证明。而且看起来这也是一种事后的说谎。例如她声称,她跟他说话不以"你"相称(这点不假),但紧接着她同他说话确实用"你"字,有时候也是受了那声称的诱惑,且现在不能够收回她自己的话。这点我无论如何没料到,而且一直弄不懂。我也不理解,你怎么会谈到自感侮辱这一点。毕竟是她的房子倒塌了,是她在请求你,作为男人和帮手,不管用什么方式作点补偿。她完全逃到你那里去了,至少你待在她身边时是如此。她不顾你的恳求写下的那封信,如果我理解对了的话,秉承的不过是你的意图,做得都过头了,就像你寄给我的、痛苦却也真实的明信片。

且略去一切使问题复杂化的次要情况吧。那件事有太多的枝枝蔓蔓。我这样看它的基本构架你想从一种不见减轻的贫困中得到不可能的东西,这也许还不是什么了不得的东西。这种东西许多人想得,但你比我认识的任何一个人都挤得更靠前。你已逼近目标,只是接近而已,还未紧靠上去,因为那是不可能的东西。于是你为这种"接近而非紧靠"受苦,你不得不忍受煎熬。不可能的东西尚有更高的形式。冯·格莱兴伯爵①也尝试过一点不可能的东西——对如何达到预定目标这个问题,或许连坟墓也答不上来——但不像你的目标那样不可能。他未将她留在东方,而是越过地中海与她结成了姻缘。不过,即使他违愿地与第一位妻子结

---

① 指威廉·施密特邦的剧作《冯·格莱兴伯爵》。剧本 1908 年于柏林出版。

了婚，也仍可以同他那个她结为同心。如此一来，在她一边是思念或空虚或缺少安慰或魔鬼米策；在他一边成了感激与慰藉，成了对他第一次婚姻的绝望。但此处却不是这回事，你没有绝望，你妻子甚至在为你减轻艰难生活的压力。然而，我以为，如果你想避免自我毁灭（当我想到，你也得往家里写信时，我在发抖），那么，你别无他途可走，只有去试试那件叫人害怕的事（不过，与你近几年遭受的痛苦比，暂时还只是表面的可怕），真的携 E. 回布拉格。或者，如果出于种种考虑这么做太难堪，那么就带你妻子去柏林，移居柏林，而且公开地，至少在你们三人中间公开地三个人一起生活。然后呢，以前种种不好的东西（说不定会有新的、未知的不幸与不快靠拢来）差不多都可勾销了：对 W. 的恐惧，对未来的不安（击败 W. 后，这份不安还是存在的），对你妻子的担心，和因为想到子孙后代而产生的忧虑。甚至你的生活在经济上也会宽松些呢（因为在柏林供养 E. 的费用也许将使过去的经济负担增加 10 倍）。只是我会在布拉格失去你。那你又何不在为你身边的两名女士备下安乐窝的柏林给我也留个位置？随便什么地方都行。

暂且我倒是很乐意看到你度完这地狱般的假后完好地归来的。

F

〔又及〕你妻子让她同意那项计划，也许根本就不会困难到令人绝望的地步。眼下我在布拉格同费利克斯谈起此事，他认为，你妻子不可能未得半点风声（也就是说，她在相当快乐地忍耐）。我也突然想到了施托姆的那封信，有次她曾欣欣然地指给我看。

〔1922 年 8 月 16 日于普拉纳〕

404. 致 E.S.

衷心感谢您的明信片与来信。它们一点也未使我感到意外，对我来说，似乎这根本不是第一封信。您的消息，我多有耳闻；您的芳名，于我也是如此熟悉。只是不曾亲眼见过您。仅有耳闻，究竟不够，而且这个不够，也并不是总能感觉到的。您是这么生动地隐现在马克斯的描述中，对这点我在很大程度上也该知足了，因为医生不允许我去波罗的海。

不过，我倒是很乐意同您一聚，因为云天相隔，虽然书信往来如此频繁，究竟未能面谈，容易产生误解。即便是书信，在此与其说是在帮忙，倒不如说是在起损害作用。因此，您亲切的来信，就预示着这样一种本身不可避免的误解。远方的脸庞，甚至只是从照片上识得的面影，在人的想象中容易形成恶毒与仇视这样的印象。我也叫弗兰茨，弗兰茨似乎与无赖相去不远，连我自己一时也差点相信了。可实际上———个重视马克斯的生活与工作的人，怎能生您的气呢？他对您除了深深的感激外，又怎会有另外的态度？马克斯的生活与工作维系于这样一种喜悦，即您在生活并焕发出勃勃生机，想将他从您身边挤走，也就是说想将他赶出工作、赶出生活。难道由此产生的、您与马克斯和我三人之间的一致，就一定不是完美的一致？时光当然在流转，就像上次旅行前的那些日子一样，但那副图景，正是那副给了他生活的图景，颠倒了过来，似乎要将生活从他身边夺走。我不敢介入直接的诱因，自然也看到，眼前有许多无意义的自我折磨。这种自我折磨，只可通过他最珍爱的、受威胁的人儿的困苦加以解释——但是无论如何如果您——尊敬的小姐，那时见过或在类似的场合见过他，——但实际上您永远不可能见到他的模样，他的模样保留在我心目中。在您那儿，马克斯总能得到安慰，遭受损害，仅两三天功夫便吓人地瘦下来，而且睁着一双因失眠而疲乏的眼睛，对一切漠然视之，只是对一样东西，对引起他痛苦的东西充满热忱。尽管如此，他仍以他的精力、将来决不会离他而去的精力继续工作，就这样继续毁灭他自己。如果您能看到这一点，尊敬的小姐，据我对您的了解，您肯定不会对我的作为满意的。我仅能静静地、束手无策地坐在他身旁，让同样的痛苦折磨我自己，而您比之我，呆在马克斯身边的时间更多，给他的帮助与安慰会更大。非常遗憾，这样的时刻您不在他身边，而且，您肯定不会再给我写信了。

此乃对您亲切来信的回复。此外，我有责任（根据我听到的消息）报道与 F 小姐在咖啡馆的相聚；同时据我所闻，我有责任不报道这次会面，而巧妙地让人向我口授关于马克斯的报道。由于这两项责任联系不到一起去，所以，尊敬的小姐，当有人说咖啡馆的会面是我一生中最无意义的事件之一，对这样的评语您一定满足了吧。

〔信的草稿。1922 年 8 月于普拉纳〕

405. 致罗伯特·克罗普施托克

亲爱的罗伯特：

我曾在布拉格逗留几日。眼下在普拉纳收到您的明信片。我也许还会在这儿呆上一月。我不得不偶尔去趟布拉格，以认识普拉纳的价值，或者说，这样一来才更透彻地认识它的价值。只是我并非总有力气去赞赏这价值。是否该来布拉格，您在犹豫么？不管怎样，您应到城里来，这点是肯定的。我逃避城市，只因为我对付不了它，只因为我在那里经历我几次很平常的会面，交谈和观光弄得我几乎昏厥。尽管如此，10 月和 11 月我或许会住在布拉格，尔后呢，如果可能的话我倒是很乐意去乡下的一个舅舅那儿。为了能对您的未来谈点什么，我该知道，他们给您提了些什么建议。不是在任何情况下，只是在许多情况下，布拉格才是您最好的去处。马克斯已回到布拉格，他的地址是勃雷肖瓦大街 8 号——请您来信告知我那些建议。

卡

〔1922 年 9 月 5 日于普拉纳〕

406. 致马克斯·勃罗德

亲爱的马克斯：

——即便我未去德国，也别说是什么"真正的直觉"引导了我，是因为一点别的事。重返普拉纳差不多已有一周。这一周我过得不太开心（因为我看来得永远地搁下那个城堡故事了，自赴布拉格一周前发生那次"崩溃"①以来，再也无法衔接，尽管在普拉纳写下的篇章并不完全像你读过的那么差），不太开心，却很平静，我甚至长胖了。当我与奥特拉单独在一起、没有妹夫与客人们在场的时候，我觉得最安静。昨天下午，又很安静，我打房东太太的厨房旁过，与她说了一会儿话，这房东是个叫人摸不透的人物。以前她对我们只表面上显得友好，实际上却冷淡、怀有恶意，且为人阴险，可近来对我们却变得坦率、真诚、友善起来，完全没法解释。我俩开始交谈，谈狗，谈天气，谈我的气色（jak jste prisel, mel jste smrtelnou barvu）②。她说一个什么鬼怪对我吹了邪气。其目的在于吹嘘，这里使我感到很舒坦，我最好还是留在此地，唯一妨碍我留下来的原因，只是客栈里的饭食问题。她还发现我也许感到害怕——这话听起来可笑，我表示不能接受。继而出现了一点新情况，是我完全未料到的，即她说，根据我们之间的整个关系（她也是个富有的女人），她愿意给我提供饭食，提供多长时间都行，只要我愿意，并谈起了细节问题，诸如晚饭之类。我极高兴地感谢她的提议，一切就这么定了吧，整个冬天我都会留在这里的。我再次表示感谢，然后走开。而紧接着，我正爬楼梯往我房里走，便发生了"崩溃"，这在普拉纳已是第四次了（第一次发生在一个孩子们吵吵嚷嚷的白天，第二次正值奥斯卡的信来，第三次恰逢奥特拉已于9月1日移居布拉格、而我还得在普拉纳待呆一个月、还得在客栈里吃饭的时候）。这种状况表面看是个

---

① 指卡夫卡因肺结核而大吐血。——译者
② "您来的时候，脸如死灰。"

什么样子，你也知道，就不必细述了，但你应想想你经历过的最糟糕的情况。在那种情况下，人已在寻求，怎样才能晕过去。首先我知道，我将不能睡觉，睡眠之力会把心脏咬下来。瞧，现在我失眠啦，我早就尝到了失眠的真正滋味。我在受苦，就像昨晚失眠时那样。于是我走出户外，一心只想着，一种巨大的恐惧在折磨我，而且在我较清醒的时刻，还会产生对这种恐惧的恐惧。在一个十字路口，意外地遇见了奥特拉。我曾很偶然地在同一个地方碰到过她。其时她带着我给奥斯卡的复信。这回的情况比上次好一点。奥特拉将会说些什么，这可是太重要了。如果她对那项计划仅略表赞同，那么，至少有几天我会无情地遭受失望情绪的折磨。因为我自己，就我自己而言，对那项计划没有一丁点儿异议。更确切地说，那项计划是对一个大大的心愿的满足，即我独自一个人安静地待在这个极惬意的地方，静度秋日与冬天，让人照料得好好的，而且花费不多。究竟有哪一点会遭到反对呢？无非是恐惧呀什么的，可这不是反对的理由。如果奥特拉不表示异议，因此我将不得不为了那项计划而同自己作斗争。这是一场反正肯定不会以我留下来而告终的毁灭性斗争。哦，幸亏奥特拉立即说，我不能留下来，这里空气太阴冷，还有雾什么的。紧张因此得以消除，我可以坦白了。虽然由于接受房东太太的建议而仍有困难存在，但依奥特拉看来困难很小，不过我却觉得很大，因为整个事情的范围在我眼里大得很。暂时我至少安心了一点，或者更确切地说，理智在这件事情上起了作用。我自己心情不平静，理智使我回想起太多的事情，这一切现在从我自己的脑海里出现，栩栩如生。我的心情不是用一个词可以安抚得了的，需要有一定的时间才行。于是，我像其他晚上那样，独自一人到森林中去。待在暗暗的森林里，是我最畅快的时刻。但这次我只感到可怕。整晚惊恐不安，于是一夜无眠。早晨在花园里、在阳光下，奥特拉在我面前同房东太太偶然谈到我的恐惧，我插了几句，而颇令我惊奇（事情完全超出了我的理解力）的是，这桩在别处能震撼世界的事，经她们几句匆忙的交谈一梳理，即告解决——此时此刻，我的恐惧才稍有减少。两个巨人般的女人谈天的时候，我站在那儿就像格利佛一样。情况看起来甚至表明，房东太太并不那么认真地把她自己的建议当回事儿，可我还整天瞪着一双眼窝深陷的眼睛呢。

现在情况怎样？我想来想去，只能归结为一点。你说，我应该尝试着去做更大的事。这在某种意义上是正确的，但另一方面，起关键作用的并不是有关情况的数字统计，我也满可以在我的鼠洞中检验自己的力量。而归结出那一点是，对彻底的寂寞的惧怕。如果我一个人留在这里，我便是彻底寂寞的。我不能同这里的人交谈；如果我这么做了，也只能加深寂寞。我隐隐约约地懂得对寂寞的恐惧是怎么回事，这种恐惧并不仅仅是针对被冷落的寂寞的，并不仅仅是惧怕身在人群中的寂寞，比如按我初到玛特利亚里时或在斯平德尔米勒那几天所感受到的，对此我不想详谈。那么这寂寞是怎么回事呢？实际上，寂寞是我唯一的目标，是我最大的放松，我的可能性。如果可以说我是在"设置"我的生活，那么我始终考虑着如何在生活中把寂寞设置得舒适些。尽管我如此爱它，但同时又非常怕它。而为维护寂寞而担惊受怕要容易理解得多，这种恐惧同样实力强大，与前者旗鼓相当，而且招之即来（孩子们一叫喊，当奥斯卡的信一到来，"崩溃"就发生了）；而对那迂回曲折的中间道路的恐惧甚至更容易理解，这种恐惧还是这三者中最弱的。在那两种恐惧中间我将被碾得粉碎——而第三种只有在发现我打算逃跑时才插手——而且会有一个高大的磨坊主跟在我后面，嘴里骂骂咧咧，说干了那么多活儿也没有做出什么有影响的东西来。无论如何，像我改变了信仰的舅舅所过那种生活令我毛骨悚然，尽管这种生活现成地放在我的道路上，当然不是作为追求目标，但他也不曾把它作为目标，只是在最近这堕落的时期内才去追求的。此外我还有个独特的地方，我在空的寓所内感觉舒适，但不是在四壁徒立的寓所中，而是在那种充满了对人的怀念并准备迎候今后的生活的房间里，是摆设完备的夫妻卧室、儿童住室、厨房，是那些早晨有给别人的信件投入信箱、给别人的报纸插入门缝的寓所。只是真正的住户永远不能来，否则我就会受到严重的干扰，就像最近那次那样。好了，这就是那个"崩溃的故事"。

你的好消息，令我高兴。大前天收到你的信，我还能高兴，今天也慢慢有力气高兴了。现在我还不会一道儿去柏林。奥特拉则几乎只是为了我的缘故而留下来再待一个月。我眼下该动身吗？（你为什么要10月30日走？）我也想去那里看首场演出。两次乘车旅行，在我看来太了不起啦。至于E.，她可是恨我呢。我简直怕碰上她。就你而言，我的影响力——如果有一份影响的话——由于那个秘密，至少是增强了，就好像我已露面、出现在你身边一般。

施派尔[①]作品中的什么东西叫我不喜欢，你自己说说吧。学校的庄园，早年的克里丝蒂娜及布兰奇写得很美，脱开了最冷酷的意味，但接着他的手垂了下来，搞得人读时几乎都跟不上。当然也还有几处很值得尊敬的地方，我就不再恭维了。另一方面，后来的衰落在书的前半部已有预示，例如，在无拘束地描述同学们性格的地方，或是在"引言"处。如果一个人在11月的夜晚为了比较西藏与德国的宁静而开窗，那么，我们最好是替他再把窗子关上。这里是施托姆式情调的夸张。

"安娜"也让我略感压抑，至少带给我的愉悦不多。此外，这小说我几乎读了两遍，一遍为我自己，一遍为奥特拉，给她读了16章。书的结构、人物风趣、生动的对话，书中的许多地方，都是极出色的，但书的整体，是怎样一股洪流啊！除了尤斯特外，没有一个人物是为我而存在的。此时，我根本没想到那种十足的可笑和有失体面的滑稽，例如未想到从不曾生、从不曾死、总被人从他的墓穴陷阱里硬拖出来的埃尔温（我们只能笑着读他的故事），也没想到特亚或是那位祖母。但是，几乎所有别的人也都那样，人们会因为他的贫穷生活而在某种程度视之为非生存者。你不喜欢安娜，而喜欢E，你因为E而不喜欢安娜，而喜欢E.则还是因为E，连安娜也不能阻止你。我最喜欢的是亨胡特兄弟会教派的成员，就像你描述时那么绝对——不是反对他们的教派："在他们眼中，不可否认的、有种不寻常的光芒在闪烁，深邃而友好。"

祝你在柏林万事顺利！

弗

〔寄到邮戳：1922.9.11—普拉纳〕

---

① 此处指威廉·施派尔的长篇小说《四季忧伤》，该书于1922年在柏林出版。

407. 致罗伯特·克罗普施托克

亲爱的罗伯特：

笔握在手中几乎不习惯了，我已很久不写信。这次促使我试着动动笔的原因是够重要的了。毫无疑问，我要建议您在柏林度过冬季学期，而且是出于如下考虑，这样一次能在柏林无忧无虑地生活并能随自己的心意工作的机会极为难得，所以千万不要舍弃。（施泰因费斯特博士替您支付什么？是份礼品吗？）

换个学习的地点，这种"冒险"您能轻易地通过；要利用这次重要的、内在的机会！

布拉格的价值是成问题的，除了那一切明显地属于个人性质的东西外，布拉格也还有某种特别有诱惑力的东西，这点我是能够理解的，我觉得那是幽灵们身上的一点天真的痕迹。但这种天真同幼稚、小气、无知觉混合得难以分辨，这对外来人虽谈不上是最危险的因素之一，但总是一种危险。如果人们是从柏林来的，那么他们会发现布拉格比柏林有用，这一点据我知道还没有任何地方在如此大的程度上做过。无论如何，布拉格是抵抗柏林的药物，柏林是抵抗布拉格的药物；由于西方犹太人身罹疾病并靠吃药活命，所以他们如果是在这个圈子里活动，就不可能越过柏林。我总是这样认为的，但我没有力量从病床上伸出手去要这种药物。我不公正地试图通过把它看成一种药物来降低它的价值。今天柏林所展示的还要多一些，我觉得，在那里比在布拉格能更清楚地眺望巴勒斯坦。

至于马克斯，今年冬天与他保持联系，在柏林简直比在布拉格来得便当，因为出于某种原因，柏林现在成了他的第二故乡。您或许也能帮上他的忙，这在他是非常珍贵的。（此外，他在那儿也有首场演出，我说不定会去看的。）

我，嗯，至于我，除了在我舅父处（在梅伦。那地方离布拉格简直比柏林离布拉格还远）住几周外，将会待在布拉格，因为我的思想搬不动。让您在什么地方为我安排住宿，对我来说，可真是个很令人开心的念头。——这一切只适合冬天。也许在柏林过上一冬就够了。(您的表妹不也想在柏林过冬吗?)尔后您作为一名能对两城市进行比较的旅人回到布拉格(如果您到时还有这种兴致并未先选中一所南德的大学的话)。您的资助人自5月份起呆在布拉格,从这点来看,上述安排也是恰当的。——我也认为,整个事情的前提,是您健康方面自感舒适,否则,您是不会考虑这些计划的。——从马克斯和费利克斯那里,您不难得到如何在柏林生活的劝告;从我这里则可得到恩斯特·魏斯的指点,如果您愿意。尽管有施泰因费斯特博士的钱,但您仍应接受这位阔先生的帮助,根据魏斯博士的一篇报道,一万马克几乎是不够用的。

在您去柏林的途中,我们可在布拉格会面(10月1日我肯定已在那里),再谈谈必要的事。伊雷妮小姐又去德累斯顿了吗?格劳伯尔在哪里?在洛姆尼茨吗?请您代我问候他!那么施齐奈呢?——当然啦,我的小外甥女不会来赫勒劳。毕竟我已达到目的,妹妹同妹夫,还有孩子们留在了赫勒劳,但正是这一阶段性胜利,让我失去了取得最后胜利的全部希望。诺伊施泰特尔太太把人吓坏了,她为人阴险,恰好在这天伤风了。脸上起脓包的诺伊施泰特尔先生,那个英国人、一位临时代课的女教师,一名达尔克罗策的女学生,虽然很高兴,但敌不过感冒;学生们在郊游,这是星期天。情况同样如此,妹妹无力作决定。我不能为此而生她的气。几个月以来我就想乘车作一次10分钟的游郊,可这不会成功的。

一切顺利!

卡 上

〔1922年9月于普拉纳〕

408. 致奥斯卡·鲍姆

亲爱的奥斯卡:

谢谢你的来信。信是从普拉纳转过来的(自星期一起,我便在布拉格)。我曾很担心,你会生我的气,现在仍有这种担心,因为面对这样一场演出,观众是无法好好待着的,除非他在费力地思考,我的身体与这场可怕的演出间有多远的距离。最近几天我要来。在普拉纳的时候,我过得相当好,只是受了数得着的几次干扰,最后我才因为要离开那儿而几乎高兴起来。对那些嗜睡者来说,还有什么比冬天待在那里更妙的呢?我不属于那群人,在那儿获得自由的自然精灵中间过冬会受不了的。而你,被开音乐会的旺季留住了的你,最好是过来待上几天。

祝莱奥幸福!他的父母真该受到赞美!就这么成长起来,而且变得健壮、强壮、机灵、肉体上有经验,同时还为多数姑娘所注目!你可从马克斯手上借施派尔的《四季忧伤》。小说描写的是一座学校庄园。与此相对,我想说:"我该死。"我的教育,其实全是在孤独的、冰冷或过热的男孩子睡的床上进行的。这虽与事实不完全相符,但说一说让人高兴。

衷心问候您、您太太和妹妹!

F

1922 年 9 月 21 日

409. 致罗伯特·克罗普施托克

亲爱的罗伯特:

就说几句话,那位小姐等着呢。根据伊雷妮小姐的报告,我有种印象,即真正严重的情况已过去。因此医院便不再在考虑之列了。但如果您指望从医院得到治疗,以期病情有最低限度的减轻,我们还是可以试一试的(您在家中得到的照顾,肯定很不周到)。这绝不是什么求人帮忙的拜访。我会去我同事那儿的,让他以很骄傲的方式促成此事……那么,您表表态吧。今天我从赫尔曼大夫那里得了答复,但他讲得很简短含糊,说是轻微的感冒。明天我再去找他。

烧到多少度?详谈。

昨天伊雷妮小姐在这里时,我已给您回信。但事情因为发烧的问题,已变得比以前更无关紧要了。答案就在我这里。

万事如意!

您需要什么,就坦率地讲吧!

卡

〔1922年秋于布拉格〕

410. 致 M.E.

亲爱的闵策:

您的信给我以巨大的快乐,因为信中表明,您未屈从那些我自信已认识到了的和我肯定还不知晓的困难,并继续过着您独立而无畏的生活。我当然要接受那份邀请①。怎么可能却之不受呢?想想看,您做东,还有那儿的安宁、森林和花园!但我换换地方的可能性受到限制,身体倒不是那么难动,而是精神上有些问题。例如夏天的时候,我本要去图林根看几个朋友的,结果却未能成行,尽管我身体相当好。真是难说清。不过,去卡塞尔也许能成。此外,我要问,那儿是一处怎样的别墅?环境如何?是一处商业性园圃吗?或者只是所退休住宅?抑或又不是这样?您不可能一个人住在那里,又是同些什么人住在一起?在施蒂夫特②的《研究》中有一篇故事叫《姐妹俩》,说的是一个姑娘的杰出的园艺劳动成绩。您读过这篇故事吗?奇怪的是故事发生在加尔达湖③畔,我记得有一次在类似的情况下我们说起过它,这看来是有些人梦中的追求。

忏悔。为了能听取忏悔而有所选择,这固然是一项难免的严肃责任,但只是请您别指望。当人们向他忏悔时,那他一定是个怎样怎样的人,且可望从他那里得到一点什么。向某个人忏悔,或者对着风儿喊出您的

---

① 闵策·艾斯纳邀请卡夫卡去卡塞尔旁的威廉山,到她的别墅玩。
② 奥地利作家(1805—1868年)。
③ 意大利最大的湖泊。

忏悔，通常是一回事，即使那可怜的、薄弱的意志可能是如此善良。自己的生活乱七八糟，整天无所事事地闲荡，却又要去倾听另一个人心中的困惑，此时他除了说"可事情就是这样子的，一切如此"外，还能说些什么呢！这类话的确是种安慰，可也仅此而已。不过，亲爱的闵策，如果您的心里很闷，就写吧。在我这里，直到我的气力用到了尽头的时候，您肯定都能得到敬重与同感。

您问及我的病，它并不像站在病房门外的人想象的那么糟，但这座建筑物确实有些裂缝，不过现在已好些了，两个月前甚至一度相当不错。这是一种有些乱的战争状态。如果把这种疾病看成一支战斗部队，那么它就是世界上最听话的生物，它的眼睛只盯着指挥部，那里发出什么命令，它就照办，但上面那些人对应该作何决断往往把握不定，此外还经常出现误解现象。把指挥部和部队分开的作法应该停止了。

祝您安康，亲爱的闵策，并祝您旅途和其他一切顺利！

卡

〔1922年秋于布拉格〕

411. 致库尔特·沃尔夫出版社

尊敬的出版社：

非常感谢那两本书，尤其感谢您对我的问候（我已诚恳作复）。

借此机会，我想象前几次那样，请您预先记下，我的地址不再是波里克7号，已改为"布拉格，老城区环行路6号"。这不仅仅是一个因其他原因而使我感到不舒服的问题，而且还牵涉到函件。函件总是寄往波里克7号，转到我手中通常要过很长一段时间，有时候要晚数月之久。那两本书也晚到了。因此我以最友好的态度请您注意这一地址的变动。

我从第三方偶然得知，《变形记》、《判决》已译成匈牙利文，刊登在卡绍1922年的《泽巴德扎克报》上，且《杀兄》也在卡绍由《卡赛纳普洛》1922年复活节那一期刊出了。译者为生活在柏林的匈牙利作家桑多尔·马赖。您知道这事吗？此外，我请您无论如何为一位我很熟悉的名叫罗伯特·克罗普施托克的匈牙利文学家保留将我的作品译成匈牙利文的权利。他肯定会译得很出色的。

顺致
崇高的敬意！

弗兰茨·卡夫卡

〔寄到邮戳：1922.10.21—布拉格〕

412. 致罗伯特·克罗普施托克

亲爱的罗伯特：

您到底什么时候能去掉涂上的颜色，看看真正的我，看看我昏沉沉躺在长沙发上的模样！一群管道工风雨中爬上我对面那座俄罗斯教堂最大的钟楼顶，边劳动边唱歌。透过敞着的窗户，我惊奇地注视着他们，就像看史前时代的巨人。如果我是同代人，那他们不是史前时代的巨人，又能是什么！我不写信的原因正在此。或者还有一个因由，就是我劝说您时的软弱无能。

非常感谢。凭借小小的帮助，我有时慢慢地从匈牙利的黑暗中发掘出这位伟人①，但大量错误的概念肯定在一旁起了协助作用，主要是那些错误的类比法。这样一篇译文，有点儿让人联想到亡灵们对巫师极度的无能所作的抱怨。这里则是读者和翻译者在相互联系和沟通这一点上的无能。但那篇散文比较清楚，读者可从近一点的距离看那位伟人。有些地方我不懂，但整体能理解，真让人——在这种情况下总如此——高兴，为此而高兴，即他过去在这里，现在在这里，所以，不管用什么方式，总与他相近——也就是说"与任何人都不相近"，因此，在这点上也相近。那些译诗显然很粗陋，只是这儿那儿有个把词，或许还有个别

---

① 指匈牙利抒情诗人安德烈亚斯·阿丢。卡夫卡通过克罗普施托克与之相识。

音调，尚差强人意。为确定译作与原诗间的关系，我以我与那些管道工之间的关系作为标准。

对那位编者，您有点不公正。这与他获得的利润有什么关系？如果寄生生活的产生是公开的、正当的，是由于天生的才干，是为了共同的利益，我们有什么理由表示反对？我们不也是寄生虫么？难道寄生虫不是我们的指挥者？此外，两人聚会的情景也是很有说服力的，可促进人的认识。这两人，一个说得这么多，一个是如此的沉默。至少对我来说，后记里头也有新消息。

幸好我的生活近来非常单调。只有马克斯偶尔来坐坐。韦尔弗也来过一趟，为的是邀我去塞墨林。这当然很叫人高兴，但医生不允，到底还是客人在我这里留了4天。这便是全部情况。

不久就是我到玛特拉并结识一名年轻而富有的胖绅士，还参加了他的周年纪念日。这位绅士暖暖地坐在美人儿中间，读着《新自由报》上的圣诞特刊。

祝您生活愉快！

您的 K

您的快信来了。看来您要认识我，除了通过仇恨（我的态度最终一定会引起您的仇恨）外，别无他途。

请您代向格劳伯尔问好！

加尔贡太太在做什么？

伊龙卡小姐不久前给我写了封信。

〔1922年11月22日于布拉格〕

413. 致马克斯·勃罗德

亲爱的马克斯：

这封信主要是给你通个信息，因为韦尔弗将会去你那里，再就是希望在思想上得到你的安慰。

昨天韦尔弗和皮克一起来我这里，他们的来访平时总给我带来莫大的欢乐，这回却使我陷入绝望。W.[1] 知道我看过《施威格》，我感到我将不得不谈到它。如果只是一般的不喜欢，完全可以设法避而不谈，但这个剧对我来说却是非常重要，与我休戚相关，使我产生了极端厌恶的感觉，我丝毫没有想到过有朝一日会向韦尔弗表露这种感觉，而且我自己对反感的原因也不完全清楚，因为就这剧作我内心根本没有产生任何思辨意识，而只有摆脱它的愿望。如果说，我在霍普特曼[2]的"安娜"面前听力麻木了，那么我在这个安娜和围着她转的鼠王面前则是听力好到痛苦的地步了；只有这两种听力现象互相间存在联系。倘若要我今天把反感的原因加以归纳，那么大体如下：施威格和安娜（当然包括他们周围的人：可怕的刘草人、教授、讲师）不是人（在离他们远一些的人中：合作者、社会民主党人中才产生了一点虚假的生命）。为了使这一点能为人接受，他们发明了一种将他们的地狱表象神化的传奇——那个精神病故事。但根据他们的本质，他们只能发明某种像他们一样非人的东西，于是反而使观众的恐惧增加了一倍。由于还把这一切表现得似乎是清白无辜的，并避开所有从旁边投来的目光，这种目光恐怕更增长了十倍。

你说我该怎么对韦尔弗说呢？我赞赏韦尔弗，甚至在这个剧作中也欣赏他。当然，在这里欣赏的只是，他竟有力量跋涉过这么一片淤泥地。我对这个剧的感觉是一种隐私，我觉得它好像是为我一个人写的。他是怀着动人的友情到我这儿来的，而在相隔数年后相会，我却用这种没有头绪的、理不出头绪的批评来接待他。但我没有别的路可走，通过一通

---

[1] 即弗·韦尔弗（1890—1945年），奥地利著名作家、诗人、表现主义的代表人物之一，是卡夫卡的朋友。《施威格》是他的三幕悲剧，1922年问世。
[2] 德国剧作家（1862—1946年）。

唠叨,从心里驱出了一些厌恶情绪。可是我整个晚上、整个夜里痛苦地回味着这一苦果。而且我兴许也伤害了皮克,由于沉浸在激动之中,我几乎没有注意到他的存在(而且是在皮克走后我才谈到这个剧作的)。

我的健康状况有所好转。

祝您

生活中和舞台上一切顺利!

弗

〔1922年12月于布拉格〕

414. 致弗兰茨·韦尔弗*

亲爱的韦尔弗:

我知道,在您上次来访时我作出了那样的举止后,您是不会再来了。如果不是写信于我渐渐变得艰难,就像讲话于我那样,如果不是甚至寄信都变得艰难起来(因为我已经给您写完了一封信),那么我一定已经给您去过信了。重提旧账是没有用处的;如果一个人永远不能抛弃不断为他过去的可悲行为辩护和开脱的习惯,那么他又能成得了什么气候呢?只有这一点,韦尔弗,您自己一定也知道,如果事情牵涉的仅仅是一般的不快,那么也许比较容易说清楚,而且说不说也没有多大关系了,那样我完全可以对此闭口不谈。但那是一种震惊,很难把这种感觉解释清楚。当事人也许只是不愉快,但看上去是那么固执、偏头偏脑、不服帖。您无疑是一代人的一个领袖,这不是奉承,这话不可能作为溜须拍马的话用在任何一个人身上,因为走在沼泽地中的这个社会有些人是能够引导的。所以您也不光是领袖,而兼有更多素质(您在给勃兰德遗作写的出色的前言中说过类似的话,那篇前言除了"愉快的欺骗欲"外全部是出色的),人们怀着狂热的期待心情注视着您的道路。而这回

---

* 卡夫卡的这封信,估计没有发出。

却出了这么个剧作。它可以拥有一切优点，从剧场效果到最高境界，但它归根结蒂意味着退出领导地位，这里面甚至无领导地位可言，有的倒不如说是对一代人的背叛，是把他们的苦恼遮盖起来，加以轶事化，亦即剥去其尊严。

我现在又像当时那样开始唠叨起来了，却没有思考和表达关键问题的能力。只能如此。如果不是我的关注，我对您的最自私的关注是那么强烈，我甚至连唠叨都不会。

现在该谈到那起邀请了。如果能把它作为文件拿在手里，它看上去就会更了不起、更真实。障碍是疾病，医生（他又一次坚决不同意我去塞墨林①，但反对早春去威尼斯的意向并不坚决），当然还有钱（我要每月收入上千克朗才有可能应付），但它们根本不是主要障碍。从四肢伸展躺在布拉格的床上到直立着在马库斯广场②上散步，这两者间的距离太远了，只有幻想才勉强能够跨越这段距离，但这还只是一般而言的；此外还有比如产生这么一种想象，我同许多人一起在威尼斯吃午饭（我只能一个人吃饭），这种想象甚至把幻想也吓跑了。但不管怎么说，我手里攥着邀请信，对您表示万分感谢。

也许我能在1月份见到您，祝您安康！

卡夫卡

〔1922年12月于布拉格〕

415. 致马克斯·勃罗德

最亲爱的马克斯：

近两晚我低烧37.7℃。白天则热度低，或者说不发烧。但不管怎么说，我不敢外出。祝您柏林的斗争和其他事情顺利。衷心问候那几位

---

① 奥地利一个山地滑雪地区。
② 威尼斯一个广场。

我一直未能听到其描述旅行见闻的旅人。

你的 弗

请别为我买歌德的作品了，一则我没钱，所有的钱都要用在医生身上，而且还不够；二则也没地方放书；三则我毕竟已有 5 卷歌德的作品，虽然不成套。

〔估计写于 1922 年 12 月〕

416. 致马克斯·勃罗德

亲爱的马克斯：

我来不了，7 点钟得吃饭，否则会根本睡不着，针药的威胁起作用了。此外正好今天（每天如此）我有点不轻松的事要做。

有时我觉得自己像个在进行训练的古罗马斗士。这斗士不知道别人想在他身上得到什么，但结束别人要他完成的训练后，或许有场大搏斗。在全罗马城面前进行的大搏斗等着他。

〔可能写于 1922 年〕

417. 致马克斯·勃罗德

亲爱的马克斯：

你别来！我有点发烧，正躺在床上，我未报知蒂伯格尔博士[①]，如果你认为必要，可否不做此事？我这就给你寄两期《警卫》和一期《自由》来，关于《自由》的名称问题，有一种不同的看法，甚至有两种不

---

① 指卡夫卡的希伯来语老师弗里德里希·蒂柏格尔。

同看法（笔记和诗）。

衷心问候你！

弗兰茨

〔可能写于1922年〕

418. 致马克斯·勃罗德

亲爱的马克斯：

请不要在这事上理解偏了。情况让我觉得，仿佛我讲过我们的那位小姐想下午去剧院似的。错啦。晚场票也是受欢迎的，甚至可能更受欢迎些。

F.

〔可能写于1922年〕

419. 致M.E.

亲爱的闵策：

我自己几乎都不能相信，直到今天才对那些给我带来如此快乐的鲜花，才对住所的安慰，才对您催促我去卡塞尔的提醒表示谢意。近段日子极不安宁。母亲很突然地、极为急迫地需要动次大手术。尽管万分紧迫，但因为一种中途冒出来却与手术有干系的病，而做不得手术。于是，经历一系列最令人痛苦的手续后，又只好日复一日地将手术后延。可怕的医学，可怕人类的可怕的发明。

等这一切过去后，我再写信。您可是将您的地址寄来呀，或者，地址写"卡塞尔附近的威廉山"就够了！

一切顺利！

卡夫卡上

嗯，甚至把这几行字都漏了，它们到达特普利茨，也许会晚一些。昨天动了那次极严重的手术。

〔1922/23年冬于布拉格〕

1923 年

420. 致奥斯卡·鲍姆

你们这些可爱的人，请接受我的祝贺。你们这些坏蛋，为什么不及时告知我生日庆祝会①呢？我与马克斯和费利克斯，会面的机会也很少。那消息是前几天偶然得知的。庆祝会已改期于16日举行，我昨天才知道。难道要我一辈子都记着（改期的事也未及时告知我，不过，你们没责任），庆祝会只是在星期六才会举行吗？昨天我冷得发抖，没法外出，未能更详细地打听。如此这般，一切在没有我参加的情况下发生了。那些书也是未加选择的，是偶然的。庆祝会就其实际规模而言已超出我的想象。只有我参加庆祝活动不取决于日期和准备工作的情况。

祝生活愉快！也许我到底会到你们这里来一趟。

弗

如果莱奥不喜欢或不了解其中的某些书，他可在卡尔夫那儿调换。比方说在这套丛书中②，可找到相当不错的书，诸如：深海探险，达尔文的著作，斯文·赫丁的作品，南山的书；或者，在一套类似的③、由

---

① 指奥斯卡·鲍姆之子莱奥13岁的生日祝贺活动。
② 指乔治·韦斯特曼出版社出版的、供学生与家庭阅读的科学丛书。
③ 指"旅行与探险"丛书。

布罗克出版社出版的、在卡尔夫那里也有存书的丛书中，或许也能发现一点他中意的东西。

〔1923年1月中旬于布拉格〕

421. 致 M.E.

亲爱的闵策：

我的上一封信，他们在特普利茨可能再也收不到了。信中述及我母亲的一次大手术。现在她已做了手术，现在似乎慢慢地、极缓慢地恢复过来了。

这件事和其他事妨碍了我早点给您写信。而其间您真的就呆在您寒冷的园圃里。这很艰难，闵策。我怎么会不知道呢？这是一次完全绝望的、犹太人的行动，但据我看来，其绝望中自有辉煌处（此外，事情也许决不至于如此绝望，而像今天我在经历了一个就我的情况来说也显得非比寻常的、毁灭性的失眠之夜后所感到的那样）。我们不能拒绝这样一种想象，即一个孩子在戏耍时孤零零地玩着某一种闻所未闻的爬沙发游戏或者诸如此类的游戏，可那位已完全被忘却的父亲在一旁瞧着，且一切比它呈现出来的样子安全得多。这位父亲可能就是，比方说就是犹太人。另外，您会希伯来语吗？或者您至少曾开始学习希伯来文？您的未婚夫是犹太人吗？是犹太复国主义者吗？

其实，在这整个行动中，使我忧虑的只是身体上的疲倦，您有时在信中提及的疲倦。这是某种疾病的征兆吗？或者只是，或者绝大部分是那种不足为虑的、通过甜美的睡眠（我享受不到）即可消除的疲倦？

如果我精神状态好转，我会再写信的。

祝您安康！

这点也许有助于解释那种令您费解的、凭自身的力量不能产生的、对冷漠所作的持续不断的反抗。

卡夫卡　上

〔1923年1/2月于布拉格〕

422. 致 M.E.

亲爱的闵策:

真是一个美好的、大大的惊喜！太出人意料了！可这又是世界上最顺理成章的、最合情理的、最理所应当的事。在此惊喜时刻，有一大堆问题要问，写都写不过来了。在布拉格见到您，我会很高兴的。请您代为问候您的未婚夫！祝您在这个大变动中保持愉快和身体的强健！

卡　上

〔1923 年 3 月于布拉格〕

423. 致罗伯特·克罗普施托克

亲爱的罗伯特:

我只能答复以前的信。例如您最近的一封信就是出于恐惧的动机，或是因为急不可耐，或是因为下述评语："……不能坚持住，即使最多由我们大家……"在这样一个评语里，确实没有丝毫真实性。姑且不谈这点。但首先是因为恐惧。这是对一种暂时——我根本不谈未来——不可分的、被强调的、已表达出来（我把私下的协议除外）的关系的恐惧，是对具备所有密不可分的圣礼的、面对天空堂皇而坐的关系的恐惧。对我来说，同男人建立联系之不可能，一如同女人建立联系。人处在漫游过程和乞讨状态中，要这么伟大的东西干什么？每一分钟都有避不开的、可让人狂喜地加以利用以进行最无耻的自我吹嘘的机会，为什么还要去寻找其他的机遇？此外，损失也许并不像它有时显现出来的那样巨大。假如我们能感觉到某种东西例如方法上的共同点，那么这里面就有了足够的联系，其他东西则可托付给星星。

所有这类恐惧，您向我打听得如此详细，好像与您有什么关系，但其实只与我相干。假使这儿通过忏悔或诸如此类的仪式可达到什么，那么我自己也许应承受这种恐惧。难道恐惧就有那么一点儿甚至如此奇特的东西么？一个犹太人，而且是一个德意志犹太人，身患疾病，在已恶化的个人状况下生活——这一切形成化学力。我愿凭借这类化学力立即将黄金变成砾石，或者将您的信变作我的信，并保留这种权力。

〔1923年3月底于布拉格〕

424. 致罗伯特·克罗普施托克

也许书面答复这封信比较好。

信整体上包括我以前已知的事，和您可以随意翻过来看的事。但翻过来看也跳不出这个圈子，事情仍然是您对物质失望了，并在您自己和我面前声称，您已对关系失望。对您来说，这当然不仅仅是一种痛苦，而且还是一种您给我带来的巨大痛苦。您肯定快要发现这个错误了，但目前看来，到那一步尚需一些时日。这一发现也不会带来拯救，就像在此只会发现失望一样。一个人发掘得愈深，失望也就愈大。

如果您在玛特拉与布拉格之间弄出如此深刻的区别来，那您就错了。在玛特拉，您同样一直为失望情绪所笼罩，那儿的"高山"确也不是天国所在的高山。

就……〔此处一词被涂掉，无法辨认〕方面的评语而言，这是件无关紧要的小事，但我在此事上怎么会错了呢？当您在第三者（也许只是对此完全不感兴趣的伊雷妮小姐）面前惬意地大声讲述我因为饶舌而将之作为巨大的秘密对您吐露的事情时，当我试图制止您、而您却仍带着微笑、兴致勃勃地复述时——我怎么会错了呢，我不懂。

不过，在谈关于悲伤的问题时，您讲得对。这虽然是个不诚实的、令人尴尬的问题，但为什么偏巧该是我不可以提这类尴尬的问题呢？这些尴尬问题难道是为我发明出来的？

所谓"不平等"的表现是，一听到主人的脚步声，我们这些绝望的老鼠就向四下里逃窜，比如逃到女人那儿去，您投奔某人，我投奔文学，当然一切都是徒劳的，我们自己留心选择避难所，选择独特的女人们，等等。这便是那不平等。

我得承认，在玛特拉和布拉格的我是有区别的。在饱受疯狂年代鞭答以后，我又开始写作了，而这种写作是以一种对于我周围的每一个人来说最残酷的方式进行的（残酷的程度闻所未闻，对此我一点都不想谈），对我来说这是地球上最重要的事情，一如狂想之于疯子一样重要（如果他失去了它，他就会发疯），或如妊娠之于女人一样重要。正如我在此反复强调的，这同写作的价值毫无关系，这种价值我了解得太清楚了，写作对我的价值我同样了解得太清楚了……所以我怀着战战兢兢的恐惧抱住写作，用身躯挡住一切干扰，我所抱住的其实不仅是写作，还包括与此相关的孤独。比如我昨天说，您不要在星期天晚上来，而是到星期一才来，您问了两遍："那么晚上不行啰？"那么我至少在您第二次提出这个问题时必须回答，我说："您好好休息吧。"这话是百分之百的谎言，因为我想看的其实是我的孤独。

所以，这一区别的存在，很大程度上是与玛特拉相比较而言的，否则，就没有区别了。当然啰，这也并不是指此地的我不像在玛特拉时的我那样"无力"（一如您准确的表述）这一区别。

这里附上的信，是我晚上凭着相当坚韧的毅力写下的。在那个半为失眠、半是惊梦的夜晚，我还打好了另一封信的腹稿，但眼下在明亮的白天，这信却又显得不合时宜了。唯有一点可取，您书信的真与美，您目光的真与美，无论如何应得到我以我的真与丑作出的回答。这件事我也一直在做。口头上和书面上，自躺在躺椅上的第一个下午起，自寄往伊格洛的第一封信起，一直在做。您不相信我（而我信任您），这正是最让人痛苦的地方，或者还有更令人不快的事。您既相信我又不相信我，既用信任敲打我，又用不信任打击我，至少是不断地用"您为什么就是您现在的样子"这一事关要害的问题追问并点燃我。

此外，您信中有条消息，联想起您在博士面前结巴的情状，才使我明白过来，但我不信。在我俩的交谈和书信中，有一点历来是确定不变的，即您不能在布达佩斯念大学。主因有三：您应入世；您在您表妹身边没法生活；尤其是那儿的政治局势堪忧。几乎在所有来信中，您都反复强调了这一点。就在您上一次要我代办护照的信中，还这么说来着。您说，普雷斯堡市政当局的居留证无论如何要换成新护照，因为在目前的情势下滞留在匈牙利不出来便意味着死亡。（虽然我觉得您夸大其词了，但这至少足以说明，您老早即认定，布达佩斯作为上学的地方，于您应排除在外。）在最近一封自布达佩斯寄来的信中，您又重申，您在表妹身边没法生活。因此，选择布达佩斯不可能，这点我肯定。但至于我，是不必考虑的，除非事情牵扯到在布达佩斯之外的地方挑选大学，才可谈到我。我认为，您考虑到我的情况和别的事情而选择布拉格，是正确的，但这一切的前提条件，只能是在布达佩斯上学不可能。不过，不要因为顾及我而认定不可能。在这件事上，您昨天的来信会引起一种变化。在这件事上，您错了。

〔1923年3月底于布拉格〕

425. 致罗伯特·克罗普施托克

亲爱的罗伯特：

我定然误解了您。几天来我在等您的回信，所以没有再写信。您不是说过，为了看12号帕伦贝格的演出，您一定会来这儿的么？现在演出推迟了，推至星期三、星期四、星期五，可您仍未来布拉格，我不能像我期待的那样，在您的保护下去剧院在站位上看戏了。尽管如此，您在那儿时间呆长一些，当然很好，这一点清楚地由您两封信间的区别表现出来了。由于所有感到惊异的先生们的大门没有立即打开，您便失望了。主要的事情是贝格曼已来布拉格，他要呆4周，您会见到他的。与他在一起，既激动人心又有吸引力。——盼着的那封希伯来文信未到，所以我也仍未写信。——代向所有该问候的人致意。薇拉在我房间里等着问候的消息，因为她还不知道能以书信问候呢。而且她还以为您在我这里。——包裹到了。谢谢。

〔明信片，邮戳：1923.4.中旬—布拉格〕

426. 致奥斯卡·鲍姆

亲爱的奥斯卡:

万一我因脑部的状况最近几天不能来,那也不打紧,这里是信的译文:"The Workersbank Ltd.① Jaffa-Tel Awiw-P.o.B.27(这是邮政专用信箱),信的编号:2485。——贝格曼博士写信给我们,说E.W.已对他许诺,她有意于工人银行的股票,将向您的熟人们售股。我们来的目的,是为了让您记起您的许诺并请您通告,您是否需要从我处索取资料或宣传材料。您希望得到的一切东西,将立即寄来。我们会为此事操心的。而且我们将从这里尽自己的所能支持您的工作,只要您告知是否需要我们的帮助。复函为盼,顺致崇高的敬意——"

我留下这信作几天的宣传。对我的一个妹夫(他否认巴勒斯坦)来说,纸写笔载的东西是最有力的证据。我想用这封信试试看。

致以衷心的问候!

弗 上
1923.6.12

427. 致奥斯卡·鲍姆

亲爱的奥斯卡:

我还在同一个晚上怀着恐惧、一种在野兽炯炯的目光前感到的恐惧,把它②通读了一遍,它仿佛朝沙发移了过来,这些事我们大家可能很容易想到,但谁又有本事做呢?几年前我曾无力地试过一回,结果非但未摸到写字台前,反倒爬到了沙发底下。在沙发底下总是能找到我的。在你的故事中,第二个意欲和解的、温柔的谜,给人以慰藉。不过,这太弱了,以致起不到调解作用。没有对希望的前瞻,只有对其失败的展望。

---

① "工人银行股份有限公司"。
② 指奥斯卡·鲍姆的中篇小说《巨兽》。卡夫卡想促使《新评论》杂志刊用该小说。

人情味不足，也太不真实，不然，我会觉得很美的，这柔柔的一圈正在蔓延的火。

故事的开头，我认为从外部看显得太不安宁了些，而且旅馆味太浓，侦探小说味太过。但该不该设计成另外一副样子，这也很难说。或许开篇这么写恰恰很有必要。至少别人从他房间旁走过去和野性能在那里平息下来、化为一片宁静这几处写得极出色。如果我不是怀疑你对这类开头有种偏好，如果我只是因为这种怀疑而非其他缘故便对这儿的必要性略有疑问的话，那么我可能也既不会感到又不会注意到这一批评的。

多谢了！

弗 上

〔1923年夏〕

428. 致马克斯·勃罗德

她是迷人的。她是那样全神贯注地注意你，她的任何动机都牵涉到你。一辆波罗的海列车，你也许在里面，有些地方她曾同你一块儿游览过。过了一会儿我才理解，她为什么让自己描述"Hradschin"。① 她总是一个劲地反复讲这样的话："很奇怪的是，一个人怎么会接受他所爱的人的观点，哪怕这些观点与自己历来的见解相左。"确实非常纯朴，爽直而且真挚，孩子般可爱的真挚。我曾同她乘车去埃伯斯瓦尔德参观普阿的犹太儿童夏令营地，可埃米的家神占了上风，我们便在贝尔瑙停住了。最使她开心的是那儿的一个鹳巢，那是她很快发现的，快得不可思议。她对我很好。——我在这里还过得去，头几天跟往常一样。犹太民族疗养院的一个夏令营地，那些健康、快乐、蓝眼睛的孩子使我感到高兴。

---

① 捷语。意即"城堡"、"宫殿"，也是布拉格的市区。——译者

衷心问候你和你夫人！

弗兰茨

〔明信片，邮戳：1923.7.10 日—
波罗的海米里茨浴场〕

429. 致罗伯特·克罗普施托克

亲爱的罗伯特：

　　作那次旅行和去柏林，费了我些力气，但这一切努力换来了甜蜜的结果，借此我得以一时摆脱开那些幽灵。我简直看到，人怎样在拐角处消失，而幽灵们又怎样彷徨无计地站在那里。不过时间并不长，那些猎狗似乎已发现踪迹。——大海在头几天很令人喜悦。希伯来文比在布拉格时学得少多了。这儿有个柏林犹太民族疗养院的夏令营地，里面有许多讲希伯来语的人，而且还有健康、快乐的孩子们。这是对普阿的夏令营地的一种替代，那儿我未去成。当时我不知道，埃伯斯瓦尔德离柏林差不多有两小时路程，所以下午才去（不是一个人去的），而后半路在贝尔瑙停了下来，并从那里给普阿写了信。我只在柏林待了一天，疲倦，且有点发烧。

　　衷心问候您！

　　代向朋友们、熟人们问安！

弗

〔明信片，邮戳：1923.7.13—米里茨〕

430. 致库尔特·沃尔夫出版社

库尔特·沃尔夫出版社：

　　我未收到您提及的本月 12 日的询问信。之所以如此，看来是因为这信也像您上次的明信片一样仍寄到"波里克7号"去了,尽管我已多次致函出版社,不要将信寄到"波里克7号",而只往"布拉格,老城区环行路6号/Ⅲ"寄。《饥饿艺术家》去年已在《新评论》10月号或11月号上刊载。

顺致崇高的敬意!

卡夫卡博士

〔明信片,邮戳:1923.7.13—米里茨〕

431. 致胡戈·贝格曼

亲爱的胡戈①:

多谢你的问候和祝愿。这是我从巴勒斯坦收到的第一封希伯来文信。信中的祝愿也许有巨大的力量。为检验我的活动能力,在卧床多年、头痛数载之后,我作了一次小小的旅行,来到了波罗的海边。不管怎么说,这次旅行于我是幸福的。离我阳台50步,是柏林犹太民族疗养院的一处夏令营地。透过树林,我可看见孩子们在玩耍。一群快乐、健康、热情的孩子。一群因西犹太人而免遭柏林之祸的东犹太人。半数的日日夜夜,这里的房舍、森林和海滩间,都充满了歌声。如果我身在孩子们中间,我是不会快乐的,但我站在幸福的门槛前。

祝生活愉快,

代我问候你勇敢的母亲和你的孩子们!

你的 弗兰茨

〔1923年7月于米里茨〕

---

① 胡戈·贝格曼,卡夫卡中学时代的同学,后为设在耶路撒冷的希伯来大学的教授。

432. 致埃尔泽·贝格曼

亲爱的埃尔泽夫人:

　　这次为日后长途旅行作准备的小尝试,我挺过来了,感觉既不很坏,也并非荣耀得很。为长途旅行作准备而进行的尝试,比之为大的旅行作铺垫的尝试,毕竟还是差了点。——您就不能暂别那花园而来海边随便什么地方住住么?在我不曾与之谋面的十年里,大海的确变得更美丽、更多姿多彩、更生动活泼、更年轻了。但更使我感到高兴的,还是柏林犹太民族疗养院的一处夏令营和营中健康、快乐的孩子们。孩子们让我心里暖融融的。今天我将与他们欢度"国王晚会"①,我相信,这是我平生第一遭。

　　祝您生活愉快并请代向小家伙们问好!

卡

〔1923年7月13日于米里茨〕

433. 致埃尔泽·贝格曼

亲爱的埃尔泽夫人:

　　不单是了解隔几日便有变动的邮资价目单时存在的困难,拖延了写信的事。我知道,我现在肯定不能乘车旅行——我怎能乘车呢——但轮船带着您的信严格按照规定地泊在我房间的门槛前,您站在那儿,询问我,如此这般地询问我,这就不是什么微不足道的事了。此外,您自己——研究古怪的事情是那么切近,不可思议的切近——部分地道出了对您那个问题的答案。假定诸如此类的什么事,对我来说尤其是可行的,那么,现在就会变得不像是真正的巴勒斯坦之行了,完全不是了——此外,不管会变成什么样子,眼下我都不能来,因为刚好您谈及那桩蠢而又蠢的

---

① 安息日的前夜。犹太教徒以星期六作为休息日。

事情的挂号信到了。第一点,如果当时我知道,那本书对您确有某种价值,那么我也许不会想到写信时捐书的事,简直还会有骄傲与快乐的心境呢,因为书随您漂洋过海去巴勒斯坦了。第二点,假使说起这儿(这里的环境有点像花园)时不是大加赞颂,那么,我压根儿就想不起那本书来。第三点,在当时的情况下,母亲可能也会像我期望的那样去做,可惜的确没有这么做。在这件事上恶劣的做法,肯定不是针对您个人的,请您相信这一点,而是针对那份"巴勒斯坦危险"的。让我们就此抛开此事吧,但也并不是没有请求。我请求,您使用书的时候,能从书上看到愉快,让该书以它前任拥有者的名义通过愉快来为您效劳,尽管您千真万确已从前任拥有者手中买下了这本书。

让我们把话题引回来,这会变得不像是巴勒斯坦之行,从精神这层意义上来谈,反而有点像一名私吞了许多钱款的出纳员的美国之行。而且,如果同您一起作了这次巴勒斯坦之行的话,那么这件事精神上的犯罪,还会大大加重。不,我因此而不可以去巴勒斯坦,即便我能够这么做——我再重复一遍。况且您还补充道:"所有的位置已为人占去。"而现在,诱惑重又开始了,回答也还是"绝对的不可能"。事情就是这样。哦,多令人悲伤,可这归根到底又是很正确的。把希望留待将来吧!您很善良,不要打扰这个希望吧。

祝您生活愉快!请为我而保持健康!

卡 上

〔1923年7月于米里茨〕

434. 致罗伯特·克罗普施托克

罗伯特:

这又是怎么回事?包裹(您怎么将它寄到普阿那里去了?那是老地址)和注释(我正考虑是否该买一本呢)于昨日寄到,但不见您的消息。是塔特拉沉重的气氛又让您感到压抑么?是那儿学希伯来文不可能?我相信居民点的力量，或者说得更确切点，相信人的无能。其实也没什么可告知的，但要指出的、要共同经历的东西却不少。为了使这点成为可能，我最近梦起您来了。哦，夏令营，夏令营，这些年轻人。罗伯特，您把布拉格于您的价值、您将那儿认识的个别人对您的价值，夸大到什么程度了哟。人们的生活方式肯定有别于彼处的我们。明年您应将您的生活设计成另一副样子，也许该离开布拉格，比如去柏林那些肮脏的犹太人胡同住住。——就我而言，这一切并不意味着我在睡觉、偷懒。今天这个糟糕的夜晚，只是偶尔有些许曙色从夏令营的房舍那边透过来。

代为问候格劳伯尔和其他人！

弗

〔明信片，邮戳：1923.7.24—米里茨〕

435. 致罗伯特·克罗普施托克

亲爱的罗伯特：

我明天写信，今天只寄上普阿暂时的、可明天将有变动的地址，即：米里茨，犹太民族疗养院。

一切顺利！

弗

〔通信地址，再加上用希伯来文表达的

问候和"普阿"这一签名〕

〔风景明信片，邮戳：1923.8.2—米里茨〕

436. 致蒂勒·勒斯勒尔 *

我亲爱的蒂勒：

邮局把你的信弄颠倒了，第二封信中午到，而第一封晚上才来。晚上这封信，我是在海滩上接到的。当时多拉也在我身旁，我们正在读一点儿希伯来文。那是很久以来第一个阳光明媚的下午（这样晴和的天气可能会持续很长时间）。孩子们吵吵嚷嚷的。我不能坐到我的沙滩篷椅上去，因为妹夫坐在那儿处治玩足球弄伤了的脚趾，于是我站着看你的信。与此同时，菲莉斯试图用石块击中我身后立着的一根桩，那些石块有的从我头上飞过，有的落在我周围，有的击中了我，但我依然平静地读你的信。我很高兴，你想念我们；同时也欣喜地发现，你远没有，至少根据我此刻的感觉，远没有因为离开我们而失去您以为会失去的那么多的东西。这里已不像以前那样令我满意了。我拿不准，事情的起因是否仅是我个人的疲惫、失眠和头痛。可为什么这些因素以前产生的影响要小些呢？或许我不能在一个地方待得过久。有些人，只有出外旅行，才有找到家的感觉。这便是从表面上来看的事情的全部。犹太民族疗养院的所有人对我很好，比我能对他们所表露的好多了，尤其是多拉（我与她在一起的时间最多），真是个可心的人儿，但我觉得疗养院已不像过去那样让人看得分明。某件看得见的小事，在我看来，已对它的形象有所损害，另一些看不见的细微处，则在继续起损害作用。我作为客人、作为陌生人、作为一个疲倦的客人，没有机会说话，不可能得到那种"分明"，所以我失望了。到目前为止，我每晚都待在那儿，但今天晚上，尽管是"国王晚会"，正如我担心的那样，我不会过去了。

因此呢，对我妹妹（她丈夫来接她了）不是等到 10 号才离开这里，而要提前几天走，我也并非很不满意。我将同他们一道走，这样要舒服些、便宜点，主要是因为我不愿一人留在此地。如果不是太疲劳，我会在柏林呆上一、两天的，那就一定来看你，不过，即使我不在柏林停留

---

* 卡夫卡在柏林犹太民族疗养院米里茨夏令营地结识了这名 16 岁的姑娘。

而即刻继续启程去马林巴德浴场我父母处（以便能花一天时间也去一趟卡尔斯巴德浴场。遗憾啦,这样见到的就会不是蒂勒而只是上司先生了）,我们不久也会见面的,因为我希望过一阵子就再来柏林。

最近我这里有客人,是个很好的女友,巴勒斯坦人,我曾对你提起过她。她是与弗丽达·贝尔（她以前就认识我这位女友）同时来的,住在俱乐部。客人很快就走了。在此逗留的时间不到一天,但她的自信、她的沉静的愉悦,却化作一种鼓舞力量,留了下来。你该在柏林与她认识认识。

你把碗写成"Schaale"①,很逗,据我看,这就像人们把"问题"当隐语来写一样。是的,碗也应是一个向你提出问题,即:"蒂勒,你,你到底啥时候让我玉碎？"

为了那只从你那里谋得的花瓶,我有时得与房东3岁的女儿克里斯特尔较劲。她是这里家家开放的花儿中的一朵,娇小、金发、白肤,还有红润的脸颊。她什么时候来都想拿我那个花瓶。她借口想看我阳台上的一个鸟窝,闯将进来,人还没有挨近桌子,手便伸向了花瓶。她并不拐什么弯儿,也不多费口舌,只一个劲地反复嚷嚷:花瓶！花瓶！她坚持要求她这份天经地义的权利,因为世界是属于她的,更何况这只花瓶？花瓶可能惧怕孩子残酷的手,但它是不必害怕的,有我总在一旁护着呢,我绝不会把它交出来的。

请代向疗养院我所有的朋友、尤其是向比内问好。如果不是我心存虚荣,也想用希伯来文、用我自然要稍逊一筹的希伯来文作复,感谢她用漂亮的希伯来文写成的信,假使我在眼下所处的不安中,找到了那本供学习希伯来文之用的文集,那么,我早就给比内写信了。

我所有的亲戚,也让我代向你、特别是向孩子们衷心问候！你中午那封信到的时候,费利克斯与格蒂为谁可以先读信的问题,还发生过一场激烈的争执呢。到底谁先谁后？难下断语。费利克斯说她年长些,而且信也是她从邮差手上拿回来的；格蒂提出的理由则是她与你的友谊比

---

① 错别字。德文中"碗"一词应为"Schale"。——译者

菲莉斯与你的友情更深。可惜后来是武力起了决断作用,格蒂便以她独有的、卓异的方式噘起了嘴巴。——你听到了格里克的什么消息吗?这其实是我对你最后一个完全清晰的记忆。演奏钢琴时的情景,站在那里身子微弓、脸上略带扫兴表情的模样以及听音乐时你那种谦恭的神态,至今仍历历在目。但愿你总能保持这种姿态!祝生活愉快!

卡　上

声音么?医生么?我约过两周才去布拉格,在那儿的地址是:老城区,环行路6号3楼。

〔1923年8月3日于米里茨〕

437. 致罗伯特·克罗普施托克

我亲爱的罗伯特:

依自己的经验我绝对不懂,也根本没机会懂,一个平日快快活活、大体上无忧无虑的人,会仅仅因为肺病而死亡。关于格劳伯尔您真的没弄错?事情真的到了这一步,正如他总在声言的那样,没人愿意相信他?更兼这夏季多雨,"塔特拉"房子破旧,群山无情,问题严重啊!对他,对您,莫不是如此。

对您的病情,我不担忧。您吃饭漫不经心,着了凉也漫不经心,这就容易出事了,而且没什么预兆。

我头痛,睡眠不好,尤其是在近几天。我的脑子很久未轻松过了,当初赐我睡眠的夏令营地,现在又夺走了我的睡眠,但将来也许会还之于我,这真是一种活跃的关系。

星期一上午我们离开此地,不过,假如我能一人留下来,我可能就不走了。在夏令营地,我不过是个客人,从这层意义上讲我不能单靠营地而生活。甚至连明确的客人身份也谈不上,这使我痛苦。之所以连明确的客人身份也谈不上,是因为一种个人的关系同公共的关系杂糅在一起。但即使在营地生活可能会有一些扰人的细节问题,即便依靠营地不是为维持生活,我认为我在米里茨和在米里茨之外的地方最重要的东西,也仍是柏林犹太民族疗养院的夏令营地。

我要在柏林停留一两天。如果不太累,就作次冒险,去卡尔斯巴德浴场待上一天。也就是说,自柏林经卡尔斯巴德浴场,而去布拉格。这趟旅行或许不是很贵。"冒险"从概念上谈之所以不像在我的术语中那样看上去了不得,是因为我已习惯于这么想,即乘车去马林巴德浴场我父母处。但我父母因忍受不了那儿恶劣的气候,早已去布拉格,我到那里也见不到他们。所以呢,绕道卡尔斯巴德浴场而非直奔布拉格,对我来说,在一定意义上算是一次小冒险。这情形有点儿像俄国皇帝也不可以任意改变其旅行计划一样,因为只有在预先安排的路线上旅行,才能确保他免遭突袭。我的生活状况也并不是就不好。

将来去布拉格吗?我不知道。您有兴致移居柏林吗?靠近一点,紧挨着犹太人①住下?

有没有一种人们称之肺尖卡他的病?

请您代向该接受问候者问候!

卡

〔1923 年 8 月初于米里茨〕

438. 致马克斯·勃罗德

亲爱的马克斯:

久已不闻你任何真正的消息。此刻在重逢之前的数日,我坐在柏林一家旅馆的院子里给你写信,并在旅馆中继续住下去,便是为了在我将手伸给你之前同你建立起某种物质上的联系。你沉浸在波罗的海度假时

---

① 这里很可能是指"柏林犹太民族疗养院"。

的那段时光里。你情况如何?至于我,不清楚自己究竟怎样。但我至少感觉到,仅仅一天的孤独所产生的坏影响几乎每隔一小时便变得更严重些了。我绝不是一人独处,例如昨晚就与3个东犹太女友同看《强盗》①。这场演出我可说不出一个所以然来,只感到累得慌。我几乎不可能去艾米那儿,身体太虚了,加之弄不清艾米对我是怎么想的,如此种种,我便对一切生出恐惧来,更兼柏林在持续不断地威吓我。后天我可能会来你处。代为问候你夫人、费利克斯和奥斯卡。我未听到他们半点音讯。突然有个念头跃出脑际,也许你正出席代表大会,我根本会不着你。果真如此,那么对你是快乐,对我是悲伤。

弗

〔1923年8月8日于柏林〕

439. 致罗伯特·克罗普施托克

那桩事②就这么过去了。罗伯特,您可能遭受了些什么呢?他又是一番怎样的经历?奇怪啊,那会儿在玛特拉最快活(当然也未作其他比较)的两个人,倒是先死了。真正去研究这类事也不可能,只要你还腰板直直地坐在桌边,心脏尚以一种勉强可忍受的节奏在搏动。《马吉特》③一书中有个极出色的故事便谈到了这方面的事。故事围绕一根只有在极度的恐惧中方能得见的血管而展开。——我已离开卡尔斯巴德浴场,现在舍列森,住奥特拉处。普阿的地址:柏林W57号,维多利亚疗养院2楼,施泰因墨茨大街16号。马克斯在布拉格。关于柏林的情况,我会写信告诉您的。如果那儿的情况不是越来越糟,那该多好啊!——祝您生活愉快!好好休息!代向大家问安!

弗

〔明信片,邮戳:1923.8.27—舍列森〕

---

① 德国诗人、戏剧家席勒在"狂飙突进"时期的剧作。
② 指克鲁普施托克的病友格劳伯尔博士之死。
③ 指《伟大的马吉特和他的继承人》一书。该书为马丁·布贝尔所著,1921年在法兰克福出版。

440. 致马克斯·勃罗德

亲爱的马克斯：

我很乐意听你谈一点你工作和生活方面的情况。我读了那则描述回归的、忧郁的笔记。但愿它体现的不是你情绪的主色调，我自己没什么好谈的，只是在费尽心力增一点儿体重——我来这里时，只有54.5公斤，还从来不曾这样轻过——但几乎不成，阻力太多，唉，真是一场搏斗。这地方我觉得相当不错，到目前为止，气候也还相宜，但想必我是那些阻力宝贵的财产，为了我，阻力们魔鬼一般地彼此厮杀，或者，它们本身就是魔鬼。

生活愉快！代问费利克斯和奥斯卡！

F

〔明信片，邮戳：1923.8.29—舍列森〕

441. 致马克斯·勃罗德

亲爱的马克斯：

我不信毁灭。可惜你有时候看问题同我一样，不过幸好你一向具备决断力。怎么是毁灭呢？最强有力的、人与人之间的关系，难道就这么依赖外在的事物？如果艾米眼下暂时处于最糟糕的时期，要做照顾孩子的保姆，那么，这固然令人悲伤，可也不是毁灭啊。你谈到愤怒的时候，所采用的说话方式，与你本人和你的事都不相符。议论那些你比我有把握的事，我这么做很蠢。我脑子的确笨，考虑问题也动摇不定，所以，能说出下面有点把握的话来，我很高兴。如果某个孩子用纸牌叠的房子因为一个成年人挪动桌子摇摇欲倒，那么孩子会生气的。但房子的倒塌，不是因为桌子挪动了，而是因为房子是纸牌搭成的。即使桌子被劈成木柴，真正的房子也是不会倒的，因为它根本不需要别的基础。这便是如此理所当然的、如此美妙的事情。——我已给E.寄了两张明信片。下星期五上午我来你处。你什么时候去柏林?现在车费多贵?

请代为问候费利克斯和奥斯卡!

〔明信片,邮戳:1923.9.6—舍列森〕

442. 致卡尔·塞利希*

尊敬的先生:

我要在乡下逗留几天,您的信是别人转寄来的。对您友好的约稿在此表示衷心的感谢。遗憾的是我现在无法参加这套丛书。以前写的东西是完全无用的,我不能拿给任何人看;近来我却被远远推离了写作。但请您为我保留机会,说不定以后什么时候我会来找您的。

我记得您两年前来过信,请原谅我的旧罪。我当时的状况糟透了,以致我都不能给您写回信。

正如我对您的第一封来信那样,我也无法满足您的第二次要求,这两次要求是互相关联的,而且不仅仅是外部的联系。要满足这些要求,至少必须有一定的承担责任的力量,而这正是我目前所缺少的。此外我也只能提出一些您所熟悉的名字①。

您亲切的信得到的收获很少,对不对?造成这种情况的原因不在于信。

致衷心的问候!

弗兰茨·卡夫卡 敬上

〔1923年9月于舍列森〕

---

* 瑞士作家、诗人、评论家。当时他在维也纳的E.P.塔尔出版社任编辑。他写信给卡夫卡,请他提供一部不曾发表过的作品,收入他主编的丛书《十二本书》中出版。该丛书一个月出一本,收入的多为名家名作,如黑塞、茨威格等。

① 塞利希除要求卡夫卡提供自己的作品外,还希望能介绍其他青年作家。

443. 致罗伯特·克罗普施托克

亲爱的罗伯特:

为您弄免费就餐证难道真的办不成?这可就严重了,看来我们得采取点措施才行。我无论如何会同马克斯谈谈的。那篇关于卡琳蒂的故事当时在报上发表了吗?——本学期您就该去柏林的,这点我只是在第一次为犹太民族疗养院陶醉时想到过。在目前的情势下再去柏林,恐怕太难了,但以后还是应加以考虑。这种孤独的布拉格生活,您不能再过下去了。咖啡馆里读点文学作品,与室友作点儿争论,任你我之间悲伤和希望融合成的苦涩浸淫,同马克斯保持些许往来,这一切太少了,或者,也不是太少。但如果我这个布拉格人也认为,这一切比其实际的情形糟多了,那么,它们就不是好养料。即使算不得太少,以我从犹太民族疗养院得来的印象来衡量,这一切也仍是令人沮丧的。巴勒斯坦可能去不成了,但鉴于柏林的前景,这也绝不是什么急迫的事。不过现在柏林亦难以成行了(我体温升高,还有其他毛病),而且,将去巴勒斯坦的旅行缩减为舍列森之行,也存在危险。但愿至少舍列森之行能实现!但愿最终成行的不单是从老城区环行路到我卧室的电梯之旅。我母亲去了巴黎。

F

〔明信片,邮戳:1923.9.13—舍列森〕

444. 致马克斯·勃罗德

亲爱的马克斯:

星期五我可能还不会来。本想给父亲庆贺生日去的,但事情太美了,我指的是天气,而非体温的升高。于是我留下未走。遗憾啊,我没让晚报径寄此处,所以收到晚报很迟,而且报纸不全。博尔夏特美滋滋的,你瞧,他安享着你的保护,而这种保护又是如此的有力。

祝生活愉快!

弗

克罗普施托克写道：我现在又收到晚报了，而且，等待报纸，盼望马克斯的文章，就像祈盼着同一位久不谋面的挚友不期而遇。

〔明信片，邮戳：1923.9.13—舍列森〕

445. 致马克斯·勃罗德

最亲爱的马克斯：

"外在事物不会影响人与人之间的关系"，此等雄辩，我确不曾为之，虽然回忆我的对立面于我倒是一种乐趣。可这次我不仅谈了人与人之间的关系，而且还谈了最强有力的人与人之间的关系；我不谈最强有力的外在事物诸如痛苦与折磨，而只谈马克下跌；我谈的不是随便某个人，而是你；不是影响的消除，而是"毁灭"的避免。马克斯，请继续承认这一切吧，请别生我的气。至于我，体重略有增加，外表看几乎觉察不到，但每天却可看到某种较大的缺陷，正如克劳斯所说，雨在破屋里慢慢往下滴。昨天有位老人在我面前站定，问："您身子骨不太结实吧？"后来，我们自然也谈到了犹太人。他在一所犹太人别墅做园丁，是那种良善之人，但和其他犹太人一样胆小怕事。此乃犹太人的天性。而后，他到树林里去了，为的是再捡满满一背篓干柴。我则开始数自己的脉搏，脉搏每分钟远远超过110次。

祝你工作顺利!

弗

〔明信片，邮戳：1923.9.14—舍列森〕

446. 致罗伯特·克罗普施托克

亲爱的罗伯特：

这种情况不会持续太久了。如果在此后的12个小时内没有什么大的阻障自那阴暗的潜伏区迎面向我扑来，明天我就去柏林，但只待几天。假使您过这边来，到时我或许也已回到布拉格。同马克斯只匆匆谈了几句。他今天（星期六）去柏林了。说不定我在那里能见到他。我现在可以想起来的事，只是我受两份杂志之请，即受《诗与散文》（罗沃尔特出版社出版，发行人为黑塞尔）与哈一奥黑尔的《帐篷》（维尔纳1区，克里斯蒂纳胡同4号；发行人为赫夫利希）之请，向其推荐优秀的青年作家。您有无兴趣？

祝您生活愉快！

我当然有点儿不安。

弗

〔明信片，邮戳：1923.9.23—布拉格〕

447. 致罗伯特·克罗普施托克

亲爱的罗伯特：

那么我现在是身在此地了。确凿的东西自然还没有说。我在这儿已同马克斯谈过了。晚报就别提啦。匈牙利编辑无所作为地坐在编辑部里，相反——这到底要好得多——马克斯则准备而且也肯定有能力，在学生食堂为您弄到免费就餐证。他很乐意办此事。您到后应立即去找他。此外，您是否知道闵策患了重病？说是肠癌？至少我母亲对我这么讲过。

等这里的情况——我指个人的情况——廓清后，再详细函告，或者，如可能便口头解释。您收到我自布拉格寄的明信片没有？

〔明信片，邮戳：1923.9.26，

柏林一施特格利茨，米盖尔大街8号〕

448. 致奥斯卡·鲍姆

亲爱的奥斯卡:

　　我最近在布拉格待过一天半,但没去你那里,尽管非常想见你们一面。我到柏林来了,已安顿数日,这一极大胆的行动,我是怎么可能完成的哟!就我的情况而言,此次行动大胆之极,回顾既往的历史,方可找到几桩能与之比肩的事例,例如拿破仑远征俄罗斯。暂时的情况很一般,一如往日。近段日子你也许会来柏林吧?(来看雕刻家戏剧!)或者,你的课程会拖住你?对于你的课程,我还不知道,是该感到悲伤呢,还是应平心静气地忍受。

　　衷心问候你和你的家人!

　　如果你以后有什么任务而来柏林的话——

弗

〔明信片,邮戳:1923.9.26,柏林—施特格利茨〕

449. 致马克斯·勃罗德

亲爱的马克斯:

　　昨天星期四,她在我这里。这是我首次社交活动,即所谓"暖房之庆"。因为是首次,所以就犯了几个严重的错误。但紧接着我又不知道部分地加以纠正。她的确亲切而体贴人地忽略了这些错误,不过,得便的时候你也许可解释解释,作些弥补工作。首先,我就这么简单地用电话邀她5点钟来,礼节上一点也不正规,而且当时打电话,除了她的笑声外,可惜什么都听不清,于是这种不正规的意味愈发浓厚了。其次,尽管我身体处于一般性虚弱状态,但如果我当时知道,她的公寓允许别人进去,"暖房之庆"或许能办得好一些,可我以为不能进去,因为7月份是这样的。再次,她带了些花来,我却没有备花。此外,这也许算不得错误,就是多拉在这里,多拉也认为搞次庆祝活动完全有必要。最糟的一点无疑是，艾米来时我正睡觉，唯一一次客人来时在睡觉。除了上述的不足外，我觉得一切还过得去。她看上去有些不安、烦躁，几乎劳累过度，但很坚强，且极思念亲友。我们说好了星期天参加犹太感恩节。这是次冒险。

对我如此，对她亦如此。我可能不会去吧。

万事顺遂！

弗

〔明信片，邮戳：1923.9.28，柏林一施特格利茨〕

450. 致马克斯·勃罗德

亲爱的马克斯：

我正等待艾米。上午我们要在这美丽的地带作次小小的散步。星期天下午，我在她那里又犯了几个严重的错误。真叫我惭愧啊，总犯同样的错误！但主因是，我大约在动物园附近下车时，喘不过气来了，开始咳嗽，比平常咳得还厉害。我看到这座城市所有的威胁都联合起来对付我，我也试图在这户外保护自己免遭价格问题所带来的、实际的痛苦。人们极力帮助我摆脱此等实际的痛苦，但这座城市不容我摆脱。比如昨天，我就犯了一次严重的"支付幻想"病。我现在对你忧虑的理解，比以前深刻多了。你真是个可怜的、可爱的、不知疲倦的、坚定不移的人啦！我房间的月租金，原为28克朗，9月份已过70，10月份则至少要180。我也很清楚，艾米需要慰藉，但我觉得她在自己的房间里比较大胆、比较有力，而且，俯就你的"最后的玫瑰"时，也是幸福的。——另外她今天没来，打电话取消了约会，说是明天来。她很可爱——其间我通读了《施台格利茨汇报》。这是我到目前为止已有数天避而不做的事。糟糕啊糟糕，但那报纸里面，却存在与德国命运相连的正义，就像你我相互倚恃，彼此需要那样。

还有：可惜你未能使母亲平静下来。

弗

〔明信片，邮戳：1923.10.2，柏林一施特格利茨〕

451. 致马克斯·勃罗德

亲爱的马克斯：

我已多日不见艾米。有次曾同她一块儿呆在植物园里，我俩相处不错。看上去她已不那么焦虑，又变得坚强了。自那以后，气候恶劣，施台格利茨再也激不起人散步的兴致，我对城市重又害怕起来。昨天是星期天，艾米来电话，说她略感不适。另外，我自己身体也不太好，咳嗽，咳得并不厉害，恼火的是咳的次数多。一个晚上都在咳。我星期天躺在床上，现在不咳了。也许我今天能了解点艾米的情况。——关于我的时间安排，还没什么好谈的，日子就这么悄悄地、无所事事地过去了。此外，魏斯博士在我处，昨天我第一次与他谈了谈。他人很活跃，易激动，是那种强者的易激动，既愤世嫉俗，又愉快自得，甚至颇有成就（与扮演塔恩雅的贝格讷开办演员剧团）。我还抱着试试看的态度，对他表示了这么一个希望，即或许在你的布拉格评论丛刊上，接着也要登载《纳阿尔》①吧，但他不信。——克罗普施托克的身体情况想必很糟。他认为自己"堕落"了，因此不敢去找你。但他的文章使我心中充满一种常新的快乐，那种在读他的故事时所怀有的越来越深的敬畏之情，重又给了我一部分正失去的尊严。

最衷心地问候你！

代向费利克斯和奥斯卡致意！

弗

〔明信片，邮戳：1923.10.8，柏林—施特格利茨〕

452. 致卡尔·塞利希

尊敬的先生：

现在我能给您呈献一点东西了，您看了或许会高兴的。您肯定知道

---

① 长篇小说，为恩斯特所著《铁链锁住的野兽》的第二部。1922年于柏林出版。

恩斯特·魏斯这个名字，可能也读过他的某些作品。其作品《铁链锁住的野兽》、《纳阿尔》、《德莫能之星》、《阿图阿》）新颖，即使难懂，但有时对我具有极强烈的感染力。除上述叙事作品外，他还写成了一本论文集，想以 »Credo quia absurdum①« 这一书名出版。据我的感觉，这些论文具备其叙事作品的优点，却又摆脱了其叙事作品的自我封闭。

这里推荐两篇论文，作为样品《歌德之完美》和用作书名的论文 »Credo quia absurdum«。此外，为了让您对他目前的创作有个概念，且呈上长篇小说《丹尼尔》的第一章。

下面是拟结集的几篇论文②的标题：

莫扎特，东方大师；

艺术中的宁静：现实性；

鲁本斯之生平；

道米耶③

《麦克佩斯》④ 简评；

语法的天才；

卢梭；

新小说；

塞万提斯；

论语言；

和平、教育与政治。

您关于出版该论文集的意见，请写信告诉我，或者，同时直接告知作者本人（恩斯特·魏斯，柏林 W30 号，诺伦多夫大街 22a），这样也许更好。附寄的 3 篇作品，作者有急用，您读后无论如何请寄回。

谨致以衷心的问候！

弗兰茨·卡夫卡　谨上

〔1923 年秋于柏林—施特格利茨〕

---

① 拉丁文，意即"因为荒谬，所以我信"。
② 这几篇论文几乎都被收入 1928 年柏林出版的文集《不会失去的东西》中。
③ 法国 19 世纪画家（1808—1879 年）。
④ 为英国戏剧家莎士比亚所作悲剧之一。——译者

453. 致费利克斯·韦尔奇

亲爱的费利克斯：

多谢你寄来《自卫》。我待在此地的时间比预计的长，所以，渴盼着这份杂志。我还没到莉泽那里去。白天太短，我觉得比在布拉格时过得更快，所幸它们的流逝要悄然得多。白天飞快地消隐，的确令人悲伤。这与时代的情形一样。如果人有一次从时代巨轮中抽出了手，那么，时代巨轮便会从他身边飞驰而过，此时此刻，人再也找不到可以放手的地方了。我活动的范围，几乎不出最贴近住所的环境。周遭的环境的确美妙，我住的这条小巷，大抵处于后半城区。小巷后面，散落着一座座花园和别墅。而花园，那是些古老的、花木繁茂的花园。在暖和的夜晚，散发出浓烈的芳香，为我别处之未闻。再往后还有那巨大的植物园，离我住处一刻钟的路程，更远处便是森林，所隔的距离花不了半个小时，但我还没去过。我这个小小移居者四周的景色是美丽的。——费利克斯，还有一个请求：如果能办到，就对可怜的克罗普施托克略作些关照（比如介绍工作）吧。

衷心问候你和你的家人！

弗

〔明信片，邮戳：1923.10.9，柏林—施特格利茨〕

454. 致马克斯·勃罗德

亲爱的马克斯：

艾米可能已告诉你，我不想回布拉格，现在不想，也许两个月之后回吧。你的担忧是没有道理的，我不读报，迄今还未感觉到时代的恶果对我身体的影响。我活着。就饭菜而言，做得很精细，同在布拉格时一样精细。天气不好时，我便待在房间里，偶尔提及的咳嗽，也没再犯。严重些的事当然是夜之幽灵最近找上了我，但这也不能成为回布拉格的理由。如果我注定要做幽灵的牺牲品，那么，我也宁可在这而不是在布拉格，但事情还没有发展到这一步。更何况，我不久就会见到你！劳驾你给我带一手提包过冬的衣物来。手提包是会作为你随身的行李托运的，你把凭单交给行李托运处就行了。只是在博登巴赫要为手提包辛苦一下。您愿办么？我同艾米会过几次面，觉得她又变愉快、强健了。每次与布拉格方面通电话后，她显得尤为精神。

弗

艾米的三篇文章，给了我巨大的快乐。

〔明信片，寄达邮戳：1923.10.16，柏林—施特格利茨〕

455. 致罗伯特·克罗普施托克

亲爱的罗伯特：

Frýdek① 是一条好出路。我很高兴您找到了这条出路。什么时候考试？——谈谈我几点多余的忧虑，不管采用什么方式，只要有可能，我便很乐意在此过冬。如果我的情况在历史上属于新鲜事，那么，我的忧虑就是有根据的了，但我们并不缺少先行者，例如哥伦布，也没有航行几天便立即掉转船头。——至于我的饮食，我没有在大型的社交场合用餐，而只有暗感羞愧的机会。此外，施台格利茨这儿的生活安宁，孩子们看上去很健康；乞丐并不强讨硬要，使人惊恐；早年的富裕时期留下的底子，依旧厚实，从相反的意义上谈，就是令人惭愧。但对内城区，我不感兴趣，只去过三回。波茨坦广场，就是施台格利茨区议会前的广场。我觉得那儿仍过于嘈杂，所幸一离开广场便可潜入静寂的林荫路了。

一切顺利！

F.

---

① 捷语，"寂静"之意。

我已给马克斯和费利克斯写信，您去找他们吧！

〔明信片，邮戳：1923.10.16，柏林—施特格利茨〕

456. 致马克斯·勃罗德

亲爱的马克斯：

我现在什么都不写，这是真的，但原因不在我有什么需要隐瞒（只要隐瞒不是我谋生的职业），也不是因为我会向你要求亲密的时刻。有时我感到，自我俩一起在上意大利游湖以来，就再也不曾有过这样的时刻。（这事说起来，有某种意义，因为我们那时曾有过也许不值得怀念、但的确纯真的纯洁，接受了或好或坏委托的邪恶势力，而他们轻而易举地摸到了入口，闯进入口而无比高兴。）如果我不写信，那么首先能追究出来的便是"策略上的"原因，这差不多成了我近年来的通例。我不相信文字和信，不相信自己的话和信。我想同人们分享我的感情，但不与玩弄文字、读信时直吐舌头的幽灵分享。对信函我尤其不信。为了将书信安全送达收信人手中，封好信封就成———这种想法比较奇怪。此外，这儿战争年代的书信检查机构，富于教益地造就了具有特别的勇敢精神和讽刺性坦诚的幽灵时代。

但我也写一点儿东西（前面我有几句话忘了讲，有时我觉得，艺术的本质与艺术的存在，单是从这类"战略上的考虑"入手，便可加以解释。艺术使人对人说真话成为可能），因为我在继续过我在布拉格时的生活、在继续干我在布拉格时做的、过去仅略有提及的"工作"（这么做于我是必然的事）。你也应想到，我在此地的生活，半具乡村风味，既没有处在真实之柏林残酷无情的压力下，又没有处在其教育的压力下。这也是能把人惯坏的。一次同你一道访约斯蒂，一次在艾米那里，一次和普阿在一起，一次去韦特海姆处让他为我照相，一次是为了取钱，一次是为了察看一间寓所——这无疑是我近4周内全部的柏林之游。出游归来，我几乎次次感到愁闷，但同时又深感住在施台格利茨庆幸！我的"波茨坦广场"，就是施台格利茨区议会广场。那里只有两三路电车开行，那里少有交通往来，那里是乌尔施泰因的分公司、莫塞的分店、舍尔的分行。从那儿张贴的第一批报纸中，我吸吮我勉强可以忍受、但偶尔（正巧前厅里有人在谈论巷战）也一时忍耐不了的毒汁，继而离开这一公众场所，如果还有气力，便让自己隐入秋日寂静的林荫路。我住的街道位于后半城区，再往前走，一切便化为花园与别墅的宁静。这儿的每一条街，都是花园中漫步的幽径，或可能如此。

我白天的时光也很短，虽然9时左右就起了床，但不时躺卧，尤其是在下午。我很需要躺卧。此外还读点儿希伯来文，主要是看布伦讷①的一部长篇小说，但读起来很艰难。尽管存在种种困难，迄今我还是读了30页，不过，这也算不得是一项可以此为自己辩白的成绩，如果有人要求我就最近4周的活动作个解释的话。

星期二。那本书作为长篇小说，不太令人满意。我一向敬重布伦讷，也弄不清楚是为什么。其原因或许在于：耳闻的东西与想象的成分糅合在一起了，总有人谈起布伦讷的悲哀。是说"巴勒斯坦的悲哀"么？

我们还是谈谈柏林的悲哀吧，因为它离得很近。正在这时，电话打断了我，是艾米。她本应星期天来，可惜未到。此外，她有客访，也许这给她解了闷。客人一名是米里茨来的相熟的小青年，一名是柏林来的年轻画家，这两位英俊后生均具迷人的魅力。我非常希望这次客访能驱除艾米心头的阴云，目前她正深深地陷在白日的激动与爱的纠葛中，另外（你别以为我在经常举办社交聚会。只很偶然地办过这么一次。人前我感到害怕，与在布拉格时无异）她没来，受了凉。昨天我们通了电话。她激动不安。柏林的激动（对总罢工的恐惧，兑换货币的困难。但似乎刚好只在动物园那儿，也许只是昨天，才出现兑换困难，比方说今天，在弗里德里希大街火车站，兑换时就根本不存在拥挤现象），柏林的激动与布拉格的痛苦（我只能说马克斯对9号的事略有提及）搅和在一起

---

① 巴勒斯坦工人运动重要的诗人，用希伯来语写作。

了,而且柏林的激动的确具有传染性,通完电话后,我夜里还在同这些激动斗个不停。但至少她已答应今晚过来。我希望自己今晚之前能积蓄足够的力量,好安慰她。然而,这时她打来电话,声称来不了,因为她很激动。可真正的原因显然只有一个,即你旅行的日期,其他的原因不过是陪衬而已。她不承认婚礼是起阻碍作用的原因,"难道他为了消遣也要让别人心碎么"?我想,在布拉格的时候,我在类似的场合便听到过类似的话。哦,可怜而可爱的马克斯!幸福却又不幸的马克斯!如果你觉得能给我什么建议,能在艾米这里用上,那就尽管提吧,我肯定照办。目前我自己没有任何办法。我问她,明天能否去她那儿,她答,她不知道自己什么时候会在家(一切说得很亲切、很坦率),早上她要花一小时摆弄音乐,下午将去一个"也发了疯"的女友(她曾对我提起过这位女友)处,最后我们终于约定,明天两人再通话。这就是全部内容,大致如此。

　　星期三。恰巧9点钟,我又与艾米用电话交谈了。情况似乎好多了,今晚与你约好的通话,预先起了安慰作用。今晚她可能来。新通话,新变化!她让人传话,说她中午就过来。我总在想,爱情和音乐无疑提高了艾米的精神境界,但同时又毁了她。怎么会这样?艾米以前在困苦的日子里过得极坚强,而今天,在一种尽管柏林这里存在种种恐怖,但生活表面上看来要宽松得多的环境中,却为外在事物忍着巨大的痛苦。就我这方面而言,我很理解她后一种痛苦,比她本人还要深刻得多,但她从前艰苦的生活,我可能忍受不了。

　　针对你提的问题再谈几句,我已能讲一点希伯来语。此外想去达莱姆那所著名的、离我住处不到一刻钟路程的园艺学校听课。有个听课者(巴勒斯坦人,迪业曼特的一个熟人)告诉了我一些消息,他本想以此鼓励我,相反却把我吓退了。上实践课,我身体太弱;上理论课,我又过于急躁;白天太短;天气不好时我不能出门,于是听课的事就放在一边了。

　　布拉格我肯定是要来的,旅费也罢,劳累也罢,单是为了同你相聚、为了到底见上费利克斯和奥斯卡一面(在致艾米的一封信中,对奥斯卡有句极糟糕的评语。这仅仅是带情绪的评价呢还是事实？）也要来。但奥特拉劝我不来，最后母亲也拦我。没上布拉格做客，这样也好。但愿我在此能尽可能长地住下去。

你的弗

因为你兄弟婚礼的事，你得给我出个主意。

代我问候妹妹和妹夫！

为了过冬的衣物，我能耐心等到11月份。

你目前在写什么？长篇小说么？

〔明信片，寄达邮戳：1923.10.25，柏林—施特格利茨〕

457. 致库尔特·沃尔夫出版社

尊敬的出版社：

我已收到结算单。您要寄些书来，这令我非常高兴。在书的选择上，我可否施加影响？现在我暂住柏林（柏林，施台格利茨区，米克韦尔大街8号莫里茨·赫尔曼家），这也许会使邮寄方便些吧？

顺致崇高的敬意！

弗兰茨·卡夫卡

〔明信片，寄达邮戳：1923.10.26，柏林—施特格利茨〕

458. 致罗伯特·克罗普施托克

亲爱的罗伯特：

但愿自我俩布拉格匆匆一晤（此外，马克斯给我来信说，有一次曾与您擦身而过，您气色不坏。我念起您来，就总想着这一点）后，您安宁地生活在那儿的朋友们中间。或许化学也仍给希伯来文留下了一点时间。我在希伯来文方面进展甚缓。假期和在舍列森的那段生活,让我忘了许多学习上的事,忘得最多的是那种按时的、令人绝望的学习。我待在柏林已4周,布伦讷的一部长篇小说读了32页,也就是一天一页。小说名为《徒劳与失败》[①],您就解解这道化学分子式吧。这是一部对我来说各方面都显得很难且不太令人满意的作品,阅读时普阿曾两次帮助我,可现在我差不多有两周未见到她了。——那些在此可能展开的活动中,有一项失败了,但它几乎还未处在能够失败的阶段。离我住处不远的达莱姆,有所著名的园艺学校,我想上,但一名在那里听课的巴勒斯坦人告诉了我一些消息,把我吓退了,本来他是想给我鼓鼓劲的。上园艺实践课,我身体太虚弱;上理论课嘛,又太焦躁。这种焦躁不安的情绪,得往其他方向排遣了。

寄来的黄油大包裹,完好无损,多谢。

您母亲和兄弟身体可好?

请您代为问候施泰因贝格!

〔明信片,邮戳:1923.10.25,柏林—施特格利茨〕

459. 致马克斯·勃罗德

亲爱的马克斯:

只就你的明信片讲几句,我的信你肯定是收到了的。星期三中午,艾米在我这里,我其实是用面包把她逗过来的。面包在施台格利茨好买,但星期二在柏林却难购,并非真的缺货,而是由于其他捉摸不透的、在此地目前状况下每天新产生的原因作怪(此外,只有星期二一天买不到面包。艾米买面包也不是留给自己吃,而是要送给她妹妹)。艾米激动不安,但这并没有妨碍她在我住所时的兴高采烈和欢笑。不过,将她的激动仅归咎于柏林的状况,是不行的。激动与柏林状况之间的联系,只

[①] 原文为希伯来文。

能从这层意义上来谈,即一天的面包短缺与兑换货币时存在的唯一的一次困难,两者所产生的影响,打开了那扇通向其他所有痛苦的门。这些"其他的痛苦"难遇,但碰上第一种痛苦却并不稀奇。另外,对一切事情我都可找到勉强的借口,唯独在一种情况下,即在她说她其实已放弃了一切的时候,在她说你每4周即便只来两天她也心满意足了的时候借口难寻。对此我能说些什么呢?尤其是在她又补了这么一句话(要是在温克勒尔那会儿,如果必要,或只是有益,或这么做单是为了让她高兴,你也会应她的请求,或者仅因为她一句话、一个暗示而不顾重重困难即刻奔过来)的时候,我真是无言以对。她现在所要求的,就是你到她身边来。对她这项请求,当然也可以冠冕堂皇地作答,但在此种情况下不合适。

然而,这一切在眼下已不再是现实的问题。同你通话后,艾米给我来了电话,语调愉快,洋溢着欢乐。她说,一切安好,真有点"再生"的感觉——这表述更恰当、更强烈。我认为,她情绪上发生的转变,主要应归因于她为演员剧团聘用——无论如何都是妙事一桩,简直是对人的一种解脱——这件事。不过据你的明信片来看,我觉得,把她的痛苦归结到你身上,对"再生"的实现也起了很大作用。布拉格或奥西格计划,我以为不妥当,而且很危险,只在工作和音乐领域是一种解救。外部的情况迄今远没有你想象的那么糟糕。大体上也许不佳吧,但就细部而论肯定不是如此。例如我在此生活,就饭食而言,到目前为止与在布拉格时完全一样。当然黄油是别人寄来的,但柏林也可买到。为了让你对此间的物价有个概念,且举个例子吧。打电话那天,我刚巧在城里弗里德里希大街一家素菜馆吃了顿午饭(我一般总在家吃饭,从入住此地以来,这是第二次上餐馆)。我和D.点的饭菜是:菠菜拼荷包蛋和土豆(味道妙极了,是用上好的黄油炒的,单是那份量就让人满意),切成小段的蔬菜,加苹果酱和糖水李子的面条(对那道菠菜的赞词可照搬在此),番茄色拉,小面包,外加一道糖煮李子。所有饭菜连同昂贵的饮料费,约计8克朗,不算贵。这也许是个例外,是受了证券行情中的种种偶然的影响。物价的确上涨得很厉害,除了吃饭外,想买点其他什么东西是不可能的。但正如众人所言,饭菜柏林还是有的,而且相当不错。这方面你就不必担心了。

代为问候费利克斯和奥斯卡,替我讲句吉利话!也许今天我会和艾米上剧院,看由克勒普费尔主演的《人民公敌》。到目前为止,我晚上还未离家外出过。

〔寄到邮戳:1923.10.27,柏林—施特格利茨〕

460. 致罗伯特·克罗普施托克

亲爱的罗伯特:

我是星期三上午收到的来信。如果您星期五想拿到小说,我们——我和邮局就得赶紧了。此外,读您的译作,我所得到的绝对只是欢乐。您手头有的译稿,尽管寄过来吧,我觉得作品本身相当不错,只是在读K的短篇小说①时,我多半有种附带印象(令人不快),仿佛这想法(本身还可以)总是最后一种想法似的,就好像那个可怜的人交出了他最后一枚十字币,别人攥着这硬币却还要看他那空空的衣袋。我不知道,这是什么原因,因为他的财富可是无可置疑的。——您译得很好。仅提几点意见,标题正确,但似乎不够有力,干脆这么译,"无头脑"或"没有头脑"。我会选择 schlepperi②——词;ziehen③ 也含有痛苦的意思,该词比较古怪;bewegen④ 或许没有这种痛苦的意味——这一整体:"移动"和"留下痕迹"太容易使人想到爬行的毛虫了。"上等衣料的布料"——听起来不坏,但"衣料"和"布料"是一回事。

这是什么?是 Glaubender⑤ 么?

---

① 指卡琳蒂的幽默短篇,由克罗普施托克自匈牙利文译为德文。
② 德文动词,意为"拖,拉"。——译者
③ 德文动词,意为"拖,拉,拽;移动"。——译者
④ 德文动词,意为"挪动,搬动,使活动;活动"。——译者
⑤ 德文动名词,意为"正在信仰的人"。——译者

其他意见我已写在您的译稿中。

我已收到克劳斯的那本书①。书印装漂亮，令人喜爱，邮寄也费了您不少的钱。这书即便只是《末日》②的胞衣，也是很有趣的，平常我读得很少，只看点希伯来文。不看书，不读报，也不看杂志，哦，不，《自卫》我还是看的。您为什么不寄几本《自卫》来呢？这杂志您很容易买到。我原以为，您11月1日是想来布拉格的。是啊，维也纳很美。在柏林待一段时间后我们再移居维也纳，怎么样？

我只与极少数几个人来往。同魏斯博士谈过一回话，但5周未见普阿了。她彻底销声匿迹了，我去的明信片，一张也未回。

我的健康状况一般。

11月15日我将迁入附近的一间新寓所。地址马上寄来。

祝您生活愉快！您的梦想和工作一切顺利！

弗　上

Schechol uchischalon 是两个名词，我也不全懂。不管怎么说吧，这两词试图表达"不幸"这一整体概念。Schechol 从字面上讲，是"无子女"的意思，那么，也许是指"无繁殖能力"、"无生育能力"、"徒然的努力"。而 kischalon③ 字面意义是"踉跄"、"跌倒"。

〔1923年10月于柏林—施特格利茨〕

461. 致罗伯特·克罗普施托克

亲爱的罗伯特：

不要夸大柏林的事。我来此地，的确令人难以置信。但其他令人难

---

① 指卡尔·克劳斯的著作《世界毁灭于作祟的巫术》，该书1922年于维也纳出版。
② 指卡尔·克劳斯的五幕悲剧《人类的末日》，1922年维也纳出版。
③ uchischalon 读作 kischalon。——译者

以置信的事暂时并未接踵而至,那么,我们就不要用颂词惊动他们了。当然也不排斥这种可能性,即物价的飞涨——暂时还未出现,但如果物价以同样不知疲倦的精神继续涨下去,则可能发生——会将我赶出柏林。迄今为止,我觉得外部条件尚好,他人得到的照顾,不会比我强。——《克拉里萨的半颗心》①,您又搞了个新译本,这事刺痛了我。剧作从前的译本可是很出色的了,为什么还要译一次,尤其是现在?因为我——或许是一种错觉,但即便如此,也是一种强烈的错觉——在您最近的来信中感到了这么一份渴望,此外还感到了这样一种向自己的工作冲击的力量,而在过去,我从不曾有此种感觉。也许这根本不是坏事,如果您在通过博士学位口试后能重又逃向寂静。尽管如此,正如我在《自卫》杂志中读到的那样,偏偏今年布拉格那儿计划组织大量的希伯来语活动。参加这类活动,在柏林我得坐上几小时的车,而在布拉格,也许从家里出门走上百步即可,但这百步的距离却是不可企及的遥远。

弗 上

〔明信片,邮戳:1923.10.31,柏林一施特格利茨〕

462. 致马克斯·勃罗德

最亲爱的马克斯:

即使我知道艾米会做什么,我也要到明天才写信告诉你,虽然由于双方毕竟极为情愿,我理当相信调解起来很容易,但事情难办,非常之困难。有些地方我也不是全懂。每4周过来一次,似乎太贵了,但在博登巴赫待上两周好像还要贵得多。我一时也闹不明白,怎么偏巧是博登巴赫能起到镇脑安神的作用。晚秋时节去一个陌生的乡间小镇,独自一人在那里住下,没有工作,没有熟人,整个心思全放在布拉格来人所作的匆匆探望上,而末了却又要再次回到柏林——假设回到柏林是造成所

---

① 三幕喜剧,马克斯·勃罗德著,1923年慕尼黑出版。

有痛苦的根由来。所以，最后的决定现在尚未形成。我呢，则到明天给你写信。

弗

我得知，克罗普施托克又搞了一个《克拉里萨的半颗心》的新（！）译本，将要寄给4个代办处。

〔明信片，邮戳：1923.10.31，柏林—施特格利茨〕

463. 致马克斯·勃罗德

最亲爱的马克斯：

听艾米说，你不久会来。正如我在第二封信和那张明信片中所说，我也只能认为这么做正确。现在嘛，关于其他一切与此相关联的事情，就不必再写了，因为我们马上要见面。另外，今天我精神状态也不佳，肯定是为一件非同小可的事——11月15日我将换住处——付出的精力太多了。这次搬迁，在我看来很有好处。（搬迁的事，房东太太11月15日才可能知道。坐在她的家具中间写信，告诉你这个消息，我简直都感到害怕了。她那些家具正越过我的肩头看信呢。但那些家具，至少个别家具，部分程度上站在我一边。）至于遗产，那可真是一派流言，但据现在的情况来看，却是这流言已散布开来，因为埃尔泽·贝格曼给我的信中也提到了此事。事实是，遗产总额约计60万克朗，除母亲外，3个舅舅也有继承权。事情若这么简单，那还好，但遗憾的是，遗产牵涉的主要对象为法国政府、西班牙政府、巴黎与马德里的公证人和律师。

关于女友的事，你说得也许对。有那么一两次，在这样的地方，女友自谈话中一闪而过。此外，艾米对这女友除了好感外，还有一种极强烈的我们只应给予支持的反感。在你对未来忧心忡忡的时候，你忘了，你现在也应从沃尔夫那里得到价值稳定的货币。另外，沃尔夫想必真的赚了很多很多的钱。

同艾米一道看戏，暂时成了泡影。物价的上涨，的确令人难以置信。有两家剧院曾在我考虑之列，一家是莱辛剧院（上演《心醉神迷》①，由科尔特讷和格达·米勒主演），一家是席勒剧院（上演《人民公敌》，由克勒普费尔主演）。第一家票价极贵，第二家的门票几天之内即已售完。如此一来，不管天气怎样，我都不能去了。

祝生活愉快！但愿卢加诺的太阳再次照耀着我们（不管清白还是有罪）！

弗

〔寄到邮戳：1923.11.2，柏林一施特格利茨〕

464. 致瓦莉·波拉克*

亲爱的瓦莉：

桌子位于炉子旁边，我刚离开炉子旁的位置，因为那里烧得太热了，即使那永远冰冷的背脊也已经热得受不了。我的煤油灯燃烧得好极了，它既是制灯本领的杰作，也是购买本领的杰作（它是由一些部分凑集起来做成的，也是一次买来的，当然不是我干的，我怎么会有这个本事呢！这是个有着如同茶杯大小的燃烧底座的灯，结构巧妙，无须取下内外罩即可点燃。其实它只有一个毛病，即没有煤油就不会燃烧，但这一点我们也同样办不到），我就这样坐了下来，把你那封已经收到那么久的、亲切的信拿过来读。钟嘀嘀嗒嗒地响着，但甚至对钟的嘀嗒声我也已经习惯，很少听到它，而且一般在做特别值得嘉许的事情时听得见它。它——这只钟——同我有着某种个人关系，房间里其他一些东西也是这样。只不过它们现在，自从我辞职以来（不如说自从我被辞退以来。

---

① 奥古斯特·斯特林堡的一部剧作。
* 卡夫卡的二妹。

这本是件好事，而且是一件复杂的、足可写几页纸的事件），有一部分开始不理我了，尤其是那本日历，关于它表达的意思我已在给父母的一封信中谈到过。最近它像是整个变了，要不它就是完全把心事封闭起来，比如当人们迫切需要听它的意见，到它那儿去询问时，它只说一个词：宗教改革纪念日。这个词也许有深刻的含义，但又有谁知道呢？要不它就是取刻薄的讥嘲态度，比如最近我读到一篇东西，它引起了我一个想法，我觉得这想法很好，或者说很有意义，以致我兴冲冲地去问日历的看法（只有碰到这类偶然的机会它才在一天当中随便哪个时辰作出回答，而不是在人们每天在固定的时间死板地撕下它的一页时回答），它说，"有时一只瞎了眼的母鸡也能找到东西"云云。另一次当我对用煤账单感到震惊时，它说："幸福和满足是生命的光辉。"这里边除了嘲笑外，还有一种轻蔑的麻木不仁。它不耐烦了，再也无法忍受我将离去这一现实了，但也许只不过是它不想使我在告别时太难过，也许在我搬走那天的那页日历后面有一页我再也看不到的日历，上面写着这类话，"这一定符合上帝的意志"云云。不，不能把对自己的日记的看法全部写下来，"它只不过是个人"。

如果我想以这种方式向你描述我接触的所有事情，那自然会没完没了，还会造成一种假象，仿佛我的社交活动非常活跃似的。其实我周围一片沉寂，顺便提一下，也绝不是太安宁。对于柏林的骚乱和激昂，我知之甚少，当然，对于骚乱还是相对了解得稍多一些。此外，佩帕知道柏林人被问及"身体可好"时会怎么回答。哦，是的，他肯定知道。你们比我更了解柏林所有的情况。对于骚乱的危险，说上几句完全过时的话，实际上仍有现实意义，如说："糟透了。"而且，一个人兴奋地讲述莱比锡的体操表演会："真壮观啦，七万五千名体操运动员步入赛场的场面！"而另一个人则慢条斯理地计算着说："哼，这究竟算得了什么，三个半和平运动员！"

情况何如？（"情况何如"，在这里可不是开玩笑。但愿没发生什么令人悲伤的事。）你读过那位年轻教师在《自卫》上发表的文章吗？精辟的文章，勤奋的作者！我还听说，阿恩施泰因身体很好，毛特讷小姐对整套巴勒斯坦体操作了一番改造。你不要因阿舍尔曼老人的生意意识而生他的气。拖着他那一家子人,漂洋过海地来到巴勒斯坦,毕竟非比寻常啊!他这种人能做出如此多的事情来,真是奇迹,与芦苇海的海上奇观别无二致。

多谢玛丽安妮和洛特的来信。好生奇怪的是,她俩的字迹摆在一起比较,体现出来的也许不是她们性格上的差异,而简直是身体上的不同。至少她们最近的来信给我这种印象。玛丽安妮问:她生活中的什么内容尤使我感兴趣?哦,我想知道:她在读什么,是否还跳舞(在犹太民族疗养院这里,所有女孩子在学节奏舞,当然是免费),是不是依旧戴眼镜。安妮·G要我代问洛特好。一个漂亮可爱、聪明的孩子(即洛特,但也指安妮)!安妮学希伯来语很是勤奋,差不多可阅读了,而且能唱一首新歌。洛特也进步了么?

现在真该是睡觉的时候了。在你们那里,我差不多待了整整一晚。从施托克豪斯胡同到米克韦尔大街,路程这么远。

祝你们生活愉快!

……

〔1923年11月于柏林—施特格利茨〕

465. 致马克斯·勃罗德

最亲爱的马克斯:

我想简要描述一下事情在我脑海中是个什么样子。今天,我头脑受了一点震动,当然是由于多种原因。描述所取的材料主要出自我昨天即星期四与艾米的一次交谈。艾米大约7至10点在我这里,正是你的信寄到我手中的时候。我不想在她面前拆开信。

在这点上,你无疑说得对。如果柏林眼下的局势与去年大致相仿,生活轻松,机遇很多,并有快意的消遣,等等,那么,很可能就不会产生这么一次"爆发"了。但不是因为火山中没有火,所以只好另寻出路。

这也许会带来安宁的日子，但肯定不会持久，因为存在着一种各类痛苦介入其间的核心痛苦。这种痛苦在不同的时候——甚至处在你当代的、看来占优势的影响下——会呈现出截然不同的姿态，但它的存在依然如故。对此人们可采取这种态度，即满足于表面的和平。这或许的确也很好，因为在这暂时的和平之后，经历预料之中或意料之外的种种事情，有那么一天最终会实现真正的和平。今天的柏林不能实现暂时的和平，即使你做出超人的努力，遗憾的是你似乎真在这么做。由于柏林未能赢得暂时的和平，所以大家应给予支持，这一支持说不定就是你每4周过来一趟。它提供的养料可能比最好的邮包供应的还要好。你不应为最近一次"爆发"另寻直接的原因。两周前那要求不过是你来柏林而已，到现在才有如此惊人的升级。所以，我也认为，你本人施加影响力，才能重新限制那个要求。正是怀着这一希望，我昨天才提出那条于你也许感到可怕、在我看来却是使人解脱的建议，即你们在眼下这段日子就不要再来往信件、互通电话地折磨自己了，干脆将一切托付给四目相对的会面，这样才有望再次求得"暂时的和平"。

艾米目前的主体要求之所以如此苛刻，马克斯，我感到与你有深刻的联系。但也不仅仅是忌妒，虽然这忌妒正如你所写的，也并非"不理智"。不单是嫉妒——我这么说，不是因为你可能不知道这一点；我这么讲，是为了在此特殊的、隐蔽的、令人困惑不解的痛苦中接近你——而且也是理解上的不可能性，就像你那方面不可能加以解释一样。但你不能认为，你说"只是责任感让我维持着婚姻"，便已驳倒艾米。她可知道从不容辩驳的事实入手来回复你的话，而且是从明摆着的事实入手！恰恰不单是什么"责任感"的问题，但目前话也只能这么说。不过你别指望以此驳斥什么。

另外呢，艾米看上去精神相当不错，也许仍处在她自己所说的、那次"令人高兴"的电话交谈（想必为你后来的那封信全抵消了吧）的影响之下。她排练获得成功，而且还有希望在一教堂音乐会上参加合唱。因此她留给我的整体印象绝不是绝望，只是有时会发生突然的"爆发"。这种爆发要么表现为关于"责任"的疑问，要么体现为一种担忧，即担心你如果来这里的话会施加影响并起麻醉作用。

不久前我的确给母亲写过信,说你将来柏林。我现在收回这个消息。但即使收回,这也没有什么意义。不过我可能搞错了。如果你能带上那些东西——无论怎么安排,都是负担——就请带来。但也不是非要不可,不然,我恐怕也能另找机会将它们弄来。假使能带,把行李凭单交车站行李托运处就成。请写我现在的地址。不过,我或许会及时将新址(自11月15号起生效)寄给你,好让行李箱为了简便起见而即刻送过来。但比这一切都重要的事情是,我们马上就要重逢了。

弗

〔寄到邮戳:1923.11.5,柏林—施特格利茨〕

466. 致库尔特·沃尔夫出版社

尊敬的出版社:

非常感谢您10月29日的明信片和出版目录。采取这种方式可不行。目录中列有许多诱人的好书,这些书大多很贵。我不知道该作一个怎样的"恰当的选择"。所以请您明说,邮书来您原指望从我这里得到多少金马克。我将据此即刻挑选。

顺致最崇高的敬意!

弗兰茨·卡夫卡

我现在的地址:柏林,施特格利茨区,格绿内瓦尔德大街13号,塞弗尔特先生处。

〔明信片,寄达邮戳:1923.11.19—柏林〕

467. 致费利克斯·韦尔奇

亲爱的费利克斯：

多谢你定期寄杂志来，多谢你在柏林给予我们关怀。杂志之类，也许让你甚感为难了吧。另外我换了住处，请将我的地址改为：柏林—施台格利茨，格龙内瓦尔德大街13号，塞弗尔特先生处。还有一件事：请写信告诉我，我欠多少钱，我马上通知我妹妹付清。请停寄我的《布拉格样品》，如果你还未这么做。尽管物价在飞涨，我可能还是会在柏林待些时日。我一直未去你亲戚那里，其实我是很乐意去的，但在这个季节，在白昼很短的时候，来来回回地奔走，于我太困难了。我一周两次，而且仅在天气晴好之时，走那么一小段路，上一所大学听犹太教法典讲座。这已是我最远的行止了。

最衷心地问候你、你的家人和鲍姆一家！

弗 上

〔明信片，邮戳：1923.11.18，柏林—施特格利茨〕

468. 致马克斯·勃罗德

亲爱的马克斯：

近段日子，我的时间和精力很多都用在你身上。母亲将晚报上的评论寄给了我。这是些多么漂亮、新鲜、生动的东西呵，要不断地稳住地位。——今天奥特拉在这里。我觉得她对看到的一切都满意。至于你，我没什么担忧。——我现在有钱，本周将给艾米400克朗。你们新的汇款方法是怎样经受考验的？——我没生病，只是像那盏小灯的灯光略有颤动而已。到目前为止，通常我的身体并不坏。但这种"颤动"使我未能去艾米的剧团，不幸的是多拉那天也不太舒服。不过《圣诞节》这剧本或许会重演。——你对柏林相聚会有的种种毛病所作的分析，与实情相符。但这也是我自己的毛病。更多的是我的毛病，而不是柏林的毛病。请你继续为我们保持对更美好事物的希望吧！另外，我有种感觉：你现在的生活——除了你复杂的、由于其英勇却又简单了的生活中那些不可避免的干扰外——自由自在而且稳定（以前任何时候几乎未曾有过），那些文章也证明了这一点。——替我稍稍抚摩一下费利克斯和奥斯卡。——祝你万事顺遂！

多拉真诚问候你！

弗

〔明信片，邮戳：1923.11.25，柏林—施特格利茨〕

469. 致库尔特·沃尔夫出版社

尊敬的迈耶先生：

你们热情的明信片寄来后又过去了一段时间，从我未能及时回信中你们可以发现，我们日子过得是多么艰难。在当今的情况下，得以从一大批书名中挑选书籍是一个伟大的、了不起的事件，太伟大了。

选中的是以下这些书（我对自己加以限制，对装帧昂贵的、尤其是那些一次性读物，我只要硬面平装本就行了）：

荷尔德林[①]	诗歌
霍尔提[②]	诗歌
艾兴多夫[③]	诗歌
巴赫霍芬	日本木刻
弗歇尔	中国风光

---

① 德国诗人（1770—1843年）。
② 德国诗人（1748—1776年）。
③ 德国诗人、作家（1788—1857年）。

培尔琴斯基	中国神祇
西默尔	伦勃朗
高更①	此前此后
沙米索②	施雷米尔
毕尔格尔③	明希豪森
一本	汉姆逊④的书
卡夫卡	司炉　1本 ⎫
	观察　　　⎬
	变形记　　⎬ 1至2本
	乡村医生　⎬
	在流刑营　⎭

这就是我的索书单。尽管作了很大努力,结果还是太多了;但即使再试选十遍,结果也不会有所改观,所以就这么发出吧。

致最热诚的感谢和问候!

卡夫卡　上

〔1923年11月末于柏林—施特格利茨〕

470. 致马克斯·勃罗德

最亲爱的马克斯:

我已很久未写信。对我来说,存在各种各样的干扰和极度的疲劳。这情形好比一个人刚刚(作为退休官员)在外地荒野艰苦奋斗过一番,

---

① 法国画家(1848—1903年)。
② 法裔德国作家(1781—1838年),代表作为《彼得·施雷米尔奇遇记》。
③ 德国作家(1747—1794年),代表作为《明希豪森历险记》。
④ 挪威现代作家(1859—1952年)。

而且，更困难的是，根本就是在野蛮的世界中搏过一回。激动（激动不安的时候，我用你的小品文证明了自己从事写作的不幸）可能已过去，且当时就已过去，因为正如艾米告诉我的，你随后一天就收到了一张友好的、请求原谅的明信片。所以，我也不再为那事而心情沉重了。现在我完全理解了为钱而生的忧虑，只是在共同经历并误解11月份那场你当时比我解释得清楚多了的危机后，弄不清楚你为什么会因为12月危机（表现为嫉妒和电话交谈困难等等）而失去自制，仿佛这场危机本质上与11月危机（由于你们的相聚而得以如此圆满解决，以致创下了一个适宜于所有时代的先例）有什么不同似的。但不管怎么说，如果你有任何一项委托任务且不太担心我这方面存在干出蠢事的危险，那就别忘了我。——那篇关于你剧本的评论是什么意思？剧本上演了？我不读（因为物价上涨）报，星期日刊也舍弃了（反正从房东太太那里可非常及时了解新税方面的情况），所以，我对外界的了解，比在布拉格时少多了。因此，我乐意了解，比如了解一点穆西尔的剧本《文岑茨》①的情况。对剧本我除了标题外，别无所知。标题还是剧本首次上演很久之后，我在去那所大学听犹太教法典讲座的途中（即在我的外部世界之行中）从剧院节目单上看到的。但这确实不是什么根本性的痛苦。此外，你不能为了你的剧本而同菲尔特尔或布莱联系联系么？他们算得上是我们的朋友。——我早就该给奥斯卡写信了（因为他在《新评论》上发表的那个短篇），但事情尚在进行之中，某种程度上可以这么说。

多拉向你问好！她正为那篇评克里卡的文章而陶醉呢。

〔明信片，邮戳：1923.12.17，柏林—施特格利茨〕

---

① 《文岑茨和名人们的女友》，罗伯特·穆西尔著，三幕喜剧，1924年于柏林出版。

471. 致奥斯卡·鲍姆

我亲爱的奥斯卡:

你找了个多蹩脚的律师啊!他良好的愿望又有何用?水平如此之低,他只能坏事。从你那里得到一项委托、一项前景这么广阔的委托,我心花怒放,真的心花怒放。但我自己不会跑去打电话(究竟是怎么了哦!去打电话!而电话就放在我桌上),不过会竭尽全力向别的某个人挤过去的。两次电话均未通,我认为这是对方无疑比较狡猾的信号,便写了一封信,由一个很好的熟人送过去,原本设想这样一来 K.将不得不口头上作出让步。谁知他更狡猾,溜到隔壁房间里,弄了封口授的信回来。"这令他深感遗憾,——但有出特刊和编辑上的困难——迄今不可能——不过有个新观点冒了出来(我到今天也不知道,它是否与你的小说相关),他很乐意同我谈谈这个观点,要我去找他或给他打电话。"这是一种下意识的狡猾,因为两点我都不可能做到。我还要狡猾一些,又通过我的熟人送去了第二封信。信中说明我没法去找他或打电话,并万分迫切地请求他同我的熟人详谈对你小说的看法。但两人狡猾到一块儿去了。针对这第二封信,他说,他一周内将来我处。他开脱了责任,因为他没来。下周我要再次(也就是说,又不是我本人)向他询问小说的事。对此他会说,他到圣诞节后才能来,至于小说嘛,绝对已采用,但刊出时间,他就什么也说不上来了——一个如此伟大的事件介入世界发展的进程,却怎么显得如此温和、而未引起最细微变化的呢?真怪!奥斯卡,亲爱的人,请别生我的气!

最衷心地问候你和你的家人!

弗

〔明信片:1923 年 12 月于柏林—施特格利茨〕

472. 致罗伯特·克罗普施托克

亲爱的罗伯特:

　　首先按照您罗伯特的方式写信,但比您提的问题更为重要。食堂如何? 牙齿如何? 翻译如何? 通常情况下的收入如何? 房间如何? 考试如何? 这些暂且够了吧。至于我,罗伯特,您可不要以为,我过着这样一种生活,即任何时候都有自由和气力,去作报道或者也只是写写信。为什么不能这么认为呢,因为存在许多深渊,人不知不觉间便陷了下去,在最好的情况下,要过很长时间才能重新又爬上来。这不是可以描写的处境。——您想进 Iwriah,很好。也许不单是听希伯来语课,而且还要听犹太教法典讲座。(每周一次! 您不会全懂的。可这又有什么坏处呢? 您将从远处听它。它除了是远方来的消息外,还能是什么呢?)开设犹太教法典讲座的那所大学,对我来说,是荒蛮的柏林城中和我内心荒芜的地区内的一片安宁之地。(我刚被人问及健康状况,而且,关于我这颗脑袋,我能够说的只是,它让人"按雄狮的模样修饰"了一番。)那里有所房子,整幢楼内全是一间间漂亮的教室,还有巨大的图书馆,宁静宜人。供暖充足,学生亦不多,而且什么都免费。但我不是正式的听课者,只是在那所师范学校听课,且只听一位老师的课,就是他的课,也只听了一点点,以至于所有的辉煌最终差不多重又烟消云散。不过,即使我算不得学生,那学校也依然存在,而且漂亮。其实一点都不漂亮,倒可以说是奇特,奇特到怪诞,更进一层,奇特到难以想象的温柔(即整体的自由主义革新精神和科学精神)。学校的事就此打住。——您将见到普阿,很好。而后我也许能听到她的一些消息。她几个月以来一直未给我来信。我究竟对她做了什么坏事呢? ——万事顺遂!

　　另一名听课者也想寄上一份问候。

〔多拉的问候及其签名〕

弗

〔明信片,邮戳:1923.12.19,柏林—施特格利茨〕

473. 致库尔特·沃尔夫出版社

尊敬的出版社:

在本月 4 日信中您告诉我,寄给我的书已在邮路上。可现在差不多过了 4 周,我仍然什么也未收到。是否能劳驾您查一查,看邮寄出了什么问题。

顺致

崇高的敬意!

弗兰茨·卡夫卡

柏林,施特格利茨区,格绿内瓦尔德大街 13 号(塞弗尔特处)

〔明信片,邮戳:1923.12.31,柏林—施特格利茨〕

1924 年

474. 致马克斯·勃罗德

亲爱的马克斯:

我未写信,首先是因为我病了(高烧,寒战。这类继发病,诊治一次即要 160 克朗,后经多拉交涉,减为一半。不管怎么说,自那以后,我对生病产生了 10 倍的恐惧。在犹太医院,一张二等床位每天要价 64 克朗,还只是床铺钱和伙食费,也就是说医护费与医生的诊费均不在内);其次因为我认为你去柯尼斯堡会途经柏林。另外,当时艾米也说,你 3 周内会来这儿,以便在她进行应试朗诵时与她待在一起。而且,当这一想法落空了的时候(柯尼斯堡之行怎么告吹了呢?《本特巴尔特》①未受到人们的欢迎，应当还不是什么严重的事吧。这剧本我眼下总算想读一读了。《克拉里萨的半颗心》起初亦遭冷遇，可应该说它为第二部剧作开辟了道路吧），当此事成为过去，你的柏林之行远远延期，以至于旁人为艾米——我不知道，她这次将会是什么态度——叹息的时候，我没有因消化方面的疾病等所致的轻度神志模糊而写信。但现在，你的明信片唤醒了我。在艾米那里，我当然会竭尽全力、使出浑身招数，试着去解释一切。尽管这位老妇看来既风趣又固执，也不缺乏对阴谋诡计的了解，她的敌意至少意味着一点什么。这于我有帮助，但对我也有某些损害，其实我高兴地盼望着争取艾米并了解她演出方面的情况呢。做到这两点，对我来说，并不像探究喉、胸、舌、鼻和额的秘密那样，完全实现不了，但我的话会因此而失去意义，如果说它通常具有某种意义的话。不过，主要障碍在我的健康方面，比方说今天，本来约好了与艾米通电话的，可我不能打起精神走到那间冰冷的房里去，因为我发烧 37.7℃，卧床不起。也不是什么特别的事，我常发烧，但不引发其他病症。天气的骤变可能也是发烧的原因之一。明天大概会退烧。发烧毕竟严重限制了我的活动自由。此外，医生诊费单上用闪闪发光的字母写出的数字在我床的上方飘荡。但我明天上午也许会进城，去那所大学，且能在艾米处停留一下。常在这样的天气把她硬拉出来——她似乎略有点感冒——也不妥。此外，我有个计划，就是可能介绍艾米认识我曾对你讲到过的、名叫米迪娅·皮内斯的女士。她是名朗诵者，将来柏林待几天，要在诺伊曼版画陈列室作场报告（她能凭记忆讲述《卡拉马佐夫兄弟》中隐居者的生活经历），可能会来看我。与这名女士结识，或许可对艾米起到良好的示范作用。皮内斯还是名语言教师，一个年轻姑娘。我当然很乐意听艾米朗诵，早就诚心诚意地求她了（单是为了在相隔很长时间后听听歌德的诗，我就求她了），只是外在条件作梗，迄今未成。这外在条件也包括：我们 2 月 1 日被人作为付不起房租的穷困的外国人赶出那间极漂亮的寓所。回忆回忆"温暖的、饱足的波希米

---

① 指《本特巴尔特诉讼案》，舞台剧，1924 年于慕尼黑出版。

亚"，你说得对，但这样不好，可人就是有点儿顽固。舍列森是毫无考虑余地的，舍列森就是布拉格。此外，我40年都曾享有温暖和饱足，那结果对其他尝试来说不具备诱惑力。舍列森在我或许在我们看来也未免太小，而且，我对"学习"也不太习惯了。除此之外，这绝不是什么学习的问题，而仅是没有基础的表面上的快乐。但附近有那么一个对事情了解几分的男人，在我便是某种鼓舞。我觉得，这可能更多的是与男人有关而不是与事情相涉。不管怎么说，在舍列森住下来不可能，但也许真的——看了你的意见，我突然想到——可去波希米亚或梅诺拉的某个镇，对此我将考虑考虑。如果体质不是这么弱，也许简直能画下这种情景呢：左边多拉撑托着他；右边则有那名男士搀扶；他的脖颈比方说可由随便某一个"细小而潦草的字"支撑；假使脚下的土地现在得到加固，他前面的深渊得以填平，他头顶盘旋的猛禽被猎尽，从他头上飞掠的风暴被止息。如果这一切真的发生，那么，则或许有那么一点儿可能性。我也想到过维也纳，但旅费至少得花一千克朗（反正我掠尽了我态度十分迷人的父母，新近又掠尽了我的几个妹妹）。此外，途经布拉格，而且是去无把握的地方，这样太冒险。因此，在这里再待上一阵子，也许极明智。除了柏林那些严重的缺点外，毕竟还可收到一种令人高兴的、教育方面的效果。以后我说不定会同艾米一道离开此地。——祝万事顺遂！尤其祝那部长篇小说的创作顺遂！我听说，你终于又想捡起那个长篇了。

弗 上

谢谢那个装有救济品的包裹。我们有点羞于将包裹留下自用，包裹的内容也不太诱人，虽然值得奉上所有的赞词。多拉让人烤了个大蛋糕送到她去年曾做过缝纫的犹太孤儿院去了。对那些过着压抑的、没有欢乐的生活的孩子来说，蛋糕之类该是件值得高兴的事了。为了不让邮寄之事再这么烦扰你，我将我妹妹艾莉的几个地址寄给了你。这些地址当全可寄达。

最近卡茨内尔松及其夫人在我处。莉泽太太说,她母亲圣诞节在博登巴赫见到过你,还问你是否在这里。我说不在。卡茨内尔松仿佛受了你的提示一般,随即敏捷地答道:"他可能去茨维考啦。"这时我觉得,他简直令人生疑。

多拉在布雷斯劳时对曼弗雷德·格奥尔格(他现在柏林)很了解,她急于想听听你对他所作的几句评价。如果我没记错的话,你是认识他的。假使我没犯糊涂的话,评论你的那篇文章,是收在他那本随笔集子①里的。

你写的那篇评论韦尔弗的剧作《施威格尔》的文章,很漂亮、很鼓舞人、很能给人力量,值得多读几遍。可为什么是英勇的呢?倒不如说是会享受的。不,是英勇的,是英勇的享受。但愿真正会享受的人不全是苹果中的虫!

剧本《波伊雷特》②写得美,美啊!我们姑且只谈这些文章,即可断定你是个多么了不起的作家呵!论穆佐尔格斯基的那篇文章,我不知读过多少遍(但文章的名字总写不上来)!大抵是做小孩时读的,那时的我,扶着礼堂门的门闩,观看里面举行的一次盛大的、陌生的庆典活动。

你知道魏斯的《考验》③吗?我数周前得到该书,现在读了一遍半。小说极妙,比其他所有作品还妙,它想做到高度个人化,且不想在循环往复上做文章。我压根儿还未感谢魏斯,这样的负担我心头上还压着几个。你写了评《纳阿尔》的文章吗?这可稍稍减轻一点我的内疚。

请代我衷心问候费利克斯和奥斯卡(我没有听到凯瑟尔的其他消息,

---

① 指《德国文学中的犹太人。关于当代作家的短评》。该书1922年于柏林由古斯塔夫·克罗扬克尔出版。
② 剧本,刊于1923年12月7日《布拉格晚报》。
③ 长篇小说,恩斯特·魏斯著,1923年于柏林出版。

可能再也不会听到他的消息了）。

你是否知道一点克罗普施托克的情况？晚报上发表他的什么文章没有？

〔1924年1月中旬于柏林—施特格利茨〕

475. 致罗伯特·克罗普施托克

亲爱的罗伯特：

我原以为您仍在 B 那里，直等到马克斯来信才得知，您现在已到了布拉格。马克斯还谈到了您发表的、对此我一无所知的 4 篇译作。您也不再寄译作给我审读了。是谁夺走了这项工作？其间伊雷妮曾来我处，她讲过一点您的情况。您圣诞节时在她面前提及的、以良好成绩通过的考试，是次什么考试？我未到米迪娅那儿去，晚上差不多总发烧。而"另一名学生"则每逢此良机必去无疑，他让米迪娅给迷住了。至于我，可谈的不多。一种朦朦胧胧的生活，如果不直截了当地观察，从中是看不出什么东西来的。眼下我们正为住所发愁。住房多得很，但富丽堂皇的，房租之昂贵，我们不可想象。而剩下的，又值得怀疑。要是能多挣点儿钱就好啰！但对一个睡到日上三竿的人，这儿是没有谁会给他什么工作的。我的一位熟人，是个年轻的画家，现在谋到了一份美差，为此我有时还妒忌他呢。他做街头书商，上午 10 点左右进入摊位，一直待到日暮时分。时下的气温已是零下 10 度或 10 度以上。圣诞节那阵子，他日挣十马克，如今则为三四马克。

〔明信片，邮戳：1924.1.26，柏林—施特格利茨〕

476. 致费利克斯·韦尔奇

亲爱的费利克斯:

　　本来我只在搬迁时才给你写信(这是因为我担心《自卫》①什么时候会不来了。它现在总是来得那么准时,堪称在准点和内容上是忠实者中之最忠实者),但现在通信具有活跃的特性了。2月1日我的地址是(下一期就得寄到那里了):柏林策伦多夫区,海德街25—26号,布瑟博士夫人家。我也许做得不对(我一开始就为此而受到了高得可怕的租金的惩罚,对于这套住房根本不算太贵,但对于我事实上是难以支付的),竟然搬进了一位已故作家的房子,这位作家是卡尔·布瑟博士(1918年去世),至少如果他还活着他会我憎恶的。你也许还记得他每个月发表在费尔哈根和克拉辛的月刊上的综合评论吧?尽管如此,我还是搬了进去。反正世界上到处是危险,虽然这回从不可知的危险的阴影中又出现了这些特殊的阴影,也是不足为奇的。此外,奇怪的是,甚至在这么一神情况下也产生了一定的乡情,这种感觉使这座房子具有诱惑力。当然诱惑力的产生仅仅由于我作为贫困的付不起钱的外国人,把我从居住至今的美丽的寓所赶了出来。

　　衷心问候你和你的家人!

〔明信片,邮戳:1924年1月28日于柏林〕

477. 致莉瑟·卡茨内尔松

亲爱的莉瑟太太:

　　我将那份对您的寄赠所表示的谢意立即同那种对我的小女书商的回忆联系在一起,请别生气。当行善者,是如此的美妙,又是如此的容易。(只要请某人打个电话,尔后再让人请卡茨内尔松博士在书商那儿打探

---

① 一份德国犹太人办的刊物。

一下)而且因为这般的容易,所以,行善者便无意停止行善,并折磨那些让自己受折磨的旁人。不过,如果卡茨内尔松博士是如此的友好,并告诉我最近一次打探(他曾愿意帮忙)的结果,那么我现在答应,这次停止行善。不管怎么说,我衷心感谢你俩。

代为问候您的家人!

我的地址,自2月1日起是:柏林—策伦多夫,海德大街25—26号,布塞女博士处。

〔明信片,1924年1月底于柏林—施特格利茨〕

478. 致路德维希·哈尔特

我亲爱的路德维希·哈尔特:

多谢您的电报。"在盖斯特尔礼堂"① 您读了这词,也就是说在那里读了这词,您并没有不理解。虽然我离柏林这么远,但也并未远到不收到电报就不知道那些讲座的地步,只是遗憾啊遗憾,我不能前来。不单是因为今天下午我带着我所操持的庞大家政的所有杂物换了住所(迁居还算容易,这多亏了R.F.小姐好心好意地帮着搬运),而主要是因为我病了,发烧。在柏林整整4个月,晚上就没出过门。不过,隔了这么长一段时间后,我能否在策伦多夫这儿见您一面呢?明晚会有一位叫多拉·迪阿曼特的小姐过来同您谈谈有无这种可能性。

祝您生活愉快!为您的晚会祝福!

卡

〔1924年2月初于柏林—策伦多夫〕

---

① 电报上就是这样写的,但正确的词应为"迈斯特尔礼堂"。

479. 致路德维希·哈尔特

亲爱的路德维希·哈尔特：

  刚才我得到一个不幸的消息：门房将哈尔特是否到了这个问题理解错了，结果喊哈尔特本人来听电话。由于想到哈尔特有作报告之前睡觉的习惯（这可是事实），所以更将这不幸放大了，我继而又以哈尔特对什么都不会起干扰作用这一点（可是还要真实些哟）来安慰自己。甚至在报告会结束之际，也不愿受一封饶舌的信的打扰。不过，现在就简要地说一说吧：我不能前来，生了病，已于昨天通过一名报告会的女听众送了一封信过去，表达了谢绝之意。您能否出来一趟，好让我相隔这么久之后见上您一面？您在这里不会看到很愉快的场面，但至少多拉·迪阿曼特小姐，那名带信人，在同您商谈策伦多夫之行有无可能这一问题上，拥有全权和更大的代理权。策伦多夫之行可能么？

弗　上

〔1924年2月初于柏林—策伦多夫〕

480. 致罗伯特·克罗普施托克

我亲爱的罗伯特：

  这不成，我不能写信，几乎不能写信感谢您的一切〔例如我几天前，或者为了不掩盖真情，更确切地说是我们几天前才收到的极好的巧克力，再加上《火炬》杂志。我利用《火炬》每晚狂欢。这种活动您已熟知，它让人筋疲力尽。有次狂欢，是在我舅舅[①]和多拉如醉如痴（可能与我的心醉神迷不同）地听克劳斯的一次讲课的时候〕，而且礼物所占的分量还是最小的。两封起了头的信和一张明信片，早已在房间内的什么地方闲荡，您绝不会得到它们了。前不久我找您上上次的来信，未找着，

[①] 指西格弗里德·略维，特里施的乡村医生，为卡夫卡的病而来柏林。

而眼下却在一本希伯来文书中发现了。是我把信夹在书里，因为这书我每天要读一点，但近来则有一月不曾开卷。不去那所大学听犹太教法典讲座，时间还不止一月。这儿户外的景色的确很美，但我可能不得不离去。太遗憾啦，您身体也不太好。这就得不到补偿了。我不理解您靠什么生活，至少S.要付钱吧？有学生食堂的饭票吗？您推掉了给D.的那份委托，很不恰当。委托任务让我们高兴。——尽管有种种烦恼（如果我们温柔地对待柔弱），您的健康看来至少不是太坏。有了这底子，身体就可好起来。

祝您生活愉快！

弗 上

〔1924年2月29日于柏林—策伦多夫〕

481. 致罗伯特·克罗普施托克

亲爱的罗伯特：

不，别作旅行，别干这么莽撞的事。不作旅行，我们也会相逢的，以一种更沉静的、与虚弱的体质相称的方式相聚。也许——其实我们在认真考虑此事——我们不久会来布拉格，如果维也纳森林疗养院被纳入了考虑之列，那么一定来。我抗拒疗养院，也抗拒退休，但这又起什么作用呢！因为我反抗不了发烧的热度。38℃成了家常便饭，整个晚上和半个夜晚都发烧。尽管如此，在其他情况下，躺在这儿的游廊上，看太阳怎样工作，是很美的事呢。太阳在从事两项就难易程度而言如此不同的工作：唤起我，投入自然的生活；唤醒我身旁的桦树（桦树似乎处于领先地位），奔向自然的生活。我很不情愿离开此地，但也不能完全打消去疗养院的念头，因为我由于发烧已数周足不出户，虽然躺着时自以为足够强壮。不过，任何旅行，在迈出第一步前，便染上了美妙无比的色彩。有时候我想：将自己埋葬于疗养院，在那里安宁度日，也绝不是很不舒服的事。一想到甚至在这几个月温暖的、为自由而预订的日子里，人也会失去自由,便又感到很恶心。但继而又是持续数小时的晨咳与夜咳,且差不多每天要吐满满一小瓶,——这一切又在将我往疗养院推。可接着呢,又有一种恐惧、一种对疗养院那儿可怕的进食义务所产生的恐惧,涌上心头。

您最近的一封来信,现在已寄到我手中。这么说,您同意我的观点了。或者只是出于被迫?我很高兴,您改变了自己的看法,不再简单地将我舅舅视为"冷漠的人"。"冷漠"怎么会是简单的呢?这可能永远只是一种可从历史角度加以解释的现象,所以,"冷漠"应是一个复杂的问题。另外,使他显得冷漠的原因,或许在于他履行职责并保守着"未婚男子的秘密"。

我想起您关于那个生病的女孩的描述来了。在她的梦中,不是也出现了亚伯拉罕吗?读霍利策尔[①]的回忆录时,我常想到您。这些回忆录发表在《新评论》上,其第二、第三部续篇我读过。虽然可确定您与霍利策尔之间根本不存在直接的关系,正如匈牙利和与我们大家有共同之处的犹太文化的关系一样,但我乐意坚持地方特色,且觉得从地方特色中可认识到的东西,比地方特色所表露的东西要多。此外,霍利策尔认为,他身上压根儿不具备匈牙利人的气质,自己只是个德国人。这样的布达佩斯人,您可是几乎未谈到过。在霍利策尔的回忆录中,韦莱纳的出现,哈门苏恩的露面非常奇妙。霍利策尔倾诉犹太人的痛苦时采用的特殊方式,令他本人和读者同感羞愧。这种情形,就正如人们在一次社交聚会上连续几小时探讨某一痛苦的多种因素,继而一致断定这些因素无可救治,而此时,在这一切完结之后,却有那么一个人,从角落里站起来,开始悲诉适才别人已探讨过的痛苦,而且诉得漂亮,诉得坦率,直至发展成荒诞不经的倾诉。尽管如此,人们感到还会继续倾诉下去。

为增加乐趣,我还深入研究并一再重新阅读描写青年时代的"文学性"回忆录和朗根出版社出版目录的说明,因为它们取之不尽,因为他们述及的那些书,我大多得不到,而且大多也懂不了。巴黎和文学的光

---

① 小说家、小品文作者、游记作家。所著《一名反叛者的生涯》,1924年于柏林出版。

辉，是霍利策尔长篇小说的书名。我以为这种光辉曾多年笼罩在霍利策尔的头顶。而现在，这位正变得衰老的人出于自愿，倾诉起整个时代的困苦来了。那时他是不幸的，但人们会想：如果有人也曾如此不幸，那么此人也会以这种方式尝试一下的。另外，哈门苏恩在那里解释——看来只是为了安慰我，才编排出这事来，但手法笨拙，编得相当粗糙——说什么巴黎的冬天把他折磨得很惨，肺病重又复发，他应北上，去挪威一家小规模的夏季疗养院，而且，巴黎的物价简直太贵。

达沃斯来的意外礼物，刚寄到我手中。这一切是多么艰难呵。为了我自己，我该要从别人那里榨取怎样惊人的款项！而您，罗伯特，对一千克朗都还不满意。您真是个爱挑剔的、独立不羁的、自由自在的贵族老爷！

我们不久可能会见面。舅父建议我从这里直接去因斯布鲁克，但今天我向他解释了我更愿意途经布拉格去维也纳的理由。也许他会同意我的主张。

〔1924 年 3 月初于柏林—策伦多夫〕

482. 致罗伯特·克罗普施托克

亲爱的罗伯特：

只谈医学方面的事，其余的一切写起来太烦琐。不过，医学——它唯一的优点——方面的事很简单，令我高兴。对付发烧，是每日 3 支氨基比林剂；治疗咳嗽，用的是咳速平，可惜未起作用，于是又服了麻醉糖丸。如果我没弄错的话，用药除了咳速平外，还包括阿托品。主要问题可能在喉头上。从医生的言谈中的确未得到任何肯定的东西，因为谈到喉头结核时每个人都采用了一种谨慎、回避、呆滞的谈话方式。但是，"后面有肿块"、"浸润"、"不是恶性的"、"还不能肯定地说"，这些话与剧烈的疼痛联系在一起，大概足以说明问题了。除此之外，这儿房间舒适，是个美丽的地方。我没有觉察到一点儿保护方面的事。尚无机会提起气胸的问题。鉴于我的整体状况很糟（连冬衣在内体重为49公斤），所以气胸也在不考虑之列。——我根本未与其他住户来往，就待在床上，说话也只能低低的（病情发展得多快呵，大概是在到达布拉格后的第三天，首次开始隐隐约约地出现说话困难的征候）。阳台与阳台之间，似乎有个巨大的叽叽喳喳闲聊的窝，不过暂时未打扰我。

〔明信片，邮戳：1924.4.7，下奥地利州，奥尔特曼，维也纳森林疗养院〕

483. 致马克斯·勃罗德

亲爱的马克斯：

医治花钱，可能要花一大笔钱。约瑟芬[1]想必能帮点忙，不会有其他出入的。请将小说交给奥托·皮克吧。（他当然可从《观察》中选点儿东西印刷。他想印什么就印什么。）如果他收下了小说，那么，请你等到以后再将小说寄给"施密德出版社"；如果他不收，则立即寄去。至于我本人，问题显然在喉部。多拉待在我身边。

代为问候你太太、费利克斯和奥斯卡！

弗

〔从多拉·迪芒的附言中可看出，病人的病情很严重。〕

〔明信片，邮戳：1924.4.9—维也纳森林疗养院〕

---

① 指卡夫卡最后一部短篇小说《女歌手约瑟芬或耗子民族》。

484. 致罗伯特·克罗普施托克

亲爱的罗伯特:

我将换地方医治,去维也纳9区拉扎雷特巷14号M.哈耶克博士教授的大学诊所。喉头肿得厉害,不能进食,必须(有人这么对我讲)向神经注射乙醇,可能还得做切除手术。因此,我要在维也纳呆几周。

致以衷心的问候!

弗

我害怕您的可待因。今天我不单是消耗了一小瓶酒,而且还服用了0.03克可待因。"喉咙里看上去是什么样子?"我问护士,护士坦率地说:"像在巫婆熬魔汤的厨房中一样。"

〔明信片,邮戳:1924.4.13—维也纳森林疗养院〕

485. 致罗伯特·克罗普施托克

罗伯特,亲爱的罗伯特:

不要莽撞,不要突然作维也纳之行。您知道我害怕莽撞行为,可您总是一犯再犯。自从离开那个林木繁茂的、沉闷的、无助的(但环境优美的)疗养院后,我的健康有所好转,诊所里的医治工作(除了细节问题外)在我身上收到了很好的疗效,吞咽疼痛和烧灼感减轻了些,迄今尚未向神经注射乙醇,只向喉头注射了几针薄荷脑油。如果中间不发生什么特别的不幸,星期六我想去下奥地利州克洛斯特新堡附近的、由霍夫曼博士主持的基尔林疗养院。

〔明信片,邮戳:1924.4.18—维也纳〕

486. 致马克斯·勃罗德

最亲爱的马克斯：

我刚收到你的来信，这信使我极为高兴。似乎我已好久没见到你的片言只字了。首先请原谅为了我的缘故而在你周围制造的书信和电报的噪音。噪音大部分不必要，它是由我脆弱的神经系统引起的（我吹的牛皮多大呵！今天我没来由地哭了好几回，我邻居夜里死了），但也是由恶劣、压抑的维也纳森林疗养院引发的。要是已勉强接受喉头结核这一事实，那么，从现在的情况看，我的健康状况还算过得去。目前我又能吞咽了，而且住在医院里也不像你想象的那么糟，相反从某些方面看，还是一种馈赠。从你的信中，我了解了关于韦尔弗的另一个很令人高兴的消息：他拜访了一位与他有交情的、也曾同教授谈过话的女医生。他将他朋友坦特勒尔教授的地址也告诉了我，并给我寄来了长篇小说[①]（我渴望读到那本为我挑选的书）和玫瑰。虽然我曾让你请求他别来（因为对病人来说，此处非常不错，但就来访者而言，这儿是十分难受的，而且，如果访客真来了，病人也会觉得这里恶心的），但从他的一张明信片来看，他今天似乎仍想来我处，尔后晚上去威尼斯。我现在就同多拉去基尔林。

为了文学方面所有艰难的交易，我要衷心感谢你。你为我干得多出色呵！

祝万事顺遂！祝你生活中的一切平安如意！

弗

我的地址，多拉写给父母时，也许未弄确切，应为：下奥地利州，克洛斯特新堡附近基尔林疗养院，霍夫曼博士处。

〔估计为 1924 年 4 月 20 日于基尔林〕

[①] 指弗兰茨·韦尔弗的歌剧小说《威尔第》，1924 年于柏林出版。

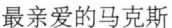

487. 致马克斯·勃罗德

最亲爱的马克斯：

你对我多好呵！我要感谢你近几周为我所做的一切！治疗情况奥特拉会写信告诉你的。我身体很虚，但在这里受到了相当好的照料。我们迄今仍未请坦特勒尔帮忙。通过他也许能在环境优美的格里门施泰因找到空床位或便宜的床位，但我现在不能动身旅行。去那里说不定也有坏处呢。最近我要致信布劳博士①，感谢他的推荐信，不是吗？我很喜欢赠阅本，只是未收到。迄今我收到了星期四和星期五这两期，别的未见，复活节那期也仍未收到。地址不确，有一次写的是"基堡"。如果行得通，或许能劳驾他们将复活节那期②也给我寄来。你寄赠的星期四、星期五两期，尤其是星期五这一期，给了我巨大的快乐。雷克拉姆出版社出版的那些书，仿佛是专为我预定的。我并未真正地读（不过，韦尔弗的长篇小说，我在读，进展甚缓，但经常在读），这么做太累。人一疲倦，我的眼睛就白白然然地合上，但读读书刊使我高兴。

祝你生活愉快，我善良的、亲爱的马克斯！

弗

〔明信片，邮戳：1924.4.28—基尔林〕

488. 致马克斯·勃罗德

最亲爱的马克斯：

书已寄到，看上去真是好极了：耀眼的黄色、红色再配上些许黑色，很迷人，而且免费。看来是陶贝勒斯公司③的礼物。——当时一定是残

---

① 西格蒙德·布劳博士，《布拉格晚报》当时的主编，卡夫卡早期的赏识者之一。
② 我刚从家里收到复活节这一期，寄送似乎已恢复正常。——作者
③ 当时布拉格的一家书店。

存在体内的乙醇（我现在每天要注射一两针乙醇，因此两针交叉，体内总有残存的乙醇）使我产生了醉意，所以我（为多拉的纯洁所催动）才直率而放肆地请求你帮忙"弄到"那本书。在你来访（我曾渴盼你的来访，可此次来访就这么令人沮丧地过去了）的时候，要是注射一支强劲的乙醇就好了，这样我看上去就会像样些。但那也不是个糟糕的特殊日子。你不应认为那是个糟糕的特殊日子，它不过是比以前糟些罢了。时光就是以这种方式在流逝，发烧也就这么继续下去（现在罗伯特试图用氨基比林给我退烧）。除了这些和其他一些要抱怨的事外，自然也有几桩开心的小事，不过——告知不可能，或者留待你日后某次来访（上次来访被我弄得很扫兴）时再讲吧。

祝生活愉快！感谢你为我所做的一切！

代为问候费利克斯和奥斯卡！

弗

〔明信片，邮戳：1924.5.20—基尔林〕

致奥特拉和其他亲属

(1909—1924)

王建政 译

1909 年

1. 致奥特拉

亲爱的奥特拉:

在店里要勤奋工作,使我能无牵挂地安心度假。代向亲爱的父母问候。

你的 弗兰茨

马克斯·勃罗德

〔邮戳:09.9.7—里瓦〕

〔风景明信片:加尔答湖风光,里瓦海滩皇宫饭店远眺〕

1909年9月的里瓦(加尔答湖)之行,是卡夫卡任"布拉格波希米亚王国工人事故保险所"职员后首次度假。在里瓦期间,他并不住在(高贵的)"海滩饭店",而是住在郊外的小旅馆"百老汇"。马克斯·勃罗德曾经描写过这段假期:"卡夫卡、弟弟奥特和我在瓦纳勒大街下方的小型游泳场'圣母浴场'里面度过了最悠闲的几个小时。当我在第一次世界大战后重新来到里瓦时,再也找不到那些充分沐浴阳光的灰色躺板,只看见几条熠熠反光的蜥蜴在草径上爬行,一道道草径从尘土飞扬的车行大路旁通向浴场的冷酷宁静。"(见勃罗德所著《弗兰茨·卡夫卡》第91页,并参考瓦根巴赫所著《卡夫卡》第59页的插图和本书第17号信的注解)

店里:至迟自1909年起,奥特拉在父母的店中帮忙。这家店铺在1912年秋天之前一直位于策特纳大街12号(参见瓦根巴赫《卡夫卡》第26页的插图)。卡夫卡在1913年初致菲莉斯的信中写道:"……奥特拉在我们的店里工作;她早晨8点一刻开门时就上班了(父亲九点半才去),一直待到中午。中午有人给她送饭。然后,她要到下午4点或5点才回家。赶上销售旺季,她会工作到店里打烊。"(《卡夫卡书信集1902—1924》第287页)参阅第13和14号信的注解。

2. 致奥特拉

致以最美好的问候!

你的 弗兰茨

〔邮戳:09.9.22〕

〔风景明信片:波希米亚小瑞士杰钦,羊圈一瞥〕

我星期四下午到,约于3时抵国家火车站。

星期四:奥特拉当天下午休息(参见宾德尔所著《卡夫卡和他的妹妹奥特拉》第421页),因此能够去车站接她哥哥。

国家火车站:今布拉格中央火车站,出站口位于哈韦利捷克街,进站口位于许贝尔纳街。

3. 致奥特拉

我又会给你带礼物回来。

弗兰茨

〔1909年秋—马费尔多夫〕

〔风景明信片:马费尔多夫〕

通信时间系根据马克斯·勃罗德的推算所确定,当时他也收到了朋友卡夫卡从马费尔多夫寄出的风景明信片。明信片上的全文如下:"亲爱的马克斯,我又度过了几天!不过我不想描写它。在这些天里,要是想真正写点什么,那可非得费点劲才行。——今天6点半出发去雅布洛内茨,再从雅布洛内茨去约翰内斯贝格,现在正乘车前往马费尔多夫,然后去赖兴贝格,再去罗赫利茨,傍晚经鲁佩斯多夫回家。"(《卡夫卡书信集1902—1924》第76页)

作为"布拉格波希米亚王国工人事故保险所"的法律工作人员,卡夫卡出差的任务是监督事故预防工作、提出因企业主逃税的法律诉讼、审核企业对"危险级别"的划分(以便考量事故预防保险金的额度)。

4. 致奥特拉

尊敬的小姐:

我身在此地的圣诞节庆之中,但心中唯一的喜悦是回忆与您在那些小型舞会上共同度过的时刻。您是否已收到我的尼古拉礼物?您的玩具娃娃放在我的心上。

您忠诚的 阿尔帕德
〔邮戳:09.12.20——比尔森〕
〔风景明信片:比尔森,以色列教堂〕

卡夫卡于 1909 年 12 月 21 日致马克斯·勃罗德的一张风景明信片,道出了此行的真正目的:"太好了,终于快熬到头了。我们明天晚上回布拉格。我的想法有所不同。对我来说,整个假期很糟糕。从早晨喝的牛奶到晚上刷牙,通通都要列出保险级别,这哪里是疗养呀!"

尼古拉礼物:孩子们通常在尼古拉日(12 月 6 日)得到的小礼物。

阿尔帕德:公元 849 年起的匈牙利大侯爵,卒于公元 907 年。他是阿尔帕德王朝的奠基者,匈牙利的民族英雄。通常将其划归司法人物(卡夫卡可能以此自喻)。

1910年

5. 致奥特拉

致以最美好的问候。

弗兰茨

〔邮戳:10.10.16—巴黎〕

〔风景明信片:巴黎〕

1910年卡夫卡与马克斯和奥特·勃罗德兄弟一同去巴黎度假,他因长了一个疖子而不得不提前四周返回。他对此次"失败的旅行"自我安慰道:"很快还会再去。"(《卡夫卡日记1910—1923》第43页)

1911年

6. 致埃莉和卡尔·赫尔曼

只是无法乘雪橇,因为太贵了。我想,不乘一次就白来了,因为这里到处都是雪哟!

衷心问候!

你们的 弗兰茨·K

〔邮戳:11.2.4—弗里德兰〕

〔风景明信片:弗里德兰,古堡〕

大妹埃莉于前一年的12月结婚，搬进布拉格的住宅。此信是卡夫卡自1911年1月30日（参阅《卡夫卡书信集》第87页）至大约2月中旬的出差途中所写。

7. 致奥特拉

亲爱的奥特拉：

我根本没有想到你会生病。多加保重，穿暖衣服！这张明信片会给你带去山地气息。

另外，我会给你带去礼物，作为对你生病的慰问。

你们的 弗兰茨

〔邮戳：1911年2月第2周—弗里德兰〕

〔风景明信片：弗里德兰，古堡〕

卡夫卡在他的旅行日记中记述了弗里德兰古堡："远观古堡的可能性很多：从平原上，从桥边，从公园里，从枯叶已经脱落的树木间，或从林中巨大冷杉树间望去。"

8. 致奥特拉

亲爱的奥特拉：

你听了一定会感兴趣的：我在画面对过的骏马旅馆要了一份烤小牛肉配土豆和越橘，然后又吃了一份煎鸡蛋饼，然后还喝了一小瓶苹果酒。吃饭时，许多肉显然嚼不烂，我把一部分喂了猫，一部分只能献给大地。后来，女招待坐到我身边，我们谈起了《大海和爱情的波浪》。晚上，我们不约而同地去看了这出戏。这是一场悲剧。

〔邮戳：11.2.25—克拉切奥〕

〔风景明信片：克拉切奥，集市广场〕

1911年2月底,卡夫卡出差去北波希米亚,从而再度路过弗里德兰。

悲剧:卡夫卡在日记中描写了观看格里伯尔泽所著这场戏剧的观感:"……我几次热泪盈眶,比如当第一场幕终海罗斯与伦德斯四目相对、难舍难分时。"(《卡夫卡日记 1910—1923》第 596 页)

9. 致奥特拉

亲爱的奥特拉:

这一次我一定会给你带礼物,因为你在我临行的那天晚上哭了。

弗兰茨

〔邮戳:11.5.(约2日)—瓦恩斯多夫〕

〔风景明信片:瓦恩斯多夫,改良餐馆〕

瓦恩斯多夫之行(公干)使卡夫卡结识了自然疗法宣教士(Naturheilapostel)施尼茨尔。马克斯·勃罗德在 1911 年 5 月 4/5 日的日记中写道:"……卡夫卡叙述了花园城市瓦恩斯多夫的一些非常有趣的事,谈到了一个'神奇者'——自然疗法使者,这是位富有的工厂主。他对卡夫卡进行体检时,只从侧面和正面看了他的颈部,就断言他的脊髓中有问题,几乎已经抵达脑髓,其结果将导致生活习惯颠倒。他建议采取以下治疗方法:开着窗户睡觉,沐浴日光,在花园中干点活,参加自然疗法协会的活动,订阅该协会——确切地说是工厂主本人所出版的杂志。他的观点与医生、药物、疫苗学相悖,以素食主义的立场解释圣经……"(勃罗德著《卡夫卡传》第 97 页,参阅瓦根巴赫著《卡夫卡》第 232 页、第 673 条注解)卡夫卡显然是受这次交谈的影响而成为素食者。(参阅卡夫卡著《致菲莉斯的信和恋爱时期的其他书信集》第 115 页)

10. 致奥特拉

弗吕伦被群山环绕。人们俯首而座,鼻子几乎钻到蜂蜜中去了。

弗兰茨

马克斯·勃罗德

〔邮戳:11.8.29—弗吕伦〕

〔风景明信片:瑞士四周湖,阿克森大街,远眺布里斯滕山〕

这帧明信片系卡夫卡与马克斯·勃罗德于1911年8月26日至9月13日一同度假时所发。度假路线为苏黎世一卢塞恩一卢加诺一米兰一斯特雷扎一巴黎。之后,卡夫卡单独在苏黎世附近的埃尔伦巴赫自然疗养地度过了一周。他在1911年8月29日的日记中记载了四周湖畔弗吕伦"明星"旅馆:"这是个带阳台的漂亮房间,令人神怡。四周的群山封锁了天边的美景。"

11. 致奥特拉和瓦莉·卡夫卡

你们应当让母亲写信,而不应包办代劳。这可不是件好事。——昨天我们在四周湖,今天来到了卢加诺湖,准备待上一阵子。——地址照旧。

弗兰茨

D. 勃罗德

〔1911年8月30日—卢加诺〕

〔风景明信片:卢加诺,地理全景画面〕

从《卡夫卡日记1910—1923》第606页中得知,邮戳为8月31日的这张明信片实际上肯定是前一天所写。尽管收信人只写奥特拉,但从称呼中看出,卡夫卡此信同时也是写给大姐瓦莉的。

四周湖:卡夫卡在旅行日记中这样描写过它:"这是最美好的一次嬉水,因为置身其中便会产生出如鱼得水的感觉。"(《卡夫卡日记》第606页)为了解历史背景,亦可参阅勃罗德关于早年结识卡夫卡时的回忆:"当时,卡夫卡和我都有一种奇特的想法:如果没有通过游泳切身经历碧水清波给肉体带来的生动感受,就不能认为自己已经占有这一自然风光。因此,我们后来穿越了全瑞士,在每一个能够到达的湖域中均要演练我们的游泳艺术。"(《好斗的一生 1884—1968》1969 年出版于慕尼黑、柏林、维也纳三地,见第 23 页)

地址:在卢加诺时住在"百老汇旅馆"。

D. **勃罗德**:从笔迹看即为马克斯·勃罗德。

12. 致奥特拉

奥特拉你要详细告诉我!亲爱的母亲来信后发生过许多新鲜事,我对这些细节都很感兴趣。作为酬谢,我会寄给你许多漂亮的明信片。

弗兰茨·K

马克斯·勃罗德

〔邮戳:11.9.6—斯特雷扎〕

〔风景明信片:斯特雷扎,马乔列湖〕

13. 致奥特拉

亲爱的奥特拉:

不是我应该原谅你,而是你原谅我。并不是因为我在信中提到的责怪,因为那些嗔语还是温和的;而是因为我内心对你的咒骂,因为我觉得你在这么严肃的事情上没有守信用。但是,由于你对自己的疏忽作了解释,尽管遗憾的是说得还不够具体,可是毕竟我是在同一个整天累得要死的姑娘谈话,怎么能够随便光火呢?所以,不排除我在物价如此昂贵的时代仍会给你带一些漂亮礼物的可能性。

弗兰茨

〔邮戳:11.9.13—巴黎〕

〔风景明信片:凡尔赛公园〕

在对待马克斯的态度上，你不够谨慎，尽管你不是生他的气。我担心他不会给你寄明信片，不过他让我向你问候。

衷心问候！

马克斯·勃罗德

在自 1910 年秋以来一直向往的巴黎之行的最后一天写了这封信。此行始于 9 月 8 日（《卡夫卡日记》第 653 页），卡夫卡在巴黎也参观了凡尔赛宫（《卡夫卡日记》第 618 和 719 页）。

1912 年

14. 致尤丽叶、赫尔曼、瓦莉和奥特拉·卡夫卡

最亲爱的父母和妹妹们：

我们愉快地来到了魏玛，住在一个宁静的漂亮旅馆里，从房间里可以看到花园（总共才 2 马克），我们对住房和外景都很满意。我多么想得到你们的消息！

你们的　弗兰茨

〔邮戳：12.6.30—魏玛〕

〔风景明信片：歌德后期故居〕

原文引自《卡夫卡书信集 1902—1924》第 94 页（参阅出版报告）。卡夫卡与勃罗德 6 月 29 日抵魏玛（《卡夫卡日记》第 653 页），7 月 7 日离去。

一个宁静的漂亮旅馆：系指"开姆尼茨旅馆"。

15. 致奥特拉

亲爱的奥特拉:

我当然会给你写信,而且很愿意。我把冯·施泰因女士的故居寄给你,我们昨晚在这栋小楼前的井边坐了很久。

你的 弗兰茨

顺致最良好的问候!

马克斯·勃罗德

〔邮戳:12.7.3—魏玛〕

〔风景明信片:魏玛,施泰因故居〕

衷心问候韦尔纳小姐。

韦尔纳小姐:玛丽·韦尔纳,一位只会说捷语,对赫尔曼·卡夫卡十分忠诚的女仆,在赫尔曼婚后不久即进了卡夫卡家,后任卡夫卡妹妹们的家庭教师(参阅瓦根巴赫著《卡夫卡》第26页)。①

1913 年

16. 致奥特拉

奥特拉:

临行前还有一点时间,衷心问候!别生我的气,我既没有时间,也

---

① 夏洛特·冯·施泰因(1742年12月25日生于埃尔纳赫,1827年1月6日卒于魏玛);歌德的女友。——译者注。

定不下心来。

弗兰茨

〔邮戳：13.3.25—柏林〕

〔风景明信片：电影女皇德莉娅·吉尔〕

1913年3月23日，卡夫卡第一次去柏林看望他日后的未婚妻菲莉斯·鲍威尔。他们是前一年8月13日在布拉格结识的。两天后，他经莱比锡回到家乡。

17. 致奥特拉

奥特拉别生我的气，我之所以写信这么少，你知道么，我一路上心不在焉，比任何时候都懒得写信。不过现在我已经安静地在疗养院里休息，会给你写，或者确切地说给你写明信片，因为像以往一样，没有多少可以写的东西。那一点点事不值得写信，以后我会在浴室里亲口说给你听。另外请你帮个忙：到陶斯西买一本《1913年图书》，这是本书目，别处买不到，我怕回去后卖完了，我又很喜欢这本书。向全家问候！

弗兰茨

〔邮戳：13.11.24—里瓦〕

〔连续书写的两张明信片：

维吉利奥、加尔答湖；加尔答湖、加尔答岛和巴尔多山〕

我已经很久没有你们的消息了。

1913年9月6日，卡夫卡与他的上司马尔施纳所长前往维也纳参加"国际救生防灾会议"，而后他又参加了第11届犹太复国主义者大会。当月14日，他经的里雅斯特前往威尼斯小住数日，继而经维罗纳和德森查诺（加尔答湖）抵达冯·哈尔通恩医生疗养院，在那里从9月22日住到10月13日。关于此次度假的意义，可参见H.宾德尔所著《格雷丘斯猎人》。关于卡夫卡的创作方式和诗情画意般的地形描写手法，参见德国席勒协会第 15 册年鉴（1971）第 375 页。

心不在焉：卡夫卡在威尼斯给马克斯·勃罗德写信说："我现在无法集中精力写一点有系统的东西。维也纳的几天遭遇，我真想把它从我的一生中抹去，并且连根除去……总而言之，有些事让我感到窒息，使我心不在焉。"（《卡夫卡书信集 1902—1924》第 120 页）

那一点点事不值得写信：暗示与"瑞士姑娘"G.W. 的不期相遇（参阅《卡夫卡日记 1910—1923》第 324 页）。

浴室：兄妹们在父母住宅（尼克拉斯大街 36 号）中传统约会的地点（参阅《卡夫卡书信集》第 119 页、《卡夫卡日记》第 309 页）。

陶斯西：该公司的全称为"陶斯西 & 陶斯西学术性旧书店和图书、艺术、乐器行"，位于施坦德剧院和老城环行大道之间的埃森大街 8 号，在布拉格属一流大公司。

卡夫卡"非常喜欢看出版目录和出版社年鉴（小岛、菲舍尔、乔治·米勒、A. 朗根等出版社），将干巴巴的书名变为无限幻想的出发点"（勃罗德语，见《卡夫卡书信集》第 519 页，参阅第 479 页）。当人们了解到他的这一嗜好时，对他的愿望就容易理解了。信中提到的是（寺院出版社）带有插图、厚达 248 页的圣诞节目录，卡夫卡早在年前即仔细阅读过此书（参阅《致菲莉斯的信和恋爱时期的其他书信集》第 156 页）。

18. 致奥特拉

今天我到过歌德历过险的马尔切西纳，如果你读过《意大利之行》，你就会知道这个地方了。你应当马上读一读这本日记。看房人带我去看歌德写生过的地方，可是它与日记中的记载不太吻合，于是我们的意见没有吻合，就像我们之间的意大利语难以沟通一样。

问候全家！

弗兰茨

〔1913 年 9 月 28 日—里瓦〕

〔风景明信片：里瓦，港口和阿波纳拉塔楼〕

明信片上的邮戳日期是 13.11①、29，实际书写日期出自《卡夫卡书信集 1902—1924》第 121 页。

马尔切西纳：里瓦附近的一个加尔答湖东岸小城。歌德在 1786 年 9 月 14 日的日记中写道：他在对那座半倒塌的斯卡里格古堡（13/14 世纪）的塔楼写生时，被一群聚集起来的居民怀疑为奥地利的间谍。后经在几位有身份的官员面前极力辩白，才澄清了这一危险的疑窦。

日记：因为歌德的日记（这里称之为《意大利之行》，卡夫卡当时随身携带着它）有意识地只作了简单记载，并没有提及写生的地点，所以该日记中对这次历险的描述可能导致人们对歌德写生地点的不同判断。

意大利语：当卡夫卡进入（的里雅斯特）"普遍保险公司"驻布拉格代表处后，于 1907 年秋开始学习意大利语（参阅《卡夫卡书信集》第 48 页和勃罗德著《卡夫卡传》第 67 页）。

19. 致奥特拉

亲爱的奥特拉：

　　告诉亲爱的父母我非常感谢他们的来信，我明天将给他们详细回信。天知道，时间过得多么快！母亲告诉我说你会给我来信。你不会来信的，不过如果你想写信，劝你还是别写，因为写信太难了。

弗兰茨　问候全家

〔邮戳：13.10.2—里瓦〕

〔风景明信片：威尼斯，公爵广场，众议厅〕

关于明信片的画曲，卡夫卡在威尼斯大约从 1913 年 9 月 15 日待到 19 日。

写信太难了：卡夫卡在 9 月 28 日致马克斯·勃罗德的信中即已写道："我刚刚发现，自己不仅不能说话，而且不能写信了。我想对你说很多话，但是串不成句子，或者离题太远。大约 14 天以来，我也确实什么也没有写过，没写日记，没有写信。时间流逝得越快越好。"（《卡夫卡书信集》第 121 页）

---

① 实际为 9——译者注。

1914 年

20. 致奥特拉

亲爱的奥特拉:

在试图努力入睡之前匆匆写上几个字。昨天夜里这一努力完全失败了。想想看,你的明信片此刻有多大力量!它使我绝望的早晨又变得可以忍受。这是一种真正的安抚。如果你同意,我们以后有机会可以继续照此行事。不,晚间我身边没有其他人。柏林的事我当然会写信告诉你,但是现在关于那件事和我本人都没有什么可说的。我写的与说的不同,我说的与想的不同,我想的与应有的想法不同,于是一步步走向极端的黑暗。

弗兰茨

〔14.7.10—布拉格〕

问候全家!这封信不要给别人看,也不要到处乱放。最好把它撕碎了从帕夫拉捷上丢给院子里的鸡群——我对它们从不保密。

从《卡夫卡书信集》第 130 页中看出,此信显然是寄往拉德索维奇的(参阅《致菲莉斯的信和恋爱时期的其他书信集》第 607 页和第 611 页),即卡夫卡家在那些年里的夏季住所。

帕夫拉捷: 从意大利语"parvolaloggia"译成捷语,尔后在德语中借用的名词。系指许多布拉格旧房庭院内侧的长廊阳台。在捷克口语中,"pavlac"亦可指通常的阳台;信中乃是幽默的戏称。

21. 致奥特拉

亲爱的奥特拉:

最衷心地问候你。我的近况比较好。每天都是同样的好天气,在同一个美丽的海滩上洗同样的澡。不过,几乎只吃肉,吃腻了。其他一切我星期一告诉你,星期天我回家。今天我还给父母写了信。邮差在等我。再见。

F.

〔邮戳:14.7.21—韦格勒瑟〕

〔风景明信片:东海岸浴场玛丽利斯特〕

7月13日,卡夫卡从柏林去特拉弗明德,因为他打算在格来森多夫(波尼策湖)度假。但是,当他第二天在吕贝克邂逅居住在柏林的作家朋友恩斯特·魏恩(参阅《卡夫卡日记》第348页)后,魏恩劝他坚决地跟菲莉斯·鲍威尔结束婚姻关系(参见《致菲莉斯的信和恋爱时期的其他书信集》第476页),于是他与魏恩及其女友拉埃尔·赞沙拉当即于7月14日来到丹麦东海岸浴场玛丽利斯特。他在那里逗留到当月26日。他从那里给朋友马克斯·勃罗德和费利克斯·韦尔茨写信谈到了当时的情况:"此外,我很清楚这是最好的办法。因为这明显是一个必要的选择,所以我冷静地面对这件事,并不像别人想象的那么不安……我放弃了这份以牺牲我的婚约为代价的固执。我几乎只吃肉,吃得恶心了。连续几夜张着嘴睡觉,早晨躺在床上,受尽折磨的乏软身体如同一摊不属于自己的烂泥。这里根本不可能得到休息,每天总是神不守舍。"(《卡夫卡书信集》第131页,参阅《卡夫卡日记》第411页)

韦格勒瑟:盖瑟附近的 个火车站。

22. 致尤丽叶和赫尔曼·卡夫卡

……因为我知道,如果像以往这样继续生活下去,整个这件事妨碍你们的幸福和我的幸福(实际上我们的幸福是一致的),所以我对柏林的了断深陷难以自已的歉疚。你们知道,我大概从来没有给你们带来过真正巨大的痛苦,但这次解除婚约很可能就是这样的痛苦,而我此刻身在远方难以作出估价。然而,我更没有给你们带来过真正持久的快乐,因为,请相信我,我甚至从未能够给自己创造过持久的快乐。为什么会是这样,父亲你最容易悟出个中缘由,因为你正是我自小模仿的偶像,尽管你不赞成这一点。你有时对我讲述,你当初的境遇是多么的糟糕。你不认为这是一种培养自尊心和满足感的良好教育吗?你不认为我过去的境遇太优越吗?何况你自己也说过这样的话。迄今为止,我是在缺乏自主、格外舒适的环境中成长起来的。你不认为这个环境对我的个性磨炼不利吗?尽管那些关心我的人无不对我的环境称心满意。当然,有一些人到处注意保护自己的自主权利。但是,我并不属于这一种人。诚然,也有一些人从不失去自己的依赖性。慎思之,我究竟是否属于后一种人?对我来说,似乎每一次尝试都不令人遗憾。以我的年龄,再来做这样的尝试为时晚矣?——这种借口也无法成立。我比自己的外表更加年轻。缺乏自主的唯一好处在于常葆青春。但是,只有当结束依赖的时候,才会获得新生。

然而,我在办公室里永远得不到新生,在布拉格根本不可能得到。这里的一切,使我这种实际上正在追求依赖的人得以继续现状。一切都那么现成地摆在身边。对我来说,办公室显得过于厌倦,常常使我感到难以忍受。然而,实际上却很清闲。基于这个原因,我的收入超过了我的需要。有什么用?为谁挣的?我将在薪水梯子上继续攀升。有什么意义?这个工作不适合我,除了工资以外它无法给我带来一点点独立自主。我为什么不撇掉它?如果我辞职离开布拉格,没有任何风险便可赢得一切。我毫无风险,因为布拉格的生活不会把我导向任何美好的目标。我有时将自己与R.舅舅聊以对比,结果发现我的道路距他并不太远——如果我仍留在布拉格。预计我的钱和利会比他多,但信仰却比他少,因此我将会不太满意。更多的区别几乎不会有。——此外,我可以赢得布拉格所拥有的一切,也就是说,我可以成为一个自信而冷静的人,能够充分发挥自己的才能。作为真正的、优秀的工作的报酬,我可以获得真正生气勃勃和持续满足的感觉。一个这样的人也可以以更加完美的形象站在你们面前——这一点并非微不足道的收获。你们将拥有这样的一个儿子：他的个别行为也许不能令你们赞许，但他在总体上可以令你们满意，因为你们肯定能够这样说："他干了他能干的事。"今天，你们并没有这种感觉，这是事实。

我的计划设想是：我有5000克朗，这笔钱足够我在德国的柏林或慕尼黑生活两年，即使没有任何金钱收入亦无妨。这两年时间可以用于文学创作，使我干出一番事业。而在布拉格，置身于内心的松弛与外界透明、饱满和千篇一律的干扰之间，根本不可能达到这一目的。我的文学创作，则可以使我在两年之后用自己的收入生活。尽管这听起来这么微不足道，但那种生活将与我现在于布拉格、未来仍可能在斯地的生活不可同日而语。你们会反对我的想法，认为我错误地估计了自己的能力和由此能力构成的谋生可能性。是的，不排除此种可能性。但是，有一点可供商榷：我已经31岁，这样的年纪已不可能作此错估，否则所有的估计都可能是不现实的；还有一点可供商榷：我现在已经写过一点东西，尽管为数很少，而这点东西已经受到相当程度的认可。最终还有一点不足为由，即我完全不懒惰，要求亦不高，因此即使此种愿望落空仍可找到彼种谋生可能性，无论如何不会向你们提任何要求，因为那将无论对我自己还是你们都会产生出比对目前布拉格生活更甚的不快，那将是绝对难以容忍的。

就我的立场而言，对此似已看得很透彻。我现在迫切希望知道你们的想法。因为，尽管我坚信这是唯一正确的抉择，若错失实施计划的时机便是错失某种关键性的良机——但是，对我来说，你们的意见当然十分重要。

顺致衷心的问候！

你们的　弗兰茨

〔1914年7月—玛丽利斯特〕

原文引自勃罗德著《卡夫卡传》第131—133页。此封残信中的一些想法可在5年后所写的《致父亲》的信中再现（甚至个别具体说法都一样）。卡夫卡信中所提到的计划，是他企图从布拉格脱身的许多计划之一。

缺乏自主：参阅1914年3月9日的日记中较长篇幅的剖白（《卡夫卡日记》第364页），其中一些章节即为此信的草稿。

我的收入超过了我的需要：参阅《致菲莉斯的信和恋爱时期的其他书信集》第630页和633页。

R. 舅舅：指鲁道夫·略维（母亲的继兄弟），是KOSIER啤酒厂的会计，卡夫卡叔舅中最引人注目、最内向的一位。据卡夫卡描写，他是一位单身汉，逐渐转变为"越来越难以揣摩、过于热情、过于谦虚、孤独却又几乎饶舌的人"（《卡夫卡书信集》第361页，参阅415页；《卡夫卡日记》第199页和第558页）。

尽管这听起来这么微不足道：这个计划显然始于1912年（参阅《卡夫卡日记》第489页和《致菲莉斯的信和恋爱时期的其他书信集》第535页）。

23. 致奥特拉

再一次问候你，奥特拉——问候来自我和——请自己看吧

仔细看看吧，经常想着点柏林！
最衷心的问候，埃纳

〔邮戳：14.7.26—夏洛特堡〕

〔风景明信片：波茨坦，无忧宫，伏尔泰室〕

卡夫卡从玛丽利斯特返回布拉格的途中经过柏林（1914年7月25至26日），与菲莉斯的妹妹埃纳相会。卡夫卡与埃纳之间特别容易沟通（参阅《卡夫卡日记》第411页）。

1915 年

24. 致奥特拉

这当然是一番美意；但是我昨天本来并没有想过要迁居。拥有自己的一隅本属基本人权，我乐于见到你拥有更多的一切。我所想的并没有一定之规，只是事后回想时才会把凌乱的思绪组合在一起：从店里被轰出来，为了你我该上哪里去？你不断邀请我去看你的房间，而你自己却从来没到过我的房间；还有怎样把我那间脏兮兮的旧储藏室腾空，以及你都不太清楚的其他事情。你总是责怪我很少关心你的事（这里有一个特殊的原因），而你自己成天在店里忙碌。我承认这也是某种抵消。

〔1915年2月/3月—布拉格〕

〔战地军邮通信卡〕

日期的推算根据是，卡夫卡直至1915年2月才在父母住宅外租了自己的一个房间（参阅《卡夫卡日记》第463页）。

一隅：系指一只柜子。

25. 致奥特拉

多多问候。吻你（旧时的回忆）。

弗兰茨

〔邮戳：1915.4.25—哈特万〕

〔风景明信片：布达佩斯，议会大厦〕

我多么想继续旅行下去!

多多问候

埃莉

问候孩子们、伊尔玛和小姐

卡夫卡妹妹埃莉同往瑙杰米哈利旅行,埃莉是去探望丈夫(驻在那里的士兵)(参阅《卡夫卡日记》第468页)。

伊尔玛:赫尔曼·卡夫卡的一个侄女(弟弟路德维希的女儿),名叫伊尔玛·施泰因,第一次世界大战期间在赫尔曼的店里帮工,但不住在他家;她是奥特拉最要好的女友。参阅卡夫卡著《在乡村中的婚事准备和遗物中的其他散文》(勃罗德整理)第194页。

小姐:韦尔纳小姐。

26. 致奥特拉

我正在考虑和盘算:我是不是应该给她带点礼物回去?

F.

〔邮戳:1915年4月27日—维也纳〕

〔风景明信片:维也纳,威廉皇帝环行大道〕

明信片的出版年代印的是1913年,卡夫卡所署的地址是老城环行大道6号,这是他1913年11月搬进去的住房(参阅《致菲莉斯的信和恋爱时期的其他书信集》第479页),但直至4月底从匈牙利经维也纳(参阅《致菲莉斯的信和恋爱时期的其他书信集》第636页)返回后才进住,因此判断,邮戳所补充的年份和月份是最有可能的实际时间。

27. 致奥特拉

衷心问候你!

F. 卡夫卡

〔1915.5.16—乌瓦利〕

〔风景明信片:乌瓦利;

画面是卡夫卡的一幅幽默画:"奥特拉的午间小点心"〕

此信写在奥特拉致她日后丈夫约瑟夫·达维德的明信片上,卡夫卡很可能至迟于1915年3月与他相识(参阅《卡夫卡日记》第467页)。卡夫卡的幽默画显然是因妹妹在明信片信文中的一段话激发的灵感:"我已经走了很长的路,现在坐在旅馆里,高兴地等待着将要端来的东西。在此衷心地多多致以问候。现在才11点钟,奥特拉。"(因为布拉格的午饭时间迟至下午,人们在10至11点之间进食餐间点心,即所谓的午间小点心)

卡夫卡与奥特拉一同出游主要集中在1915和1916年(参阅本书后附的年代表)。

28. 致奥特拉

问候你。弗兰茨

和菲莉斯

致以友好的问候。埃纳·施泰努茨

致以最友好的问候。格蕾特·勃洛赫

弗兰茨

〔邮戳:15.5.24—埃德蒙德峡谷〕

〔风景明信片:波希米亚小瑞士,埃德蒙德峡谷〕

格蕾特·勃洛赫:菲莉斯的女友,她是大约在10个月前柏林"阿斯卡尼庄园"旅馆里那次不愉快的谈话过程中的主要参加者(参阅《致菲莉斯的信和恋爱时期的其他书信集》第 496 页、611 页、617 页和 620 页）。

埃纳：菲莉斯的妹妹，当时已经出嫁。

1916 年

29. 致奥特拉

福格尔沙拉向你问候。

〔邮戳：16.5.13—卡尔温泉〕

〔风景明信片：卡尔温泉，特劳特魏恩旅馆〕

这张明信片与第 30 号明信片，是前往卡尔温泉和马里恩温泉出差途中所写——卡夫卡于 1916 年 4 月 9 日携奥特拉到过卡尔温泉。

福格尔沙拉（原文 Vogerlsalat 的判读没有把握，第二个"a"又似"z"）：是奥地利口语中对野莴苣沙拉或农家沙拉的发音；此处戏喻素食。

原文 Karlsbad，—译卡尔斯巴德（音译）。——编者

30. 致奥特拉

并以当地陌生的方式致意。

〔邮戳：16.5.15—马里恩温泉〕

〔风景明信片：马里恩温泉，阿尔姆咖啡馆的露天餐园〕

31. 致奥特拉

多么自负哟!我可没有丁点儿理由发火。如果连支配星期六的一点儿自由也没有,那这里就成了真正的地狱了——这里本来只是名叫前庭地狱而已。我不想去卡尔施泰因,因为我不知道你在那里跟谁在一起,因为我在布拉格的烦恼已经够大的了,不想再把这烦恼带着上路。再说,当你在卡尔施泰因与圣约翰之间的树林中藏身时,天气总是在下雨。这两码事都不是我的过错。

〔1916年5月28日—布拉格〕

奥特拉把这封信夹在她1916年5月28日晚寄给男友约瑟夫·达维德的信中。她在信中写道:"这个弗兰茨把一封信放在我的桌上,我把它寄给你,我相信,来自卡尔施泰因的明信片会使我感到高兴。"

卡尔施泰因:卡尔四世修建的古堡,位于布拉格西南28公里的贝劳恩山谷中,是卡夫卡和朋友们最喜爱的远足景点(参阅勃罗德著《好斗的一生1884—1968》第23页)。

我的烦恼:卡夫卡在这一天写信对菲莉斯说:"五天来绞尽脑汁,其劳累程度已经很久没有过了。"(《致菲莉斯的信和恋爱时期的其他书信集》第658页)

32. 致奥特拉

我亲爱的奥特拉:

要是还有新鲜事,我还会详细写信告诉你;要是没有更新鲜的事,我们就会于下个星期二在肖特克公园里再作叙述。今天只告诉你一点:我的感觉比原来想象的好得多,也许F.的感觉也超过她的想象。现在让她自己告诉你吧。我不想去埃森施泰因。F.明天走,然后我得看看自己的脑袋(今天也有点疼)是否还能运转。待在这儿的可能性更大,因为我已经习惯这里的一切,感觉良好。我们还是明年再去那但愿自由的世界。

你的 弗兰茨

〔邮戳：16.7.12—马里恩温泉〕
〔连续书写的两张风景明信片：马里恩温泉，
巴尔默拉尔和奥斯本宫饭店，奥斯本宫入口和饭店花园景致〕

你能不能到这里来玩几天？

亲爱的奥特拉，你要是能来就最好了。这里真的太棒了。至于我们的身体怎样，感觉如何棒，你自己可以判断的，因为我们明天将去看你的妈妈。

衷心问候你，菲莉斯

尽管卡夫卡作为免服兵役者没有权利享受正常的夏假（参阅《致菲莉斯的信和恋爱时期的其他书信集》第656页），但由于他的健康状况很糟糕（参阅《致菲莉斯的信和恋爱时期的其他书信集》第652页和第659页），以致1916年7月前往马里恩温泉的"巴尔默拉尔宫"旅馆休养。休养时间从当月3日持续到24日；当时与他已经重归于好的菲莉斯（参阅《致菲莉斯的信和恋爱时期的其他书信集》第663页和《卡夫卡日记》第502页），在他身边待到13日。他直到1922年还在日记中写道，他"在马里恩温泉度过了幸福的14天"（参阅《卡夫卡日记》第567页）。

肖特克公园：从布拉格老城步行几分钟即可到达的一个公园，是最高城堡军事长官肖特克（Oberstburggraf Chotek）于1826至1834年之间下令辟建的。这是卡夫卡兄妹在布拉格城中最喜欢逗留的地点。详见宾德尔著《卡夫卡和他的妹妹奥特拉》第437页。

埃森施泰因：这张明信片所署的地址是："埃森施泰因市场，塞德尔旅馆"。此地位于波希米亚大森林地区，奥特拉在这里度过了7月份的上半个月。

我们明天将去看你的妈妈：奥特拉7月15日致信达维德："弗兰茨和菲莉斯曾经从马里恩温泉去看望母亲，他们一起给我来了信。在此之前，我已接到弗兰茨的两张明信片，看起来环境很安宁。"（尤丽叶·卡夫卡自7月12日携瓦莉在弗兰岑温泉疗养，她丈夫白迟已于当天回到布拉格）卡夫卡也曾在给马克斯·勃罗德的信中写道："主调是美丽和轻松，包括母亲也在场的时候，这一切真的是格外美好。"（《卡夫卡书信集》第140页）

33. 致奥特拉

亲爱的奥特拉：

我写信不多，我知道信越少叙述时越要详尽。

多多问候。

弗兰茨

〔邮戳：16.7.23——马里恩温泉〕

〔风景明信片：马里恩温泉，乌齐希咖啡馆〕

最良好的问候，伊尔玛·韦尔茨
问候你，爱您的老韦尔茨您的老教师 F. 韦尔茨也问候您

保尔·韦尔茨

卡夫卡显然把朋友费利克斯·韦尔茨家当作宿营地（参阅《卡夫卡书信集》第138页和《致菲莉斯的信和恋爱时期的其他书信集》第669页）。

伊尔玛·韦尔茨：自1914年起成为费利克斯的妻子。

老韦尔茨：费利克斯的父亲，与卡夫卡兄妹亦熟识；例如，卡夫卡曾于1913年2月11日在韦尔茨家朗读了《判决》，当时奥特拉也在场旁听（参阅《卡夫卡日记》第297页）；1913年1月8日，老韦尔茨曾给卡夫卡讲过"关于早先犹太城布拉格的许多古老、美丽的故事"（《致菲莉斯的信和恋爱时期的其他书信集》第236页）。

老教师：大概是指费利克斯曾经授过课的文学和哲学短训班（可能是在布拉格犹太复国主义组织"犹太妇女俱乐部"内所办，奥特拉是该组织成员）。

保尔·韦尔茨：费利克斯的弟弟。

34. 致奥特拉

赠我的女房东。

〔1916年11月24—布拉格〕

奥特拉在1916年11月24日致达维德的信中写道："弗兰茨今后说不定会在美泉宫内得到一套住房。但是，他今天的状况却显得没有保障，几天后他会住进我的小斗室。我很高兴，因为房间一直空闲着毕竟是件憾事。晚上他刚把一本书放在我的桌上，里面写了'赠我的女房东'。"自1916年11月26日至次年8月底，卡夫卡一直住在位于炼丹师小巷22号的这间房内，此请参阅《致菲莉斯的信和恋爱时期的其他书信集》第750页、宾德尔著《卡夫卡和他的妹妹们》第424页和瓦根巴赫所出版的《卡夫卡1883—1924》第80页的插图。

35. 致奥特拉

亲爱的奥特拉：

请把这封信装进信封送给总监察官欧根·普福尔先生。如果可能的话，立即送去！否则他会以为我睡过了头，是事后编出来的谎话（实际上是我事先编出来的）。这是一个借口，一个可以接受的借口，昨晚我在上边写得太久，大约写到2点半，后来一分钟也没有睡着。尽管如此，我的心境良好，只想在床上躺到10点左右。这并不是因为晚一点起床情绪更好或想再睡一会儿，而是因为这样做可以使办公室里的上午不至于那么长，我（作为说谎者）在办公室里总是需要请求原谅。我在上面写得并不好，也不多，但我知道能够早一点回家就很高兴，宁可在上面多待一会儿。对第二天的恐惧破坏了我的所有情绪，同时或许又强迫我振奋情绪；在冥冥中，谁能看透其中的差异呢！

好吧，快把请假信送去！

弗兰茨

〔1916年12月—布拉格〕

灯油已经燃尽最后一滴。

写信日期的判断：不可能是1916年12月8日之前，因为卡夫卡在这一天之前至迟10点离开"上面"炼丹师小巷的房间（参阅《致菲莉斯的信和恋爱时期的其他书信集》第747页）。可能是此后的几周内，因为他通常都要在那里写到深夜（参阅《致菲莉斯的信和恋爱时期的其他书信集》第745页和第751页）。此外，卡夫卡约在该月中旬两次提到他的创作情况，与上文的推算日期基本吻合（参阅《致菲莉斯的信和恋爱时期的其他书信集》第746页）。

因卡夫卡自1915年3月起单独住在朗格大街自己的房内，不再住在父母家中（参阅《致菲莉斯的信和恋爱时期的其他书信集》第629页），所以他只能用书面方式委托奥特拉在清晨把请假信送到上司那里。

1917年

36. 致奥特拉

首先祝大家新年幸福。然后，请奥特拉帮我买星期一晨报和维尔纳朗诵会的票（官员照顾：预约者取票权可以保留到星期二。如果星期三再买票是否更为有利？），关于食品的事，不必为我太操心。我每天晚上的食品都吃不完，只是精神上的胃口大得不得了。——除夕夜我已庆祝过，半夜起床开亮落地灯迎接新年。杯中见不到灼热之物。

弗兰茨

〔1917年1月1日—布拉格〕

信中提到的是路德维希·维尔纳博士的报告会,时间是1917年1月7日,星期天,地点是布拉格的"新剧院"。报告会的高潮是荷马史诗的朗诵:"伊利亚特的最后歌咏,里克托尔的葬礼,这部不朽作品以其完全无法遏止的力量冲击着听众的感官,维尔纳是一位理想的荷马史诗咏者,他使一切完美的印象进一步得到加深:以其出色得体的表演、宽阔额头连同那灰白色的鬓发、令人肃然起敬的神情手势;时而论说,时而反驳,时而绘声绘色,时而悲以哀诉,将他溶入奇妙无穷的艺术境界。"(《布拉格日报》1917年1月8日第3版)

大家:卡夫卡此处指的是伊尔玛和鲁岑卡。

星期一晨报:进步的自由报,是布拉格星期一早晨出版的唯一报纸。

37. 致奥特拉

亲爱的奥特拉:

这里的一切暂时还算有秩序,但谁知道能保持多久;一时倒也不至于一团糟,因为你整理得井井有条。但是说不定,很可能一切都已经在悄悄地松弛懈怠,而我却全然不知。我指的"一切",当然也包括我自己。自你去后,鹿坑里刮起一阵大风沙,也许是一种偶然,也许是一种故意。昨天我睡在宫内,当我走进房内时,火已经熄灭,很冷。噢,我突然想起,这是她走后的第一晚,我已经若有所失。不过,后来我取来所有报纸和手稿,过了好一会儿才生出一片美丽的火焰。当我今天把这一切告诉鲁岑卡时,她说我的错误是没有劈一些碎木片,否则马上就能点着火。接着我狡辩说:"可是当时没有刀呀!"她不依不饶:"我常常用餐刀。"难怪餐刀老是脏兮兮的,还有豁口。不过我毕竟学会了一点:生火必须有碎木片。宫内的土地已经被她修整好,看来你没有忘记叮嘱她。为此,明天我要打听一下,哪一本是种菜的最佳指导书;当然,书里不会教怎样在雪地里种菜吧。

另外,有人告诉我说,父亲昨天对我表示了特殊关心。鲁德尔·赫尔曼(信不要乱放)中午很友好地告别,因为他要乘车去比利茨。为这件事，家里闹了一出丑剧。父亲利用这个机会大骂一通，近亲远戚中几乎没有一人幸免。比如骂别人是骗子，大家都应该向他啐唾沫（呸！）等等。因为鲁德尔说不会介意父亲的谩骂。父亲也数落起自己的儿子来：Hallunke。因为父亲的形象必须高大起来。鲁向他走去，高举双手，满脸通红。鲁该走了，他在门槛上又想停住脚，但母亲把他一把推了出去。这场友好的告别遂告结束。因为父亲和鲁都是好人，也许今天都已经忘掉了这一切。但是，他们并不会阻止这样的表演在下一个场合重复下去。当我回到家时，风波已要平息，为了补偿他对我的过于关心，父亲说了一句："To je žradlo、Od 12 ti se to musí vařit。"

我只是还想劝你不要来信太多。如果你想一般性地介绍你的工作情况，最好给父母或伊尔玛或我轮流来信，这样对大家都好。

弗兰茨

〔1917.4.19—布拉格〕

此信的收信地址是苏劳（西北波希米亚的萨茨附近），即奥特拉（自4月中旬起）经营其姐夫卡尔·赫尔曼（大姐埃莉的丈夫）的农庄所在地（姐夫已应征入伍）。

在卡夫卡的支持下，奥特拉决定不再在父亲的店内帮工，而去从事农业。经过几个月与父亲的争论终于得以遂愿（参阅宾德尔著《卡夫卡和他的妹妹奥特拉》第428页）。

鹿坑：位于赫拉德钦南部的要塞深坑（以前人们称之为野兽洞穴），现已长满了金合欢。从炼丹师小巷的小房间望出去，可以看到鹿坑："厨房有一个大窗户朝向鹿坑，除鸟鸣外基本什么也听不见。"（奥特拉1917年3月10日致达维德的信）

宫内：自1917年3月初，卡夫卡在赫拉德钦附近的美泉宫内租了一套两间的住房（参阅《致菲莉斯的信和恋爱时期的其他书信集》第749页和第771页以及瓦根巴赫出版的《卡夫卡1883—1924》第81页插图）。

若有所失：以前由奥特拉关心和照顾哥哥的外部生活环境："我每天中午来，把窗户打开，掏出炉灰，点燃炉火……只要我在房内，就一直让一扇窗开着，因为火炉毕竟还是有一点烟味。我是为弗兰茨生火，因为他想下午来。"（奥特拉1916年11月27日

致达维德的信)

鲁岑卡:一位小个子、驼背的捷克女花工,奥特拉试图在精神上鼓舞她,在自己走后让她接替照管卡夫卡的两间住房:"弗兰茨的住房里面很漂亮,他对住房和鲁岑卡都很满意。他总是很尊重她,只要她来唤醒他,他马上就起床。出于对我和他的友好情感,她把一切都料理得井井有条。弗兰茨有了她几乎可以把我忘记。"(奥特拉1917年3月1日致达维德的信,亦请参阅《卡夫卡致米莱娜的信》第12页)

鲁德尔·赫尔曼:卡尔·赫尔曼的兄弟。

To je žrádlo……:捷语"这是吃的,12点烧的,必须热一下。"(参阅《乡村婚事》第172页和《卡夫卡书信集》第397页)

38. 致奥特拉

最亲爱的奥特拉:

如果你不给或少给我写信,不必感到自责。否则,我会感到不安。相反,如果你不直接写信向卡尔报告情况,而是像这次一样把信首先寄到布拉格来,使我们了解你的工作情况,那我当然感到高兴。你信中所叙述的一切,以我现有的农业知识来作评价的话,均为理智之举。你想把一部分园子围上篱笆,换了我或埃莉或任何一个人,很可能都会有这个想法,同你一样的想法。此外,必须买一匹马吗?几头母牛或公牛不够吗?我认为,有一阵子不再适宜军役的军马,比如俄国的猎获马匹会便宜些;你们那里不知道这个情况吗?鲁岑卡提了许多建议,不过下封信再写吧。抬起头来——就像我们小巷里的居民常提醒的那样!

你的 弗兰茨

〔邮戳:17.4.22—布拉格〕

这是卡夫卡在大姐埃莉致奥特拉(寄往苏劳)信上的附言。

像这次一样:奥特拉第一封报告情况的信通过卡夫卡转给正在当兵的卡尔·赫尔曼。

想法：埃莉曾经写道："很遗憾，你没能如愿建起篱笆。围一小块园子会那么贵吗？"

一匹马：奥特拉1917年11月11日在致达维德的信中写道："马的情况良好，尤其那匹新马状况良好……我对它们操了很多心。也许你以为我会从'饲料站'得到一些饲料，实际上那里的饲料并不可靠。"

抬起头来：隐喻炼丹师小巷那些中世纪小房的矮门。奥特拉当时的心情不好，因为她的行为给父母带来了忧虑。埃莉因而写信安慰她："你的信我们念给父亲听了。只要我们在父亲那里敢于这样做，这是对你最有利的证据。他没有对信说一个不满意的字眼，他也可以找到这样的字眼。他已经骂够了，没有什么可骂的了。他很固执，太固执了。"

39. 致奥特拉

亲爱的奥特拉：

　　必须马上回你的信。我曾经感到自己已经被你完全遗弃不管，每次想到未来（我总是不断地设想未来）时对自己说：她将听任我潦倒下去。然而，即使撇开你今天的信不说，我的这种想法也是完全错误的。因为，你用上面的那所房子给我带来了一个较好的时期，甚至在我（因美好的时光和因之而来的睡眠困难）遗憾地放弃上面的写作时，你今天仍在支持我。当然有许多可抱怨的事，但现在已比前些年有了不可同日而语的改善。当我能够概括总结的时候，我一定会详作叙述。我也许在星期日回去，不过当然只是"很可能"。不要来我这儿！费利克斯夫妇早就急着一起回去，我也许会和他们同行，马克斯几乎不可能去。

弗兰茨

〔邮戳：17.5.15—邮政明信片〕

给我带来了一个较好的时期：据传说，卡夫卡在1916年11月之前的两年内几乎没写任何东西；在炼丹师小巷中写作的几个月，是文学创作的最丰硕时期之一。自1916年12月至1917年4月所写的众多散文和其他残篇保留至今，其中几乎包括《乡村医生》

卷中的所有短篇小说。

我也许在星期日回去：然而，卡夫卡的这个愿望既未在5月20日，也未在27日实现，因为伊尔玛在当月21日致奥特拉的信中写道："弗兰茨有这个愿望，但不强烈——即星期日回去。但他说，他曾答应与韦尔茨夫妇同行，所以必须与他们一起去。我星期日去看他时对他说，叫他推迟归期。"

40. 致奥特拉

亲爱的奥特拉，小救济站，另有关于特施的事宜相嘱：

1. 已悉希普曼先生为索普尔准备的服装获得确认，此事很好。他亦应为特施照此办理，并将确认书寄我。

2. 特施因家境贫困，据某一新法要求每月特殊补助约48克朗。须提出补助申请，并填写在附表中。嘱主任先生为特施填表，应于第3页上，而后寄至波德沙姆区总队。

索普尔服装事作如下处理：索普尔从这里马上得到300克朗，此外致函波德沙姆救济站（勒斯勒老师），请他依其职责从该站资金中支付索普尔购衣尚需的100克朗（主任报价为400克朗）。索普尔本人亦可向勒斯勒先生提出请求。

顺致问候　弗兰茨

〔约1917年6月20日—布拉格〕

我与特施在布拉格的首次相遇情况如下：星期日晚，我与马克斯及其夫人沿百老汇山坡上行，远远看见一个士兵坐在人工石径上，没穿袜子，裤腿卷得高高的，一只衣袖空荡荡，耳后有一个大肿块。"又是一个兵"，我边说边把目光移向别处。当我与他擦身而过时，我才转过身去：他是特施。我真的非常高兴。

书信日期系根据第 42 号信推算。卡夫卡去苏劳看望奥特拉之行必定在此信之前。

一个幸运的情况使得特施事件的背景得到几分明朗。根据马克斯·勃罗德在《在乡村中的婚事准备和遗物中的其他散文》中第 445 页未全部发表的一张字条，与卡夫卡遗物（牛津大学博德利图书馆）中得到的原件相比较，判明这是他根据奥特拉的叙述赞成向这位士兵提供补助的笔录，因为其中提到，这位孤儿除有一位生活在维也纳的姐妹和奥伯克莱的舅舅弗兰茨·菲舍尔外，近亲中还有一位生活在萨茨的屠夫约瑟夫·特施。在谈到这位不适于服兵役者时这样写道："他刚刚能跑到陶土坑，很不正常，所以他未被征召，况且他的年龄也不须参军了。谁也不知道为什么，他执意要当兵。写写算算他不行，独立从事牲畜、蔬菜交易根本不用想，因此连乡里都不愿承担这个责任。不过，也许可以想象他能帮亲戚购买牲畜，比如把买到的牲畜接过来，赶回去等等。可以想象，他也能以这种方式从事蔬菜交易，推着小车取菜运菜等等。但是，完全不可能从事任何独立性的事务。亲戚们很可能也是这样想的，于是只能自己承担起这个责任。"

奥特拉致达维德的两封信（1918 年 7 月 29 日和 1918 年 7 月 18 日）中，有一封提到的士兵很有可能即是特施。根据此信内容，一向对社会底层充满兴趣，不断投向其中的奥特拉（参阅《致菲莉斯的信和恋爱时期的其他书信集》第 598 页和《在乡村中的婚事准备和遗物中的其他散文》第 188 页）希望通过向哥哥介绍此人，将其召到身边从事轻农业劳动。

百老汇山坡：位于赫拉钦以东的鲁道夫王储公园（今称 LetenskeSady）。

波德沙姆：苏劳的县城。

41. 致奥特拉

亲爱的奥特拉：

　　我会办理此事的，但想提前知道你何时需要这两个人力。你现在肯定已经知道日期了吧。此外，情况有那么严重吗？比去年严重多了——而我认为，去年的那种情况本不应发生。凯泽小姐告诉我，我曾经对她说无法忍受她；尽管如此，她当然还是会去的，而且十分乐意。她在星期六去了一次后，对你还能记得她感到很高兴。现在她去波希米亚森林了，度几天假。至于母亲，当然像你所说的那样颇受斑疹之苦，不过医生说不要紧的。父亲身体棒棒地回来了。

顺致问候，代向小姐问候！

弗兰茨

〔邮戳：17.6.24—布拉格〕

〔邮政明信片〕

你何时需要这两个人力：奥特拉要求寻找帮助收割的人力。

比去年严重多了：系指奥特拉在苏劳面临的经济困难，参阅《卡夫卡和她的妹妹奥特拉》第441页和母亲1917年12月致奥特拉和弗兰茨的一封信——信中请小女儿告诉她食物价格，因为她要女儿在苏劳为布拉格的家庭成员购买粮食："农庄打粮并不多。你无法为我们供粮。如果你天晓得非要吃自己的老本，那是另一回事，我会接受你的粮食的。"

凯泽小姐：卡夫卡在"工人事故保险所"的女秘书。

身体棒棒地回来了：从弗兰岑温泉疗养回来（疗养是从5月27日开始的）。

42. 致奥特拉

亲爱的奥特拉：

但愿秘书小姐昨天已把我写给你的明信片投出去。我在信上也提到，让你现在立即告诉我，男人们何时去为宜。

此信补充有关勒斯勒的事务：尚缺乡政府的介绍信，现附上，须请乡政府签章，而后寄回我处。索普尔尚未收到钱，我知道钱会在近日内寄达。

祝你好！

弗兰茨

〔1917年6月25日—布拉格〕

在我看来，母亲的病情正在好转。

别忘了特施，现只需将表格替他交给主任。

43. 致奥特拉

最亲爱的奥特拉：

　　我早就该写信了（寄自布达佩斯的明信片收到了吗？），见闻很多。此行总的说来感觉尚可，但毕竟算不上是休养和信使之行。像每次旅行一样，首先我能睡得好，还在布拉格待了几天，但是现在几乎又不可能了。多么希望秋天和冬天早点来到（这对你来说无所谓，因为你要去维也纳），多么希望与去年情景相似！明天我不回来，但9月底回来10天，如果你认为这样安排妥当的话。也许我该去萨尔茨卡默古特？越远越好。不过，那样一来就会晚了一些，我直到9月8日才能离开。——最后一次辞职（至少是我听说的最后一次）确实有些令人钦佩。你是怎么挺过来的呢？

　　向你和伊尔玛致以问候！

弗兰茨

〔邮戳：17.7.28—布拉格〕

〔邮政明信片〕

寄自布达佩斯：卡夫卡自1917年7月初起与菲莉斯二度恋爱，并同她一起经布达佩斯前往阿拉德探望她的妹妹；他独自经维也纳回布拉格（参阅《致菲莉斯的信和恋爱时期的其他书信集》第770页）。

你要去维也纳：奥特拉当时可能计划去克洛斯特新堡庄园学校，以补充自己欠缺的农业基础知识。

最后一次辞职：奥特拉在1917年11月14日致达维德的信中谈到了当时她与父亲的关系："父亲再也不骂我了，也许只是我这样感觉而已。无论如何，我还是希望他不要骂我，希望他忘掉我曾在店里干过，希望他完全忘记我。我希望父亲多注视我，以同样的温柔方式。母亲给我们写来美好的信，她人好、仁慈，也赢得了许多爱。"奥特拉8月8日写道："就在我刚刚走向他的当口，父亲……把我的辞职信从店中丢出来。晚上，他对自己的所有孩子,尤其是哥哥和我,表示了十分的不满意。"

44. 致奥特拉

亲爱的奥特拉:

请写信告诉我,啤酒花的收获结束了吗?然后,我会写信详细介绍我的假期情况。现在,我不想用其他事情来干扰你的啤酒花。

最衷心的问候!

你的弗兰茨

〔邮戳:17.8.23—布拉格〕

〔邮政明信片〕

啤酒花的收获:奥特拉8月5日致达维德的信中说:"我现在主要需要的是收割啤酒花的器械,萨茨和附近其他地方都买不到。我想,星期四就该开始收获了,所以必须认真考虑从哪儿去找器械。我突然想起,或许可以去布拉格一天。"

45. 致奥特拉

亲爱的奥特拉:

我有四种可能性:湖畔沃尔夫冈(美丽而陌生的风光,但路途遥远、饮食不好),拉德索维奇(有美丽的森林、尚可的饮食,但过于熟悉,缺乏陌生感,过于舒适),朗茨克龙(完全不熟悉,据说很美,据说饮食可口,但据称是我上司的地盘,此外也有公务上的不方便之处),最后是苏劳(不陌生,原本不太漂亮,但你在那里,还有牛奶)。可是我到现在还没休假,也不再想同所长提件这事,上一次布达佩斯之行他就给我找了不少麻烦。不过,申请休假是有充分理由的。大约三周前,我在夜里咯过一次肺血。当时大约是凌晨4点,我突然醒来,奇怪地发现嘴里含着许多唾液,吐出来后点灯一看,很惊讶,是一团血。于是,开始咯个不停。我不知道是否可以用"咯"这个字,我认为这是描写喉部流出血液的准确表达。我以为这下子止不住了。应该怎样堵住它呢?我一直没敢张口。我起床后在房内转圈,走到窗边望出去,而后又走回床边,接着咯血。血终于止住了,我重新入睡,比很久以来都睡得香。第二天(在办公室内)去找米尔施泰因大夫。支气管炎,开了药方;让我喝三瓶药水;一个月后再来;如果再咯血,马上来。第二天夜里又咯血,但量少了些。又去找大夫,当时我已经不喜欢他了。具体细节不赘,否则太长了。结果是三种可能:**第一**,医生说我急性感冒,我否定了。八月天说我感冒?我不可能感冒,最多是这套住房让人感冒,这套冰冷、发霉、散发着怪味的住房。**第二**,肺结核。大夫暂时排除了这种可能性。他说看着吧,所有大城市人都会感染结核病,他还说肺炎卡他没什么了不起的(这话听起来就像你说母猪,他就说下猪仔那么自然),一针结核霉素病就好了。**第三**,我刚刚暗示此种可能性,我被他自然而然地否定了。然而这是唯一正确的可能性,况且与第二种可能性相一致。最近,我重新陷入极其严重的老空想之中。另外,在连续 5 年的痛苦中,去年冬天是迄今最长时间的中断。这是我肩负的,确切地说是我受命的最重大之斗争;也是一个胜利(因为我居然敢于设想婚事,F. 也许只是这场斗争中优秀准则的代表人物)。我认为,一场以尚能承受的失血为代价的胜利,可以在我私人的世界史上注下略具拿破仑色彩的一页。目前看来,我不得不在斗争中以这种方式宣告失败。事实上,就像是吹散了阴霾一般。我当夜 4 点睡得比较好,尽管好不了多少,但主要是头不疼了、完全不疼了,而我当时已经对头疼苦无良方了。我想,咯血的原因是:没完没了的失眠,头疼,发烧,紧张,使我虚弱到很容易就感染上肺结核。凑巧当时我也不必给 F. 去信,因为我的两封长信——其中一封有章节不太悦耳、几乎刺耳——至今没有得到回音。

这就是精神病症加上肺结核造成的现状。此外,我昨天又去看过大夫。这回他较快地找到了肺部杂音(我的咳嗽已经持续了一阵子),更加坚决地否定了肺结核的可能性,称我已经过了患这种病的年龄。由于我要求确诊（百分之百的确切当然不可能），他总算同意本周照 X 光片，并化验血痰。我已经交出了宫内的住房，米希洛瓦把我们辞掉了，我现在已经一无所有。不过还是这样好，也许我本来就不应该住在这潮湿的小房子里。关于我咯血的事，我只告诉了十分同情我的伊尔玛，家里其他人并不知道。大夫说现在没有一点点传染的危险。——我该回来吗？也许下星期四早晨？待上 8 至 10 天？

〔邮戳：17.8.29—布拉格〕

咯：捷文 Chrleni，卡夫卡称赞这个字的象声化表达质量。《卡夫卡致米莱娜的信》第 12 页中也有类似的表达。

这套冰冷、发霉、散发着怪味的住房：卡夫卡在《致父亲》的信中写道："由于对自己身体状况的没有把握，'导致了所有可能的疑心病'，加上结婚意愿的巨大冲动……使血痰从肺部咯出，对此美泉宫的住房也可能负有足够的责任。"（《在乡村中的婚事准备和遗物中的其他散文》第 205 页，《致菲莉斯的信和恋爱时期的其他书信集》第 401 页亦有类似叙述）

很容易就感染："有时，大脑和肺脏似乎不通过我就相互沟通。大脑说：'这样下去不行了。'于是肺脏在 5 年后宣布挺身而出。"（《卡夫卡书信集》第 161 页，参阅《卡夫卡致密伦娜的信》第 13 页）

精神病症：卡夫卡在致菲莉斯的信中谈到过同样的关联："你是我的人体法院，我体内相互斗争的两位，一是好人，一是坏人……血，即好人……流了出来，企图赢得你，但却对坏人有利。而坏人所在之处，非常可能或比较可能难以用自身的力量找到决定性的防御生力军，而好人却为坏人提供了这支生力军。换言之，我认为此病从根本上讲并非肺结核，而是我精神上的全面崩溃。"（《致菲莉斯的信和恋爱时期的其他书信集》第 756 页）

米希洛瓦：弗兰蒂斯卡·索弗洛瓦（生于 1870 年），洛普科维茨宫内的洗衣女工兼厨房女工，后与邻居博胡米尔·米希尔结婚，成为 22 号的女主人，将其租给奥特拉。在原本属于她的房子（20 号）里，住着来自卡尔温泉的克诺尔博士（参阅《致菲莉斯的信和恋爱时期的其他书信集》第 745 页），成为卡夫卡的紧邻；原房主直至 1917 年 5 月才搬进去住。参阅《卡夫卡 1883—1924》第 80 页的插图。

46. 致奥特拉

亲爱的奥特拉：

已经搬家了。最后一次关上宫内的窗户，锁上门，多么像走向死亡。在今天的新生活中，自那天早晨咯血以来第一次开始头疼。你的卧室根本不算是卧室。我这样说不是反对厨房，不是反对院子——尽管今天是星期天，6 点半就开始有噪声了。此外，也没有听见猫叫，只能听见厨房里的钟摆声。我指的主要是洗澡间。根据我的计算，那里开了三次灯，由于难以理解的用途放了三次水，加上洗澡间门是开着的，我听得见父亲的咳嗽声。可怜的父亲，可怜的母亲，可怜的弗兰茨。每一次开灯前一小时我都会因为害怕而醒来，开灯后两小时内因为惊吓而难以入睡，三三见九，便是一夜的九小时。不过肺部好些了。开着窗盖一条薄被就够了，原先那里半掩着窗睡在远处床上还须两条被子加一床羽绒被。我的咳嗽大概也少了。你一定要回来呀！

弗兰茨

〔邮戳：17.9.2—布拉格〕

〔邮政明信片〕

搬家：卡夫卡交出美泉宫内的住房，重新搬回老城环行大道 6 号的父母家。因为那里没有他的房间，所以他住进了洗澡间旁边的幺妹卧室。后来的几年，包括他常常卧病不起的时候，均住在这里。奥特拉 1918/1919 年冬天根本不在布拉格，1920 年 7 月中旬结婚后有了自己的住房。

47. 致奥特拉

亲爱的奥特拉：

今天已经好些了，洗澡间比较安静。不过，一到6点一切都结束了；隔壁的眼皮一打开，噪声就把我吵醒了（"打开眼皮"这个词组一定是过去一位敏感的德国人发明的）。上边百老汇大街的那栋房子，先是从外观上看了看，相当不错，两层小楼，对面是费德尔与皮森妇女用品工厂，但今天有人告诉我，部分驶往集市广场的马车从门前通过。这意味着，我将从一个集市广场搬到另一个集市广场。多困难呀！

不过，你的房间确实很美。我已经把它充实了，不是用物件，而是用我自己，以致你如果回来时，几乎无法冲进来。你不感到遗憾吗？今天我还要去看医生，然后我会写信告诉你我什么时候来。大概是周末，届时我会给你发电报。

弗兰茨

〔邮戳：17.9.3—布拉格〕

〔邮政明信片〕

地址将写上奥特拉，而不是 F.。

上边百老汇大街的那栋房：从母亲1917年10月寄往苏劳的信中可以看出，卡夫卡当时仍在寻找住房，以取代美泉宫和炼丹师小巷那两套已不再属于他的住处。费德尔与皮森妇女用品工厂位于布拉格7区奥弗内卡大街9号，即高级住宅区 Bubenec，那里的德裔犹太居民比例较高。

48. 致奥特拉

亲爱的奥特拉：

　　昨天我又去了他那里，他比以前明确了一些，但最仍保留着他的或所有医生的特点，这些特点来自必然的无知。由于我的问题十分固执，必定要知道一切，于是他要么重复那些没有意义的话，要么在重要问题上自相矛盾，既不想承认这个，也不想承认那个。总之：针尖对麦芒。然而，直到现在也不说是肺的问题，而说是气管。谨慎是必要的，可是危险并不存在（由于年龄关系），也没有作任何预言。医嘱：多吃饭，多通空气，不服药——因为胃敏感；每天夜里腋下罨敷，每月检查一次；如果数月后仍不好转，他或许（废话）会给我注射结核霉素以"尽我的一切可能"。去南部（这是回答我的问题）疗养固然好，但并无必要；去农村亦然。——也许我可以递交退休申请？他认为完全具备充分理由；后天我将同我的上司谈这件事（明天他有一个重要会议，我先告诉他这个念头）。

　　此外，我现在经常想起工匠诗歌里的诗句——"我本应把他视为正人君子"或类似的句子。我的意思是，在这场疾病中无疑存在着公道，这是一个公正的打击，而我却没有感觉到这是一记打击，而是视为与晚年平均遭遇相比完全甜蜜可人的命运，它是公正的，但又是那么粗鲁、那么世俗、那么单一，就这样打击到最为舒适的所在。我原本相信必定还有另一条出路。

　　这张明信片昨天没有寄出。一夜之间又有了变化。在马克斯的催促下，去找过教授。他的说法总的来讲是一致的。但要求我一定要去农村疗养。明天我去申请退休或3个月假期，你会接收我吗？有困难吗？这件事并不容易。

弗兰茨

〔1917年9月4/5日—布拉格〕

〔连续书写的两张邮政明信片〕

卡夫卡首先于9月4日写到最后第二段的结尾，这一段已经写在他标有"2"的明信片上，而后他把第1张明信片单独寄出（邮戳：布拉格—17.9.4.）。次日，他在第2张上补充结尾（对比信中"明天"与先此所写的"后天"二字，并参阅第49号信），并在两段文字之间划了一道横线以示区别。第2张明信片的邮戳注明是9月5日。

比以前明确了一些：参阅第45、96号信和《卡夫卡致密伦娜的信》第24页（"医生们很笨，毋宁说……他们的自负太令人可笑"）以及卡夫卡1917年9月22日致马克斯·勃罗德的一封信，他在信中描写了米尔施泰因大夫的诊断："第一次检查后我几乎已经完全康复，第二次检查后甚至更好，后来左边支气管轻度发炎，再后来，'毫不缩小也不扩大事实'，右侧和左侧肺结核。这种病在布拉格很快就可以完全治愈，现在终于可以指望一下子好转了。他似乎是想用他那宽阔的脊背挡住他身后的死神，似乎是把他挤向一旁。二者都吓不住我（很遗憾？）。"（《卡夫卡书信集》第168页；最后一次诊断是在卡夫卡将皮克教授的鉴定交给医生后，医生用书面作出的。参阅第49号信）

我的上司：每当卡夫卡使用这一称谓时，均指保险所监察处长、总监察官欧根·普福尔（参阅《致菲莉斯的信和恋爱时期的其他书信集》第214页和第649页），该处是1910年由保险技术处、企业清理机构和监督处合并而成。普福尔对卡夫卡的才能十分惊讶（参阅《卡夫卡日记》第41页和《致菲莉斯的信和恋爱时期的其他书信集》第196页），卡夫卡成为他最重要的助手，通常在他离开期间代理他。（参阅《致菲莉斯的信和恋爱时期的其他书信集》第143、161、337页和本书第49号信的注解）

诗句：在里夏德·瓦格纳所著《工匠诗歌》第二幕第四场中，埃娃说汉思·萨克斯徒劳地企图窃听有关她的最终结果，诗云：

你们一无所知？你们一言不发？哟！朋友萨克斯，

现在我真的看清：倒霉的不是瓦克斯。

我本应把你们视为正人君子。

此情亦可参阅勃罗德著《卡夫卡传》第144页。

去找过教授：弗里德尔·皮克（即戈特弗里德）是布拉格德意志大学喉科研究所所长、内科教授。勃罗德当年在日记中记载道："9月4日。下午同卡夫卡访弗里德尔·皮克教授。查清病情耗费了这么长时间。确诊为肺炎卡他。必须休三个月假。有结核危险。"（勃罗德著《卡夫卡传》第144页，参阅《卡夫卡书信集》第170页）

49. 致奥特拉

亲爱的奥特拉：

今天我已经开始谈这件事，当然免不了要重新演一出伤感的喜剧，因为这种惺惺对我而言在每次告别时都难以避免。我没有直截了当地要求退休（虽然是骗人的，但至少在一定程度上又是诚实的），而是开始说些我不想利用保险所之类的话。当然效果是有的，人们现在肯定不会让我退休（即使在其他情况下也可能不会轻易批准）。尽管我还不知道所长的意见——我明天去找他谈，但休假肯定会获准。教授的鉴定（无须对他的话作太大的修饰，他的字本身就具有另一种权威）有如一张永远有效的旅游护照。——母亲以及父亲那里，我把申请休假的理由说成是神经过于紧张。因为从他们的角度来看总是希望我多休假，所以不会产生怀疑。

〔邮戳：17.9.6—布拉格〕

〔邮政明信片〕

伤感的喜剧：参阅卡夫卡 1917 年 9 月 9 日致菲莉斯的信："我本来提出想退休，但人们从我的利益考虑，认为不应该准许我退休。那种带有某种伤感的告别喜剧，是我屡试不爽的习惯作法，这一次自然也不会失灵，其效果与我的请求恰有相悖：我仍是所里的积极分子，并获准休假。"（《致菲莉斯的信和恋爱时期的其他书信集》第 753 页，参阅第 656 页以及《卡夫卡日记》第 532 页）

所长的意见：指的是市政委员罗伯特·马尔施纳博士（参阅《卡夫卡书信集》第 501 页），卡夫卡对他的组织才能和工作能量十分钦佩（参阅瓦根巴赫著《卡夫卡》第 148、279 页，《在乡村中的婚事准备和遗物中的其他散文》第 426、454 页），他见到卡夫卡时也常常"出人意料地十分友好"（《致菲莉斯的信和恋爱时期的其他书信集》第 103 页）。9 月 6 日这天，卡夫卡只同欧根·普福尔谈了话。

教授的鉴定：皮克的鉴定中写道："您肯定能够指望康复，但必须经过较长时间定期检查。"（《卡夫卡书信集》第 168 页）

理由是神经紧张：卡夫卡在9月9日致菲莉斯的信中写道："我当然没把这件事的原委当作秘密来处理，但整个过程中我却瞒着父母亲。我本来没有这样的打算，但是，当我试图迂回着告诉母亲时，我感到有点紧张，于是要求请长假，而她毫无怀疑地绝对相信了这件事（从她的角度来说，总是毫无止境地情愿对我任何微小的休假暗示作出反应，任我无限期地休假疗养）。这件事就这样瞒下了，而且暂时也没让父亲知情。"（《致菲莉斯的信和恋爱时期的其他书信集》第754页）

50. 致奥特拉

亲爱的奥特拉：

你信上说只为我作了8天假期的准备，而我现在至少要死死缠住你3个月，甚至星期二或星期三就要来到。这样一来，会不会给你带来太大的变化？会不会影响你秋天的计划？我今天到所长那里去了。我相信，终于可以在结核病的紧锣密鼓中走出保险所了。不是退休，当然是休假，而且不用申请。他让我不必感到心情沉重，心情沉重的应该是他们，因为我是一个宝贵的人才，云云。我听着这些话，眼睛望着墙上我的杰作，世界开始旋转。是这么回事：每当我新到一个地方，便会在墙上贴一些并不勾引食欲的作品。当然，算不上是直接的关照，因为我是以积极分子的身份休假。苏劳这一阵子以来见到过一位积极分子光临吗？

弗兰茨

〔邮戳：17.9.7—布拉格〕

〔邮政明信片〕

快为送信人准备好给我的信！

大的变化：奥特拉在9月12日致达维德的信中写道："哥哥今晚来到我这里，大概要住较长一段时间。他有3个月的假期，在苏劳要住到不想住为止。能够邀请客人来住，已经算是某种成就。我同他很要好。我的经济状况好多了,最艰苦的日子已经过去了。"

一个宝贵的人才:普福尔对卡夫卡的评价是:"勤奋而不知疲倦,富有抱负,是一位出色的人才。卡夫卡博士是一位极为勤奋的劳动者,拥有超群的才能和突出的责任感。"

(瓦根巴赫著《卡夫卡》第 149 页)

51. 致奥特拉

亲爱的奥特拉:

手头没有别的明信片。我极有可能于星期三晨启程。马克斯现已开始反对我前往苏劳,他还要跟教授谈谈呢。他的理由大约如下:应该采取最佳方案,即去瑞士、梅拉诺或类似的地方。——教授之所以同意我去苏劳,是因为他觉得我很穷——可是那里没有医生呀,要是突然恶化了怎么办?我毕竟已经吐过血了呀,等等。——教授的同意是有条件的,我必须作砷疗法,可我不会遵命的——要是下雨天,而又没有散步用的长廊,我会怎么办?等等。至于我对这些理由的答复,我会当面告诉你的。此外,这些理由也许与必要的健康考虑自相矛盾,因为他会严重破坏我那自由自在的长假。

弗兰茨

〔邮戳:17.9.8—布拉格〕

〔邮政明信片〕

手头没有别的明信片:因为卡夫卡通知奥特拉的内容写在下述信文的上端:"亲爱的奥斯卡,我很快会给你打电话。今天他没有供货,还是星期六来货:熏肉59,牛油28,黄油42。你们想要点什么?衷心问候!弗兰茨。"苏劳的农民们有时向布拉格的卡夫卡家及其朋友出售食品,作为从城里购物的付费或交换。这些食品再由卡夫卡家人或父母店里的职员带进首都(参阅《卡夫卡书信集》第163页和第175页)。卡夫卡在此信中向盲人奥斯卡·鲍姆询问,是否需要上述物品。

52. 致奥特拉

亲爱的奥特拉:

我今天写信是为了一件完全不太可能的事:我星期三早晨不能来苏劳了(当然不是取消此行)。在马克斯的强迫下,我明天早晨同他一起再去教授那里,他想向教授陈述自己的理由。无论结果如何,我都想先去苏劳。此外,我一切均好,只是过量食谱使我感到沮丧。我将给施尼策尔去信,也许他会劝我节食。令人伤心的矛盾,没有必要的进食,内在的疾病仍然肆意横行。——埃莉今天到,我将听听你对整个安排有何看法。F. 已经来过几封信,那么坚定、可靠、平静,不像以往那样耿耿于怀。而我的回答是打击。

弗兰茨

〔邮戳:17.9.9—布拉格〕

〔邮政明信片〕

我将给施尼策尔去信:即第 9 号信注解中提到的那位瓦恩斯多夫的厂主和自然疗法医生。此人没有答复卡夫卡的询问(参阅《卡夫卡书信集》第 171 页)。尽管如此,卡夫卡依然是他学说的崇拜者。他在 1917 年 10 月致费利克斯·韦尔茨的信中提到了施尼策尔:"……人们很容易低估这样的人。他非常质朴,因而十分伟大而正直,因而毫不具备演说家、作家甚至思想家的那种复杂与愚蠢。但是,当你坐在他对面,注意观察他,试图看透他、了解他的能量、接近他的视线时,他却完全不是一个简单的人。"(《卡夫卡书信集》第 187 页)

F.:即菲莉斯·鲍威尔。

53. 致奥特拉

亲爱的奥特拉:

今天邮差只能带去这封信:本来,我既没有兴趣写信,也没有平静的心境（在费利克斯的喧闹声中和格尔蒂安详的注视下），但主要原因是时间有限——这里的时间对我来说确实很紧张——很难写得出什么东西来。例如，前5天内我经历了不同的时代，我曾经觉得自己犯了一个大错误，情绪相当低下，但后来的事态表明，从根本上说这样做是对的，我根本没有什么可后悔的。具体细节以后再说。

与F.在一起的日子很糟糕（除了我们尚未谈到正事的第一天），最后一天上午我哭了，掉的泪超过了儿童时代以后的总量。但是，如果我对自己所做的一切是否正确尚有任何一点怀疑，那就更糟糕了，或者根本就不可思议。我没有怀疑这一点。这样做有失公允，但它无悖于行为的正确性；尤其是当我看到她接受这一事实时的安详与宽容，更深信不疑。

她走后那天下午，我又去找过教授。他旅行去了，星期一或星期三才能回来，我之所以必须在这里待这么久，这也是一个原因。无奈，我立即又去找米尔施泰因大夫。尽管我比以往咳嗽得更厉害、喘气更急促，但他连胸音都没有听一下。他的诊断既让人不满，又令人感到宽慰（反正X光照片当然能反映真实病情）。也许因为他对我的特殊友好，他竟然以道德的依据劝我要求退休。当我接着他的话题告诉他，我已经不再想结婚时，他特别地表扬了我。我不知道他指的是暂时不结婚，还是永远不结婚，但我没有问他（关于解除婚约的原因，对外我只称是健康缘故，对父亲也是这么说的）。

我今天去了办公室，谈判开始了；结果会怎样，我不得而知。在这个问题上，我也丝毫没有疑虑。

然而，我对奥斯卡的去留却有些顾虑。我现在很难带着他，除了你和马克斯外，也很难跟别人谈这件事。当然，这只是过渡时期，我完全相信这一点。但是，我想留在农村，而且独自一人。再说，你会增加一位客人，而奥斯卡又不会捷语，这肯定会带来困难。此外，我的感觉是自己已经被出租，或者确切地说，我感觉正在经历一个柔和的过渡期。如果以为今后可能发生那些明显使我失落或悲伤的事，那你就想错了——权且不提我的想法，结果可能恰恰相反。现在的一切，以及未来似将发生的一切，实际上是最佳的选择，正循着我的道路，居于正确的所在。你根本不必为此多虑。（再说，我并不孤独，因为我这里收到了一封情书，但我又是孤独的，因为我没有用爱情来回答它）

还是回到奥斯卡的话题上吧。他看上去情绪不好，急切需要一个答复；他随时都有自卑感，以至于随时作好了心理准备，只要我一说行期，他可以在一小时之内，而后直至下星期五之前，随时可以动身。请来信告知你的想法。另外，我应当给赫尔曼先生、法伊格尔女士，即赫尔曼夫人的女儿带些什么？此外还应给谁带什么？

今天是我感觉到这个城市存在的第一天。在这些人中间，不可能有好事发生；尽管如此，还是祝他们一切都好。

弗兰茨

〔1917年12月28日—布拉格〕

代我向客人小姐、我们的小姐、托尼和赫尔曼先生问好。

费利克斯：埃莉与卡尔·赫尔曼的儿子，颇受赫尔曼·卡夫卡的宠爱；格尔蒂是他的妹妹。

与F.在一起的日子很糟糕：12月底，卡夫卡在布拉格住了几天。菲莉斯于12月25至27日探望过他；这是他们第二次、亦即最后一次解除婚约。马克斯·勃罗德曾对此作过如下描述："……弗兰茨来到我的办公室。他刚刚去车站送走F.，脸色苍白，神情冷酷严肃。可是，他突然哭了起来……卡夫卡……直接走进我的工作间，不管我正在工作，坐在我办公桌旁的椅子上，这张椅子通常是为申请者、退休者、被指控者们准备的。他坐在这里哭，抽泣着说：'发生这种事情，难道不是太可怕了吗？'泪水从他的脸颊流下，我从来没见过他这样失态，这样失去控制。"（勃罗德著《卡夫卡传》第147页）

对外只称是健康缘故：卡夫卡当时对马克斯·勃罗德说："需要我做的事，靠我自己无法做到。要看透这件事的根本。这位西部犹太人没能看破红尘，所以没有权利结婚。

在此时此地,不存在婚姻之可能。除非他对这件事毫无兴趣,就像是对商人毫无兴趣一样。"
(勃罗德著《卡夫卡传》第 147 页)

谈判开始了:卡夫卡在 1917 年 9 月要求退休未能遂愿后(参阅第 49 和 50 号信),现在再次作出努力,但结果只是假期延长到 1918 年 4 月底。早在 1917 年 11 月 23 日,奥特拉就在信中记述了他为哥哥的事找卡夫卡的业务上司欧根·普福尔谈话的情况:"以前我找过哥哥的上司,他坚决不肯放卡夫卡退休,但同意他在乡下多住些日子,也许可以延长到病情明朗化为止。他带夫人来到了我们苏劳。"(致达维德的信,参阅《卡夫卡书信集》第 193 页和第 208 页以及本书第 55 号信)

关于奥斯卡:奥斯卡·鲍姆是卡夫卡最要好的文学朋友之一,这位盲人大约于 1918 年 1 月 6 日至 13 日在苏劳卡夫卡处做客。他于 1929 年发表了回忆与卡夫卡共同度过岁月的若干文章,这些文章可在马克斯·勃罗德所编著《布拉格的圈子内》一书中找到。(斯图加特、柏林、科隆、美因茨〔1966〕,第 130 页,亦请参阅《卡夫卡书信集》第 222 页以及本书第 73 号信的注解)

赫尔曼先生:农场的工头,奥特拉与他有隔阂,参阅《卡夫卡日记》第 530 页和奥特拉 1917 年 11 月 8 日致达维德的信:"根本不可能改变一个老人的各种习惯。他比以前好些了,但我跟他仍然难以相处。"法伊格尔女士:卡夫卡在 10 月 8 日的日记中写道:"鲍威尔·F(七姑娘,小个子,甜甜的目光,肩膀上画有一只小白兔)。"(《卡夫卡日记》第 535 页;根据手稿看出她的身份)

客人小姐:这位只会说捷语的"客人小姐"即指约瑟夫·达维德的妹妹埃莉,卡夫卡于 1918 年 4 月底与她相识。

我们的小姐:给奥特拉当帮手的玛克德·马伦卡(参阅《卡夫卡日记》第 529 页和《卡夫卡书信集》第 210 页)。

托尼:很可能是当时在农场帮工的另一个女工。

54. 致奥特拉

亲爱的奥特拉:

现在是星期日上午,在厨房内,匆匆写上几句有关鲍姆的话。

并不是想阻止他的旅行；若不想伤害他，现在根本不可能成行。我所带来的小小牺牲（实际上完全不仅仅是牺牲），与我近期内所得到的善待相比，非常微不足道。总之，我并不想阻止这次旅行，而是想向你友好地通报一件不愉快的事：

昨天晚上又爆发了一阵巨大的噪声，尽管历时很短，还是老一套（从玛尔塔的滑雪动作、特露德的曼陀林琴演奏，过渡到叔叔的跺脚声——他几周来一直拖着两条不幸的伤腿卧病在床）。这个发疯的女儿，离开了不幸的父母；那里现在还能有什么工作？只有收入丰厚，才会有人那么轻易地在农村生活；不过，她总会挨饿的，会有真正的烦恼的，等等。为了不忘记，一并告诉你，也说了一些你的好话（让我感到忌妒）：像个铁姑娘之类的评语。这一切当然是间接针对我来的，从言语中听出潜台词，即我支持了这位不正常的姑娘，或我对这件事负有责任等等（对此，我以并不粗暴的方式，或至少没有吼叫着作了反驳：不正常的人并不是最坏的人，因为正常的并非都是好的。比如世界大战被视为是正常的）——母亲今天早晨来过一趟（似乎有某种内心忧虑，从她的举止看来，并非与我有关；据小姐说，她14天以来吃饭很少，但我看她脸色并不特别难看），问我那边究竟还有什么活儿，为什么你不回来（罗伯特一家现在已到布拉格，要住3个月）；如果你不回来，为什么需要雇两个姑娘，费用是不是太高了，云云。我尽力作了委婉的回答。

这一番谈话的结果，使我的眼睛擦亮了几分，意识到你或我面对这样的忧虑和谴责是有理的；只要父母执意认为我们是"离开"，认为我们是"发疯"，我们就一直站在理上。因为，我们既没离开他们，也没有做出不可理喻或疯狂不堪的事，而只是以足够正当的目的干了我们认为有必要干的事，没有人找得到我们言行不端之处（无须别人为我们开脱）。父亲只有在一点上真正有权力批评，即我们的日子过得太轻松。在他看来，除了忍饥挨饿、囊中羞涩、或许还有疾病缠身以外，别的都算不上是考验。他认为，我们尚未经受过上述无疑十分严峻的考验，因此推导出他的权力——禁止我们一切自由言论。其中确有真实之处，由于它的真实，因而也是善美之处。只要我们一日不放弃他在排除饥饿、维持生计方面给予我们的支持，我们在他面前就会感到拘束羞怯；即使我们外表上不事流露，但内心中必须有隶属于他的感觉。从这个意义上看，他已经不止是一位父亲，不止是一位并不可爱的父亲。

再转回奥斯卡来访的话题上去：

我们邀请奥斯卡到一个陌生的农场，我在这里也不过是一位被人容忍的客人而已。父亲当然绝不会同意的。目前，我在外表上并不顺从，仍然住在外边，还带着奥斯卡，我自食其力，也很乐意地为奥斯卡效这一份微薄之劳，但要承受父亲的威胁，他对"生活在农村"、"在农村干冬活"等等毫不理解，固执于成见，以致我在卡尔（他1月初可能回来）面前只能十分尴尬地扶着奥斯卡无言以对。

由于我暂时无法克服更大的困难，所以我必须先克服眼下的困难。这就是我想对你说的一切。

由于所里的关系，我不得不在这里多住几天。因为，我直到星期二才有机会同所长首次谈话。

我很愿意知道你对这封信的看法，一个字即可。但愿我在布拉格还能等到你的信。

问候小姐、托尼、赫尔曼。

弗兰茨

〔邮戳：17.12.30—布拉格〕

这封信刚才已经装进信封，现在我还想问母亲有什么担忧之事。我自己倒是担忧父亲毫不顾忌地把一切都告诉她。

玛尔塔：也许是卡夫卡那位漂亮、摩登、善解人意、谦虚的表妹（《致菲莉斯的信和恋爱时期的其他书信集》第244和249页上提到过她）。

罗伯特：律师罗伯特·卡夫卡博士，是生活在布拉格的弗兰茨的堂兄（科林出身的费利普·卡夫卡之子），在卡夫卡病逝之前数年便死于脾脏病（参阅勃罗德著《卡夫卡》第180页和《卡夫卡书信集》第403页）。

把一切都告诉她： 卡夫卡起初没有把休假的真正原因告诉父母（参阅第49号信的注解）。11月22日，父亲首先了解到实情。1917年11月23日，奥特拉从布拉格致信达维德："父亲对我那么好，对一切都那么宽容，以致我不得不担心自己本没有资格受到这种善待。我昨天回家后，急忙趁母亲正在厨房之机告诉她，哥哥为什么会得到这次假期。我本来的想法是，因为父亲并不知情，时间久了可能会生气，责怪弗兰茨这么长时间游手好闲。我没有想到，这个消息给他带来这样的印象。他很担心，我只好一个劲地劝解他，并向他保证哥哥在苏芳应有尽有，不存在任何危险。"

1918年

55. 致奥特拉

亲爱的奥特拉：

这样的话我爱听，这很好。我不知道何时能回来，所长总是制造困难，今天我去找过教授，也许我真的太健康了，以致不得不经受申请退休的严重考验。如果别无他途，我只好这样走下去。为了奥斯卡，也许我将给你发电报。不过，你能否悄悄地在布拉格过一夜？我将努力避免这样做。我的第二封信，打乱了洗澡间内快乐母亲的幻想。我有时想起那件内衣，因为它已经补好了。所以，如果有人再次缝补它，肯定是由于它后来又被撕破了。如果我执意要退休，就必须比以往更加重视这件内衣。此外——我迄今很好地度过了布拉格的岁月，这给人以希望。

弗兰茨

〔邮戳：18.1.2—布拉格〕

〔风景明信片：魏玛，歌德故居，卧室〕

太健康了： 参阅《卡夫卡书信集》第204页（1917年12月初）："按教授的说法，

我现在本应已经坐在办公室里了。"

悄悄地在布拉格过一夜：自1918年1月1日以后，已不可能乘火车当天往返于首都之间。由于卡夫卡的未来尚未明确，他不得不在布拉格住很久。在这种情况下，他请求奥特拉悄悄地回到布拉格，把整装待发的盲人作家奥斯卡·鲍姆送往苏劳（参阅第54号信）。1月13日，奥特拉又把奥斯卡从苏劳送回了家（参阅《在乡村中的婚事准备和遗物中的其他散文》第98页）。

56. 致奥特拉

……我们也算是在真正地生活，换言之，我与你在一起生活胜过其他任何人，我甚至都不愿意须臾瞥一眼旁人，尤其是那些并非真正地生活，而是把某些屈辱视为几乎难以躲避的命运引颈忍受者。这样做也许并不是一种帮助，而是一种消磨，如同牙刷套、镜子，特别是良好意愿的消磨。我们之间即存在着良好意愿，我对你的关心胜过任何人。

弗兰茨

〔邮戳：18.3.4—布拉格〕

此信系在布拉格所写，第一部分已失落。

我与你在一起生活胜过其他任何人：参阅《卡夫卡书信集》第165页（"与奥特拉一同生活犹如一对美满小夫妻"）、《卡夫卡与他的妹妹奥特拉》第421页、《卡夫卡1883—1924》第83页之插图、本书第24、72号信、第65号信的注解、奥特拉1918年4月27日致达维德的信。奥特拉的信中写道："我同哥哥重归于好了，我很高兴，我们之间已不再有芥蒂。"

57. 致奥特拉

亲爱的奥特拉：

本来没什么可写的，因为我还没有适应环境（你的房间已经适应，但对这个城市还没有适应）。呼吸比以前糟糕了，但也许是因为我走路太快（现在已经好些了）。睡觉很糟糕，开始几天内几乎没有清醒过，不过这只是过渡而已——除此之外，我认为迄今为止我还没有对搬家这件事从根本上感到后悔。不过，我倒是很想再见到你，扯扯你的耳朵。我曾经在埃莉身上试过，她的耳朵不完全对味。

弗兰茨

〔1918年5月5日—布拉格〕

代我衷心问候格雷施尔小姐，还有达维德小姐，当然还包括赫尔曼先生。关于田园之事，我提不出什么新点子来，只有附件中提到的粪肥肥田建议。自从我今天偶然来到苗圃后面的几个小菜园后，我已经不再为我们的园子感到自豪（但毫无半点不喜欢之意）。我们的成就每个人都能达到，每个人也在这样做。那片小菜园大约有我们园子的一半大，大多数菜园照管得不错，许多菜园称得上十分出色。——对了，关于那个计划：从不幸的胡萝卜1.开始，2.红萝卜、3.洋葱、生菜、4.菠菜、水萝卜、5.植物、6.豌豆、7.洋葱（1排肉片，2排洋葱片，中间是大蒜和水萝卜）——不，写不下去了，连我自己也搞糊涂了，不过你一定看得明白。

我们通过卡尔带去490克朗，其中我的380克朗，母亲110克朗。这是根据你附来的清单数额，剩余3克朗归你。

总监察官先生有一个请求：他将在本月内乘车前往米歇洛普。能否在接到电报通知后往火车上给他送60—90个鸡蛋？

这是在母亲致奥特拉的信（由卡尔·赫尔曼代交）上附笔。5月2日，卡夫卡重新开始去"工人事故保险所"上班。

扯耳朵：参阅第86和97号信。

格雷施尔小姐：可能是《卡夫卡书信集》第204页上描写的那位村姑。

达维德小姐：此间，奥特拉已与未婚夫的妹妹埃拉·达维德相好。她在1918年4

月27日致约瑟夫·达维德的信中写道:"我喜欢她,不仅因为她是你的妹妹;如果我仅有一份这样的爱情,也许我会有几分担心,但是有了她这样的友情,我感到很美好、很高兴。"

苗圃: 卡夫卡高度评价的这个苗圃设施位于布拉格至德累斯顿的铁路线旁,园内种植有一百多种植物(分别用牌子标明树名)(参阅《卡夫卡日记》第539页、《致菲莉斯的信和恋爱时期的其他书信集》第558页和第571页)。

不再为我们的园子感到自豪: 卡夫卡在苏劳时对这个田园负有特殊的责任感,经常在园内劳动:"那里很漂亮,我今天同哥哥一起在那里干活,从1点干到晚上8点,几乎已经天黑。我们种了菜苗,我还翻了两畦地。"(奥特拉1918年4月27日致达维德的信,并请参阅《卡夫卡书信集》第201、233、237和240页)作为此类劳动的继续,卡夫卡于夏天在布拉格郊区特罗雅帮着干一些田园轻活。

58. 致奥特拉

亲爱的奥特拉:

我相信,为阿尔宾·巴特尔提供的帮助至少已经准备就绪。我回到布拉格后,立即写信告诉了他,这里没有关于他的证明文件,所以一时还难以办妥,但我们会帮助他的。昨天,我让人通知他于星期六(18日)前往萨茨接受体检,我们的一位官员将在场,他肯定可以帮助巴特尔办好一些手续。可是,今天我又收到了5月初寄给B的一封信,被以无法投递为由退回。这就是说,B在苏劳给我的地址"萨茨畜生商贩莱奥波尔德·格拉泽尔代转"不够详细(也许我们的官员能够找到他)。很遗憾。如果他再来,你问他一下详细地址。——我们星期天等过你,埃莉说你肯定会来。别的没有什么新鲜事了。这里的生活比苏劳艰难一些,但这没有理由阻止我作出入乡随俗的尝试。

衷心问候你和小姐!

弗兰茨

〔邮戳:约1918.5.14/15—布拉格〕

〔邮政明信片〕

此信的日期系根据信中内容推测。此事的原委亦可参阅第40号信的注解。

59. 致奥特拉

亲爱的奥特拉：

请把我的停职报告寄给我。我可能要去休假，所以用得着它。另外，我不久前去看过教授，他认为肺很好。你要的资料还没找到，现在只有关于园林方面的，不过我会找到的。你已经找到一些了吗？

衷心问候！

弗兰茨

〔1918年8月底　布拉格〕

日期根据第60号信推算。此信可能是通过父母店中的一位职员转交的。

资料：因为奥特拉打算辞掉苏劳的工作，去上一所农业学校，所以卡夫卡努力为她搜集有关农业教育院校的资料。见第60号信。

60. 致奥特拉

亲爱的奥特拉：

谢谢你寄来的停职报告。我本来只是想用那封电报来激励你；我当然知道你现在很不安宁，但是告别苏劳总是要承受这一切的。不过，关于学校的事可不要过于躁虑，因为选择余地很大，也许并不在乎一锤定音。只要想学习，天下无处不能学；临急尚可求助书籍，书中自有一切必要的知识。我到处写了一些信，到处问了问，目前暂时拥有以下资料：

有关艾斯格鲁普和克洛斯特新堡两所园林学校的材料（后一所较理想，人们可以在那里学到非常多的知识，可以在较短的时间里学成，还可以选择旁听生身份——这些大概是此类学校的一个优点——尽管得不到任何形式的毕业证书，但这并不那么重要，批准入学和各科考试成绩对你来说已经足够）。此外，我还有一大堆有关捷克家政学校的材料，这些学校多与农业学校有关联，需要亲自过目才能选择合适的学校。你最好到处走一走、看一看。有关真正的农业学校，我只给布斯魏斯、利卜魏尔达、弗里德兰去过信。布斯魏斯的家政学校（不管你怎么强调找的是农业学校，他们的理解总是首推家政教育，因为事关一位姑娘的求学。于是，布斯魏斯只有家政学校给我回了信），今年冬天根本不开学，因为缺乏食品和煤。这类必需品不能不考虑，因此亲自参观一下是必要的。利卜魏尔达一特森和弗里德兰都没有回信。通过一个熟人，我在一位有名的专家那里了解了利卜魏尔达学院的情况，这所学校虽然很好，但招生前提是要受过中等教育。现在确有一名女生在该校学习（也许那里也有旁听课程）。除了利卜魏尔达以外，这位专家还推荐了弗里德兰，那里有一个两年制的训练班，一年内就可以修完所有课程，这也算是供你选择的一种可能性吧。另外，也搞到了一些有关这个训练班的材料，并不是通过那位专家，而是总监察官，此人认识训练班的主管。如果你决定不去维也纳，且不论缺乏农业经营学校，你的决定也是完全正确的。因为去维也纳意味着你要面临全新的环境，倒不如先去弗里德兰（在我的记忆中，这是个令人注目的美丽而悲伤之城，我曾在那里逗留过14天），同那里的人谈谈再作计议。也许他们在此期间还会给我来信。考虑到全部费用，你最好一个字也不告诉父亲，我很愿意承担费用，反正钱已经越来越不值钱了。我会把钱转到你的户头上，算是你未来学业的第一笔押金。

我可能在家住到星期天，然后很可能启程去图尔瑙；如果你需要我为你导游，我可以奉陪。你越早从苏劳解脱——毕竟你已经做出了决定，当然应当光荣离开——越有利于你在新学年前有时间到处看看。

如果你搬家，不要忘了我的报纸。也许可以从邮局寄来。

祝你快乐，衷心问候全家！

弗兰茨

〔邮戳：18.9.8—布拉格〕

小姐将干什么去？亲爱的奥特拉：

一点补遗，弗里德兰回信了，我把校长的答复函件现抄写一份附上。一共是两所学校：冬季学校（两个冬季班，每年从11月初至3月底，不过那些"已有长年实践经验的贫穷农民"亦可只上其中一个班）和家政学校（这个学校今年变得令人疑虑了）。如果你来布拉格时我已经启程，你会在你—我的房间里找到所有材料。我不在期间可能寄到的信件和资料，可以到凯瑟小姐和克莱因先生（他也认识那些有关人员，也许能去州管理委员会里催办）的办公室去取。

我刚刚接到一项重要任务：你把所有能够搞到的兔子和山鸡统统邮寄给总监察官！如果价钱不算太高，吕夫特纳先生从总监察官先生那里不仅可以得到每一只的报酬，而且还能得到一些烟品（烟叶、雪茄、香烟、弗吉尼亚雪茄，随他想要什么）。

再见！

弗兰茨

亲爱的奥特拉：

还有第二点补遗：特森学院来了回信。从某种意义上讲，学院当然比弗里德兰的冬季学校好多了，但它具有高等院校的特点，要求高多了。现在取决于你有没有自信，还要取决于你是否会被录取。虽然不是作为正式的学员——我认为，对女生来说也根本不可能……但是非正式学员也有文化程度问题，我觉得你不必要做此尝试。正常情况下，特森—利卜魏尔德的学制为3年，非正式学员则当然视其爱好、勤奋和课程选择而有所缩短。院长在信中向我打听你的文化程度，我根据附信中的内容作了回答，并提出弗里奇秘书先生作为证明人（他是一个州律师），他恰巧正在州委员会作学院的专题报告，可以对你的录取拥有参与决策权。

我相信，你将会主要在弗里德兰和特森这两个院校中作出选择。你最好先都看一看这两所院校。

再见！

弗兰茨

关于学校的事：在考虑了很多计划（参阅本书后附的年代表）之后，奥特拉又发奇想，打算在维也纳附近的克洛斯特新堡上园林学校（参阅第43号信）。

弗里德兰：参阅第7和8号信的注解。奥特拉后来在该地的冬季学校求学，从1918年11月至1919年3月。她一举通过了两年课时的毕业考试（见1918年11月16日致达维德的信）。

去图尔瑙：后来卡夫卡于9月下半月在该地疗养。

在你—我的房内：参阅第46号信的注解。

凯瑟小姐和克莱因先生的办公室：参阅第61号信。

吕夫特纳先生：是苏劳的一位农民，他虽然疏于农田经营，然而却是一位狂热的打猎者（参阅《卡夫卡日记》第536页和《卡夫卡书信集》第173页）。

61. 致奥特拉

亲爱的奥特拉：

很遗憾，我没能见到你。请你今天去找一下K.小姐。因为，K.先生今天给我亮了一封信，他也许要将这封信寄给她，在信中接受她的辞呈。

尽管如此，他似乎仍以沉默的方式请求你今天去看望她。从他的叙述听来，当然有些言过其实，又似乎非常在理。人在失去控制、情绪亢奋时总是感到自己在理。而她，则过于惧怕任何专制，她觉得专制无处不在，认为他行为专制的唯一目的是想凌驾于她之上。你最好去看望她一下。

我并不认为走访一下会有特殊的实际效果，昨天他叙述过后已经发生了不少事。不过，去一趟至少是一种在他与她之间制造某种和睦气氛的努力。

F.

〔1918年10月上半月—布拉格〕

信中系指卡夫卡的女秘书凯瑟与一位办公室同事之间的关系；从第60号信的内容中可以推论，那位同事很可能就是克莱因先生。参阅第68号信。

卡夫卡早在1917年6月底就曾向妹妹说过，他的"打字小姐"将要来苏劳访他（《卡夫卡日记》第76页；从手稿判断，K.=凯瑟；亦请参阅第41号信），凯瑟迟至11月份才成行。卡夫卡当时致信马克斯·勃罗德说："我们今天来了一位客人，完全违背我的意愿。这位办公室小姐（是奥特拉把她请来的）还带来了一位办公室先生（你大概还记得：有一天夜里我们送某些客人路过码头，当一对男女走过时，我回头看了一眼——就是这一对），一位本来很出色、我也感到很不错、很有意思的男人（天主教徒，已离异）。这是一个意外。尽管是事先通报的来访，但仍然令人感到意外。我难以承受这样的意外，心中油然生出一丝妒忌、一份巨大的不快、一种在姑娘面前的束手无策（我半心半意地劝她嫁给他）。漫长的一整天，我的感受逐渐糟糕到乏味透顶，更甭说心中那种可恼的第三者感觉。"（《卡夫卡书信集》第190页）当奥特拉后来于11月23日来到卡夫卡的办公地点时，她看望了凯瑟，凯瑟当时送了她一件小礼物（见奥特拉当天致达维德的信）。卡夫卡于12月17日从苏劳给这位姑娘写了信（参阅《在乡村中的婚事准备和遗物中的其他散文》第95页），其目的也许是：在他自己最终解除婚约之际，他对她的问题采取了另外一种态度。次年，很可能进入了卡夫卡所描写的危机时期。由于卡夫卡届时已回办公室上班,而奥特拉与此同时也肯定在布拉格,所以此信的书写时间只可能是在10月前半月。

62. 致奥特拉

亲爱的奥特拉:

我的身体状况相当过得去,每天上午不卧床,但还没有外出,也许今天,也许明天,要外出走走。

我知道你的处境并不容易。挨饿,没有自己的房间,想回布拉格,还得学那么多教材,这确是一个考验,能够经受住它当然很了不起。苏劳的环境对你和你的目标而言有利得多。现在,在最初几天里你还没有通观一切,但很快你就会发现,你究竟是否能够赢得别人的钦佩。如果学习或身体状况不堪,你当然可以打退堂鼓。诚然,那就意味着素食主义的一场败仗,因为"老农民们"是能在客居他乡时出色地自我保养的。此外,只要包裹一寄到,便是一剂救命良方。我很乐意定期给你邮寄面粉,这可是必备品。

弗里德兰的洗劫风引起本地的反感,尤其是《布拉格日报》报道的风格令人反感。由于弗里德兰以往那么平静,从未发生过令人憎恶之事,所以导言中即把这场骚乱描写成"可怕的"事件。无论如何,人们扛走了你的食糖以及其他可能的食品,使你在那一天内没能学到很多东西,这一点终归是可恶的。父母亲现在已经平静了。

总之,亲爱的奥特拉,学习或回家,健康或回家。如你能坚持下去,我会感到惊讶;如你回家来,我会安慰你。

还有一点:不要在课本里夹太多的信件。如果你坐在学校高位置上,信会掉出来,人家捡走了便会在班级里传阅。

再见!

弗兰茨

〔邮戳:18.11.11—布拉格〕

代我向胡普女士问候。

我的身体状况相当过得去：10月14日，卡夫卡染上当时传播全欧洲的西班牙感冒，险些丧生；奥特拉替他向办公室写了书面请假条（参阅 J.Loužil 著《卡夫卡》第70页）。她还于当天致信达维德谈到哥哥："他病了，中午高烧几乎达到41度。母亲哭了一整天，我尽力劝慰她，但我自己并不这么担心。我只是在远离家人时为别人担忧，但是如果我在他身边，就会有某种把握，相信病会好的。医生来看过哥哥，作了检查，并安慰母亲。"11月2日之后，奥特拉又回到弗里德兰（参阅第60号信的注解）。当月7日，母亲在给她的信中写道："弗兰茨病情相当好转，当然他还很虚弱，常常头疼。我们今天把卧室通了通风，洗刷了一通，弗兰茨坐在就餐间的长沙发上，但他很想再上床去。"

挨饿：在哥哥的影响下，奥特拉也成了素食主义者（参阅第65和80号信），尽管这在战后的营养条件下十分困难。

想回布拉格：奥特拉于1919年1月6日致信达维德："请相信我，每当我想起自己又回到了弗里德兰，要同你分手不知道多长时间，无论明天还是后天都见不到你，总是感到太难了，不知道如何打发时光。"（参阅第68、69号信和年代表）关于奥特拉的这一思想，亦可参阅第68号信的注解。

"老农民们"：参阅第60号信。

弗里德兰的洗劫风：卡夫卡信中影射的报道中，有下列内容：

"弗里德兰的洗劫风。**弗里德兰**星期五成为一场骚乱的战场，蜂拥而至的人群冲破了警察队伍的阻拦。上午，宫廷巷的E.哈默施拉克商人的店前聚集了一群人，他们冲进仓库，抢走了为弗里德兰全区储藏的食糖，以及所有袋装食盐、果酱、瓶装牛奶和面粉。账本和文书亦被窃走，甚至连窗户也被撬开。银柜和其他储钱容器均被破坏，钱被掳去。当仓库洗劫一空后，人群又向私人地窖出击。响午时分，人群聚集到主人巷豪普特商人的店前，企图行抢。赖兴贝格打电话求救。"（1918年11月9日《布拉格日报》第261号刊，第2版）

学习或回家：母亲于1918年11月14日向弗里德兰发来一信："弗兰茨也给你寄了一封信，可是你还没回信。如果你没有饭吃，干脆放弃一切回家来。我们大家都盼着见到你。你还是住你的小屋，因为现在到处都住满了。我和你爸睡在诺瓦克的隔壁房间，我把我们原先的卧室腾出来给弗兰茨，那里很舒适，而且也很安静。"从尤丽叶 11 月 20 日的另一封信中可以看出，奥特拉很可能没好气儿地接受了母亲的建议。

63. 致奥特拉

几位朋友衷心问候你。

弗兰茨

〔邮戳：1918 年 11 月 27 日—布拉格〕

〔风景明信片：布拉格，赫拉德钦，斯特拉霍沃修道院〕

我的问候最为衷心伊尔玛

最良好的问候来自你的母亲

多多问候你，你的父亲赫尔曼·卡夫卡

ještě někdo Tě srdečně pozdravuje, ale toh Ti ted ještě anì nechci prozraditi.

　　Mnoho pozdravu zasìla Maria wernerová

根据第 65 号信推算出这张明信片的书写日期。信中最后两句捷克问候语分别意为："还有一人衷心问候你，但我现在还不想透露姓名"和"玛丽亚·魏尔纳寄语问候"。亦请参阅第 15 号信和该信的影印件（插图第 13 号）。

64. 致奥特拉

你好吗？圣诞节把作业本和课本都带来，我要考考你。我需要来一趟布拉格吗？这里的生活与苏劳一样好，只是略微便宜一些，每天 6 法朗（现在维也纳的比价是1克朗=10生丁）。我打算在这里住四周，但很愿意回布拉格过圣诞节。

多多问候。

弗兰茨

〔1918年12月初—舍莱森〕

〔邮政明信片，上有卡夫卡的画作，题为：《我生活中的一景》〕

明信片交给总监察官了吗？

这张明信片的内容已经略有删减，参阅《卡夫卡书信集》第247页和瓦根巴赫著《卡夫卡》第78页插图。第64至75号信均系在舍莱森所写。自11月30日起，卡夫卡住在那里的施蒂德尔腾宿公寓中（参阅第70号信）疗养（参阅第62号信的注解）。母亲在1918年12月1日致奥特拉的信中提到了他的这次休假："我真的是在为弗兰茨的旅行做准备：发电报，去他的办公室，此外还为他准备各种用具，没有时间写这封信……昨天我同弗兰茨一起乘车去舍莱森……他现在是那里的唯一住客，每天付费60克朗。"

65. 致奥特拉

亲爱的奥特拉：

这可真糟糕，如果一张小小的明信片就干扰了你的学习，那么要是写一大堆信呢？再说，这张明信片主要是针对那位神经质的教授。关于那天晚上的事，你也有其他消息来源。根据我的感觉，那天晚上过得相当轻松和自然，没有人显得有压力。今天晚上，星期三，据母亲来信说有一个新的大聚会。我圣诞节回来，我现在一切很好，尽管仍有一点呼吸虚弱、心脏跳动过速。——F.小姐的问候给我带来了很大喜悦。自从你来信作过介绍后——加上我当时略有一点低烧——我对她有了一个较好的印象。另外，也许可以请她帮个忙，在你下一张明信片上简单介绍几句有关你的进步程度。——"寻找食品"是什么意思？遗憾的是，我的桌上倒是可以找到一些食品。不过，除此之外我可以作以下选择：

这张图又可以破坏你的一堂课。

弗兰茨

〔1918年12月11日—舍莱森〕

〔邮政明信片〕

日期推算：1918年的12月11日是星期三，卡夫卡的父母于这一天期待着约瑟夫·达维德的来访。母亲曾于12月9日致函弗里德兰："星期三我们很可能会有一位贵客，你可以猜一猜是谁。"卡夫卡之所以称之为"新的大聚会"，是因为奥特拉的未婚夫刚于11月27日在卡夫卡处做过客。奥特拉于1918年12月2日致函达维德，称她于11月30日收到哥哥的一张明信片，上有母亲和父亲的签名。此信写于星期三，即11月27日。奥特拉在信中写道："……请不要因此而生我的气：我感到惊讶，尤其是对家里的来信感到吃惊，它使我既不高兴也不平静。我没想到事情发展这么快，父母会邀请你去。我唯一感到欣慰的是，你把整个事件看作是相距遥远而带有某种身不由己的性质，如果我在家肯定不会像在这里看书时那样心情沉重。直到今天，我的心情仍不能像在你身边时那样平静……也许这只是一种感觉，即在家人对此一无所知时，我的整个时光过得那么轻松，现在我无法习惯这一切。"此信不仅解释了第61号信——因为奥特拉指的正是这张明信片——也说明了卡夫卡所指的"其他消息来源"（达维德的信件）。

F.小姐的问候：弗莱施曼小姐，她是农业冬季学校除奥特拉以外的唯一女生。当弗莱施曼小姐1919年初无法回到弗里德兰时，奥特拉在给达维德的信中写道："很高兴我现在一个人住在这里，我赞赏这种自由……F.对我很好，人很坦诚，十分难得，我很欣赏她对我的态度。在短短的时间里，她给了我全部的友谊。但是，正是因为我同她十分友好，所以占去了我的自由。如果她现在回来，我们将会重新调整彼此的关系，除了上学以外，我可能只想同她一起待一个小时。如果我单独学习，效果就会改善；如果独自一人或只同最亲密的人在一起，如伊尔玛和哥哥，那么我的自由时间就真的自由了。"（1919年

1月14日的信）

卡夫卡的小画：可能是一张自我解嘲画，即毫无食欲地坐在桌旁。

1919年

66. 致奥特拉

亲爱的奥特拉：

今天2月1日凌晨5时左右我突然惊醒，听见你在房门外喊"弗兰茨"，声音很柔，但我听得很清楚。我马上应了一声，但什么动静也没了。你找我有什么事？

你的 弗兰茨

〔1919年2月1日—舍莱森〕

〔邮政明信片〕

67. 致奥特拉

亲爱的奥特拉：

当时只不过是一个晚上，也许还会出现，但我担心梦中见到的不是你。

关于你的来信，我稍后再回；今天只谈你委托的演讲训练问题，因为这个问题紧迫。

依我之见，如果你认为"我自己的脑袋里可产生不出任何有用的思想来"，似乎这是演讲训练的前提中最为不幸的精神状态。这是彻头彻尾错误的。你根本还没有做任何这样的尝试，所以犹豫不决；你要勇敢地跳出自己的阴影——一些类似的顾虑都是十分自然的想法——你会出色地迈出阴影，尽管这种不可能性貌似在理。

我认为，主要有两类演讲题目比较适合你，即完全有关个人的题目和十分具有普遍性的题目，而与此同时第一类中当然亦包含有普遍性，第二类中亦包含有个性。我之所以作此划分，只是为了让你大致有个初步概念，你可据此自行选出适合于你的题目。

选择纯个人题目的做法堪为嘉褒，首先因为它的题材最为丰富与大胆。而这类题目又不甚困难，因为它不需以研究、而是以思索为前提；这类题目却又最为困难，因为它要求演讲者具有**几乎超出人类自然界限的委婉、谨恭**和实事求是（很可能还有其他要求，而我一时想不起来）。

譬如以弗里德兰学校为素材的"男生堆里的女生"，便是这样的一个题目。你可以把自己的切身经验，或把F.作为候补人物原型，将女生的经验加以叙述，从中得出各种结论，对你自己进行辩护或指责，分清善与恶，寻找理论依据以增强第一个观点的说服力、驳回第二个观点，等等。从时间上衡量，这将是普遍允许女生上大学之后第一学年内第一位女生的演讲报告。其意义更为重要的是，允许女生接受高等教育的做法很可能将普遍延续和推广开去。弗斯特尔可以在演讲报告方面帮助你。

这种类型的第二个题目较为困难些，仍然可以你校为素材选题"学生与老师"。内容是你作为女生的经历，论述学生与老师之间的某种沟通与和解。也就是说，列举你自己以及据你观察其他学生对课堂教学的积极评价，哪些方法上乘，哪些较好，哪些不尽如人意，以及学生们如何作出反应，如何对上乘的、较好的和不太好的方法作出不同的反应。尽量多举事实，尽量客观真实，尽量少自以为是。

第三个题目不太困难，并且具有个性："我在农场经营中的学前实践经验"，即苏劳经验。例如：你为什么离开城市，接管农场时的经营水平如何，你犯过哪些错误，你缺乏哪些书本知识，不缺乏哪些知识，你对农民的哪些方面感到惊讶，哪些并不惊讶，你现在如何重新看待这些惊讶之处，你同下属打交道时积累了哪些经验，哪些方面你应付自如，哪些方面颇感棘手，你交出农场时的经营水平如何。

然后是一些既不完全具有个性又不具十分普遍性的中性题目。我个人以为这类题目最不足取，因为演讲者很容易流于泛泛空谈，却又不难于自我辩护。你建议的弗斯特尔题目均属此列,也包括那些有关犹太民族的虽然无穷无尽、却又较少普遍性的题目,而你肯定是想回避这一命题的("我总是想着令妹的婚姻大事",马克斯今天来信对我说)。此外还有一个绝妙的题目:"非自立农民毕业生的前途。"因为,它将涉及职业介绍、广告体制、考试制度、住宅互助社等问题。由于准备演讲报告必然会征求老师的意见,且可借阅有关这方面的书籍,等等,所以你便有一个好机会作一次专业咨询,同老师们,也许还有校长(你似乎曾对他作过一个正确的评价)就你自己的未来坦率地谈一谈。

最后是普遍性的题目,也许只能是关于书籍的报告。对此,我首先推荐的是达马施克的《土地改革》,这本书你那里肯定能找到。

无论如何,准备这样一个报告需要许多时间,即使报告篇幅很小亦然。你应当尽量推一推报告的时间,并来信告诉我准备的进展情况。

祝一切顺利!

弗兰茨

〔邮戳 19.2.5—里博赫〕

演讲训练:奥特拉1919年2月16日致函达维德:"14天后,我得在学校里作一个报告。也许我今天下午就要开始动笔了。"参阅《卡夫卡和他的妹妹奥特拉》第428页。

弗斯特尔:系指弗里德里希·威廉·弗斯特尔所著《青年指南——父母、教师和神职人员读物》,印数41000—45000,1909年柏林版。由于菲莉斯·鲍威尔的工作关系,卡夫卡在柏林犹太人民之家见到了这本书,但他始终与书中提出的教育原则保持相当距离(参阅《致菲莉斯的信和恋爱时期的其他书信集》第701页和《卡夫卡书信集》第208页)。卡夫卡在选题建议中受到了该书的影响。(参阅《卡夫卡日记》第512页:"弗斯特尔:将学校生活中包含的人际关系,作为课程的组成部分来对待。")。

尽量少自以为是:卡夫卡认为自以为是是乃妹的主要弱点之一(参阅《致菲莉斯的信和恋爱时期的其他书信集》第732页)。

你对农民的哪些方面感到惊讶:奥特拉在1918年3月15日致达维德的信中谈到了

里德尔一家:"他是我们村最优秀的农民。每当我同他谈话时,总会有所收获;每当我遇到他时,就会感到愉快。他儿子正在休假,跟父亲一起劳动,母亲是一位十分出色的家庭妇女。他们全家十分勤奋,所以农场经营得十分漂亮。"

你现在如何重新看待这些惊讶之处:参阅第 57 号信。

同下属打交道:参阅第 53 号信的注解。

你肯定想回避有关犹太民族的题目:奥特拉的男友约瑟夫·达维德博士是捷克人、基督教徒,因而具有犹太民族主义思想的马克斯·勃罗德会有上述表述。

达马施克的《土地改革》:阿道夫·达马施克所著《土地改革》于 1902 年在耶拿出版。这本书(《克服社会贫困的原则与历史认识》)当时出了许多版,广为流传。

68. 致奥特拉

亲爱的奥特拉:

首先,我从你这封信的信封上看出,你的簿记编号重新就绪了。上一封信,亦即 17 号,显然是弄错了户头。这种错误本不应出现。

你对演讲报告的描述,与我设想的相去不远。我的感觉是,似乎报告人就在现场那么自然。我认为,你选题选得好,现在也应该努力去做。你的信中,付诸实施的决心似在游动,颇无把握,使人感到随时有可能溺水而终。如果你付诸行动,我会为你感到自豪。如果你真去做,定会成功。当然,你必须做的事情很多,但是其中大部分可以在散步过程中圆满完成。作为演讲报告的榜样,你不必从学校的演讲训练中寻找,而应从报告协会的演讲中得益,因为你校的协会似乎确是一个优秀的组织。说它出色到也能介绍职业?这倒并非如此。(顺便插一句:这个带引号的"并非"很有意思,显然是你那"用铅笔书写"方式的翻版,正如我以前从你的书信中找到的这类用法一样,你令人注目地在一封又一封的信重复使用,尽管你的德语相当不错。你的重复中尤其不同寻常之处,并不在于它几乎刻意表达的内容,而在于包含着一个良好的、稳定的、只是难以察觉的底蕴。本来我是在你最后一封信中才发现这是译自捷文,且译得相当正确〔而不像以前有一次,D 先生的父亲谈起某一个人，把他同这个人的关系译成"na přátelské noze stojí"〕，但德文很难容纳它，至少是我这半拉子德意志人这样评价它。)

报纸上的广告显然不太好，它完全破坏了我的世界观。如今，按照常识一个助理的职位相当体面，也就是说助理对这个世界而言是必不可缺的。然而，他却找不到工作。我们所里的一件事也说明了这一点。据我所知，我们所的两位公务员原先是助理(罗梅奥和另一位出色的男子)，两人都为自己成为公务员而感到高兴，而即使从称呼的习惯来看，原本将助理换称公务员都会令人抱怨的呀。相反，情夫的助手被视为很逗乐的人物，迄今仍叫助理。最后有一点与此无关的：应当找到《土地改革》。(达马施克的这本书你们那里有吗？)

——刚才我在阳台上听到了一段农民的对话，这段对白也会让父亲感兴趣的。一位农民正在从一个坑里刨萝卜。一个熟人从旁边的小路上走过，此人显然不太爱说话。农民向他问候，熟人想不受干扰地从旁走过，友好地回了一声："嗯哼。"但是，农民从背后喊住他，说他这里有很精美的酸菜。熟人没听明白，转过身来，快快不乐地问道："嗯哼？"农民重复了一遍他的话。熟人这回听明白了，"嗯哼"了一声，勉强地笑了笑。接着，他没说任何话，再次"嗯哼"一声道别，然后走了。——阳台上可以听到许多新鲜事。

你想怎样寻找职业？为什么非要事先告诉母亲？我不太明白这一点。你有时出于其他原因前往布拉格同母亲叙谈，这些我都能够理解。即使有人说父亲心情一直很好，也足以为一个重要理由，尤其因为这很可能只是骗骗你而已。我至少要在这里再待三周，只要我的新假期没有用完，我就不回布拉格。你至少应当在布拉格走访一遍你为学校的事找过的那些人，例如克莱因先生，此人可能可以向你介绍楚莱格先生，然后还有总监察官先生(Smichow žižka 小巷 30 号)，然后还有你的农业顾问朋友。

那本书很吸引人，但不要寄给我。前 8 至 10 天我收不到，三周后我可能回布拉格，再说我现在时间尤其紧张。此外，我现在并不期待从书本上学到什么，学校里可以学得多些，从贫困中学到的东西最多。前提是要尚有余力、尚有与贫困搏斗之必要性。不过，请你把这本书给我留在布拉格。这本书比《犁》精彩吗？是不是因为出色的学生读过的书，都是出色的书籍？

你居然还没有忘掉马克斯的意见，我确感惊讶。这并不是离奇的评论，而是很自然的表述，你自己也曾上千次地这样直言快语。你也知道自己喜欢独出心裁地干事，你也知道独出心裁地干好一件事尤其困难。你永远不要忘记干这件难事所应承担的责任，你应当时刻意识到自己是如何自信地踏出行列的，即如达维德毅然弃甲退役一样。你应保持自信，相信自己的力量，将此事导向任一美好的结局。届时，你所做的一切——最后以一个拙劣的幽默结尾——，将超过你嫁10个犹太人！

弗兰茨

〔邮戳：19.2.20〕

你的簿记编号：卡夫卡所指的是，奥特拉错把给达维德信件的编号用在致卡夫卡信件的信封背面。

报告协会的演讲：弗里德兰的农业冬季学校为驻地附近的农民举办各种讲座，奥特拉常去旁听。

这个带引号的"并非"：卡夫卡将"不见得"改为"并非"。关于奥特拉的写信风格，参阅《卡夫卡和他的妹妹奥特拉》第430页。

"用铅笔书写"：参阅本书"编者的后话"和母亲一封未注明日期的致奥特拉、弗兰茨的信。母亲在信中对自己用铅笔书写表示歉意："原因是店里有很多工作。本来应该把你放在第一位。奥特拉别怪我，我在此道歉。"

D先生：系指约瑟夫·达维德的父亲；那句捷语的德文原意是："友好相处"；卡夫卡认为，这句德文成语的捷文直译是错误的，是十分蹩脚的转译。

嗯哼（Awua）：舍莱森地区的德国农民使用的方言，在发音标准的城市人卡夫卡听来显然十分费解（参阅《卡夫卡书信集》第169页和第187页）。信中提到父亲会对这段对话感兴趣,这当然是一种讽刺口吻(参阅第 88 号信的结尾和《在乡村中的婚事准备和遗物中的其他散文》第 188 页,文中证明赫尔曼·卡夫卡对一般老百姓绝无兴趣)。

我不太明白这一点: 奥特拉在 1919 年 2 月 16 日致达维德的信中写道:"我肯定会去布拉格;母亲回信说,我应该回去。那位小姐写信说,父亲现在一直很愉快,他不会再生我的气了。所以,在我开始寻找职业之前,必须先告诉母亲。我很高兴,舅舅也对我们的事感兴趣。这样一来,事情就好办些了。但我不敢相信我们会很快成功,所以我认为有必要立即找到一份职业。此外,我在布拉格有很多事要干,我那里需要各种东西。"奥特拉有一个理由未让达维德知道,即她的在场可能会妨碍他准备考试。参阅第 69、71、54 号信和第 38 号信的注解。

克莱因先生: 参阅第 61 号信的注解。

现在时间尤其紧张: 这句话和后面一段话的背景是,卡夫卡于 1919 年初在舍莱森认识了尤丽叶·沃利泽克,他想于当年秋天与她结婚。参阅瓦根巴赫所著《卡夫卡的第二个情人尤丽叶·沃利泽克》一文,收于 J. 博尔恩等所编《卡夫卡研讨会论文集》1965 年柏林版第 39 页,并参阅本书第 75 号信的注解。

马克斯的意见: 母亲曾于 1918 年 12 月 1 日以类似的含义谈到过达维德:"他给我们留下了最佳印象,但我无法否认,他使我们感到陌生,我们必须首先习惯他的交际方式。他诚然是一个很听话、很聪明的人,可是父亲有很多想法,首先他薪水较低,而后是宗教问题,但愿一切都会好起来。我们并无他求,只是希望见到你幸福。"(参阅第 72 号信)第一次世界大战后由捷克民族主义者发起的反犹太主义活动(达维德肯定也属于这一倾向,参阅第 90 号信的注解)自然使这些关系变得复杂化。(参阅第 62 号和 91 号信、《卡夫卡致米莱娜的信》第 244 页和第 248 页,以及奥特拉 1918 年 10 月 14 日致达维德的信。她在信中写道:"犹太人,也就是说一部分或大部分犹太人可能现在做了不该做的事,但肯定不应该怪罪所有犹太人,这一点你也肯定明白。我不想让你只拿我作例外,对此我不可能满意。")

69. 致奥特拉

奥特拉：

我怎么会反对此行呢？恰恰相反，我认为这种随时整装待发的意愿十分可取。只是我根本不喜欢那些理由，因为没有一条站得住脚。你现在没有职业，怎样去跟母亲谈职业呢？除非你对母亲说，你不想找职业。然而，你是想找职业的。也许确实不想？在我看来，父亲的情绪也是个奇怪的理由，尤其因为它是那位小姐观察的结果。父亲对她一向很友好，背着她却会发火打雷，不管门关着还是开着。至于生命是短暂的这一理由，与其说是对旅行的辩解，毋宁说是对旅行的驳斥。这就是你的一些理由。如果你说，你的旅行是基于见到大家或某个人的喜悦，我当然不会对此行有任何反对意见；如果你能够保证，此行的行前喜悦、旅行辛劳和事后的想念丝毫不会影响到你的演讲准备，那我就更没话可说了。

你似乎对校长观察得很透彻。不过，根据你的结论，对那次谈话似乎真的不必抱太多幻想。跟这种人打交道，与其正式地谈话，不如旁敲侧击地点一下你要谈的正事，不过不要一次道破，而要25次地渐进，均在他最始料不及的时机。当然，成功的主要前提是他是否能够帮助，无论他有没有意愿。

这里现在也很热，天气很好。现在傍晚时分，我坐在内阳台上，没盖任何东西。中午开着窗用餐，沐浴着阳光。窗户底下，那两条狗麦塔和罗尔夫企望着我在上边施舍剩饭，那神情有如人群在老城区等待着耶稣使徒出现一般。

最近我又间接地梦到过你。我在一辆婴儿车旁逗一位小孩，胖胖的、白白的、红红的（是所里一位职员的孩子），我问她姓什么，她说：赫拉瓦塔（所里另一位职员的姓）。"那么叫什么名字呢？"我接着问。"奥特拉。"我惊讶地说："这可跟我妹妹的名字完全一样呀！她也叫奥特拉，也称得上是赫拉瓦塔。"我这话并没有恶意，更多的是自豪。

关于马克斯的话，我所想的并不是单一的一种意见，而是考虑到所有意见的总合及其共同的原因。他不过是认为（他也许是在抱怨犹太民族失去了一份子,抱怨你失去了犹太民族,抱怨未来,这一点我看得不太清楚,且把它撇开不谈)你干了一件不同寻常的事,一件相当严重的事,而你在内心方面毫无顾忌、十分轻松,以致忽视了另一方面的不同寻常的感情。但我不这样认为,因此也没有理由作此抱怨。

代我向布拉格的所有人致以问候,并请向因我写信太少或未曾写信而负疚的各位恰如其分地个别致歉。

你的 弗兰茨
〔邮戳 19.2.24—里博赫〕

然而,你是想找职业的:"没有一件事物是索然无味的,但根据我的所见所闻,我可以作此判断,即我所选择、所希望的这个职业是可能实现的,似乎也许是我从各方面看都令人愉快的唯一选择。我只是有几分担忧,担心得不到这个职业;我毫不怀疑,这个职业无论在什么地方都会令我满意的。"(奥特拉 1919 年 1 月 14 日致达维德的信)

校长:奥特拉 1919 年 1 月 12 日致函达维德,称她因求职问题曾打算找校长谈话,但直至当月 21 日尚未实现这个计划。("他很忙,安静不下来,我不想用我的事来打扰他。")她在 3 月 8 日写道:"我找过了校长,再次发现这是个错误,不应当去信任他。他很愿意许诺,但很容易食言。"

坐在内阳台上:参阅瓦根巴赫著《弗兰茨·卡夫卡的证书和图片资料》(Reihbek 版,1964 年)中舍莱森施蒂德尔膳宿公寓插图第 115 页。第 64 号信上的画作"我生活中的一景"左下方描绘了带有顶廊的内阳台。画中的女人为奥尔加·施蒂德尔。

耶稣使徒:布拉格老城区市政大楼塔楼上由日历和时针组成的天文钟顶端有两个小窗户,每天 12 时窗户打开后走出 12 位耶稣使徒偶像。

赫拉瓦塔:意为"固执的"。

70. 致奥特拉

亲爱的奥特拉：

  星期日 2 点至 3 点之间，奥尔加·施蒂德尔小姐将在她布拉格拉德茨基广场旁的家中等你。你越准时越好，越准时越相宜。她可以为你介绍两个就职机会，当然没有任何把握。一个可能性是她的姨家，姨夫刚刚去世，一大家子基业中还有一个巨大的农庄。为了使施蒂德尔小姐的推荐信更具说服力，我建议她同你当面谈一谈。你要详细告诉她你的能力和愿望。——当然，现在不能完全排除施蒂德尔小姐星期日尚未抵达布拉格的可能性。那样的话，你的这段短路就算是白走了，施蒂德尔小姐如果没同你谈话，她会写信给你的。你星期一大概已经离开布拉格，否则你可以在星期一再去一趟施蒂德尔家打听消息。星期日无论如何要去！

  代向全家问候，并祝一切顺利。

弗兰茨

〔邮戳：19.2.27—里博赫〕

〔邮政明信片〕

这张明信片是寄往布拉格的。

奥尔加·施蒂德尔：舍莱森膳宿公寓的房主，卡夫卡当时住在那里，后来又于 1919 年 11 月在那里疗养（参阅第 73 号信）。她曾与多拉·格里特联名写了《小忆弗兰茨·卡夫卡》一文（刊载于 1931 年 2 月 27 日的《波希米亚德意志报》上，转载于勃罗德著《卡夫卡传》一书第 396 至 371 页），宾德尔所著《重新审视卡夫卡》一书（海德堡 1975 年版）第 3 章第 6a 节中作了具体叙述。

71. 致奥特拉

亲爱的奥特拉:

　　劳驾你把家里的事情略告一二。在星期二的最近一封信里,母亲以出奇的口气写到了她的激动心情和父亲更加激动的心情,使我意识到其中肯定还有更多的隐情。家里究竟出了什么事?你也在家待了特别长的时间,直到星期三才启程。——我寄给你的改革报是否已经收到?衷心问候你。

你的　弗兰茨

〔邮戳:19.3.6 捷克—德意志布罗德〕

〔邮政明信片〕

　　家里的事情:主要是指父母对奥特拉结婚计划的态度(参阅第68和72号信的注解)。尽管母亲早在1918年12月底就"几乎已经提出"要在伯希米亚森林为女儿和未来的女婿买一所农庄(奥特拉1918年12月27日致达维德的信),但此后几天内可能就发生了父亲与幼女之间迄今最严重的一系列争吵。尤丽叶·卡夫卡于1919年1月9日致函弗里德兰:"我很高兴,因为你认识到这一次做了许多不合我们心意的事。"奥特拉也于当月21日致达维德的信中提到了父母亲:"我为这件事感到难过,因为我对他们不够好。当然,也许没有别的可能性,但我本意是想很好地处理这件事,所以不应当如此冲动。我的去信,母亲每封必回,她对我已经不生气了。"在24日那天,她还想在信中问母亲,"问她是否至少同意我"去布拉格看望他们。参阅第38号信的注解。

　　在家待了特别长的时间:从2月28日持续到3月5日。

72. 致奥特拉

最亲爱的奥特拉:

　　我们不是在唱对台戏,而是在同台演出、并肩联袂。不过,正因为我们之间如此抵近,所以并非能够时时察觉到对方的想法,难以分辨对方究竟意在出击还是安抚。出击与安抚的意愿也确实是在互为转变。譬如,我的"夸夸其谈"本意并不是针对你,而是以你的名义针对那些"不确定和看不透的东西"。你可以从自己的信中看出,确实已有一个答案,尽管从本质上看这个答案并"不确定"。事情毕竟就是如此。

我看出你有点不安(并非十分不安),正值考试期间往来穿梭,无法集中精力学习,甚至宁可错过一班火车。依我之见,只有你有此强烈愿望,才可能错过火车——由于这些原因,我提出了自己的疑问。我的目的有二:在第一种情况下,如果你现在在考试的特殊时期面临过大的外部困难,我想以这个问题将外部困难化解到无碍大局的程度,人们不应听任那些对内心造成伤害的外部困难,否则无异于被困难所窒息。譬如,如果父亲把没有经济基础的婚姻视为不幸,他必然亦把缺乏经济基础视为严重的、内心的、根本的损害,别无其他想法。但是,我们对此的看法迥异,至少现在如此。此其一。在另一种情况下,如果上述假设并不符合过去的事实——现在是否符合事实,你我都不知道——我则想以这个问题表明,你没有权力在这方面感到不安和不耐烦。因为,"看不透的东西",亦即你自己本身,终有水落石出的一天。以我的凡夫俗眼来看,你的命运牢牢掌握在自己的手里,掌握在一只强有力的、健康的、年轻的手中,其理想程度达到了人们能够想象的最佳点。

你说得对,"夸夸其谈"并不好。但是,所幸现在并没有人达到"夸夸其谈"的程度,没有人能够做出最终、最终的决定。我记得,拉斯科尔尼可夫有一次曾经抱怨预审法官的"夸夸其谈"。你知道,预审法官几乎已经爱上了他,跟他一起友好地聊天聊了几个星期,突然有一次从一则笑话中预审法官认定拉斯科尔尼可夫有罪。本来只可能是提提问题而已,但由于他"几乎"爱上了拉,所以指责他有罪。拉想,这回彻底完蛋了。然而,事实上根本不是如此,恰恰相反,事态刚刚开始发展。只是预审的题目,法官与拉之间共同的话题,亦即拉斯科尔尼可夫问题,给双方带来了一束自由的、解脱的光芒。顺便说一下,我在此处篡改了小说的原意。——不过,我们仍可以在考试结束后继续探讨这个问题;

那时候再谈更好一些。现在，请你用一张明信片的寥寥数行字来回答有关学习和思想的问题。

弗兰茨

〔1919年3月中旬—舍莱森〕

日期推算：奥特拉在弗里德兰的考试时间是3月份；奥特拉在1919年3月18日致达维德的信中写道："考试仍在继续，都不难。"

该信的背面用捷文写了如下内容：

阁下！

有人对我说，我也许可以从您的庄园定期购买牛奶。每天我需要3升奶，愿出每升2克朗的价钱。请您通知我，是否有可能每天转让我这个数量的牛奶，开价多少。

卡夫卡似在为施蒂德尔小姐草拟一份致舍莱森某位只会说捷语的农民的订购申请书。

因为我们之间如此抵近：参阅第56号信的注解。

外部困难：除了计划中的婚姻外，主要还包括职业前景糟糕："目前我暂时没有工作，希望也不大，但是结局一定是理想的。"（奥特拉1919年3月18日致达维德的信，亦请参阅本书第68号信）

拉斯科尔尼可夫：卡夫卡援引F.M.多斯托耶夫斯基所著长篇小说《罗迪欧·拉斯科尔尼可夫》（《罪孽与赎罪》）第6部第2章中的一个场面。这是一部两本卷的小说，1908年由Piper出版社（慕尼黑和莱比锡）出版（见第2卷第293页，亦参阅本书第91号信）。卡夫卡之所以利用这本俄国小说进行劝解，也许由于拉斯科尔尼可夫与妹妹的关系也发生过严重的危机。

73. 致奥特拉

亲爱的奥特拉：

像以往一样，我让你决定奥斯卡是否应该来。我有一些小小的顾虑，当然这些顾虑几乎都是围绕我自己，也就是说并不高尚。此外，如果只是以为3天的假期将对奥斯卡有利，那么这种想法也不切合实际，因为我也可以与他分享利益。说到底我的顾虑是：我们不得不住在一间房内，我将不能直到11点还半醒半睡地躺在床上，我便不得不比以往多散步，他将在我们共同的房内工作，我不得不常常打扰他，我给父亲那封刚刚开了个头的信将无法完成。最终，他将给我带来一个可怕的"答复"，马克斯已经向我介绍过几分关于这个答复的情况。但是这一切顾虑也可能全无必要，实际上一切都可能简单得多：我们可能各有各的房间，他可能同别人一起散步，他可能喜欢躺在床上，致父亲的信可能仍能写完——也可能即使奥斯卡不来，这封信也写不完，这种可能性更大一些——他毕竟无论如何会带来答复。

你已经有了足够的动机，请做出决定吧。无论做何决定，如果你去奥斯卡处，请代我向他问候，代我邀请他。我的一切尚可，因为没有什么压力，还算可以吧。马克斯当然仍在这里。

别给我写信了。

弗兰茨
〔邮戳：19年1月初—里博赫〕

代向父亲至沙娜——问候。

根据第75号信推算出此信的日期。

1919年11月，卡夫卡再度到舍莱森，初时与马克斯·勃罗德一起（参阅勃罗德著《卡夫卡传》第70页和第182页）。奥特拉当时住在布拉格父母家。

奥斯卡是否应该来： 与在苏劳逗留期间一样（参阅第53和54号信），卡夫卡此次亦邀请盲人奥斯卡·鲍姆一同在舍莱森小住数日。奥是否成行，无从得知。

给父亲那封刚刚开了个头的信：这件著名的资料（《在乡村中的婚事准备和遗物中的其他散文》第162页）系在舍莱森所写，可能在下半月写毕于布拉格（参阅第74、75号信和《在乡村中的婚事准备和遗物中的其他散文》第449页）。

74. 致奥特拉

亲爱的奥特拉：

由于一心困扰于奥斯卡之行的顾虑，我自然地忘记了你反正必定会来的，无论你对奥斯卡作何抉择。因为，即使为了评价那封信你也该来（这封信目前几乎完全还在我的脑子里酝酿）。不过，如果你按原来的计划星期六才来，本身已经太晚；我要到星期一才能把信发出，要是我到了布拉格后信才寄到也无妨。

施蒂德尔小姐很友好，我还没有同她说信的事。她很受特蕾泽小姐的气，却表现得让人觉察不出。客栈里新鲜事很多。

这里还有两位年轻的先生和一位特普利策姑娘，名叫艾斯纳。我本来并不喜欢她，她有着一个不幸少女的一切歇斯底里，然而她事实上很出色，她这样的人显然都很出色。你应该为你是姑娘而感到高兴。

别忘了结婚礼物，价格可以达到200克朗，写上一些友好的话。向全家问候！

F.

〔约1919年11月10日—舍莱森〕

要是我到了布拉格：参阅第75号信。

两位年轻的先生：根据《卡夫卡书信集》第278页的介绍，他们是施特兰斯基先生和科皮特兰斯基先生。

艾斯纳：闵策·艾斯纳，此后几年与卡夫卡保持通信往来。他在农业经营方面为她出谋划策（参阅《卡夫卡书信集》第 256 页和勃罗德著《卡夫卡》第 370 页）。她曾在 1921 年秋来布拉格访他（参阅《卡夫卡书信集》第 349 页和 353 页）。

结婚礼物：显然是指约瑟夫·达维德之姐安妮与施沃杰克先生的婚姻。

75. 致奥特拉

但愿此信赶不上你，因为你已经单独或与奥斯卡一道启程了，也就是说，如果你迟至星期六才出发，这封信还能赶上你。星期日晚上，我们再一起去布拉格。

我之所以抱怨你没有来信，只是担心你的事出了什么重要不测（那里的一切都是重要的），我想与你分享甘苦。

只要我独自一人，一切就还过得去；要是同别人一道，我会十分感伤。不过，你会亲眼看到我的身体状况。快来吧。阅信时的父亲一定是一幅伟大的画面，我从小就没有见到过。

你一个字也没提 w. 小姐。

F.

〔1919 年 11 月 13 日—舍莱森〕

向全家问候，尤其感谢母亲那亲切的明信片。

卡夫卡本应于 11 月 17 日——星期一即重新上班，但他于 14 日书面要求续假 4 天，最终于当月 21 日回到办公室（参阅 J.Louzil 著《卡夫卡》第 72 页），因此此信肯定是于 13 日——星期四所写。

W. 小姐：尤丽叶·沃利泽克，或更可能是她妹妹。卡夫卡于 1919 年 11 月 24 日给她写了一封长信。

1920年

76. 致奥特拉

亲爱的奥特拉：

找房找得好累！房子很多，但主要问题是：大的膳宿旅馆（比如我现在的住处，相当舒适，素食精美没有仔细想，反正不错），还是小的私人膳宿公寓。前者的缺点是价格较贵（我尚不知道总费用是多少，我不在旅馆内用餐），也许没有小公寓那么好的卧床休养条件。小公寓内的个人照顾好些，比如素食者可能得到更多的关照，而大旅馆相形稍逊。不过，大旅馆有大优点，自由空间大——住房大、饭厅大、前厅也大，即使有熟人也很自由，不受压抑；小公寓则相反，有点像家庭陵墓，不，这个表述不对，有点像乱墓群。要是小楼的原貌保持下来该多好（可是并非如此，我都看得出来，客人初来乍到就会坐下来数落它的狭窄憋气），空间是那么的窄小，客人们人挨人地坐着，眼对眼地看着，跟施蒂德尔那里一样。所不同的是，梅拉诺这个城市比舍莱森宽广得多、华丽得多、大度得多、干净得多、阳光明媚得多。这就是我面临的选择问题。你觉得奥托堡膳宿公寓怎么样？这是我整个下午（在梅拉诺的第三个下午、第一个没下雨的下午）唯一有效的成果。价格为15里拉，这是此类公寓的通常价格。小楼很干净。女主人是个胖的、红脸蛋的、成天乐呵呵的、陶西斯书商式的女人，她马上就听出了我的布拉格德语，对我的素食主义颇感兴趣，却又显出完全缺乏素食主义幻想的底里。房间相当好，阳台上可以一丝不挂，还可以看到共用餐厅：一个漂亮而廉价的餐厅，座位拥挤，用过的餐巾歪七扭八地摆在席上，就连白雪公主都不会有兴趣前来凑热闹。怎么样？也许在你回答之前我已做出决定，我许过诺，明天上午就会回来。

此行印象平平。那位南美人原不过是米兰人氏，但乐于助人、虑事周全、英俊潇洒，是一位穿着时髦的男士。我没有更好的选择了。鉴于这种实际上拥挤不堪的恶劣环境，也可能是一个冷酷的、甚或十分糟糕的选择。法朗我没有用，原因很明显，旅行者习惯了某种币制后很难立即转入新的币制。其他票可以用奥地利克朗支付，从边境到因斯布鲁克的票价是多少？近1300K？我没有这么多克朗。在因斯布鲁克很容易兑换里拉。

暂时写到这里，现在我必须去喝橘子汁了（根据我的规定）。来信详告你的情况，尤其是你的烦恼。如果你愿意，也可以告诉你的梦中情形，对预示未来亦有意义。向全家问候，包括马克斯或弗利克斯，如果你见到他们的话。

你的 F.

〔邮戳：20.4.6—梅拉诺〕

〔信笺上端文字：普拉克泽湖，梅拉诺，埃玛客找〕

跟施蒂德尔那里一样：参阅第70号信的注解。

奥托堡膳宿公寓：卡夫卡因肺病未见好转，于4月初前往梅拉诺休养，在这所公寓里住到6月28日。

陶西斯书商式的女人：此处显然是隐喻之意。参阅第17号信的注解。

77. 致奥特拉

我亲爱的奥特拉：

我信中提到的烦恼，当然不是当真的。一个好脑袋是没有烦恼的，一个坏脑袋却永远摆脱不了烦恼。人在异乡时，总与家乡保持着特殊联系。人在遥远之处，看事物难以透彻，对危险并无感觉，因而显得格外坚强、格外冷静。我本认为，如果你有烦恼，我在这里就可以一举手把它除去。因此，实际上我之所以让你把烦恼告诉我，并不是为你排忧解难,而是事关我的支配欲望。既然你没有烦恼,当然很好,再说我的一掌也许并不那么强有力(现在外面园子里有人在喊"哈啰",声音同马克斯惊人地相似)。

你在信中十分详尽地描述了父亲第二次阅读我的明信片时的情景。如果他是在逍遥之后偶然抓起桌子上散放着的纸片字条,那么第二次阅读远比第一次更为重要。写信时时刻意识到自己的责任就好了。记不清我是否向父亲口头请求过寄糖来,写信是肯定的。大致内容是:"那里有你那宝贝的儿子。他又爬进了那种下等肮脏的住所,那地方连糖都没有。"要不是前一天晚上弗勒里希夫对我说她常让人从布拉格带糖来,要不是第二天就买到了令人讨厌的糖精,我到现在还想不起来会写信要糖呢。也就是说,我写信不是出于食糖危机,而是出于偶然一念,没有任何过多考虑。即使在起初几天内,当我无法喝饱房东夫妇用自己的食糖配制的橘子汁时,我也没有生过这种念头。还是彻底澄清一下这件事吧:旅店里有的是糖,但质量较差,因为食糖是统一调拨的,膳宿公寓里严格定量供应,而食用面食是需要食糖的。欧洲几乎没有一个国家像波希米亚拥有这么多糖。说来话长了。不过,我已经说过,我不再需要糖了,用蜂蜜取代糖。几个星期以来我也已经喝腻了橘子汁。

除此以外,膳宿公寓棒极了。如果我现在坐在桌旁,从敞开着的阳台门向花园望去,田边是一片茂密葱郁的灌木丛,远处缕缕炊烟袅绕在一簇簇村庄上空——有点夸大了,不过是铁路而已——我想不起来是否在戏剧中见过类似的场景(电灯已经把现在的一切装点出戏剧般的灯光效果),除非某位王子或至少是一位很高级人物的宅第才会拥有这样的景观。

饮食对我来说过于丰富。例如,我昨天在给母亲信中所描述的晚餐,几乎牺牲了我整夜的睡眠和其他任何乐趣,因为我已经以不太引人注目的方式胖了许多。为了避免误解,我今天又吃了很多。一个人无法体会别人的胃口,如同难以了解别人的肺脏一样,对二者应作同样客观的理解。没有人会说:如果你有一分爱我之心,就请你停止咳嗽。另一方面,素食者常有一种孤独、荒唐的自我感觉(在陌生人看来,素食主义者已经有点特别的职业味道了），这是一种细腻而可靠的感觉。然而，人们又很容易肤浅地忽略一点，即素食主义是一种完全无辜的现象，它是源自许多深层原因的伴生现象，人们必须去探求那些深层的、然而又是不可回避的原因。

我之所以变得这样喋喋不休，是因为我的上封信本想逗引你的乐趣，没承想引起了母亲的忧虑。我的信中没有多谈自己的其他近况。此外，我在梦中读到了你在《自卫》上写的一篇文章，标题是《一封信》，长长的四栏，语言铿锵有力。这是一封致玛尔塔·洛维的信，信中就马克斯·洛维的病情对她进行安慰。我不理解这封信为什么刊登在《自卫》上，但我很高兴读到它。祝你一切顺利！

弗兰茨

〔1920年4月17日—梅拉诺〕

菲莉斯回信了吗？如果没有，就请再写一个详细地址寄去。

趁我还没忘记，你现在一定非常忙吧，那位小姐当然也很忙，甚至更忙？就是那位女仆。

素食主义：参阅第76号信，以及第9号信的注解。在卡夫卡生命最后数周内料理过他的医生罗伯特·克洛普施托克（见第91号信），曾在卡夫卡开始接受人工营养赖以维生时从基尔林致信布拉格家人："他对这种方式已经完全失去信心，以致我难以再去进行劝说。他的精神负担十分沉重。但是你们知道，在他而言已经二位一体，身体状况决定精神状况，反之亦然！"

《自卫》：布拉格的犹太复国主义周刊。卡夫卡至少从1917年起开始订阅该刊，后嘱人寄往梅拉诺（之后又转寄马特里亚利和柏林）。自1919年秋天起，卡夫卡的朋友费利克斯·韦尔茨成为该刊出版者。有关细节请参阅宾德尔所著《卡夫卡》和《自卫》周刊（《德意志文学思想史季刊》第41期，1967年，第2册第283页），并参阅第78和91号信。

玛尔塔·洛维：参阅第54号信的注解。

菲莉斯：卡夫卡的第一位情人。

78. 致奥特拉

最亲爱的奥特拉：

　　我相信这是个误会。当然，由于他的工作，由于他的索科尔组织和政治，他确实使你失去了很多。从我的角度看，我也无法理解他无端不露面的表现（F.第一次来布拉格时，我本来很容易请假，却宁可泡在办公室里，只是下午陪陪她。直到她很久以后在柏林埋怨我时，我才意识到这是个错误。但是，原因并不是不相爱，也许是有点怕在一起），从他的角度看，我也不能完全理解。但是，我相信这一切并不像你想象的那样。这份工作和这份兴趣本并不该成为疏远的原因。如果你能够主动地把这二者纳入自己的怀中，至少部分地接近它们，那么它们也可以成为你的成就，一份疏远就可以顺理成章地变成一份贴近。我只能再举一个F.的例子：她本来毫无疑问是能够对劳动事故保险事业产生兴趣的，以理解和爱心全力接纳它，可是，她可能是在不耐烦地等待着我的邀请，只不过是等待那短短的一个字。当她久等无果时，自然会感到疲惫，她一直想工作，想寻找一条道路，但现成的道路并不存在。当然，现在的情况并不一样，他喜欢他的职业，他生活在自己的人民之中，他很高兴，很健康，从根本上说（而不是从局部观点看）是有权力感到满意的，对他周围的大环境感到满意，有权力（就像大树有权力植根于土壤之中一样，并无其他的表述良方）在一定的范围内对其他事感到不满意——我不知道是什么，但几乎可以肯定是你朝思暮想的"庄园"，是你所希望得到的坚实土地、古老家产、清新空气、自由自在。所有这一切的前提条件是，你必须勇于争取。你常常说："他不需要我。""没有我，他会生活得更好。"这些都是戏言。当真严肃的是，你曾经犹豫多虑。你现在抛弃了犹豫，但仍有几分多虑，它存在于你伤心地发现他与陌生人——为什么是陌生人？——共同度过的时间内，存在于你从伏尔塔瓦河边望见的办公室里不自然的灯光之中——为什么是不自然的灯光？当然，他本来是应该能在星期天和星期四之间给你传递信息的，我不明白他为什么没有这样做，但更重要的是别的收获，即他以自己的行为（并非故意所为）给了你一点教训。

我说得过于严厉？奥特拉，我对你并不严厉；我对自己都那么心慈手软，怎么会对你严厉呢？我今天有些激动。我睡觉不好，当然也对增加体重起到了消极影响。总的来说还算说得过去：9月6日：57.40，9月14日：58.70，9月16日：58.75，9月24日：59.05，9月28日：59.55（最后一次称体重前，我补喝了一杯牛奶）。此外我的一切均好，几乎没有更好的可能性了，只是睡眠表明尚有欠缺。越是睡不着觉，睡觉就越重要。肉食和疗养院对睡眠只有坏处没有好处。我昨天去找过大夫，他认为我的肺脏很好，也就是说，他认为肺部无碍。他也没有反对素食，给我提了一些有关饮食和用缬草茶治疗失眠（不是失眠，而是常常惊醒）的建议。我身边没有缬草茶。另外，这是个体贴人的好医生，从布拉格来的约瑟夫·科恩大夫。

我今天梦见了你，还是老题材。梦中，我们三人相对而坐，他的一番言论颇令我欣赏。他并不认为女人对工作的兴趣和男人的特性是天生的或命中注定的，而是"历史证明"的。我的回答是用在特殊情况下对普遍性问题的兴趣来转移话题："恰恰相反。"

你想找差事吗？今天有两件：第一，买一张游泳学校的门票。第二，从陶西斯书店为你买一套朗格出版社的女社会家莉莉·布劳恩回忆录，2卷精装本，记在我的账上。第三件差事是去找所长，我稍后还会写信给你的；如果我的身体继续好转、睡眠改善，我大概会在这里住两个月以上。

有关大选的事，我只是从《Večer》上读到一点消息，这里有零售。我请费利克斯寄《自卫》来，但迄今没有寄。我从科恩大夫处听说，费利克斯去慕尼黑了，他看见他乘车启程的。有没有关于家庭和店里的新鲜事？

再见！

你的　弗兰茨

〔约1920年5月1日—梅拉诺〕

我的上封去信谅已收到？

日期系根据第 79 号信的日期和本信内容所推算。

索科尔组织：Sokoltum，1862 年由 Miroslav Tyrš 所创立的捷克第一家体操协会，在某种程度上与 1860 年成立的"德意志体操联合会"分庭抗礼。其主旨除体育教学外亦意在发展民族意识。卡夫卡信中所提及的约瑟夫·达维德，为能在此协会中任教员而感到自豪。为便于理解后面的段落，请参阅宾德尔著《卡夫卡书信中的幽默》第 536 页。

F. 第一次来布拉格时：菲莉斯·鲍威尔 1914 年 5 月 1 日至 5 日来访卡夫卡（参阅《致菲莉斯的信和恋爱时期的其他书信集》第 570 页和第 769 页）。有关后文中这位情人的嗔怪之事，请参阅第 20 号信的注解。

"庄园"：参阅第 41 和 71 号信的注解。

今天有些激动：由于此前不久与捷克女记者米莱娜·耶森斯卡开始的书信往来。

我身边没有缴皁茶：为便于理解，请参阅《致菲莉斯的信和恋爱时期的其他书信集》第 99 页和本书第 81 号信。

游泳学校的门票：卡夫卡让奥特拉在游泳季节开始时为他买一张民间的游泳学校的年票，卡夫卡从小就是该校的常客。（参阅第 119 号信的注解和《卡夫卡致米莱娜的信》第 201 页）

一位女社会家的回忆录：莉莉·布劳恩的回忆录由慕尼黑的阿尔伯特·朗格出版社于 1909 年 2 月首次出版（2 卷本）。卡夫卡在 1916 年将此书寄给菲莉斯时附信写道："这套回忆录我还曾在不久前赠送过马克斯，后又赠送给奥特拉，如此左右分送。据我之浅见，此本是当代之佼佼者，不仅最为客观，而且最为生动。"（《致菲莉斯的信和恋爱时期的其他书信集》第 695 页）有关细节，请参阅《致菲莉斯的信和恋爱时期的其他书信集》第 638 页和宾德尔所著《卡夫卡与〈自卫〉周刊》（见《德意志文学思想史季刊》第 41 期第 2 册第 289 页）。（卡夫卡亦曾赠此书予闵策·艾斯纳，参阅第 74 号信的注解）

»Večer«：捷克农业党的机关日报。由于该报的文学副刊品位要求颇高，故在知识分子界亦拥有读者。

79. 致尤丽叶、赫尔曼和奥特拉·卡夫卡

亲爱的父母亲：

衷心感谢你们的来信。前几天天气很好，很热，以致我产生了随便上哪座山去的念头，但是今天又下起了倾盆大雨，暴风雨一般，我只好在这里再待一阵子。这里对我的照顾也很好。——我有两个月病假，5月底将要期满，但我想申请 5 周的正常假期。我本想在秋天再休正常假的，不过既然已经来到这里，我可接着再休正常假，全部休完或至少休一部分。医生也认为这样更好，你们也这样认为吗？当然，首先要经过所里批准。现在，我想请奥特拉去当说客。

亲爱的奥特拉：

你病了？根据母亲的来信，目前我设想你是"咽炎"，4 月 30 日发病，现在"已经好多了"。若是，那么今天 5 月 4 日应当已经病愈。但是，奇怪的是你虽然给我写过信，却只字未提生病。人在远方，很容易对一切都感到奇怪，除非意识到没有奇怪之处才会消除奇怪之感。尽快给我写信！我的两封信谅已收到？

去找所长的差事，我马上就在信中写明缘由，但是，去找所长自然要等你完全康复以后再说。这件事实际上很简单，我的申请肯定也会获准，只是我想在手续上做到无可指摘，因为所长曾经在类似的一件事上因手续不全而生过我的气。我获得了 2 个月的病假，此外所长还非常明确地答应我再休 5 周正常假，我本来想在秋天休正常假，因为当时我只想的是梅拉诺而没想到上山去，据说梅拉诺的 6 月天炎热难挨。但是，我现在倒宁愿把假期连起来休。此事在所长那里也不会有困难，因为第一，他本人曾在医生鉴定的强烈印象下对我说过："如果您在那里身体状况好转，可写信到所里来，您在那里的假期可超过 2 个月。"这意味着，病假可以（**不影响正常假期**）延长；第二，我并不是要求延长病假，而只是申请获准在病假结束之后连休正常假，对此所里本应无需询问任何理由即行批准才是。顺附我写的申请书，尚须经过你的修改。原因很

简单，一是我不想把这件事过于渲染；二是我的语言水平与捷语无懈可击的所长相比不足于稍事理论；三是因为你想找一差事。如果你不愿亲往，也可以寄去，而后去取答复。我的设想是，你可以去找大个子菲卡特，征求他的意见，问他这样做是否会打扰所长，而后根据咨询结果或将申请放在他处（吓唬他一下，说你一两天内就去问结果），或直接找所长递申请，施以恭敬的屈膝礼（我早就为你多次示范过屈膝礼），并说我向他致以美意（我曾给他寄过信，不过是一封德文信），说我的近况良好，我现在每天体重上升100克，说这里的天气相当糟糕，医生认为我不中断假期继续休养为好（所里的医生也建议我休养3个月），说现在这里里拉的比价不太贵（当然我买东西时并不太便宜，因为减价期已经过去了），秋天物价就会高得多，说我已经旅行过一次，等等。我没有把申请直接寄到所里，因为我想尽快得到答复（你或可用电报发来"批准"等字），以便适时准备。谢谢，祝你一切顺利，衷心问候小姐。

弗兰茨

〔1920年5月4日—梅拉诺〕

有机会时请代问特雷姆尔先生好，并看一看那里是否有我的邮件。

所长：Bedřich Odstrčil博士，布拉格高等技术学院社会保险学讲师。卡夫卡在致马克斯·勃罗德的信中写道："他是一位十分友好的好人，对我尤其好，当然其中也有政治原因。这样一来，他就可以对德国人说，他对待德国人中的一位是多么的友善。但是，实际上我只不过是一个犹太人。"

申请书尚须经过你的修改：由于卡夫卡对所长那"充满创造性的语言能力"十分惊讶，并"正因为他"而开始喜欢上"生动的捷克口语"，因此他请捷语说得比他好的妹妹（参阅第1、37和53号信的注解）审改申请书中的拼写错误（重音）。奥特拉审改过的申请书刊登于Louzil所著《卡夫卡》第73页，其德文译文如下："尊敬的工人事故保险所领导！根据管理委员会的决定，我获准享受为期8周的特假，此假将于5月29日到期。此外，我当享有为期 5 周的正常假期。据医嘱，若我能将两段假期合并使用，将对身体的康复大有裨益。因此，我恭请尊敬的所方恩准此建议；若获准续假，我将于 7 月 3 日来所上班。F. 卡夫卡博士。"参阅第 89 和 90 号信的注解。

大个子菲卡特：参阅第 98 号信。

特雷姆尔先生：系卡夫卡的办公室同事（参阅 Janouch 著《与卡夫卡的谈话》，1968 年法兰克福版，第 39 页、92 页和第 86 号信）。

80. 致奥特拉

亲爱的奥特拉：

还没有康复？还没有消息？究竟是怎么啦？我在这里不得不一再抵御那些劝我吃肉和喝啤酒的建议，如果无言以对时，我总是说："没错，我是拿不出什么不吃肉的强有力证据来（我已经胖了 3.25 公斤），但是我妹妹……云云。"可是你现在病了，你们都不写信告诉我。再说，我还有许多差事要有人办，现在谁来办这些事呢？譬如今天就有差事：请帮我从 Kleinseite 大街的 Borový 出版社购买 20 本 »*Kmen*« 第 6 期，每本价格只有 60h，以后就买不到了；这种杂志可以作为便宜的礼品送人，这期刊有《司炉》一文，是米莱娜翻译的。

F.

〔邮戳：20.5.8—梅拉诺〕

〔邮政明信片〕

吃肉和喝啤酒的建议：参阅卡夫卡致米莱娜的信："我在这里的新同桌昨天在谈到那位沉默不语的男人的素食习惯时说：'我认为：脑力劳动者必须吃肉。'"

Borový：František Borový 于 1912 年建起了以他命名的出版社，下设书店和旧书铺，位于布拉格老城内（Na Příkopě 27）。不过，也许 Kleinseite 大街上开有一家分店。

»*Kmen*« 杂志系由捷克共产党作家斯坦尼斯拉夫·K·诺伊曼所办。

《司炉》：弗兰茨·卡夫卡所著，刊于《Kmen》第6期（1920年4月22日）第61页至72页。米莱娜对卡夫卡小说的兴趣是她结识他的动因（参阅《卡夫卡致米莱娜的信》第10页和21页，并阅O.F.巴普勒所著《卡夫卡早期捷文作品》中"弗兰茨·卡夫卡的布拉格所见"，1966年柏林版第149页）。亦请参阅第82号信。

81. 致奥特拉

亲爱的奥特拉：

　　谢谢你的两封信和电报。我本应早些回信，但是，一段时间以来几乎不再存在的失眠现象，近日来又严重出现了。你从中可以设想，我为了与之斗争而几乎徒劳地一会儿喝啤酒、一会儿喝缬草茶，现在面前摆着安眠药。这一切很快就会过去的（也许这与梅拉诺的空气有关，有人这样说），但有时无法东西。

　　当我给你写那封说教信时，我当然没有想到这些说教寄到时才会有现实意义，我只是不排除它重新符合现实的可能性。再说，这根本不是说教，而是一些问题而已。

　　我之所以对你的病情一时感到惊讶，因为我当时读完你的信之后不久遇见了弗勒利希先生，他告诉我布拉格正在流行天花传染病，这当然是有些言过其实了。我坚信，自然的生活方式能够抵御天花，但我不愿意由你来证明这一点。

　　婚礼将在7月间举行——这个消息怎么会让我吃惊呢？我只是本以为会在7月底举行。有时你提及这事时的口气似乎是在干不正当的行为，实际上恰恰相反。如果认为我们俩都不应该结婚，那是荒唐的。我们二人中，你更适宜成家，你尽可以为了我们成婚吧。这件事本来很简单，全世界都知道这一点。我则会为我们俩而保持独身。

　　我大概会在6月份回来，一部分假期先存着——当然，如果失眠问题不影响疗养效果的话。最近我的体重增加了3.5公斤，近几天一直没有称体重。你的安慰很有道理。我的去信相当有规律，不过可能也有疏漏。

　　请代我感谢父母的惠函。我将很快回信，仍按他们提供的地址。父母何时去温泉？也许他们因婚礼而推迟？阿尔弗雷德舅舅来吗？

现在的天气很好。以往最怕的雨水，现在成了盼望的甘霖，目前也确实时常降临。我每天大部分时间几乎裸体，但无法帮助那些从近处两个阳台上偶尔投来目光者，因为天气实在太热。也许我会转移到另一个地方再住数周，但不是因为酷暑，而是由于失眠。很遗憾，这么好的膳宿公寓和医疗条件别处难以再觅。

不过，我想埃玛旅馆的条件也相似。父亲会说："如果人们不打他并把他赶出去，就算是个大度的公寓了。"他说得有理，但我的话也在理。

你去过奥斯卡家吗？替我多多致意，并对他解释一下我没有去信的原因。当然，你现在忙于筹备，也许根本抽不出时间来。给菲莉斯去信了吗？

此外向全家问好，并特别向小姐致意。我们至今还没有女丫环？

F.

〔1920年5月中旬—梅拉诺〕

此信错装在邮戳为1920年6月21日的信封内（参阅第84号信的注解）。信纸特点（卡夫卡此前所用的信纸与之相同，6月份却换用了其他信纸）、信中提到的与第78号信有关的"说教"（自5月初以来肯定已过去了两班邮期）、有关电报的说明（事关保险所批准卡夫卡延长假期，通知系5月15日下达，参阅第79号信和《致菲莉斯的信和恋爱时期的其他书信集》第73页）和卡夫卡写到的体重增加范围，均可证明此信写于当月中旬。

失眠： 由于与米莱娜之间的通信往来。

弗勒利希先生： 参阅第84号信。

婚礼： 奥特拉于7月15日与约瑟夫·达维德成婚。关于奥特拉的"不正当行为"之说，请参阅《卡夫卡与他的妹妹奥特拉》第455页。

阿尔弗雷德舅舅： 母亲的一个兄弟，任马德里铁路局长，他于7月7日抵布拉格。（参阅第88和第84号信）

我的去信相当有规律： 指尤丽叶·沃利泽克。

去温泉：参阅第 84 号信。

转移到另一个地方：卡夫卡可能想去博岑附近的克洛本施泰因（参阅《卡夫卡书信集》第 274 页和《卡夫卡致密伦娜的情书》第 72 页）。

我没有去信的原因：卡夫卡曾对马克斯·勃罗德暗示过，他担心给奥斯卡的信会落到他妻子手里（参阅《卡夫卡致密伦娜的信》第 86 页）。由于这位朋友是盲人，所以收到的邮件当然由他妻子代读。卡夫卡写道："我决定，不管这个阻碍的存在。不得不成为公开信是一件难为人的事。"（《卡夫卡书信集》第 275 页）事实上，卡夫卡仍给奥斯卡去过信，参阅《卡夫卡书信集》第 242 页（该书错把此信归入"1918 年 6 月"一节和本书第 84 号信）。

82. 致奥特拉

最亲爱的奥特拉：

今天我收到你寄来的两个包裹，《自卫》（现在费利克斯也开始给我寄《自卫》）和一大堆捷文报纸，均为 5 月 16 日的，后一包是何原因？起初我以为其中有我爱读的保险业之类的文章，可是里面并没有这类文章。反正我先把这些报纸保存好，直到你来信说明为止。后来我突然想起，你也许误解了我的最后那张明信片。可是这怎么可能呢？我明明写着是买 Kleinseik 大街 Borovy 出版社的 20 本（不过 10 本也够了）»*Kmen*« 杂志第 6 期（4 月 22 日），但不必寄来，只需保存着。

衷心问候父母和全家！

F.

〔邮戳：20.5.21——梅拉诺〕

〔邮政明信片〕

《自卫》：参阅第 78 号信的注解。

均为 5 月 16 日的：有关真情的解释参阅第 83 号信。

83. 致奥特拉

亲爱的奥特拉:

你干得很出色。换了我的话,我会坐等菲卡特先生病愈,因为我担心他见怪,怪我绕过他行事。不过,尽管如此我还是很高兴,因为我可以在这儿多待一些时日。也许我会在6月份去波希米亚任何地方待上几天,作为过渡,而不是因为这里太热。从劳动角度看当然很热,连报纸上都抱怨炎夏过早降临,晚间在花园里干活我都挺不住(早晨尚可,诸如刈草、给马铃薯培土、为玫瑰花剪枝、掩埋死鸟等很轻的活计)。不过,对卧床而言尚属凉爽,不比布拉格热。在高山旁的隘口处,横置有一张板凳,凉风习习吹过,可以将大部分正午炎暑驱尽。

所长没有多看你几眼,并不意味着他不喜欢你,这一点我本应早提醒你作好思想准备。他的举止体现了一种演说家的效力,或者更加准确地说,是放弃对演说效果的自我欣赏。优秀的演说家,或者自认为是优秀演说家的人,在自信的驱使下全然不去观察他人脸上对演说效果的反应,抑或根本无须观察,坚信其演说的效果,不再需要此种刺激。再则,所长确是一位绝顶出色的演说者,也许在这种礼节性的场合不太理会其说话的效果。

我还要补谢你的那些报纸。那一天我没有睡醒,以致没有理解这么多报纸而无一定之目的,则可能是权供消遣阅读。后来我确实从中找到了乐趣。《评论》不必再寄,这里用不着它。

从所长的话中可以听出,他已经决定允我退休。挽留一位如此需要休养、不得不一再准予假期的职员,实无意义。或许这是世界继续走向末日的征兆?最近,有人说起一位前车队物资商人的话,此人抱怨自己保存的战时公债太多了。然而,有一位战争买卖做得最大的商人,却说他没有一点战时公债。他对此解释道,他从一开始就坚持自己的报价,没有一个国家能够一如既往地坚持下去,所以他没有签字。难道有些人不能对世界这样说吗?

没有开化的脑袋?现在时代变了,脑袋开化了。

那位将军——我在信中已经提到过他,是吗?——今天在啤酒园里十分有把握地表示,相信我会结婚,并把我未来的妻子描述了一番(我用手指旋转着一小杯啤酒,端坐旁听)。因为他不知道我的岁数,以为我还相当年轻。跟他在一起很自在,我很喜欢他,所以不告诉他我的年纪。他在这方面年轻得多,只是我无法在智慧上当他的爷爷。他年已63岁,但有一副苗条、挺拔、沉稳的身材,在园子的暮色之中,他身穿短外衣,一手支着腰际,一手将香烟移近嘴角,外表有如昔日奥地利帝国时代一名年轻的维也纳少尉。

祝一切顺遂!

弗兰茨

〔1920年5月底—梅拉诺〕

请郑重其事地向埃莉和瓦莉转致我的特殊问候。当然也要以另一种口吻问候小姐。奥斯卡?菲莉斯?一位女社会家的自传?游泳学校?

去波希米亚: 卡夫卡原打算首先与尤丽叶·沃利泽克在卡尔温泉会面,而后与父母(他们拟于6月间前往弗兰岑温泉)见面(参阅第81、85号信,《卡夫卡致密伦娜的信》第52页和本书第75号信的注解),但这一计划很快即被放弃(《卡夫卡致密伦娜的信》第53页),卡夫卡因而能够在梅拉诺多待数天(《卡夫卡致密伦娜的信》第66页),并改变行程于6月28日从梅拉诺前往维也纳(《卡夫卡致米莱娜的信》第76页)。

在这种礼节性的场合: 卡夫卡在致勃罗德的信中谈到过所长的演说能力:"自从他担任所长以后,演说的力量几乎丧失。办公室的官僚主义使这种力量无法体现,他不得不说太多的话。"(参阅本书第79号信的注解)

84. 致奥特拉

亲爱的奥特拉：

　　保持沉默？情况有点不明朗，因为现状出现神奇色彩的可能性大于可怕色彩。我并不想预言，而是等待你的下一封信。是的，任何一件事都不会轻而易举，好事尤其多磨，甚至真正的幸运之星——闪电、光束、上峰的命令——也是一种可怕的负担。但是，这一切不适于见诸信件，只适于"浴室窃语"。

　　如果你能去看望奥斯卡，我将十分感谢，我已经很久没有去信，要是每封信都必须成为公开信，还怎么给他写信呢？如果有机会，向他作一下解释。或许还是不解释为好。不过，你还是去一趟，替我致以问候，也请向夫人和男孩致意。

　　你不需要帽子之类的东西？我的意思是找个借口让你驻足。我已经对她作了最糟糕的举动，别无其他更糟的可能性了，很可能此事到此告终。我就是这样同一个活生生的人在做游戏。

　　弗勒利希先生已经死了，前天我无意中听到这个消息，你们也许早就知道了，我不打算吊唁，只当作没有听说。但愿他那看似十分幸福的一生是毫无痛苦地走到尽头的，我并不知道一切细节。

　　如果父母不去弗兰岑温泉——因为6月6日还在悠闲地打牌，看起来不会去了（母亲当晚在哪儿？）——我将于6月底直接回布拉格。现在天气很有利，但愿不是一张多变的脸，但愿一切顺利。

你的　弗兰茨

〔1920年6月11日—梅拉诺星期五〕

　　请专门向小姐问候！我该给她带些什么？给菲莉斯写信了吗？汉娜？游泳学校的门票？回忆录？阿尔弗雷德舅舅？

　　请在陶西斯书店订购柏林杂志：《世界舞台》第23期，出版者为雅各布佐恩。

一个盖有 1920 年 6 月 12 日邮戳的信封判为此信原封（参阅第 81 号信的注解），在盖有同日邮戳的另一张邮政明信片中，卡夫卡对费利克斯·韦尔茨写道："多谢。不，我尚未阅过《世界舞台》；如有可能，请帮我保存好。"（《卡夫卡书信集》第 277 页）韦尔茨提示他的朋友注意库尔特·图霍尔斯基对小说《在流刑营》的评论文章，此文以彼得·潘特尔为笔名刊登于柏林《世界舞台》第 23 期（1920 年 6 月 3 日）上（此文现在很容易找到，参见 J. 博尔恩等人所著《卡夫卡学术研讨会论文集》，柏林 1965 年版，第 154 页）。"星期五"令人费解，很可能是指 6 月 11 日。

保持沉默：卡夫卡于 6 月间致函马克斯·勃罗德："你也许偶有奥特拉的消息？她很少来信。据悉婚礼将在 7 月中旬举行。"（《卡夫卡书信集》第 277 页）

帽子之类的东西：（以及后文）暗指新开了一爿帽子沙龙店的尤丽叶·沃利泽克。

汉娜：埃莉新近出生的第三个孩子。卡夫卡于 1921 年 11 月在致罗伯特·克罗普施托克的信中所写的一段轶事，描写了这个小女孩易受惊吓的特点。

85. 致奥特拉

最亲爱的奥特拉：

启程前收拾行装前匆匆数笔，谢谢你的好消息。当我（周末）回家时，你的审视不要过于严格。我从衣柜镜子中看，发现自己与以前十分相似。我多少有些担心，怕人家说，要是我在舍莱森住 14 天也能达到这个水平。不过也可能发生其他情况，或许根本没有这么糟糕。在我离家一个半月之后，有权力担心许多责备。总之，请不要过于严格。再见。此外，有可能你的事情太多，以至于没有时间仔细看我，而除你之外没有别人在家。

你的 F.

〔邮戳：20.6.28—梅拉诺〕

〔邮政明信片〕

没有别人在家：父母直到7月7日才从弗兰岑温泉回家。

86. 致奥特拉

最亲爱的奥特拉：

你问了三件事，即我的事业、特雷姆尔先生和健康问题。从健康角度看，顺序是：特雷姆尔、事业、健康。我这样写并不是说我不健康，完全不是，只是因为特雷姆尔的状况无可指摘。至于我什么也没有失去么，这我早就知道，难道你婚后连耳朵都丢了？因为你的耳朵还在，也许再也不许我玩它们啦？书归正传。我本有十分有趣的政治新闻告诉你丈夫，但这没有必要缩短你们的旅行（恰恰相反，母亲因你们的住房问题宁可让你们延长一些时日）。新消息的引人注目之处是，它足以与旧消息完全颠倒。旧消息我已在不同的场合向他透露过。祝你们俩一切顺利！

你的 F.

斯卡尔小姐向你们问候。

我和父亲多多问候你们俩。

此明信片寄往埃森施泰因（波希米亚森林），新婚夫妇当时在那里度蜜月。

斯卡尔小姐：伊尔玛于1916年7月6日致函奥特拉："斯卡尔今天给我打过电话，她想要你和弗兰茨的地址，这就是说，她起初并不知道你已去旅行。她本周去马里安温泉附近看望一位女友，为期一天，也许会去看望弗兰茨，但她说可能性很小，因为她只能逗留2小时。这件事可能有点脱离实际，因为我不知道自己是否准确地作了理解。"参阅第93号信。

我和父亲多多问候：这句话出自母亲的手笔。

87. 致奥特拉

亲爱的奥特拉：

　　我在这里一切均好，我不再咳嗽。我明天早晨回来，大致轮廓都已口述完毕。

弗兰茨

〔1920年8月14日或15日—格明德〕

〔风景明信片：格明德〕

他的身体难以胜任。衷心问候您

　　从卡夫卡致密伦娜的信中各种情节看，二人在格明德的会面当是1920年8月14日或15日。

　　密伦娜在附笔内容之后曾签名，后被涂去。卡夫卡认为这一安全措施（密伦娜已婚）仍不保险，所以将此明信片作为密封函件寄往布拉格（明信片上既无邮票又无邮戳）。有关内容亦可参阅《勃罗德论卡夫卡》第203页。

88. 致奥特拉

亲爱的奥特拉：

　　寄去我的报告。这个报告当然也是给父母的，但我宁愿先寄给你。如果文中存在有失体统之处，你即可在转达时加以美言。

　　一路上十分顺利，但抵达塔特拉洛姆尼策时箱子还没有到，不过我得到了可信的解释，相信箱子明天就可以到。它果然到了，完好无损。

　　雪橇在等我。月光下，穿过雪原和山林，一切还是那么美。我们来到一幢旅馆样式的、被灯光照亮的高大建筑旁，但没有停歇，却又向前行了一段距离，停在一所相当昏暗、外表令人生疑的房前。我步下雪橇，走进冰凉的前厅（暖气在哪儿？）。没有人在。车夫不得不长久地寻找、呼喊。终于来了一位姑娘，把我们引上二楼。已经备好两个房间，一间带阳台的归我，隔壁那间是你的。我踏进带阳台的房间，不禁大愕。这里都准备了些什么？虽然已经供暖，但炉子的臭味大于暖意。其他设备呢？一张铁床没有床罩，一床垫子，一条被子，衣柜的门已经破裂。阳台门只剩下半扇还是耷拉着的，给我的感觉是"一有风吹就呼啸"。那位把我引入房间的姑娘，也无法忍受上述气味，企图安慰我，比如说有什么必要有两扇门？白天反正躺在阳台上，可是晚上我也开着门睡觉？有道理，我心里暗付，最好把剩下的半扇门也拿走。——炉子取暖比中心供暖好得多？只有那边客满的主楼里是中心供暖。"可是这里连炉子供暖也谈不上呀。"我反驳道。只是今天这样，因为房间还没有烧暖，——姑娘一再辩解道，其实大可不必，因为我知道她没有能力把施蒂德尔寓所的坚实、暖和的房间变过来。

然而还有更生气的事。因为，我直到现在毕竟只是对房间感到失望，而女房东的招徕信还在我的口袋里。她终于出来欢迎我了，一个大个子女人（不是犹太人），身穿渐渐泛黑了的丝绒外套，操着一口不中听的匈牙利德语，面带甜甜的但又生硬的笑意。我当然情不自禁地以粗鲁的口吻表示，这房间对我来说太差劲了。她总是表现得格外友善，但这丝毫无补于任何兴趣和能力。这是你的房间，就住在这儿吧，过了圣诞节主楼就有空房间了。后面的话我再也听不进去了。她对饮食的介绍，也远远不如信中那么悦耳了。我对她极感讨厌，以至于后悔不迭，悔不该把行李票委托给她（她打算过几天差人去车站打听打听，箱子是否已经到达）。唯一的安慰是听说住地有一位医生，甚至就住在同一条走廊里，离这儿只有几扇门远。这一切让我感到十分不可信。

当她走后，我的计划已经成熟：当夜我就用自己的暖脚套和被子对付过去，上午打电话到斯莫科韦茨（但愿紧急状态已经结束，又允许通电话了），下午（如果箱子已经抵达）支付退费，随她要多少钱都行。我不想与电打交道，还是乘雪橇为好，穿越高山峡谷。我一再设想明天晚上如何轻松地投身于斯莫科韦茨的柔软长沙发之上，以此聊作自慰。

我相信，你要是遇到这种惊愕见面礼也会头晕的，也许你今晚就会设法找雪橇。

这时，那位姑娘突然生一个主意，问我如果这么不喜欢这间房，是否愿意看一看隔壁房间（为你准备的），白天可以在有阳台的房间里躺着，晚上住在隔壁。我不抱任何希望地走过去。但是，由于我早已受不到宠待，所以居然很喜欢那一间。实际上那一间也好得多，大得多，暖和得多，亮堂得多，一张完好的木床，一个新衣柜，窗户远离床位。我住在这间里。

由此开始了向好的一面转变（部分原因要感激你，因为如果你没有预订房间，这间房就不会生火；如果不生火，那位姑娘就几乎不会想起来引我入住）。于是，吃饭须到主楼。那里也相当令我满意，设备虽简陋（一间新的大饭厅明天才开张），饮食却精美。交际全是匈牙利语（少有犹太人），这样一来我就可以安详地躲在阴暗处。直到第二天，一切才看上去好得多。我住的寓所楼（名叫塔特拉）突然变成一栋漂亮的建筑，一丝风儿也刮不到，阳台正好沐浴在阳光下。当房东第二周向我提供主楼的一间房时，我已经索然没有兴趣，因为"塔特拉"与主楼相比具有很大优越：首先，我被迫每天三次去主楼用餐（确切地说并非被迫，也可以差人送饭），从而不至于太懒、不活动，例如若在谢莱森住，吃住在同一个楼里，只需从二楼踱到一楼，再回到二楼。其次，有人向我证实，主楼很嘈杂，钟声不绝于耳，厨房有噪声，修房有噪声，近旁通过的雪橇道有噪声，一切都有噪声。我们这里却很安静，我以为根本没有钟声呢（钟声当然是有的，只是我还没有听到过）。再次，那边只有一个共用的新鲜空气卧疗室，况且并不躺在阳光下，不像我这里的阳台直接向阳。最后，炉子供暖也优越得多。每天两次，早晨和晚间，只烧木头，这样我就可以考虑添多少柴。例如，现在晚上暖和到我不穿上衣半裸体坐着。此外，要是再算一条优越的话，那么就是医生真的住在我的走廊里，左边隔三个门。

就连弗贝格尔夫人第二天也完全变了个样，她脱去丝绒外衣（也许是皮的？）的同时也解脱了所有恶气，遇事显得温和友善。饮食颇有新意，我根本分辨不出美味中含有什么成分，有些饭菜是来为我烧的，尽管住客近 30 人。医生也给我提过各种建议。首先，他当然从砷疗法开始，后来我用一笔总金额使他温和下来，于是他每天——费用为 6 克朗——为我诊视。他让我每天喝 5 次牛奶加 2 次鲜奶油，但我尽了最大努力才能喝 $2\frac{1}{2}$ 的奶和 1 次奶油。

总而言之，一切有利于身体康复的外部条件已经具备，剩下的只是脑子里的敌人。

父亲真的想上这里来？只有在母亲一同前来，而且白天变得长了以后，他才肯定会感到这里舒服。因为，这里一共也找不到一两位他看得上眼的男人，此外都是妇女、姑娘和年轻男子，大多数人会说德语，但最爱说的是匈语（包括打扫房间和做饭的女仆、车夫等人。我记得迄今只有一次在火车上——当然我坐的是二等车厢——听到两位年轻的姑娘在说道地的斯洛伐克语。她们说得很努力、很纯正，但是当其中一位将别人告诉她的某件事叙述给另一位时，她们还是冒出了 oioioioi 的惊叹声！）。对父亲来说，这些当然都不屑一顾。不过，此外马特里亚利的一切都还能让他瞧得上，今天就开张的各个厅（餐厅、台球厅和音乐厅）相当"体面"。

你现在都在干些什么？蜂蜜？体操？起床时还晕吗？为我读报纸？多多问候你和你的丈夫（感谢他为我订的马车好位置），以及全家所有人，尤其要一个不漏地问候到地上的毛毛虫。

你去过马克斯那里了吗？

你的　弗兰茨

〔约 1920 年 12 月 21 日—马特里亚利〕

千万不要给父母看这封信，我常给他们去信。

关于此信的书写日期：卡夫卡于 1920 年 12 月 18 日启程去马特里亚利疗养，这份报告肯定是在此后数天内所写。亦请参阅第 98 号信的注解。

斯莫科韦茨：在距此 1 小时路程的新斯莫科韦茨，有一个疗养所（Dr. von Szontagh），卡夫卡曾在该所接受体检。参阅第 89 号信，以及第 95 号信的注解。

紧急状态：由于政治骚乱导致 12 月第二周布拉格等地工人罢工和占领工厂。

如果你不预订房间：奥特拉本打算一同旅行数日（参阅《卡夫卡书信集》第 283 页）。

医生：莱奥波尔德·施特雷林格大夫。卡夫卡在致马克斯·勃罗德的信中特别批评过此人。

千万不要给父母看这封信：卡夫卡因此而删去了此信第一段，只保留了第一句话。

1921 年

89. 致奥特拉

最亲爱的奥特拉：

为了节省时间，我坐在躺椅上写信。首先有一个请求，不是"差事"。你现在也许已经不再喜欢差事。事关一封致所长的信，我想把它译成漂亮的捷语。我现在把它组合起来：

尊敬的经理先生：

现在我已在这里度过四周，对一切已有某种程度的了解，因此谨向尊敬的所长先生作一简要汇报。我的住处良好（塔特拉马特里亚利的塔特拉寓所），价格虽比美兰高得多，但与当地价格相比还算适度。我的疾病和病情的好转，只能通过体重、热度、咳嗽和呼吸强度来衡量。外观和体重已大有好转，体重已增加若干公斤，并可能继续增加。偶尔有热度，但常常数日不发烧，或有热度亦较微。当然，我大多时间卧床，避免任何劳累。咳嗽频度几乎没有减少，但程度较轻，已不再有全身振动之感觉。从呼吸强度看，几乎没有好转。诚然，这是一件长期的疗养之事，医生说我会在这里完全康复。当然，我不敢对这种断言有过高指望。

从整体上看，我觉得这里比美兰更好，但愿能以较好的结果回家。此外，我可能不在这里久住，据说这里春天十分喧闹，而我对安静的需要甚于饮食和空气，因而我很有可能转到新斯莫科韦茨的另一个疗养所去。

尊敬的经理先生，在此再次感谢您的美意，感谢您对我假期的关照。顺致衷心的问候！

> 您的　忠实属下

这就是那封信，你必须正确理解它。这封信尽管基本准确，但却有意识地流露了忧郁感。因为，我意识到如果想一劳永逸地解决问题，就必须延长假期，几乎没有别的途径。否则，我将回到布拉格，尽管比从美兰回来略强，但无法呼吸到一口合乎人类尊严的空气。为此，这封信可以使经理先有一个初步的思想准备（信中提到的热度，原本同布拉格不一样，因为这里测体温是在舌头下边，大约高0.3至0.4度，根据这里的测法，我在布拉格时天天有热度，而在这里却没有一点儿布拉格热度）。关于斯莫科韦茨，你也可以看出，我的态度并不坚决，这里暂时优越得多。各种报告可以证明，这里唯一能够把我赶走的就是噪声。最后，此信当然还有一个目的，所以信写得这么详尽。据说菲卡特先生有几分异议。

（午饭钟响了！白天变得这么短。每天测7次体温，还没等人把结果写进病历，白天已经过去了。）

我认为，光靠你翻译还不够，不得不请你丈夫帮忙，至少把你的译文校读一遍。我在这里把捷文都忘掉了。主要的要求是标准的捷语，即根本不是逐字直译，而是优美的意译（如果你想起什么来，可以再作补充）。

你写了许多关于我的话，却很少谈你。下一次要倒过来。你只需设想一下，要是我在这里长久住下去，就一次也看不见那小东西醒来的神态。本来还有许多这类话要写，但是太晚了，下次再叙。衷心问候你丈夫，亦请专门问候埃莉和瓦莉，当然也包括小姐。

你的　弗兰茨

〔1921年1月第三周——马特里亚利〕

必须延长假期：卡夫卡在1921年1月13日致马克斯·勃罗德的信中写道："此外，我的计划（以保险公司为后盾）比你的想法大方得多：在这里住到3月，在斯莫科韦茨住到5月，在格里门施泰因过夏天，至于秋天么，我也不知道在哪儿……我这样做是为了父母的缘故，现在也是为了你的缘故，最终是为了我的缘故（因为我们在这方面的观点是一致的）。遗憾的是我没有从一开始就去斯莫科韦茨，可是，由于我已经到了这里，何故再冒易地不利的风险？何况在这里刚刚住了4周，大家都不断地努力为我提供着必需的一切。"（参阅第88号信）

我在这里把捷文都忘掉了：系指在以匈牙利德语和斯洛伐克语为主的塔特拉高原。为了不在经理面前出丑（参阅第79号信的注解），卡夫卡请有语言纯正癖者约瑟夫·达维德——他对周围人们发音上的不严谨绝不容忍（参阅宾德尔著《卡夫卡书信中的幽默》第539页和本书第99号信）——对他的申请书作形式完美的翻译。卡夫卡为了使申请书达到绝对可信的程度，后来曾去信指出其中一个小小的拼写错误，此信发表于Louzil著《卡夫卡》第74页。这封信的书写日期是1921年1月27日。因此，卡夫卡在最终文本中有"已超过5周"和体重"增加了4公斤"之说。此信以捷文译为德文的译本，见于K. 赫尔姆斯多夫所著《保险公司职员弗兰茨·卡夫卡的书信集》，1957年发表于《*Sinn und Form*》第9期第643页。

小东西：奥特拉的女儿 Věrá 于1921年3月27日出生。

90. 致约瑟夫·达维德

亲爱的佩帕：

　　出色，你译得出色。现在我只是再指出几个小小的错误，请原谅。这根本不是说其中有什么错误，而是所长也能从你的信中找出错误，他会从任何人的信中找出错来。我这样做，只是使错误的数量控制在可以接受的范围内。

　　在这里，我努力做到安静地生活。我几乎不看任何报纸，连《*Tribuna*》也没读过。我既不知道共产党人在干什么，也不知道德国人在说什么，我只听见匈牙利人在说话，但我却听不懂。遗憾的是他们说话太多，要是少说一些我就愉快了。佩帕，为什么写诗？不要太劳累了！为什么写一首新诗？霍拉茨已经写了那么多美诗，我们才读过其中一首半首。再说，我已经有了你的诗。这儿附近有一个军队医院的科室。晚上，那些伤病员们顺着大道唱歌，除了"豹子"就是"转起来吧"。捷克士兵还不算最恨人的，他们一路滑雪一路笑，像孩子一样用军人的嗓音大声吼叫。然而还有几个匈牙利士兵，其中一位学过"豹子"里的5个字，显然因此而忘掉了理智，只要他一出现，就会嚎这首歌。周围的青山绿林全都严肃地看着他，就好像喜欢这首歌一般。

　　不过，这一切并不算什么糟糕，每天只会持续一小会儿。更可恶的是楼内恶魔般的噪声，不过这些噪声我也能克服。我不想抱怨，这里是塔特拉；世外桃源不在此处，也许根本不存在。

　　请代我问候你的父母和姐妹。国家歌剧院现在怎样？停止演出了？

你的 F.

〔1921年1月第4周—马特里亚利〕

佩帕：约瑟夫的昵称。

»Tribuna«：此报于1919年创世，由亲马萨利克的出版商 Bedřich Hlaváč 主办。该报是捷克犹太人报纸，具有自由进步倾向，对现代德国文学给予了特殊重视。可以理解的是，达维德对此报不太喜欢，自然而然地爱读《NárodníListy》。后者是长期以来发行量最大、影响最广的日报，1918 年后成为捷克国家民主党的喉舌。达维德对此报持偏爱态度。

霍拉茨：此信提到的有关章节，请参阅宾德尔著《卡夫卡书信中的幽默》第 541 页。

"豹子"：指当时的流行歌曲（曲名为《točte se pardálové》），其第一段歌词德文译本为：

转起来吧，豹子，转成圈，

转成圈吧，用你们的节律，

你们玩得多么畅快，汗流如泉，

哈特亚巴特亚，这就是音乐！

此诗可从勃罗德所著《弗兰齐还是第二档的爱情》（1922 年慕尼黑版）中找到（第 6 页）。当时，人们称有流氓习气的青少年为豹子，亦有称巾帼英雄为豹子的。

91. 致奥特拉

亲爱的奥特拉：

第一个好天的第一个时辰是属于你的。前些天我的身体不太好，尽管情况并不比我给父母信中所说的严重多少（且不论记忆中的其他小小不然的故障），但我毕竟不得不始终关注增加体重问题。有时候我设想自己胳膊上长了些许肌肉，有如《金冠鬼王》中的父亲。也许危险性没有那么大，但胳膊也没有那么坚硬。

尤丽叶姑姑的近况如何？母亲信中从不提她，我也不想问。奇怪的是，她竟然留在了我的记忆中。我的感觉是，似乎没跟她说过一句话。事实上也确是如此。不过，她对我来说并非毫无意义。

你说过，我很难"获得安宁"。此话不假，但是你的话让我想起了一个对付神经衰弱的极好方法，此着出自《胡格诺派教徒》中韦尔茨父亲之口。在那可怕的圣巴托罗缪之夜，巴黎的所有胡格诺派新教徒惨遭杀害，所有钟声大作，到处听得见武装格斗声，拉乌尔打开窗户（我记得没看过这场歌剧），愤怒地喝道："……难道在巴黎得不到安宁？"声音在安宁中益发高亢，你让费利克斯唱给你听（我至今还没给他写信，我是那么地喜欢他；奥斯卡那里也没去信）。这就是我说的好办法。以楼下的假牙技师为例，每天同他的病人一起唱三重唱——我并不想夸张，至今只发生过一次：他自己独唱，还吹口哨，像一只小鸟。太阳刚刚照到他，他就开始学鸟叫，直到月亮出来了还在鸣，有时在黑暗的夜空中一再发出令人毛骨悚然的怪声，十分突兀、短促、时断时续。他现在倒是妨碍不了我什么。他的一位卡绍来的朋友对我也很好，帮了我很多忙。但是，他给他邻居（一位重病号）的痛苦生活雪上加霜——每当发生这类事时，我就俯首想道：如果在巴黎，那就更严重了。如此一想，也就释然了。

你问起朋友的事。目前，我愿意、也能够完全独自生活，以后则又当别论。在交女朋友方面，我根据你的建议相当克制。在我来说，费不了多少精力；在她们来说，没多少遗憾。此外，初时倒是有几位捷克人在此，这是一种极不幸的组合，有3人根本不适于为伍：一位重病老汉、一位重病小姐和一位也许病不太重的年轻姑娘。现在虽然有了第4位捷克人，一位年轻的先生，格外讨人喜欢，尤其在女人面前是一位毫不自私、富有献身精神的楷模。他善于周旋，使我的存在失去必要性。他曾经外出较长时间，我骤然感到面对三位邻居负有不可推卸的责任，简直是三种不同的不幸。从昨天起，他又回来了。于是，在匈牙利人、德国人和犹太人之间再度若有所失；厌恨所有这些人，尤其是那位重病的姑娘，并非易事。虽然不乏来自附近临时野战医院和洛姆尼策的捷克军官，但他们总的来说偏爱匈牙利女人和犹太女人。而那个小姑娘，为了那些英俊的军官是多么精心地打扮哟！我不想描写她为什么显得那样不值得追求，因为事情并不那么严重，有时他们也会同她说话，其中一位军官还曾给她写过信。但是，同她正在读的玛莉特爱情小说中可能发生的情节相比，这里每天的浪漫色彩太少了。

昨天是星期三，下午写信太冷，晚上我太难过。今天呢，今天天气又太好,阳光灿烂。昨晚我之所以难过,是因为我吃了鳗鱼,烧得很好,色拉油加黄油小块,土豆泥,但那毕竟是鳗鱼。几天来,我一直馋肉,这可是个良好的教训。我像一条鬣狗似地悲哀地穿过树林(轻微的咳嗽是我区别于他人的标志),像鬣狗似地悲哀地度过了一夜。我设想自己是一条鬣狗,发现一只被骆驼商队遗失的沙丁鱼罐头后,用爪子跺开铁皮罐,把鱼肉吞噬干净。鬣狗与人的区别也许是,它的行为并非出自意愿,而是迫不得已(为什么它们那么悲哀?为什么它们在悲哀时总是半闭着眼睛?);而我们都不是出于无奈,而是出自意愿。大夫曾经劝过我,何必悲哀呢?是我吃了鳗鱼,而不是鳗鱼吃了我。

还是接着写人吧:那位小姑娘给我带了一点事情可干。比如说,当她晚饭前见到饭厅里坐着二位军官,立即跑回房间梳妆打扮起来,吃饭时来得太晚,以致那两位可恶的军官已经去了。难道她就这样白白地穿上最漂亮的衣裳,马上又回房睡觉?不,她至少希望有人安慰她。在场的还有那位重病的小姐。这是个可怜的人儿,我在第一天晚上有过对她不公平的想法,我对这位新邻居(她大约是在14天以前进住的),大感惊讶,以致晚上在自己房内还为这段不愉快的回忆忍受着肉体的折磨。具体细节我就不想叙述了。

她只有一句格言令我恼火不已,不过这句话不是对我说的,而是对那位令人喜爱的先生。她说她最爱读的报纸是《venkov》,而且是因为这份报纸的社论出众。我决定,直到她说出绝不友好的话时再揭露她(不幸的是没有人能够从一开始就看透对方),届时我就可以摆脱她了。然而事态表明,我以往从未详述过那些可恶细节的初步印象,居然过于夸大了,她实际上是一位可怜的友善者,非常不幸(疾病在她全家肆虐)、却也非常乐观,即使在我揭露她之后仍然没有对我"恨之入骨",反而比以前稍微友好一些;我也对她友好了一些。当我听说了她的不幸之后,当她带着永不消退的热度在她那冰凉的北屋(并非每人都敢住在我那充满阳光的屋内)睡了一周之后,我感到非常过意不去。(这件事也有助于我接近其他病人：人们对疾病的态度太过严肃了。我的病虽然未被视为传染性疾病，在我而言也不相信此病会传染，但是，再美好的信任也无助于改变事实。患有此病者如果去吻小孩或与人同桌共盏用餐，那就太不公平了。）

此外还有那位年纪较大的先生，他很喜欢与人聊天，却又不能在咳嗽方面自我挑剔。我不知道他是怎样同两位女士打交道的。不过，独自一人他也不会去女士的房间。哎哟，那位令人喜欢的男士又来了，他的应酬确是周全出色。

此外这里还有两位年轻人，一位是卡绍青年，一位是布达佩斯青年，二人真的如同我的朋友一般。例如，在我卧床3天期间，那位布达佩斯来的医学大学生直到晚上9点还从主楼过来（实际上并无必要），极为小心地为我敷冷湿布巾。无论我想要什么，他都会为我取来，设法为我办到，精心为我摆放好，一切都那么准确和及时，全无半点过分殷勤。他们都是犹太人，但不是复国主义者。卡绍青年是匈牙利社会党人，带有匈语的重音；布达佩斯青年信仰耶稣和多斯托耶夫斯基。我想给那位文学味儿很浓的布达佩斯人一点喜悦，借给他几本对他比较重要的书籍。如果你在我的书箱内找到以下图书，就请挂号寄来（或可先寄二本，而后再寄二本或随你意愿）：kierkegaard 的《恐惧与颤抖》、普拉托的《盛宴》（由卡斯纳所翻译）、霍夫曼的《多斯托耶夫斯基传》（我记得是霍夫曼所著，你是知道这本书的）、布罗德的《杀死死者》。《评论》先不必寄来，感谢你寄来的书目，我本来以为：你也许沉溺于自家的大事而忘记寄书目了。不，你没有忘记。

差事？你想要差事？此话不是戏言？我倒是需要二三把吉烈刀片，你也许可以夹在信中，如果买不到吉烈牌，麦姆牌也可以。不过此事根本不必着急办。请你用顺附的缴款通知单给《自卫》寄去56克朗。给 Ewer 的明信片，你真的已经寄走？

此外，你很会买东西。你上一次给我从 Prochaska 买来的香皂（我当时还做过鬼脸），如今给我带来了名气，大家都知道我的房间里气味最好，好到了令人注目、玄妙莫测的程度。先是女管理员在清点财产时发现了这一点,后来是打扫房间的女工,最终到处传开了。从我的虚荣心来说,我希望把这解释为不食肉的缘故,但是真正原因确是香皂。

还需要差事?也许所里还有一宗差事,但我还没有最后决定。另外,你已经把钱取来了,有没有跟别人说过这事?所里据说收到了我的一笔马克汇款,大约是 125 马克。

什么时候到日子?

祝你一切顺利、幸福、美满!

弗兰茨

〔约 1921 年 2 月 10 日—马特里亚利〕

代向埃莉问好,还有瓦莉和孩子们。问候小姐。陶西斯书店的账单没有来?

闵策只来过一封信,她的事业干得令人难以相信的出色,能够养活自己了。我为她感到自豪。

日期推算: 卡夫卡从 1921 年 1 月 31 日到 2 月 3 日因重感冒卧床不起。由于他在前一天的信中提到了"连续 14 天不间断的"风暴,所以他给闵策·艾斯纳的信(信中提以"三周来稍有间歇的风暴")大约是从 2 月 10 日开始动笔的。如果他在"许多天"之后续写的信文中写道:"不过现在已经连续数天晴朗,白天阳光明媚",那么致奥特拉的这封信可能是在这一晴天阶段之初书写的。由于那场风暴结束后很可能立即就是晴天阶段,所以推断结果是:此信第一句话表明,其构思早于致闵策的短信,但起笔至少是当天的晚些时候(从卡夫卡的其他实际做法来看,他喜欢同时给不同的地址写信,"在我卧床三天期间"这句也说明此信的书写时间很可能紧挨着 2 月 3 日)。

《金冠鬼王》: 奥特拉能够背诵歌德的许多诗。

尤丽叶姑姑: 父亲赫尔曼·卡夫卡的一位姐妹。

《胡格诺派教徒》: 在麦耶比尔斯的歌剧中,玛加丽特·冯·纳瓦拉女王在骑马回宫时遇见正在械斗的团伙,于是唱了以下歌词——怎么?在巴黎这里也得不到安宁?

至今还没给他写信：卡夫卡后于6月5日致函费利克斯·韦尔茨，于4月间致函奥斯卡·鲍姆："亲爱的奥斯卡，看来你没有忘记我。我几乎想向你作自我谴责，因为我没有给你去信。"

卡绍青年：此人很可能是卡夫卡在致罗伯特·克洛普斯托克的函中多次提到的Szinay先生。卡夫卡在给马克斯·勃罗德的信中描写道，他对卡夫卡"关怀备至，有如母亲关怀孩子"。在另一封致朋友的信中，卡夫卡的描写更为清晰："……25岁，一副畸形的牙齿，一双常常眯缝着的无神的眼睛，一副常犯病的肠胃，神经质，也只会匈语，德语是在这里方才开始学的，一点也没有斯洛伐克语的痕迹——但他是一个可爱的青年人，东部犹太人意义上的可爱。说话充满冷嘲热讽，忐忑不安，情绪化，可靠，也很贫困。"

根据你的建议：这也是卡夫卡本人的决心！卡夫卡在1919年11月乘火车前往舍莱森的途中（此行旨在与尤丽叶·沃利泽克结婚，结果未能遂愿），对他的朋友马克斯·勃罗德详细叙述了克努特·哈姆宗所著长篇小说《地球的恩赐》中何以会有对女人为罪恶之源的描写，其中部分说法甚至与作家的原意相悖（勃罗德著《卡夫卡传》第182页）。

直到她说出绝不友好的话时：在致马克斯·勃罗德的一封信中有着更详尽的解释："……一位新的邻桌，是一位年纪较大的小姐，脂粉和香水令人恶心，也许病情严重，思绪紊乱，喜欢饶舌……她今天（不是对我说的）竟最爱读的报纸是《*Venkov*》，尤其因为它的社论出众……最阴险的方法也许是作出声明，一直等待她说出无法收回的怪论为止。在谈到格里门施泰因时，她说：'店主是个犹太人，但经营得挺出色。'这句话难道还不够吗？"

一位是布达佩斯青年：罗伯特·克洛普施托克，卡夫卡与他的友谊保持到逝世。卡夫卡在致马克斯·勃罗德的信中描述了2月3日与他首次见面时的情景："这是一位21岁的医科大学生、布达佩斯的犹太人，很有追求、聪明，也很有文学气质。此外，他的外表虽很粗壮，但有几分像韦尔弗（弗兰茨·韦尔弗，奥地利作家，与卡夫卡和勃罗德均为好友。——译注），像大生的医生一样普以待人，反犹太复国主义，信仰耶稣和陀思妥耶夫斯基——他晚上9点以后还从主楼过来为我敷毛巾（几乎没有必要）。"

如同我的朋友：此后三行被卡夫卡涂去。

以下图书：Sören Kierkegaard所著《恐惧与颤抖》，第2次再版，由H.Gottsched作编后语，耶拿1909年版（在E.Diederichs的全集中为第3卷）。卡夫卡在1921年6月致克洛普施托克的信中表明了自己对书中基督教亚伯拉罕释语的看法。——普拉托所著《盛宴》，由 R. 卡斯纳译成德文，莱比锡（托伊普纳）1902 年第 2 版；卡夫卡曾于 1916 年 9 月为奥特拉朗读其中章节。——N. 霍夫曼所著《F.M. 陀思妥耶夫斯基》，系传记体论文，柏林 1899 年版。——马克斯·勃罗德所著《杀死死者！》，1906 年斯图加特版。

《评论》：系指《新评论》，卡夫卡自大学时代起定期阅读之读物。参阅 H. 宾德尔所著《卡夫卡与〈新评论〉》，见于德意志席勒研究会年鉴第 12 期（1968 年）第 94 页。

Ewer：柏林的一家书店。

约是 125 马克：莱比锡库尔特·沃尔夫出版社的稿酬。

92. 致约瑟夫·达维德

亲爱的佩帕：

你对我的警告很有道理，但为时已晚，因为我已经参加了波利昂卡的滑雪大赛——你肯定是从 »Tribuna« 上读到的消息——并已被撕去右手小指的指甲盖。没关系的。后来我乘雪橇回到了马特里亚利。我在克里瓦河上请人照了相，此信背面即是。我在河上思忖……

〔邮戳：21.3.4 塔特兰斯克—马特里亚利〕

〔风景明信片：克里瓦河畔。背景是利普陶河阿尔卑斯山〕

此明信片原文为捷语，附有德文译文。此信写于两张明信片上，第 2 张已遗失。——在卡夫卡的时代，塔特拉高原的这一地区显然没有什么滑雪比赛，达维德这样一位知识分子型的、对体育几乎不感兴趣者也不可能从 »Tribuna« 上读到比赛的消息。其他细节见于 H. 宾德尔著《卡夫卡书信中的幽默》第 542 页。

93. 致奥特拉

亲爱的奥特拉：

只是寥寥数笔。本来早就有一封给你的信，一直放到过时了才投出去。

首先感谢你所做的一切。一切都做得很好，——除了陶西斯书店！很糟糕，把忠告者称为骗子！——就好像你还没有成长为大姑娘似的，因为大姑娘只有时间干大事。这一年来，你的地位发生了多么大的变化！

一张照片上是捷克圈子，我身边是18岁的姑娘，她身边是病小姐，下边是令人喜欢的先生。为什么我那么萎萎缩缩地站着？连我自己也不知道。

另一张照片上，持滑雪鞋站立者是卡绍人，希伯来文题词就是他写的。大意是："作为我对你伟大尊敬的标志。"虽然有点费解，但是他的用意很好，就像他对我做的每一件事一样。总而言之，这里的人对我好得出奇。

再附上我的两张画像。其中一张是18岁姑娘的作品，遗憾之处要怪我自己，以至于看上去不像我本人那么甜、那么坚强。

那几本书给医学生带来了巨大喜悦。当我把书给他时，他的第一句感谢话是："博士先生！"惊呼一句以后就拿着书跑开去了。此外，最近他给我找了不少事干。

你提到的保险所和巴勒斯坦，简直是在做梦。对我来说，保险所是一床羽绒被，其温暖至为重要。如果我爬出被窝，马上就会面临受凉的危险，因为世界并没有加温。

现在，当我即将离开这里时，我觉得心里不太踏实，就像平时每次告别时一样（只有在梅拉诺时例外，我当时认为离开那里的山沟沟、离开那个从任何角度看都是盆地的山沟沟就是最大的快活）。在战胜了冬天、度过了美好时光后的现在，留下去的吸引力攫住了我（这里的气候有时候确实对我是一种从未有过的折磨）。医生每天吓唬我，说我只要离开就会有百般噩运，只要我待到秋天就会有百般佳运。但是，我对这种劝留感到厌倦，对这种感谢在此度假的客套感到厌倦。如果所长来信劝留，我才会乐意接受，譬如所长这样写道："亲爱的同事先生，昨夜我突然萌生一个念头，您或可在外地多休养一些时日。我迫切请求您再接受一年的假期。您只需来电报示意'同意'，即可得到假期，您不必费神写捷文请假报告和道谢函，此事只需由令妹女士和令妹夫先生代劳即可。但愿您能笑纳此建议，并祝尽快或稍晚康复，顺致提前之谢意，云云。"是的，我一定会乐意留下。还有一个原因使我愿意留下，那就是这里的肺病患者（和其他患有类似疾病而病情更加糟糕者）比以前变得更加令人疑虑了。我仍然不相信会传染。这里的厨房女工吃这类病人的残羹剩菜，却没有染病，反而更加滋润，而我同这些病人同桌用餐时都会有几分惧怕。厨房里有一个可爱的小孩（母亲在厨房里干活，父亲情况不明），他虽然靠剩饭维生，却肯定没有染上病。（此外，这是个衣衫最褴褛、却又最快活的生灵，也很聪明，但我无法与他沟通，他只说匈语。当有人看见他在离雪橇道太近处玩耍、有被雪橇压倒的危险时，劝他小心一点儿——他才刚满5岁——这小男孩却说：不许压我，我是个孩子呀！）这就是说，我不相信健康人会受传染。但是，这个城市里没有人完全健康，至少没有强壮到能在任何情况下抵抗传染病。我不理解这种传染的可能性（医生的种种解释——凡是我听得懂的——我统统不喜欢），但我相信这种可能性。也正是由于这个原因，我不愿再回到我那鸟巢般的房间里去，那里有那么多只小鸟张着嘴，也许是在承受我施发出去的。

如果我近日内不回家，便会写信回去。在星期日之前，所长是有时间来信的。但是，我也很愿意回去见你和埃莉、瓦莉。

请特别感谢斯卡尔小姐对我的问候。你在信中谈到的她的情况令人感伤。不过，早就可以从这一态势中（而不是她的脸上）看出这种不幸。

你现在也不提尤丽叶姑姑的事了。好吧，等我回来。

你的

〔1921年3月9日—马特里亚利〕

另外，我可能于星期一或星期二即从这里启程，因为从洛姆尼策到波普拉德的火车自 3 月 15 日至 5 月 15 日停驶，改建电气铁路。

此信是在致马克斯·勃罗德的信之前两天构思的。

你的地位发生了变化：系指 1920 年 7 月结婚后的变化。

我的两张画像：另一张像的作者很可能是卡夫卡在致罗伯特·克洛普施托克的信中一再提起的伊雷妮小姐。

你提到的保险所和巴勒斯坦：奥特拉显然是在建议卡夫卡从保险所辞职并移居巴勒斯坦。有关他多次酝酿的移居巴勒斯坦的计划，参阅 H.宾德尔所著《卡夫卡学习希伯来文》一文，见于德意志席勒研究会年鉴第 2 期（1967 年）第 544 页。

星期日之前：指的是 3 月 19 日。因为卡夫卡只获准休养三个月，假期于这一天结束。

感谢斯卡尔小姐的问候：此后一行难以辨认。

94. 致尤丽叶和赫尔曼·卡夫卡

最亲爱的父母：

我的几封去信并无特殊的合乎逻辑的想法，先是想离开，后又想留下，而后又想离开，最终还是留下了。但是，这并不完全表明这里的总体情况令我十分满意，即使在最近的美好日子里亦非尽然。另一方面，一个季度的时间相当长，这样寄居下去这里都快成为自己家了，饮食也变得单调起来了。现在，因为奥特拉的好意——我不明白她是以何种方式，医生的证明我是后来才寄给马克斯·勃罗德的——为我说情续假二个月，所以我暂时留下。下周我将去波利昂卡——那里一个优美疗养院的主任医生——当然几乎像斯莫科韦茨一样昂贵——现在外出，直到下周才回来。——我将请他为我检查身体，听听他对疗养、尤其是疗养时间的看法。而后，如果我被接受，就会搬过去（前提是我如果有力气从这里抽身）——并不是每个人都被接受，疗养院里已经客满。舅舅的建议——夏季避暑、花园劳动——当然要比所有疗养院更让我喜欢,只是现在避暑有点太早,我也不知道何处避暑为宜。如果你们了解这方面的情况,请来信告我。

如果我在这里再待下去,将会慢慢地需要各种东西,如夏季衣裳等等。一实际上我这里只有一件衣服,已经每天穿着它四处走动并卧床达一个季度之久,再也算不上是礼服了——怎样才能把衣服带来?不过并不急用。还有一点令我费神,即如何处置冬天的衣物?这些衣物已经一冬天没有敲打过了——这里没有这种习俗。

不过我这周还是胖了,体重为63.50,增加6.10公斤。

衷心问候全家!

你们的 弗兰茨

〔约1921年3月13日—马特里亚利〕

因为奥特拉的好意:卡夫卡顾忌到妹妹的状况,既没有详细告诉她自己的近况,也没有请求她找所长谈话。尽管如此,卡夫卡立即猜测到,她可能在接到他3月9日的信后采取过什么行动(第95号信)。他后来于3月11日明确请求马克斯·勃罗德为他口头续假,因为假期的期限是3月19日,已经来不及写书面申请。由于奥特拉捷足先登,勃罗德已无必要再去办公室。卡夫卡只能补交申请和证明信,并致信经理感谢他同意延期。他于4月3日写道:

尊敬的经理先生:

我本应早就去信,但一直病卧在床、高烧不断,直到现在仍未痊愈,今天亦然。至少对我个人看来,难以确定究竟原因何在,究竟是暂时的肠炎,还是更严重的病症。虽然对我的增加体重计划造成许多影响,但医生今天的检查和诊断结果,我的肺部并未因此而受损,近日里甚至继续好转。

我之所以再次请求续假,实出于对肺病的无奈。实际上,我直到在这里承受到肺病的痛苦之后,才首次真正认识到此病的厉害。申请续假之举使我得到宽慰。尊敬的经理先生，感谢您的耐心和宽容，感谢您对舍妹和属下的关怀——我根本不敢计算这已经是第几次续假了——衷心感谢您恩准我的申请。

敬颂安康，尊敬的经理先生

您的
F.卡夫卡博士

我将去波利昂卡：古尔大夫的疗养院设于该地，海拔1100米以上；卡夫卡而后却在马特里亚利住到8月底。

舅舅的建议：舅舅指卡夫卡最爱戴的舅舅西格弗里德博士，他是梅林地区特里施的一名乡村医生。卡夫卡在同马克斯·勃罗德的谈话中也提到过，"在农村里从事一份轻闲工作"是最好的生活。

95. 致奥特拉

最亲爱的奥特拉：

几天前，有一位熟人问我是否还想在这里住下去，我回答说是的，我愿意住下去。我给布拉格写信时也是这样说的，但这不过是出于玩笑，况且为了使这件事全无当真的可能性，我有意识地把启程日期定得很紧，以致所里几乎不可能有时间作出任何反应。这位熟人问，一封这样的信有什么意义？这使我想起了一位犹太教拉比的故事，不过我对这个故事的详情并不完全了解。故事大意是：一位犹太教拉比说，他在小酒馆里大大地见识了两位喝醉酒的农民。二位农民对面相坐，其中一人感到伤悲，另一人用肉麻的语言劝慰他，到头来伤悲者吼了起来："你怎么可以这么说话？你说你喜爱我，可并不知道我为什么难过。"这一切都是醉话，连伤悲者都不知道自己为什么伤悲。

我本以为你不会为我办事的，因为主要原因是你无法办事，所以我在两天后写信给马克斯，打算绕过你，可是你没有让我绕过去。

申请续假是很难的，原因很多，其中大部分你是清楚的。如果你站在他面前，他给你重新来一套如此这般的准假阔论，他几乎就变成了天使一般，于是你不由自主地垂下目光，那感觉简直是令人作呕。从总体上讲，人们可以容忍旷野上的天使，但是在所长办公室里呢？这种地方人们完全有理由以极粗鲁的地下方式予以诅咒。作为埃莉的兄长，我宁可堵上耳朵去承受他的"同意"。即使你那份书面申请报告也给我带来了类似的感觉。唯一给我一点儿安慰的是那份南非计划。我似乎听到了他的话："我给他假期去那美丽的国家，那里生长胡椒。"但这都是胡思乱想。他的好真是令人难以相信，我不理解这是为什么？仅仅考虑到我实际上是一个完全多余的人，也不足于成为唯一的理由呀！

我被打断了，就像现在常常发生的那样：那位不幸的医学生。在附近这一带，我还从未见过这样恶魔般的闹剧。谁也不知道正在指使的是好势力还是恶势力，反正这些力量非常厉害。若在中世纪，人们会称他为着了魔。他是一个21岁的年轻人，身材高大魁梧、强壮有力，红光满面——格外聪明，真正的大公无私，对别人体贴入微。详情以后得闲时在浴室内再叙——当小宝宝睡着之后。

黑茨岛当然比上边那令人悲伤的胡同漂亮。但是，吸引你的是贫困相，有钱人就不会贫困，从外界很少有幸能接触到贫困。一般而论，置身于贫困之中的只能是痛苦与不幸。暂且把它搁置一旁，不过以后我会全力开动脑筋来谈这个岛子的。

如果医生只是一个朋友，倒还可以打交道，否则无法理解他们。比如说，我一共有三个医生：当地的医生、克拉尔大夫和舅舅。如果他们的医嘱各异，这并不足为怪；要是他们的医嘱恰恰相反（卡拉尔大夫赞成打针，舅舅反对），也还说得过去，但是，如果他们自相矛盾，那就难以理解了。例如，卡拉尔大夫建议我来这儿，因为这里地势高，他常在这儿晒太阳，可是当现在太阳开始暖和起来时，他又劝我去地势低的普莱施。此外，他很同意我的意见，认为匈牙利和捷克的疗养院达不到德国的水平，可是他却建议我去普莱施。我并不固执（只是食肉的折磨我还是不愿意承受，不过现在已经部分地停止了这种折磨），我也打算去普莱施，我只是希望在离开这里之前先能保证找到一个任何地方的位置，以免在布拉格浪费掉你如此大度为我赢得的几周假期。此外，过几天我将去斯莫科韦茨和波里昂卡检查身体。如果克拉尔大夫已看过证明，我这里还有一份抄件，可以寄给他。

转移？我不知道。去巴伐利亚？没有一个医生向我提过这个建议（尽管这样的医生能够找到），再说他们那里很不愿意接受陌生人，他们要是接纳犹太人就是为了置之于死地，那可不行。

现寄去证明，并附上申请报告。我把它寄给你，是不想再找人重写一份证明。这里的捷克人只剩下那位18岁的姑娘，我对她的水平感到怀疑，因为她居然对我的捷语感到惊讶。我也许会用德语写信。

你难道还有时间和兴趣去干那件大事以外的差事？真的如此？

你的
〔1921年3月16日—马特里亚利〕

向埃莉、瓦莉问候，还有小姐。

我也把证明的誊抄件附上，再说抄件要比原件清晰一些，或许可把抄件给卡拉尔大夫或舅舅，申请报告上当然要附原件。我的做法有点像是在对一把珍贵提琴的内在质量作鉴定，实际上不过是鸡毛蒜皮而已。

从此信结尾处看出，经理曾请奥特拉转告卡夫卡，应再写一份简短的书面申请报告，连同医生证明（卡夫卡已将证明寄给马克斯·勃罗德，后者又转交给奥特拉），一同由奥特拉转交公司。由于此申请与Loužil著《卡夫卡》第74页中所刊的署有1921年3月16日的申请报告内容相同，因而此信可能是于当天所写（参阅"并附上申请报告"）。保险所后于3月25日以文书形式批准卡夫卡的申请，将其假期延长两个月至5月20日（参阅Loužil著《卡夫卡》第75页）。

犹太教拉比的故事： 这个故事名叫《萨索沃是怎样学习爱人的》，内容如下："拉比莫舍·莱普讲述道应当怎样爱人的道理，我是从一位农民那里学来的。这个农民和其他农民一道，坐在一个小酒馆里喝酒。起初，他和其他人一样沉默不语良久。但当葡萄酒打动他的心之后，他对邻座说：'你说，你是不是爱我？'那人答道：'我很爱你。'他却说：'你说你爱我，但不知道我有何愁。如果你真的爱我，你肯定会知道的。'那人无言以对。然而，那位发问的农民旋又沉默如故。我却明白了：这就是对人的爱，即应体察人之需要、共患人之疾苦。"（M.布贝尔著《犹太故事一百则》，1933年柏林版，第41页）

旷野上的天使： 暗指卢斯斯所著《圣诞故事》第2册。卡夫卡曾对马克斯·勃罗德说，他于1920年12月18日开始在塔特拉高原的度假前，前几周内读了许多圣经故事。

南非计划： 所长显然向奥特拉提出建议，卡夫卡可以移居南非，去南方干燥国度休假，是当时治疗结核病的主要手段之一。

黑茨岛： 布拉格新城和卡尔林以北的伏尔塔瓦岛，该岛于卡夫卡时代还有一个集市广场。胡同可能是指伏尔塔瓦河对岸高处工人们居住的城区 Žižkov。从奥特拉致达维德的信中看出，她时而去那里散步。亦请参阅本书第40号信的注解。

卡拉尔大夫： 卡夫卡一家在布拉格的家庭医生，卡夫卡时常在信中他作出消极评价。（可参阅本书第96号信以及第88号信的注解。卡夫卡信中批评的医嘱，见于他的朋友马克斯·勃罗德3月9日通知他的那封信中："卡拉尔大夫对我说，马特里亚利根本不适合你，他已经向你推荐过一所专门的肺病疗养所。这样的疗养所在维也纳、柏林市郊都有，舍莱森也有一所，在波希米亚的普莱施。卡拉尔大夫知道这个疗养所的几个很好的治愈病例。卡拉尔大夫认为，只有始终不渝地治疗结核病才能有助于你的健康。他从个人的实践中得出经验，注射针剂可以促进全面康复。"此信真迹影印于马克斯·勃罗德所著《卡夫卡的病》，刊于医疗报告39集第264号〔1967〕，第270页）

舅舅： 指西格弗里德舅舅，特里施的乡村医生。

很不愿意接受陌生人： 卡夫卡原打算不去梅拉诺，而在巴伐利亚找一处申请休养，但1920年初未获入境许可。

为了置之于死地： 喻指慕尼黑的巴伐利亚苏维埃共和国（1919年建立，仅存在两周。——译注）的命运。卡夫卡对1919年5月2日古斯塔夫·兰道被杀事件等十分了解。

我也许会用德语写信： 参阅第94号信的注解中引录的致所长的感谢信，并参阅第

98号信。

  大事：奥特拉的女儿维拉于5天后出生。

96. 致奥特拉

最亲爱的奥特拉和维鲁斯卡：

  （？母亲信中是这样写的，这是个什么名字？也许是维拉或维杰拉，就像科帕尔夫人的女儿一样的名字？这个命名出于什么考虑？）好吧，请你接受一件差事！弗尔贝格夫人想为她弟弟（集邮者）买邮票

100枚	2赫勒	快邮邮票	
100枚	80赫勒	邮票带	胡斯画像
100枚	90赫勒	邮票	

〔1921年4月—马特里亚利〕

  请你从我的钱中支出，她将在这里付我钱。这些邮票将在5月底失效，必须马上去买，听说只有布拉格能买到。

  对你来说如果两件差事太重（怎么能推着婴儿车爬坡去中心邮政大厅呢？你有一辆漂亮的婴儿车吗？也许韦尔茨夫人有几分妒忌？），那么或可烦请佩帕（他不去巴黎吗？）帮忙。你也可将信中所附的小品文交给他，请布尔诺的 Lidové Noviny 报社审阅；如果他认为此文尚可。当然还需要找一下克拉尔医生，他也许可以告诉我，什么地方可以定到疗养游船的位置，总费用是多少。你们先别告诉他，遗憾的是那条消息刊登在4月1日的报上，里面刊有相当严重的内容。一个可怜的病人今天满怀信心地把它拿给大夫，请他评价。大夫又把它拿给我，叫我看一遍，因为他不懂捷语。我当时因为肠炎十分虚弱，以至于实打实地用了一两个小时。

  这些是外部原因。本来我早就想给你去信，但我太累了，或者太懒

了,或者只是因为太难了,实在是很难区分。再说,我常遇到一些小问题,比如现在又长了一个大脓包,我正在与之斗争。听说你们俩很灵巧,我很高兴。但是,你们可别太灵巧了。这里有一位年轻的村姑,病情中等程度,平时很快乐、可爱;穿着一身深色的民族服装,很漂亮,是一件飘来飘去的芭蕾舞裙。她婆婆总是让她干太多的活,尽管家乡的医生一再给予警告,并说:

必须爱护年轻的姑娘
就像对待金色的柠檬一样

这话虽然不太顺耳,但一听就很明白,所以我在编造新的差事时比较克制。

尽管如此,有一件差事还是必要的,即去找所长;这事实在是难以启齿。假期将于5月20日到期(他真的通知你可以批假?),说了些什么?我该去哪儿?或许我应当在这里住到6月底?这些都是次要的想法。(自从患肠炎后——我认为是因为食肉而引起的——厨房里专有一位小姐考虑我的饮食问题,我相信她的大部分时间用在这方面。早饭时,她给我提出午饭的建议;下午用点心时,她又提出晚饭的建议。不久前,她的思想开小差,我想她大概是在梦中回到家乡布达佩斯,而后突然惊呼道:"我可真的感到很紧张,不知道晚上的色拉是否合您的口味。")我怎么能够要求再次续假?究竟什么时候是个头?实在为难。也许要求休半薪假?也许请这样的假容易些?如果我能对自己和其他人说,我的病是坐办公室坐出来的或者加重了病情的,或许请假还能容易一些。然而事实恰恰相反,办公室的工作阻止了病情的进一步发展。续假难以启齿,但我不得不再次请假。我当然可以附寄一张证明,这很容易。怎么样,你的意见如何?

你可不要以为我在这里成天想这种事,例如昨天我就笑着度过了半个下午,虽然不是开怀大笑,却也是安详温馨的笑。遗憾的是,此事只能意会,不可能言传其详。这里住着一位总参上尉,他被分配在临时医院就治，但像某些军官一样住在我们山下，因为山上的临时棚屋太脏。用餐时让别人去山上取饭。山上积雪多时，他成天滑雪，几乎滑到山顶，常常独自一人，简直太勇敢了。现在，他只有两件事可做，一是做铅笔和水彩画，二是吹笛子。每天固定的时辰内，他会在室外作画，在另一固定时辰内去他的小房间里吹笛子。他显然愿意孤身独处（只是每当他作画时，似乎很愿意容忍旁观者）。我当然很尊重这一点，迄今只同他说过5次话，而且都是在他从远处对我打招呼或是与他不期而遇时。如果我在他作画时遇见他，便会夸他几句，况且他的手笔确实不坏，属于业余爱好者中好的或很好的。在我看来，这一切并没什么特殊之处。我说过，我知道没法尽述其详。也许我可以试着描写他的外貌：每当他在街上散步时，总是挺着腰板，悠闲缓慢地踱着步子，总是把眼睛望着洛姆尼策山顶，风衣随风飘动，有几分像席勒。如果你走到他的近旁，瞥见他那张瘦削多皱的脸（部分原因是吹笛子吹皱了一脸纹），以及他那苍白的木色，加上那段脖颈和全身都像木头一般干朽，令人忆起从墓堆中爬起来的死者（就像西格诺雷利笔下的人物，我记得这是一张大师级作品）。此外他还有第三个相似之处。他以其丰富的想象力，在他的画作中——

不，扯得太远了。我指的是他的内心。简言之，他是在展示一个包罗万象的展览会。医学生在一张匈文报纸上写了一篇评论，我在一张德文报纸上也写了，这些都是秘密运作的。他拿着一张匈文报纸来找餐厅领班，请他为他翻译；领班觉得文章太深奥，完全无辜地把上尉领到医学生那里，称他会作最佳翻译。医学生当时发有低烧正卧病在床，我正在访他，于是事态就开始发展了。行了，不提它了。既然我说不详述，何必再详述呢？

另外，还得接上前文的主调。你可不要以为我天天在笑，真的不是如此。

现附上陶西斯书店的账单。还有一段是写给埃莉的，关于费利克斯，包括你的小不点儿也应该给予这样的考虑：10年之后，这并不很长，只需在躺椅上从左翻身向右,一看表就已经过去 10 年了。只有当人运动时,时间才会变得长久。

埃莉和瓦莉处,当然还要请你特意致以问候。你意下如何?我让你代为问候而不写信给她们,是因为问候容易写信难?完全不是。我让你代为问候,是因为她们是我亲爱的姐妹;而我不专门给她们写信,是因为我已经给你写了!最后你还会说,我让你代向你的女儿问候,是因为写信难。不过,写信并不难,跟其他所有方式比起来,写信还略微容易些。

祝你们母女愉快!

F.

〔1921 年 4 月—马特里亚利〕
〔信笺上端印有塔特兰斯克—马特里亚利
高原气候疗养地的一幅图片〕

请代我向小姐问好。

维鲁斯卡:维拉的昵称。此系奥特拉的女儿,生于 3 月 21 日。

韦尔茨夫人:伊尔玛·韦尔茨,与卡夫卡的朋友费利克斯·韦尔茨结婚,当时有一个出生 10 个月的女儿。

信中所附的小品文:被称为"四月幽默"的这篇文章题为《根据爱因斯坦的相对论治疗结核病》。文章以外行人看来很难渗透的独特方式,将传统致肥疗法中要求的病人增加体重,与爱因斯坦在一定条件下强调的人体长度增加相提并论。在一位柏林教授、F. 韦尔盖斯特医学博士和他的对手、慕尼黑人克罗普夫迈埃尔之间化名文章的学术争论中,争论焦点是:一位致肥疗法不能奏效的病人(如当时的卡夫卡),应当从的里雅斯特出发,乘船向东南方向作海上旅游,从而根据物理学规律达到最大可能有的增肥效果,使肺部因结核造成的空洞得以封闭。据称布拉格此间已组成一个康采恩,将在最短时间内装备几个海上疗养所。由于提供奖学金,即使不太富有的病人也能参加这种以自然疗法针对阴险的大自然的结核病疗法航行。详尽描述参阅 H. 宾德尔著《卡夫卡书信中的幽默》第 547 页。

一位年轻的村姑：即第 100 号信中提到的加尔贡夫人。

一位总参上尉：他的姓为霍卢普，瓦根巴赫所著《卡夫卡》第 280 页中亦刊有对他的批评言论。

西格诺雷利：系指卢卡·西格诺雷利在奥尔维耶托大教堂内所画的湿壁画《最年轻的法院》。

关于费利克斯：卡夫卡希望刚满 10 岁的费利克斯转到德累斯顿市郊海莱劳寄宿学校读书。参阅他为此而致埃莉的详细信文。

97. 致奥特拉

这么说是真的呀！我那可怜的小妹妹被她那大维拉牵扯了那么多精力，以至于义无反顾地让我乘四月幽默疗养船去往远洋。然而，我却想揪你的耳朵，根本不想去远洋。你写信说，这篇小品文出自 4 月 1 日的报纸，也许你写到这里时维拉哭起来了，吐着她那小舌头。

避暑。诚然，避暑是最美不过的事了。我当时之所以没有答复，是因为我像今天这样感觉到力不从心。每当我想起自己将在布拉格做如此令人作呕的姿态时（并不是轻率地自辱，而是厌恶那令人作呕的做派），心里就会犯呕。现在，如果我避免与维拉的任何接触，就不会有真正的危险，医生会证明这一点。但是，脑子里仍存有风险感，不仅我如此，别人也是这样想。因此，我认为我们无法见面。

母亲今天又给我来了信，令我高兴。是关于船的事。你们在陷入四月幽默方面真的十分执著，大概只有佩帕例外，但是你们不会让他独自清醒的。我只是仍然担心你们拿我开玩笑。

你不必为维拉过于担心。你只需想一想，大人们在为生存自卫时无需多作辩解，尽管如此还那么难于接受新事物。你提到了小家伙对桌子的反应，并表述了掺有几分恐惧的希望。这个希望我也一直存有。如今维拉离开了天上的桌子，从你的胳膊上方向下看到地上的桌子，她不喜欢它，或许更有可能的是还谈不上喜欢不喜欢，她不得不去适应它，而这对她来说一定是一件苦劳，我们却对此难以理解。只是为了增强自己的适应能力，她必须"吃"这么多；也许她不过是为了时常地分散自己的注意力。"这个世界令人难以忍受，"她内心时常暗忖，"只能快点喝个饱吧。"于是，她大口喝奶，你呢，大声啼哭。——不久前，我不得不搬到邻室，反正我已经在这个房间的阳台上躺了4个月，几乎所有的家具也已经搬过来。尽管如此，我还是得努力适应这个新环境，直到几个小时以后突然发现，这个房间的阳台门比较大，空气和光线比原来的房间好得多。维拉也会有这么个经历。——你必须替维拉设想一下，食物是她在这个大世界上离得最近、最容易占领的部分，于是她就充分利用之，而你就必须忍耐之。

附上医生证明。也就是说，请你接受这一苦差事，并请尽快。我的意见是要求现在立即开始享受半薪。我有半薪即可维持，而且这样做受之少愧。

尽管我的话上次说重了，但还是请你代问埃莉和瓦莉好。我有时确实容易激动。也问小姐好。

你的

〔1921年5月6日—马特里亚利〕

祝佩帕旅行愉快。

此信结尾处提到的莱奥波尔德·施特雷林格大夫的证明，所署时间为5月5日。卡夫卡于5月6日附有一封短信将其寄出，该信的德文译文是："尊敬的理事会！鉴于前附的今年5月5日医生证明，谨申请我获准休至5月20日的假期再予延续。"（Louzil

著《卡夫卡》第75页)此申请于5月13日获准,卡夫卡的假期遂延至1921年8月20日(参阅本书第98号信)。

搬到邻室:参阅本书第88号信。

98. 致奥特拉

最亲爱的奥特拉:

你又一次完成了任务。你还愿意干几次这种差事?一直干到最温和的所长也吼起来为止:"够了!滚出去!别再说一个字了!"一直干到那个时候?这本来真的是一个独特的岗位。说它独特,一是因为他把两件原本难以结合的事结合在一起了,即职员的绝对冗余与病人的绝对良好治疗;二是如果我不是现在这样的可有可无,我就不会受到这样优越的医疗待遇。当然啰,这么优厚的休假待遇,如今几乎不须我提出申请即可获得;而我接受的,只是一种施舍、一种羞愧。我本不想说的是,我在整个休假期间都为此而感到尤其痛心。不,只有在我提出申请并获准后才会感到痛心。而这一次,我所获准的居然超过了我所申请的。遗憾的是我无法用捷文向所长致谢,这一次还是得用德文,况且用德文亦非易事。

我不太相信菲卡特先生的个子变小了,也许是因为你当上了母亲,一下子变得大多了,所以在你看来一切都变小了(你是知道相对论和船的)。只是,维拉会变大的,她会感受到地平线(和她自己)。她的长相如何?额头上写着什么字?当然啰,你在读这些字时不应只满足于表面文字,因为额头上自然只会写着:"我要吃东西。"

很遗憾,因为她的拖累你不能来。也许以后情况会有变化,比如明年春天就有可能了。我真的不知道自己怎样离开这里,如果你不来接我的话。我成天躺在阳光下的树林中,躺在家里的阳台上,清晨在沐浴着朝霞的林中散步,或者欢笑、或者无聊、或者悲伤、或者有时还会喜悦,每天两次为饮食哭泣(昨天午饭时我情不自禁地怨叹道:"我的上帝哟!"

事后才发现自己失态）。我也稍微胖了一些，体重增加了近8公斤——简言之，这是个封闭的世界，人人在这里入了籍。如同来自地球世界的公民们一样，唯有天使来接他时才能离开这里。那么等到明年春天？

如果不太费事的话，请你在启程之前去访一下克雷齐西——可别当面说他矮了！——（对这位资深老职员来说，便会增加失落感）和特雷姆尔，行吗？也许凑巧有邮件。

请你下次来信时写几句关于埃莉、瓦莉和孩子们的事。

你的

〔邮戳：21.5.21 塔特兰斯克—马特里亚利〕

向佩帕问好！
向小姐问好！！
如果包裹还没有寄出，请加上3件左右衬衣，软质的，尽可能好些的。

根据卡夫卡1921年5月18日致所长的感谢信，致奥特拉的这封信最大可能亦是这天所写（参阅第95号信的注解）。但是，盖有5月21日邮戳的信封中，如今误插着第88号信，而实际上只有第98号信在时间上与之相符。因此，此信或是延误数日才送到邮局，或是18日开始写信，两三天后方才结束（信中的间隔横道可作此理解）。

超过了我所申请的： 从第97号信看出，卡夫卡请求在半薪条件下的续假，所长显然没有接受这个申请。

这一次还是得用德文： 参阅第95号信。1921年5月18日的信中写道：

尊敬的所长先生！

衷心感谢您，恩准再次续假，尊敬的所长先生，感谢您准假的此种方式。我本当致函所方道谢，这一点我必须承认缺乏常识，对此深感内疚。

近两个月内，我的状况似乎并未如前三个月那样明显好转。体重增加了整整8公斤。总体来说也仍然没有发烧。咳嗽、多痰、疲乏现象有所改善，而在两个月前我不会相信会有这种好转。当然，这一切改善，包括呼吸力的改善，都与美好的气候、宜人的空气、轻薄的衣裳直接有关。

敬颂尊敬的所长先生大安

您的 F. 卡夫卡博士

（见于 LouŽil 著《卡夫卡》第 76 页）

相对论：参阅第 96 号信的注解。

克雷齐西：卡夫卡于 1917 年底从苏芳致奥斯卡·鲍姆的信中可能谈到的就是此人："他是我的亲密同事，我在这里更加想他。"

99. 致奥特拉和约瑟夫·达维德

亲爱的奥特拉：

我很久没给你去信了，因为，当我身体好时，漫步于林间，沉溺于安宁之中，与小鸟、溪水和微风为伴，于是也就想安安静静地待着；当我绝望时，困于寓所内，仰卧于阳台之上，徘徊在充满噪声的树林中，于是也不想写信，因为父母也会看到我的信。遗憾的是，绝望的时候为多；不过心境好的时候也会有，比如前两天的下午就是如此，今天则不尽然。但是，我并不因为世界上根本没有人们所需要的那么多安静而感到惊讶，由此延伸下去，人们也不应该指望太多的安静。尽管这里已经爆满，自一月以来甚至满上加满（已经有人住在洗澡间、临时棚屋里，而我却有一间带阳台的漂亮房间），但是仍然会有些许的安静时间。对我的住房环境，我颇感谢忱，所以这成为我迄今没有离去的种种原因之一。比如，现在已是晚间 7 点左右，我仍躺在一个三面有墙的小屋旁的躺椅上，椅子蒙有一层皮面和一层软垫。小屋前是 方草坪，人小有若苏芳街心广场的三分之二，被知名或不知名的鲜花点缀成黄、白、紫三色，周遭是一围古老的云杉林。小屋背后，溪水潺潺。我已经在这里躺了 5 个小时，今天稍有人打扰，昨天和前天则独自一人，唯有奶瓶相伴。对这一切，当存谢意，因此我不想对今日的不快多加评说。另外，如果每天下午如此，如果世界允许我在此待下去，我会躺到别人不得不抬着躺椅把我搬走为止。最近你会来看我吗？

你提到去陶斯，这使我想起了几句诗："尽情地去享受人生吧，只要你进入人生，你便会生出十个顾虑。"所监大人没有什么诗意，却有强有力的权限。第一，该地位于波希米亚森林的北坡，过于荒凉（我已经是倒着发育为一个儿童，但还不至于像维拉一样的婴儿）。第二，那里缺乏安静。林中可能很安静，但距离不会近到搬着躺椅就可以走到的地步。第三，那里离施皮恰克太近（有人因为不想接近我，所以没有去塔特拉，而是改去施皮恰克。难道我现在应该也去那里？）。第四，疗养机构急切地询问我是否在这里住到7月1日以后（7、8月间只能以月为单位出租房间），我已答复住下去，而且我真的想住下去。第五，如果我经过布拉格，就必须去所里一行，那将有十分折磨人的一套礼仪，因为对我来说，保险所已经比月球还遥远（除了所里发的钱），但又充满威胁和责备。第4、第5个顾虑和第3个顾虑之一部分，我可以自己克服。但是，关于前两个顾虑，只有当你住到那里后才能有发言权。因此，最好还是把房间租到那时候再说，对吗？

令人注目的是，你很少提到对特雷姆尔和克雷齐西的拜访。尽管你缄口不谈，但这也是重要的迹象。难道他们俩对我生气了，说了什么难听的话？那里没有邮件么？此外还有什么不愉快的事？

你对我的外貌没有表示特殊的指摘，这很好。我虽然增肥8公斤（再重就不行了，宁可体重下降），不再发烧，但是——在苏劳时我的身体好一些，我真想说，在我来这里之前一切都比这里好，但我却没有意识到这一点。当然，冬天就比这里差太多了。我之所以写这些，是想在回来之前先作一下自我介绍，是想在回家时即能见到炒鸡蛋，而不是像从梅拉诺回去时的情形。

好吧，先不要生我的气，去看看维拉，在喂她之前多吻几下，其中一下是替我的。

你的

〔1921年6月初—中旬—马特里亚利〕

亲爱的佩帕：

你真好，还想着我，从巴黎寄来了风景明信片。以后你一定要给我多谈谈巴黎，谈谈舅舅和舅妈。你向他们全都转达了父亲的问候，一个也没落下？我为维拉感到高兴，她很有天才，据你来信说已经会说希伯来语了。Haám 即是希伯来文，意思是：人民；不过她的发音不太准确，应当念成 haám 而不是 haám。请你纠正她的发音，小时候习惯了的错误，就会陪伴终身。

衷心问候你的父母和姐妹！

你的 F.

因为父母也会看到我的信：奥特拉同父母住在同一栋楼内，但是，父母像每年6月一样，当时正在弗兰岑温泉疗养。

你提到去陶斯：奥特拉曾向哥哥建议，让他7月底同她和孩子们一道去陶斯消夏。参阅本书第97和100号信。

尽情地去享受人生吧：喻指歌德著《浮士德》中的诗句：

尽情地去享受人生吧！
人人都在生活，但并非人人都认识人生，
只要你进入人生，便会体味到人生之乐。

谈谈舅舅和舅妈：卡夫卡母亲的兄弟约瑟夫勒维娶了一位法国妻子，生活在巴黎。

应当念成 haám，而不是 haám：一则幽默，喻达维德的民族主义（他从不容忍孩子接受犹太教育）和语言纯正癖。参阅宾德尔著《卡夫卡书信中的幽默》第545页。

姐妹：安妮和埃拉。①

---

① 给佩帕的附信原文为捷克文。——译者注。

100. 致尤丽叶和赫尔曼·卡夫卡

最亲爱的父母:

你们从照片上可以看出,我已经相当胖了,至少右脸颊上是这样。你们可能能够认出格劳伯尔先生,除此之外照片上你们只认识戴着头巾的加尔贡夫人(修帽匠)。但是,你们从照片上想象不出来她的真实情况。衷心问候舅舅和舅妈。

你们的 F.

〔1921年6月—马特里亚利〕

〔风景明信片:卡夫卡在马特里亚利,与病人和管理人员们合影〕

你们在弗兰岑温泉没有照相么?

此信寄往弗兰岑温泉(父母通常疗养的地方)。

格劳伯尔先生: 照片上左边坐者。卡夫卡在后来致罗伯特·克洛普施托克的信中一再提到格劳伯尔,称之为他在马特里亚利结识的病人中两位最快乐者之一。格劳伯尔死于1923年8月。卡夫卡在第91号信中提到的假牙技师可能即是格劳伯尔。有关加尔贡夫人的情况,参阅第96号信。

101. 致奥特拉

亲爱的奥特拉:

你当然已经习惯了D的生活,怎么会有别的可能性呢?那是个城市。跟农村相比,人在城市里生活自然感到比较孤独。另外,你在信中写道,你知道一个叫巴比伦的地方。我已经不再想去任何地方了。这里也不像我担心的那样嘈杂。孩子们的噪声比大人的容易承受,一是因为这种噪声在所难免,二是这种忍受可以由于孩子的存在而得到补偿。在维拉而言,大概也是如此。——重要的是要告诉你,我将于8月20日假期结束时回到布拉格。不仅仅因为我不能永远地乞求,何况你这位说情人不在布拉格,而且也因为医生认为病情不大可能继续好转,至少他有时这样认为,而我也认为很可能确实如此。——目前,我的胫骨上的大脓包火辣辣地疼痛。它已经令我痛苦到现在了,我还是躺下为好。

你的

〔邮戳:21.7.28 塔特兰斯克—洛姆尼策〕

多马日利策有着对 Božena némcová 的回忆!

D:即多马日利策(Domazlic)的缩写字母。

巴比伦:陶斯附近的一个村庄。

回忆:即指著名捷克女诗人,其主要著作是《Babička》(《小奶奶》)。卡夫卡对她十分推崇。她于 1845—1847 年住在陶斯(= 多马日利策)。

102. 致奥特拉

我的第一次郊游我一下子就认出了维拉,你倒有点难认,但是你的自豪我一下子就看出来了,它写在这张图片上(我的自豪不亚于你)。她似乎有着一张坦率的、真诚的脸蛋。我认为,世界上没有比坦率、真诚和可靠更宝贵的东西。

你的

〔邮戳:21.8.8〕

〔风景明信片:塔特拉山脉〕

安妮·尼特曼

伊莱娜·罗特

103. 致约瑟夫·达维德

亲爱的佩庇：

抱歉，抱歉，先是裤子的事，现在又是这件事。告诉你，我当时的状况相当不佳，发着高烧，彻夜咳嗽。当我早晨开始给所长写信时，心情不太好。因此，请原谅我。另外，奥特拉当时不在家吗？为什么由你代劳呢？当然，这件事你办得很出色。理事先生是一位很敏感的人，你做得很对，同他进行了严肃的谈判，这也十分必要，因为我同所方打交道时如同孩子跟父母对话，毫无勇气。

我不会再申请假期，已经没什么意义了。要么有必要在这里继续治疗下去，亦即要么有希望康复（这将由医生们决定），但是短短的假期无济于事；要么我根本不需要假期。我将会把医生证明带来，证明我在这里待了这么久，这就足够了。

佩庇，多谢你想来接我的美意。在我来说这全无必要，对你来说当然是件好事。现在几乎已近秋凉，四处漫步 意在某种角度上超过了阿尔卑斯山，人们不需导游即可轻易地登上最高峰。不过，如果你来之后，每天早晨告诉我想去哪里，晚上告诉我去过了哪里，那对我来说可有可无。你既然已经休假，为何还在布拉格？

我很可能于星期五回来。再见，佩庇，向奥特拉和维拉问好。

你的 F.

〔1921 年 8 月 22 日或 23 日，马特里亚利〕

1921 年 8 月 14 日，卡夫卡突然发烧，不得不卧床休息。由于无法预知当月 22 日能否按计划重新上班，他于 16 日致函所方：

尊敬的所长先生！

我是在床上写这封信。我本想于本月 19 日回布拉格，但现在担心难以实现。数月来，我一直几乎没发过烧；但是，星期日突然发着烧醒来，热度超过 38°，直到现在仍未退烧。这一次，很可能不是因为受凉引起发烧，而是肺病复发。如同以往病发一样，非人力所能抗止。医生已为我作过检查，认为我的肺脏状况良好，只是左肺叶尖尚有一小块顽疾。医生认为，这次急性发烧并无大碍。尽管如此，只要热度未退，我当然还是必须卧床。也许星期五可以退烧，于是我便可以启程；反之则仍须再住几日，届时我会带来医生证明。

经过此次发烧，我的体重将严重受损。对我来说，给我带来更大不快的是，因为此病我将无法在长期休假之后至少准时上班以尽微薄之义务。

恭顺的
卡夫卡博士

（据 K. 赫尔姆斯多夫所编《保险公司职员弗兰茨·卡夫卡书信集》摘引，见于 »Sinn und Form« 第 9 期〔1957 年〕第 645 页）

由于卡夫卡此次原想用捷文写信（参阅第 95 和 98 号信），但因时间关系无法让达维德在布拉格翻译原文（参阅第 90 号信），所以他决定直接用捷文书写（也许在说捷语的熟人帮助下所写，参阅第 91 号信），而后寄给妹夫，请他过目并纠正拼写错误。卡夫卡嘱奥特拉将修改后的信件转交他的上司并加以解释性的美言。由于她当时不在家，故由达维德代劳此行。

若按卡夫卡于 8 月 29 日重新上班计算（参阅 louzil 著《卡夫卡》第 76 页，该处刊有经达维德润色的卡夫卡捷文致歉原件）——他本打算于 26 日回布拉格（正如他在致达维德的信中所述）——由于他给马克斯·勃罗德的一封盖有 8 月 23 日邮戳的明信片包含有类似内容，所以可能是同时所写（参阅本书第 84 和 108 号信的注解），故而卡夫卡此信肯定是于这一天或前一个星期一所写。

佩庇：捷文形式为 Pepıcku，是佩帕的昵称。

理事先生：系指卡夫卡的上司 Jindrich Valenta，他于 1920 年成为损失清算处的理事（参阅 Louzil 著《卡夫卡》第 71 页）。

1923 年

104. 致奥特拉

目前暂无必要写亲密信,但是这封信也不至于糟糕到不足一读,只是求策问谋而已。然而,此信已是我这次旅行中大部分时间的唯一劳动。我现在当然也有几分迟钝,因为昨夜是最糟糕的夜晚之一。大约分为三个阶段:先是猛然惊醒,其恐怖状之甚,世界历史上无一支军队能够抗衡;而后我起床唤醒那位可怜的好小姐(她因为电气铁路铺线而睡在我的房内,经过大规模整理行装后十分疲惫),取来安眠药匆匆服下,迷糊了大约一刻钟,药劲已过;于是,当夜的剩余时间内,我就在腹中构思给柏林房东的辞房电报,并绝望地苦挨到天亮。但是,当我清晨起床动身后,在小姐的安慰下,在佩帕的担忧下,在父亲善意的责备下,在母亲悲伤目光的注视下,我居然没有晕倒(感谢你和舍莱森)。

埃拉·普罗赫小姐可好?

路过贝尔科维茨时,因为你和孩子们以及芬尼没到车站来,我颇感伤心。

〔邮戳:23.9.26 柏林—施台格利茨〕

〔邮政明信片〕

此信系寄往舍莱森。

昨夜: 卡夫卡于1923年9月24日乘车去柏林,打算与他7月间在波罗的海米利茨浴场结识的多拉·迪曼特一道开始新的生活。在他看来,与她之间建立关系的决定"极为大胆,如此勇敢的壮举只能在历史记载中可以找到,例如拿破仑远征俄国"。

在佩帕的担忧下: 约瑟夫·达维德在度完暑假后又回到了布拉格(参阅第101和

103 号信），而奥特拉则在舍莱森待到 10 月中旬（参阅第 107、110 和 111 号信）。

  埃拉·普罗赫：即指第 106 号信中提到的埃拉·普罗哈茨卡。

  贝尔科维茨：该地离舍莱森约步行 45 分钟的路程。

  孩子们：奥特拉的第二个女儿海伦娜已于 1923 年 5 月 10 日出生。

105. 致奥特拉

奥特拉：

  附言：黄油这里有的是，只是不能吃。如果你能不时地寄来一小包样品，那倒不错，甚至很好。因为，只有黄油能够使我略微增肥，而舍莱森的致肥效果已在临行前夜丧失一部分（如果我没有可以丧失的肥胖度，当然也不会外出旅行）。你愿意寄吗？我们以后再算账，大约一个包裹价值 5 克朗。我曾经往这里寄过一次黄油，作为尝试，结果安然寄达。姑娘说，她在此之前以为当地的黄油很好吃，收到包裹后才知道还有好吃得多的黄油。祝你、佩帕和孩子们，以及芬尼一切都好。

F.

〔邮戳：1923.9.26 柏林—施台格利茨〕

〔邮政明信片〕

  莱森的致肥效果：卡夫卡于 8 月中旬至 9 月 21 日在奥特拉所在的舍莱森疗养。参阅第 104 号信。

106. 致奥特拉

最亲爱的奥特拉：

  刚才，在我收到你那可爱的信后不久，得到一个令人高兴的消息：据说，女房东对我感到满意。但是，遗憾的是房租不再是 20 克朗，9 月份的租金是 70 克朗左右，10 月份至少是 180 克朗。房价攀爬速度有如你们那里的小松鼠。昨天,我差一点被租金吓得晕过去,城内的房租对我来说也很可怕。但是,除此之外,这里郊外暂时还很平和、优美。每当我在这些温暖之晚踏出小楼时,茂密的花园中便会迎面扑来一股清风,其柔和、其强劲似乎从未感受过,无论是在舍莱森、梅拉诺,还是马里恩温泉,以及其他所有去过的地方。是的,这是一次苏劳之行。当然时间刚刚过去 8 天,如果你问我是怎样工作和分配时间的,我就无言以答了。更详细的情况很难写,在给父母的信中我将努力去做。此外,**你是否有兴趣也读一下那封信?**我希望,你不至于见到我在台阶上伸展四肢躺在孩子们中间。——直到星期二尚未收到黄油。快断顿了,必须寄来。这里的黄油,包括牛奶,我都几乎难以忍受。

我亲爱的佩帕现在都在干什么呢?我一共漏看了多少结局!向孩子们和芬尼问好。

你一个字也没写埃拉·普罗哈茨卡。

〔邮戳:23.10.2 柏林—斯特克利茨〕

〔邮政明信片〕

女房东:卡夫卡本应于 11 月 15 日自 Miquelstrasse8 号搬到 Grunewaldstrasse13 号(参阅第 113 号信)。但他此时已接到解约通知。根据多拉·迪曼特的回忆,与女房东的矛盾对他的《小个子女人》的构思产生了影响(参阅《勃罗德谈卡夫卡》第 172 页和 174 页)。

差一点被租金吓得晕过去:卡夫卡于同一日致信马克斯·勃罗德:"我在郊外正在找房,以避开房租那真正的折磨。这里人很愿意帮我,城里人缺乏这点。例如,昨天我被房价吓得暴发数字幻想症。"

结局:约瑟夫·达维德是英国狂热者和足球迷。

107. 致约瑟夫·达维德

亲爱的佩帕：

　　如果家里发生了什么特殊事件，劳你驾写几行字来。今天是星期三晚，十天以来我只得到过总共两次家里的消息。本来两次完全够了，但是时间分配得不理想，两封信是先后挨着收到的。因此，要是家里有什么事，你就会来信告诉我，对吗？既然你无法让别人害怕柏林，又何必顾虑其他呢？佩帕，若想让我害怕柏林，有如画蛇添足。不过，在这里的内城生活，确是一桩可怕的事，必须为食品而斗争，为看报而心惊。当然，这一切与我无关，换了我连半天都抵抗不住。然而，郊外这里却很美，只是偶尔传来一条消息，一种莫名的恐怖传染到我，于是我不得不与之争斗。难道布拉格不是这样？那里，每天有多少种危险威胁着一颗如此胆怯的心灵。除此之外，这里一切均好，我的咳嗽和体温情况也因此而有所好转，甚至比在舍莱森时更佳。——那20克朗我已移交给一个托儿所，详情我会告诉你的。——如果你打算作一个关于柏林现状的报告，尽可写信告诉我。当然要付柏林的价钱！这可是个昂贵的报告。另外，你读一下最近一期《自卫》。福格尔教授在此刊上又写了一篇反对足球的文章。也许现在应当全面停止踢足球了。

　　替我问候父母、姐妹和 Svojsik 先生。

　　另外，刚刚收到埃莉的信，家里一切均安。

〔邮戳：23.10.3 柏林—施特克利茨〕

〔邮政明信片〕

当然，这一切与我无关：至少在10月1日这一天，事实与之不符，参阅第106号信和J.P.Hodin所著《我曾爱过弗兰茨·卡夫卡——访多拉·迪曼特》，见于《新报》（*Dieneue Zeitung*）1948年8月18日第13版。至于读报时的恐惧心理，则是每天必不可免的（参阅第114号信）卡夫卡隐瞒真情的目的是不让父母无端担忧——达维德当时与他们住在同一个楼内，自然会给他们看信。（参阅第117和119号信以及第99号信的

注解）。

这可是个昂贵的报告： 达维德于 1923 年 9 月 5 日（星期三）给在舍莱森的奥特拉去信说，他将因周末的一场体育盛会而在布拉格多待几天："于是我又生出了那个老念头，即去找弗兰茨。事关一个报告，至少可以让他报销火车和汽车旅费；这个报告也值得作此开销。告诉他，Hakoah 队在伦敦以 5：0 击败 West HamUnited。这个消息登在今天的 »*Tagblatt*« 上。或者是报社弄错了，或者是 Westhams 被日本大地震吓坏了。"（宾德尔著《卡夫卡和他的妹妹奥特拉》第 557 页）尊敬的英国足球俱乐部的失败，无疑对他是一打击，就是在足球通来说也很意外（参阅《布拉格日报》第 207 号 [1923 年 9 月 5 日] 第 6 版上的报道）；信中戏称的地震发生于 9 月 1 日，因为各家报纸连日报道，所以达维德的指责不无道理。维也纳协会当时是最大的犹太人体育俱乐部。卡夫卡与达维德之间经常引用的固定词汇"报告"，以及两位伙伴之间反唇相讥常变花样的内容中，均也包括足球这个话题。参阅第 115 号信。

福格尔教授： 争论始自福格尔 7 月 27 日的一篇文章，后又续于 8 月 31 日和 9 月 28 日的两篇文章（《打击足球瘟疫》，刊于《自卫》第 38 期第 5 页）。最终，编辑部以一篇反对性论义和结束语作为补充。早在卡夫卡和达维德同在舍莱森度假时，二人之间的舌战由头和材料就已具备。关于《自卫》杂志，可参阅第 77 号信的注解。

Svojsik 先生： 安妮·达维德的丈夫。

108. 致奥特拉

亲爱的奥特拉：

不是"知己信"，只是经过略有不安的一夜之后的几句知己话：

关于你是否会打扰我的问题，我们根本不要谈。即使全世界的一切都在打扰我——几乎已经是这样了——，你却没有。除了能在这里见到你的喜悦之外，也许我还可以省去一次旅行。

这是关于你的事。但是，我不得不说除了你之外，其他的事都颇令我担忧。谈这种事为时过早，我还不能确信自己能够适应这里，为此梦中常在困扰着我。你能够体会些许：它与意愿无关，它与是否受欢迎无关，原因不在客家，而在东家。柏林的整件事具有柔性特点，我以剩余之力去感知，因此也许具有很大的敏感性。你知道的，别人有时是用什么样的语调在谈论我的事，显然这也是在父亲的影响之下。其中没有什么恶意，更多的是同情、理解和教导心等等；它并不是恶意，但这是在布拉格，我不仅有爱而且有怕。直接阅读和聆听这种好心肠的、友好的评价，对我来说犹如布拉格传到柏林来的谆谆之音，它给我带来悲伤，带来不眠之夜。告诉我，你能够丝丝入扣地体现其中的悲伤情感。

我不知道你是否能来，也不知道我是否该去布拉格待几天。由你决定，给我提建议。如果存在某种可能性，我想在柏林度过整个冬天。也许我事先应当回布拉格一趟，趁天气还能忍受得了，看看父母，正式告别，商量着把我的房间租出去，等等。另外，我还得取各种冬季用品（风衣、外衣、几件内衣、睡袍，也许还有暖脚套），否则这些东西托人带来或寄来都很费事。最后，我本来也该同所长谈一谈；不过，如果你坚持要代劳的话，我也可以把这件事毫不犹豫地交给你来办。如果我回去，无论如何我要在20日左右回到这里。

你看，我又把自己的担忧推诿给你了。这样一来，也许我又会像昨天那样自由、那样瘫软了。昨天，我虽然像每天一样7点以后才起床，但是9点来钟就感到累了，累得瘫软了，一点也不发烧，但就是挺不住了，于是纳头便睡。午前点心和午饭，我就像海伦娜一样在半睡眠状态中细嚼慢咽下去。傍晚5点前，我才勉强地爬了起来，因为据说有客来访。晚间，除了你的明信片外，我还收到了母亲的明信片。母亲说，克洛普施托克那个可怜而又可爱的不幸青年（眼下又很不幸）今天就要贸然来访，事先根本没有给我来信。现在看来他不会来了；要是我能帮他一把就好了，他没有住房，学校的免费午饭也难以保证，他的手受了伤，很快又要有一场重要考试，也许他钱也没有了，这一切都是他前来柏林访我的理由。现在看来他可能不会来了。当然，布拉格对他来说并不好，然而柏林的就学机会更加渺茫。在这点上，你本应劝劝他，你这个大母亲！——再见，向佩帕问好，还有孩子们和芬尼。维拉又有什么名言？海伦娜可有进步？

对了，在百般困难的干扰下，我忘了感谢你的黄油。星期三收到的。

也许这只是第一只包裹？味道好极了。

〔1923年10月8日柏林—施特克利茨〕

日期推算：从卡夫卡1923年10月8日书写并盖有当日邮戳寄给马克斯·勃罗德的信中看出，卡夫卡在前一天有一位叫恩斯特·魏恩（参阅第21号信的注解）的客人来访。由于第109号信的内容介于第108和110号信之间，即介于10月2日和13日之间所写，而且理应在中间时段，因为两头均经过柏林与舍莱森之间的两条邮路往返，所以魏恩的来访很可能是在10月7日。

带来不眠之夜：卡夫卡于1923年10月16日致函马克斯·勃罗德："但是更糟糕的是，最近夜鬼老是缠着我。不过，这也不足以令我返回；如果我被夜鬼击败，与其在那里，不如在这里。当然，事情还没有发展到这步田地。"

给我提建议：奥特拉反对此计划，卡夫卡遂改变主意，打算最早于年底回布拉格（参阅第109号信）。母亲也劝卡夫卡放弃此计划。

取各种冬季用品：冬季用品后由马克斯·勃罗德于11月份带去（参阅第114号信）。

交给你来办：参阅第115号信。

海伦娜：奥特拉的第二个女儿。

细嚼慢咽：原文为fletchern（根据美国健康布道士HoraceFletcher命名，现意为特别彻底地咀嚼）。

克罗普施托克：自1922年夏季学期开始，罗伯特·克罗普施托克在布拉格学习医学专业。

109. 致奥特拉

亲爱的奥特拉：

你也许已经到了布拉格，但我还是试着向Sch.发一张明信片，而后再往布拉格写信详告。如果我没有记错，迄今已经收到你的3个小包裹，第3个寄的是Danbaer，你星期一寄出，出奇的快，星期四就到了。为了便于算账，我们必须坚持记数，我可不想从维拉先生的面包上舔去黄油（尽管他会有不计其数的黄油可吃）。在此期间，我也收到了母亲的一个小包裹，使我受到了出色的照顾。不过，寄其他东西则全无必要。关于你信中谈到的旅行之事，我还会去信详谈，今天只说一点，我完全同意你的意见，不再回去，同时我也承认佩帕的担忧是有道理的。这里郊外至今一切平安，我认为你也可以睡在我屋里，不过城里当然随时都可能出事，对小不点们的母亲来说会带来铁路的风险。有关这方面的情况，我下次还会写到。好吧，暂时：František pozdravuje a jezdráv。向佩帕、孩子们和芬尼问好。

〔邮戳：23.10.13 柏林—施特克利茨〕

〔邮政明信片〕

向 Sch. 发一张明信片：奥特拉计划于 10 月 15 日才离开她在舍莱森（Schelesen）的消夏住房。

维拉先生：戏言！

旅行之事：参阅本书第 106、108、110 和 112 号信。

František pozdravuje a je zdráv：弗兰茨致以问候，他很健康。

110. 致奥特拉

最亲爱的奥特拉：

这么说你还在布拉格？15 号之前不走？是牙齿的缘故？现在牙齿还疼吗？很少有东西令我完全充满信心，而我对你的牙齿却满怀信心。不过，你在这种尚能忍受的气候下仍未离开布拉格，这一点很异乎寻常。——所有包裹都已收到，标有第 1 号的，包括今天（星期日）从布拉格寄到的未标号的，此前也收到了母亲寄来的第 2 号。对我的关怀真是无法再好了。——关于你的旅行。当我从窗户望出去时，但见蓝蓝的天空和满目翠绿；当我把目光收回室内，又见水果、鲜花、kefir 黄油；

于是我又沉于遐想：美丽的设施、植物园、绿林；我的思绪继而进一步延伸：极昂贵的戏剧欣赏（我至今还没有过体验）、参观Kersten 和Ticteur 的展览精品（参观太多了我们的钱就会不够了）等等，或者这些都免了，只需在一个陌生城市里共处两三天。这些都是我的建议，不过，当然，当然是有风险的。此事我还会去信详谈。无论如何，若对风险自我承担，则万万不可行！！问候佩帕、孩子们、芬尼。

〔邮戳：23.10.14 柏林—施特克利茨〕

〔邮政明信片〕

Kefir：由酒精和奶酸发酵方式从牛奶中获取的食品。①

111. 致奥特拉

最亲爱的奥特拉：

请你策动一下给我寄钱来。我带得不多，当时母亲没有钱，无法给我预付到10月份，我当时也不知道会在这儿待多久。可是她答应过我，从10月1日起在每个信封里夹寄一小部分钱来。如今我已多次请求过，但是一个钱也没寄来。今天是16日，这个月我一共只收到70克朗；也许是所里的钱没有寄到，还是寄钱的信丢失了？或许是想用这种方式教育我懂得挣钱？可是本不应让我失去这么多时间呀！比如说，昨天有几位家具搬运工从我的房内把老住房的一架巨大的三角翼钢琴搬走了。要是有一所家具搬运学校，可以培养出那种搬运工来，我一定会充满激情地去求学。可是目前我暂时还没有找到这样的学校。——黄油已经安然寄达，今天还收到了克洛普施托克代转的一个大包裹。不过，我还需要别的东西。比如我想买一盏煤油灯，又怕支出太大。我的房间里现在只

---

① 此信没有落款。——译者注。

有一盏对我来说光线不足的煤气灯，还有一盏太小的煤油灯。

〔邮戳：23.10.16 柏林—施特克利茨〕

公司的钱：参阅第 115 和 116 号信。

家具搬运工：多拉·迪曼特也记得卡夫卡有一次"张大了嘴，惊讶地跟着两位家具搬运工走到楼梯口"（瓦根巴赫著《卡夫卡》第 226 页、附注之 559 页）。

买一盏煤油灯：此事之所以具有必要性，主要因为卡夫卡与女房东为了煤气费过高之故吵了一架（参阅 J.P. 霍丁著《回忆卡夫卡》，见于（Der Monat）第 1 辑〔1949 年〕第 8/9 号第 93 页）。此灯也可以用来做饭（参阅勃罗德著《卡夫卡》第 176 页）。①

112. 致奥特拉

亲爱的奥特拉：

新居里的第一封信是属于你的，因为你也许很快就会同它建立直接联系，这一条理由就足矣。我相信你会喜欢它的。至于搬家么，我不能说自己很忙累。大约是 10 点半左右，我从旧居出门，乘车进城，到了大学，而后想去吃饭，打算饭后即去施特克利茨，参与一点搬家的事。但是，在弗里德里希大街上突然有人叫我，原来是勒维博士（我们家里的米利茨人都认识他）。我在柏林还从未见到过他。他当时非常友好、热情，邀请我立即去他父母家吃午饭——他正要去父母家。在这个价值万亿的礼物面前，我稍事犹豫——我本来是想去施特克利茨，但最终还是去了，来到一个殷实之家的平和与温暖之中。当我按响施特克利茨花园门口的门铃时，已是 6 点钟，搬家已经进行完毕。哟，我忘了，快没地方了，还有一个请求：母亲的无微不至关怀使我产生了一个念头，请往这里寄些钱来。我这里已经阮囊羞涩了。

如果你来，请带上你的床上用品，最好是能留在这里的。这里给你准备的床棒极了。

---

① 此信没有落款。——译者注。

暖脚套有时会十分需要的。

第9号已于数日前安然寄达。

〔邮戳：23.11.17 柏林—施特克利茨〕

〔邮政明信片〕

建立直接联系： 参阅第106、108、109和110号信。奥特拉后于11月25日抵柏林，卡夫卡于1923年11月15日从Miquelstrasse 8号搬到Grunewaldstrasse 13号。

到了大学： 11月和12月间，卡夫卡在"犹太教科学大学"参加会议和学习班。详情参阅H. 宾德尔著《卡夫卡的希伯来文学习》，刊于《德意志席勒协会年鉴》第11期（1967年）第555页。

我们家里的米利茨人： 系指1923年7月和8月陪同卡夫卡前往米莉茨的埃莉·赫尔曼及其孩子们，以及后去米利茨接家人的卡尔·海尔曼。①

113. 致奥特拉

亲爱的奥特拉：

很遗憾，这一次我没有在28日回到布拉格。我本来有一系列伟大的计划，不像以往那样只准备些小里小气的棉纸包装物品等，而是略微大手笔的礼品，显然受到了柏林鉴赏力的影响，如同时下报章上常见到的说法："欧洲乐此不疲。"这本来应当是仿制舍莱森游泳池的杰作，它曾经给你带来过喜悦。我本来只需把我的房间腾空，摆上一大堆储藏品，而后灌满酸奶，使它成为泳池，牛奶上再撒上黄瓜片。根据你的岁数（本应打听一下才行，因为我并没有注意到它的变化，在我看来你永远不会老），我本应在四周建起同样多的小房间，建筑材料是巧克力板（因为佩帕通常也能分享你的生日礼物，所以我也可以借此还清欠他的巧克力账）。小房间内都将充满利佩特的最佳礼品，每一间的礼物都不一样。

---

① 此信没有落款。——译者注

房顶上，倚墙斜角再挂上一轮巨大的光芒四射的太阳，是用 Olmützer Quargeln 饶铸成的。这本来是一件神奇的礼物，没有人能够忍得住长久观望，此外，我和小姐在配制它时还会生出多少个突如其来的念头哟！

如今，这一切并不存在，这辉煌的一切都在一记生日爱吻中融化了，无论它有多么坚实。这一切，确实也比任何一次在布拉格为你过生日时都更丰富。

关于你旅行的事，从各个角度来看，都可以设想这是一个困难的决定。我只需设想一下《布拉格日报》的标题即可！如果我当时不离开，现在感觉可能有所不同。然而，我真的已经离开了吗？我曾经在那些标题面前浑身颤抖；我现在几乎每天仍在颤抖，每当我在施特克利茨市政大楼广场的报摊上浏览各报的第一页时（作为当地寄居者，我只是星期天才买报纸）。这些消息通常都是千真万确的，特殊情况下却有例外，于是我就会想，但愿好事能够继续下去，坏事当然最好突然发生变化。然而怎么变呢？变于远方世界？

因为我的冬季用品由马克斯带来，所以你就可以在全家毫无干扰顺利旅行的情况下，根据其他各方面的因素从容决定旅行的日期。

关于我所需要物品的清单，将紧附于后，请你把它交给母亲和小姐。我不想把它直接寄给父母亲，因为父亲根本一窍不通。物品清单大致是：

3件软质衬衣、2条长衬裤、3双普通袜子、1双厚袜、1条擦手毛巾、2条薄手绢、1条床单（软质的即可，就像我带来的这条）、2个被罩、1个枕套、2条睡衣。

上述是内衣、床单类。外衣类：厚风衣、一套西服（如黑色的那套，它的薄兄弟我已经带来）和任何一条我可以在家里穿的裤子。此外，或许还可以把睡袍带来。如果还有"可能"的话，请把那件旧的、蓝色的芮格蓝式运动大衣带来，我可以让人改成室内穿的外衣。（这件大衣已被证明卖不出去了，再说居家老穿日常大衣实在令人难堪）如果我以后敞着窗户躺在长沙发上——我极有可能不这样做——或躺在我这里也拥有的阳台上，那么就得考虑还需要暖脚套、腕套和帽子。不过，这些物品是为今后准备的。如果决定把它们寄来，那将是个了不得的大包裹。

也许还应装入白天戴的随便哪副手套，然后还有一个外衣架，二个大衣架。

就这些了。一大堆，装在哪个箱子里呢？

还有一个特殊困难的包裹内容，即拜访所长。你真的愿意代劳？也许我还会另写信谈这件事，你或许也会有自己的想法，今天我只写一个草案（所里的钱寄来了吗？母亲没有回答我的问题：要告诉她一下，我去年秋冬两季因肺病发烧、胃肠痉挛而几乎一直卧床，身体状况每况愈下。春天以来，肺病好转了，但整个状况糟糕得多，因为开始了常常令人难以忍受的失眠，随之白天便会处于最可怕的头昏脑涨状态，以致我失去了干任何事的能力，尤其无法走访保险所）。我认为，如果我想继续活下去，就必须采取某种极端措施。我想去巴勒斯坦。本来我并不具备此行的条件，在希伯来文和其他方面的准备也相当不够，但是我必须拥有某种希望（关于巴勒斯坦的事，可以补充几句：由于肺病和那里生活维护费用比较便宜而选择了它。费用低符合实情，可以多次强调）。然而，在我妹妹的帮助下前往米利茨，也许还有柏林作为中转站，对巴勒斯坦之行做好各种准备。我试图从柏林开始（这里的朋友值得一提，还有生活费用），目前一切还能忍受，不要过分夸奖！现在我有点担心：如果我长久住下去，各项费用会接近1000克朗，这将剥夺我在柏林的可能性（实质上所有可能性都将不存在），因为这里的物价上涨很快，有些商品的价格甚至超过布拉格，而我的有病之躯则比其他人消费更高。我的目标仍然是有朝一日完全摆脱对退休金的依赖；但是，在可预见的时期内，我却完全依靠它（此外，这是一个危险的篇章，因为它隐喻着我将不回去，含意隐瞒，游离于字里行间）。目前看来，似乎就是这些内容。当然还包括致谢和友好之辞。可怜的奥特拉，这些任务很繁重，但对两个孩子的母亲来说，这一切也许尚能胜任（也许谈一点我在这里的行动为好，这一点我正在考虑，不过你也可以说你对此一无所知）。

最后，我多么希望知道维拉、海伦娜的一些小故事（信中说维拉没有忘记我，这一点写起来当然容易，但谁能给我保证呢？），我也很想知道全家的情况，尤其是小姐的近况。不过当然不要像上次你的来信一样,是在午夜写就的。我现在也几乎已经到了午夜了。再见!

F.

〔1923年第四周柏林—施特克利茨〕

向佩帕问好!

这一次我没有在 28 日回到布拉格:奥特拉的 31 岁生日应是 29 日。卡夫卡在其他场合也时常弄错日期。

利佩特:布拉格城内当时的一个精美食品商店。

Olmützer Quargeln:一种酸奶酪。

几乎每天:卡夫卡在 1923 年 10 月 2 日致马克斯·勃罗德的信中写道:"最近我看了那份几天来一直避免见到的《施特克利茨广告报》。糟糕,实在糟糕。但是,其中确有公理所在,其中与德国的命运紧密相连,有如你与我。"

旅行的日期:参阅本书第 106、108、109、110 和 112 号信。

要告诉她一下:有关后文参阅第 115 号信。

我想去巴勒斯坦:甚至 10 月份即将启程,但他于 7 月份即已看出:"实际上这已经不是巴勒斯坦之行,而是在精神意义上成了某位贪污巨款的出纳员的美国之行;如果与您们同行,此案的精神刑事犯罪程度将变本加厉。"此信是写给其同班同学胡戈·贝格曼之妻。贝格曼当时生活在巴勒斯坦,于 1923 年春来布拉格作报告。他对卡夫卡的决定起到了关键作用。他对这位朋友说,去耶路撒冷后可以住在他的宅内。

在我妹妹的帮助下:参阅第 112 号信的注解。

退休金:卡夫卡于 1922 年 7 月 1 日正式退休,因为他的肺病已经无望好转。

114. 致奥特拉和约瑟夫·达维德

最亲爱的奥特拉:

你看,我又回信晚了,也自愧没有亲自去找到所长。这是一件棘手的事,多谢你了;你信中说一切都如此顺利,我几乎不敢相信。你没有对我隐瞒实情?实际上它比那了不起的包裹更令人难以置信。你们给我寄来的包裹，据通知书说竟有15公斤重，我几乎有点害怕呢。我不再敢向父亲致谢，对母亲的谢意也只能在你的信中表达。从需要的角度看，15公斤似乎太多了；里面究竟会是些什么呢？况且都是出自你家的财政？我在记忆中审查了你的家当，你可根本没有这么多家产哟！当然，有时父亲上午来看望你，你的房间里便会有许多家当，但其中几乎没有什么可以寄出去的。这包裹给D.造成了最深刻的印象，尤其是擦桌布。她说，她恨不得快要叫起来了，事实上她几乎已经叫出声来了。——信中附上草稿一份，请佩帕作尽可能完美的翻译。不过，先请你过目并润色，内容应当涵盖所有须同所长谈的话题，语调应当恰如其分。关于巴勒斯坦之事，你们可只字不提。我在柏林的情况也可以不提。如果能在信中保持缄默，当然对我十分有利。此信应当直接交给所长吗？抑或交给所里？后者则要求对信文稍作修改。不过，此信若经交所长则足矣。除了这封公开信外，我是否应该再给所长写一封个人致谢短函（使用德语即可）？是否有必要这样做，取决于你同所长谈话时得到的印象。

为什么你这个月情况这么好？显然是把玩具用高额利润卖出去了。否则维拉当然会在你身边，让你写信告诉我，她正紧张地把耳朵贴在娃娃肚子上，听里面正在说些什么——这些都是可以想象到的。无论如何，如果那个娃娃足以使维拉获得柏林的印象，那将对她产生决定性的影响。——别再总是说你欠我的钱。我有几天是靠你生活的（我真想用希伯来语的说法来表达：是靠你的脂肪生活的）。我写作用的纸，是你的，我的羽毛笔，是你的，等等；如果有人想以特殊昂贵的方式作柏林之行，那他应当作为我的客人前来。祝你一切安好！但愿我的事不使你焦头烂额！另外，你不必替凯瑟博士担忧，他有钱。

                  F.
〔1923年12月中旬柏林—施特克利茨〕

向克罗普施托克致以问候！他能吃饱吗？他的健康状况可好？

我得抓紧机会写上几句，但我没什么妙语可写。我对维拉的柏林印象十分感兴趣。衷心问候！

多拉

盼你来信！

尊敬的经理先生！

我不揣冒昧地通知您，我希望能在柏林附近的施特克利茨再住一段时间。请允许对此作简短说明：去年的秋冬两季中，我的肺脏状况不佳，肺疾因肠胃痉挛疼痛而加剧。近半年来，这样的痉挛已几度严重发作，其病因不甚明了。在肺热和痉挛的作用下，我曾在数月内卧床不起。春季以来，上述痛苦虽有缓解，但代之以格外严重的失眠。作为肺疾的先导和伴生现象，我已失眠多年，但迄今多是阵发性的、不甚严峻的，况且均有一定的诱发原因。然而，如今的失眠并无诱因，且持续不断，安眠药亦几乎无效。数月来的状况已濒临难以忍受之程度，并对肺病起到恶化作用。夏季，我在舍妹的帮助下——无论在决断还是行动方面，我已无独立能力——前往波罗的海畔的米利茨。虽然我的状况在那里根本没有得到改善，但在那里却找到了今秋来到施特克利茨的可能性。柏林的朋友们愿意为我提供些许帮助，而在当时柏林的困难状况下，这一帮助是我前往柏林必不可少的先决条件，因为以我的现状无法在一个陌生城市里生活。

从希望的角度看，我在施特克利茨暂时生活的主要原因似有如下几点：

1. 我期望通过完全改变环境以及与此有关的条件，对神经疾病产生有利的影响。我对肺疾的考虑则退居第二位，因为立即针对神经疾病采取措施的紧迫性大得多。

2. 地点的选择——这是我的医生在布拉格提出的建议，他本人了解施特克利茨——恰恰对肺疾并无不利影响。施特克利茨是柏林近郊一个半乡村味儿、类似花园城市的地方，我住在一座拥有花园和玻璃阳台的小别墅内，在花园间步行半小时便可到达绿林，最大的植物园只有10分钟路程，附近还有其他园林，我们这条马路四周都可穿过花园。

3．对我的决定同样起到影响的最终因素是，我希望以我的退休金在德国生活比布拉格容易一些。当然，这一希望已无法满足。前两年情况或许可以如愿，但今年秋季的物价上涨达到了国际市场水平，甚至大幅超出，以至于我只能非常节俭地维持生计，况且是在朋友们的规劝之下，在尚未找到医生就治情况下才勉强维生的。

总体而言，迄今的施特克利茨逗留对我的健康状况有所裨益。因此，我很愿意在这里继续生活一个时期。当然，前提是这里的物价上涨速度不要把我提前逼走。

尊敬的经理先生，我谨请所方批准我在此逗留，并附上申请函。我的退休金仍请寄到家父家母处。后一请求的原因是，其他任一邮寄途径都将使我蒙受经济损失；而在我目前的阮囊羞涩状况下，任一损失都会带来极大痛楚。之所以强调任一其他邮寄途径都会造成损失，其缘由是无论以马克（我将损失兑换差价和成本）或克朗（我将损失更大成本）邮寄都无法避免，而家严家慈却随时有可能托熟人将钱免费带到德国来，即使两个月一次亦无妨。将退休金寄到父母处，当然不会妨碍我定期向所方提供也许十分必要的生存信息。请所方指示我当以何种方式证明我的生存。

借此再次敦请惠准这一对我而言至关重要的申请。

恭敬大安

佩庇，请你不要因为这一繁重劳动而生气，我的报酬是，Hakoah队输给了Slavia队。向你父母和姐妹问候。请奥特拉向父母作一解释，我现在每周只能写一至两封信，这里的邮资实在太贵。不过我给你们附上捷克邮票，以便我也能得到你们的一点支持。

从卡夫卡致约瑟夫·达维德的这段附言中，可以判断出此信的书写时间：信中提到的足球赛，系于11月25日举行，比赛结果刊于11月30日的《自卫》（第47至48号信），而卡夫卡只可能从《自卫》这一途径得知（参阅第107和114号信以及第77号信的注解）。他得到这期报纸的最早时间是12月3日（星期一）——此报系从捷克寄到柏林卡夫卡处。另一方面，信中使用了"本月"这一概念，而其妹走访所长后写来信时12月肯定已过去大半；达维德将卡夫卡致经理的报告译完后，卡夫卡是于12月20日才从柏林寄出的。由此判断，此信的书写时间很可能是12月中旬。

个人致谢短函： 卡夫卡于1924年1月8日写了这封信（在柏林逗留和退休金寄到父母处的申请，系于1923年12月31日获准。细节亦请参阅第116号信），但与1921年时这类信件（参阅第95和98号信）不同的是，此信系用捷文所写（发表于J.Loužil所著《卡夫卡》第81页）。约瑟夫·达维德受托将卡夫卡的信文（见于第116号信）进行翻译（参阅第90和103号信）。

娃娃： 卡夫卡为奥特拉的女儿维拉买了一个玩偶娃娃，在奥特拉11月底结束柏林之行回布拉格时作为礼物送给了她。

我得抓紧机会写上几句： 由于信笺位置缺乏，多拉·迪曼特将致奥特拉的问候语写在卡夫卡给妹妹信中最后两段文字之间的空白处。

尊敬的经理先生： 由达维德翻译的捷文信发表于J.Loižil所著《卡夫卡》第80页。此信的德文回译件见于K.赫尔姆斯多夫所著《保险公司职员弗兰茨·卡夫卡的书信》，刊于»Sinn und Form«第9期（1957年）第648页。

生存信息： 卡夫卡在基尔林居住时期的一封此类信件见之于《弗兰茨·卡夫卡1883—1924文物展》（Catalogue，耶路撒冷1969年版，第30页）中的影印件。

Hakoah队输给了Slavia队： 达维德当时是布拉格Slavia足球协会的追随者，该队处于中游水平，是赛十分幸运地以4：2获胜。

邮票： 达维德是集邮者。[①]

[①] 附言原文为捷文。——译者注。

1924 年

115. 致奥特拉

亲爱的奥特拉:

照片很美,维拉还是那副无辜和安详的神态。你说得对,我感觉得到她的目光仍然认得我。海伦娜要求生存的方式多么伟大!(德语可以完全容纳外来语的各种比喻)关于芬尼,D. 在第一眼瞥见照片时就作出了正确的评论,说她几乎已经认不出来了。——果酱真的是你制作的?这是一份偏离目标、却又正中情怀的殷勤礼物!这完全是我的肺腑之言。不过,你当然是不会制作林茨蛋糕的。此外,还有一个并非自私自利的问题:那些莱茵克洛德李子长得怎么样?我之所以提这个问题,是因为我多少干过一点活。——我心中还有另外一个悲伤得多的问题:小姐的圣诞夜过得可好?(字迹写得下意识的小,蜷缩在一起。)去年,她强迫性地请求我接受一半礼物,我当时收下了;今年可别再强迫我啦!不惭愧么?——保险所的来信很友好,一点也不复杂,这要感谢你的功劳。有两封短信需要翻译,一是:"尊敬的公司领导,竭诚感谢惠函赐教,特遵示声明,家父赫尔曼和家母尤丽叶·卡夫卡受全权委托接受我的退休金。"此外还有一封致谢短信:"尊敬的经理先生!请允许我向您,尊敬的经理先生,衷心致谢,感谢您对我的申请特予友好的惠准,尤应感谢您热情接待舍妹,感谢您对我近年来或许看似特殊实则完全属实之经历的明察。

恭顺的属下

以上是两封译件,不算长,对吗?(前一封信也许是件苦差事?既然我已经向世上抛出过华丽捷文的谎言,如今我这位可怜人又有什么其他方法呢?这个谎言很可能没有人会相信,佩帕也许跟我一样可怜。)

由于它们都不长，我能否尽快得到译作？作为酬劳，现附上《我最漂亮的射门得分》一文剪报。——克洛普施托克现在怎样？也许状况不佳，很糟糕。能够在这种严寒条件下为毫无保障的生计四处奔波，确是了不起的英雄。此外，他在困境中总是有着可以理解的某种奢望，如同维拉想买玩具等等——这一次是想前来柏林。我应该鼓励他吗？D.说，给他找一个住处睡两天并不困难。两天的食品也好找。可是，我是否应该鼓动他为此次旅行花费诺大盘缠吗（即使他以优惠价参加至博登巴赫之行）？不，也许我不会这样做。——你问我的营养如何，我要说仍然棒极了，丰富多彩（不过，这个月的支出大概不会重复超逾1000克朗的奇迹，尽管家里给我如此大方的支持）。此外也没有任何障碍。烹调很容易。除餐前后买不到酒精，尽管如此我吃饭时还差一点烫了嘴；饭是用蜡烛火苗加温的。

顺祝一切安好！

F.

〔1924年1月第1周柏林—施特克利茨〕

只有一个非常、非常衷心的问候。太累了！我快睡着了。
晚安

日期推算：卡夫卡至迟于1月8日得到了达维德的译本。

D.：多拉·迪曼特，此信最后一段话是她写的。

这要感谢你的功劳：所长以亲切的口吻给卡夫卡回了一封公函（参阅J.Lou^il著《卡夫卡》第81页）。

华丽捷文的谎言：参阅第90号信。

《我最漂亮的射门得分》：可能刊登于《施特克利茨广告报》附刊，此文在柏林各档案馆中无法找到。

博登巴赫：捷克斯洛伐克与奥地利之间边境铁路站。

116. 致尤丽叶和赫尔曼·卡夫卡

最亲爱的父母亲：

通往这里的邮路似乎很长，从这里起始的邮路也很长，请你们不要因此而感到迷惑。目前的治疗主要是十分舒服的敷布和吸入疗法——肺热限制了其他疗法。我反对砷注射法。昨天收到舅舅从威尼斯寄来的一张明信片，它几经周姗姗来迟。那里并不天天下雨，更多的时候恰恰相反。你们不要把我的肺热想象得太严重，现在清晨只有37度。衷心问候。

F.

〔1924 年 4 月底—基尔林〕

〔邮政明信片〕

此信在一张邮政明信片的地址那面保存下来，当时是由多拉·迪曼特寄往布拉格的卡夫卡父母（"弗兰茨会埋怨我的，我只给他留了这么一点空白处"）。1924 年 4 月中旬，维也纳的一家医院确诊卡夫卡为喉头结核病之后，多拉将这位重病号于当月 19 日送到附近基尔林的霍夫曼医生疗养所。从此信的开头内容和多拉的附言（连同她 4 月 15 日致卡夫卡父母的一张明信片）可以推算出，第 117 号信肯定是初到基尔林时所书。

肺热限制了其他疗法：在多拉大约同期寄给埃莉·卡夫卡（她丈夫显然去维也纳看望过卡夫卡）的一封信中，谈到了卡夫卡的健康状况，其坦率程度显然超过致卡夫卡忧心忡忡父母的信。信中写道："咽喉并不疼痛，至少从外表看不必为此担忧。令人不安的是顽固的肺热，晚间为 38.6 至 38.8 度。中午之前几乎没有热度。重要的是，弗兰茨从昨天开始因为发烧而十分沮丧。"

基尔林：维也纳附近的一个小镇，卡夫卡最后死在这里的一家医院里。

117. 致尤丽叶和赫尔曼·卡夫卡

我利用了你们的"懒于动笔特别许可"。再说 D. 已经写了一切情况。

衷心问候！

F.

〔1924年5月5日—基尔林〕

〔邮政明信片〕

卡夫卡的这些话写在多拉致尤丽叶·卡夫卡的邮政明信片上，此信很可能是5月5日交付盖戳的。信中写道："遗憾的只是，弗兰茨的恢复因天气而受阻。一旦完全克服寒冷之后，但愿他能从现状基础上最佳康复。尽管这里的天气糟糕得让人感到无聊，但是空气棒极了，人们可以直接感受到。伙食也无可指摘，尤其因为他获准根据兴趣和心情自己做饭。"

118. 致尤丽叶和赫尔曼·卡夫卡

最亲爱的父母亲：

要写的是你们时常谈起的旅行之事。我每天都在考虑，因为此行对我十分重要。此行一定会很美，因为我们已经这么久没有见面了。我不指望能有布拉格团聚的美满，因为那会扰得阖家不宁；但我希望能在一个漂亮的地方安安静静地团聚几天。我记不清自己何时在弗兰岑温泉单独待过几个小时。正如你们信中所说，于是我们就可以在一起"好好地喝一杯啤酒"。从这句话看出，父亲对新酿的葡萄酒并不以为然。就啤酒而言，我也同意这个想法。我现在常常于炎热之中回忆起，我们以前曾经定期地一同喝过啤酒——许多年前，每当父亲带我去游泳学校时。

上述原因和许多其他因素对此行有利，但不利因素也太多了。第一，父亲可能会因护照困难而来不了。这当然会使他的旅行兴趣索然，但更重要的是对母亲的影响。无论何人陪她旅行，她都过多地关心我、教诲我，而我现在仍然外表欠佳，羞于见人。在维也纳时和在这里初时的困难，你们是知道的。这些困难导致了我的体质下降，妨碍了肺热的快速退除；而肺热又导致了我体质的进一步虚弱；喉结核带来的精神刺激，在初时对体质的影响甚至超过病情本身。

直到现在,我才在多拉和罗伯特的帮助下(如果没有他们的帮助,后果不堪设想!)从衰弱中挣扎出来,这种帮助是你们在远方难以想象的。现在仍然还有干扰,例如前几天病发的肠炎至今仍未完全治愈。这一切产生的综合效应,使我仍然没有调养过来,尽管我有那么出色的帮手,尽管这里的空气那么清新、费用那么昂贵,尽管我几乎天天接受蒸气疗法。我现在甚至都不能在花园中稍事站立,还赶不上不久前在布拉格时的状况。你们还应该考虑到,我现在只允许轻声细语,即使轻声说话也不太经常。你们一定会愿意推迟来访的。一切正在良好的开端之中——一位教授不久前诊断认为,我的咽喉有了明显好转。尽管我对这位可亲、无私的教授——他每周开车来一次,却几乎不收取任何钱……但他的话对我来说仍不失为一大安慰——如上所述,一切正在良好的开端之中;然而,最佳的开端也于事无补。如果不能向来访者——甚至像你们这样的来访者——展示巨大的、明显的、以外行的目光亦能看得出来的进步,何不放弃此行?我们不应该暂时放弃此行吗,亲爱的父母亲?

你们不必以为来访会有助于我的治疗或丰富我的生活。尽管这个疗养所的所长是一位有病的老先生,无法对我的治疗起到多大作用,尽管与一位不太可人的助理医生打交道与其说是医疗关系,不如说是友好交往;但是,这里除此之外时常有专家前来探视,尤其是罗伯特,他常常厮守在我身边,尽全力为我着想,却不去考虑他的各门考试。还有一位年轻的医生,我对他充满信任(我对他的感激之情如同对待前文提到的教授,他的姓名叫阿尔希·埃尔曼),他每周来三次,但不是开车前来,而是节俭地乘火车或公共汽车。

〔约 1924 年 5 月 19 日—基尔林〕

马克斯·勃罗德所著的卡夫卡传记中收录了此信,将其判为卡夫卡临死前一天所写(参阅勃罗德著《卡夫卡传》第 183 页)。但是,从多拉 5 月 26 日的一张明信片中看得出来,卡夫卡此信系给父母的回信,而父母的信很可能是 5 月 19 日即星期一收到的(最多是一至两天后）。因此可以推断，此信的书写时间可能是14天之前，即5月19日。

布拉格团聚：卡夫卡于3月17日从柏林回到布拉格，在父母家逗留了三周。

就啤酒而言：罗伯特·克罗普施托克在从基尔林寄往布拉格卡夫卡家人的一封信中写道："弗兰茨吃得很多，大进营养，甚至现在吃饭时还喝啤酒（常常也喝葡萄酒）。多拉瞒着弗兰茨在啤酒中搅入So-matose——尽管他觉察出啤酒味不太正，但还是喝下去，这一点要特别感谢多拉。因为她总是在饭菜上作出改善，比如增加几个鸡蛋等等。——如果他不把饭菜统统吃下去，她不会罢休。"（参阅第118号信）

一同喝过啤酒：卡夫卡曾向多拉详细介绍过当时的情景："当我还是个小男孩时，我不会游泳，有时跟着同样不会游泳的父亲去不会游泳者区学习。于是我们裸体席地用餐，每人一根香肠半升啤酒……你设想一下看，一个好大的人手中抓着一块小小的木板学游泳，我们在黑暗的小房间里脱衣服，他把我全身脱光，因为我自己害臊，然后他想用他那所谓的游泳姿势来教我，如此等等。还有那啤酒！"（勃罗德著《卡夫卡传》第180页）

过多地关心我：克罗普施托克在致卡夫卡父母的信中，谈到了多拉想送卡夫卡去波希米亚旅行的打算："对弗兰茨来说，母亲若来看他是一件可怕的事（每来一个客人都会使他十分激动。我认为，即使不谈医疗的效果，只要来一个客人即意味着对其生命的一次问候，尤其是在这春季时分），甚至是后果严重的大事。"但是，若回捷克斯洛伐克也会有同样糟糕的后果："没有一个借口能瞒得住他的目光。"

甚至超过病情本身：卡夫卡在致马克斯·士罗德的信中写道："如果有人能够承受喉结核这一事实，那么我的现状就不足为奇了。"

罗伯特：罗伯特·克罗普施托克于5月初来到基尔林，对卡夫卡进行医疗护理。

一位教授：马克斯·勃罗德曾经说过："多拉对我叙述道，当恰斯尼教授（在卡夫卡病情晚期时）对他说，咽喉的状况看起来有所好转时，弗兰茨高兴得哭了起来，一再拥抱她，并说他从未像现在这样渴望生活和健康。"（勃罗德著《卡夫卡传》第182页）

一位年轻的医生：克罗普施托克曾向卡夫卡家谈到过此人："这位新来的医生特别重要，特别具有安抚作用，弗兰茨对他充满信任，以致他自然而然地关心弗兰茨的一切事务。"

119. 致尤丽叶和赫尔曼·卡夫卡

最亲爱的父母亲：

只有一点需要更正：对水（就像我们在家里喝完啤酒后用大杯子盛水端上桌子一样）和水果的欲望不小于啤酒，不过目前的身体状况只是缓慢地好转。衷心问候！

〔邮戳：24.5.26—维也纳〕

〔邮政明信片〕

此信见之于多拉·迪曼特致卡夫卡父母的一张明信片上（由于位置紧短，信文只好写在明信片边缘处）。多拉的信中第一段内容如下："我想回复您们在星期日寄到的美丽明信片，尽管已经有些晚了。这是多么令人高兴的交换方式，即您们的明信片与弗兰茨的书信往来。要是能够永远继续下去就好了。明信片带来的喜悦效果不亚于特别快信。弗兰茨已经几乎能够背诵全文了。他特别自豪的是，能够同他尊敬而可亲的父亲一同喝啤酒。我想在远处观望，就是在一旁常常聆听别人对啤酒、葡萄酒、（水）和其他美好事物的随意评价，也会令我陶醉的。弗兰茨已经成为一名豪饮者，几乎每餐必喝啤酒或葡萄酒，当然量并不大。他每周喝掉一瓶托考伊甜酒或其他的精制葡萄酒。我们拥有3种葡萄酒，都是相当精美的牌子，以便他经常更换口味。"根据多拉此信的下文和克罗普施托克的一封信来判断，父母的特别快信可能于5月17日（星期六）寄达，信中谈到了埃莉全家出游的经历。"当他听说这些事时，瞪大了眼睛，像太阳一样炯炯有神，他说：'他们也喝了啤酒'，他的口气那么激动，那么亢奋，使得我们在座者对他们所喝啤酒的意念享受，甚至超过了他们实际喝酒时的乐趣。正如我曾经写过的那样，他现在每餐必喝啤酒，那享受的神态使得旁观者也感到赏心悦目。"（克罗普施托克1924年5月17日致布拉格卡夫卡家人的信）

120. 致尤丽叶和赫尔曼·卡夫卡

亲爱的尤丽叶:

我已于星期四晚上到达此地,因为我在德累斯顿只逗留了几个小时。一路上天气晴朗,我却觉得这儿天气有些阴暗——物价有些昂贵,除此之外我对柏林是满意的。我在策伦多夫弗兰茨的寓所里写这封信,他在这里安顿得很好。别的事情他自己会写信告诉你们的。

最衷心的问候!

西格弗里德

〔24.11.23—柏林〕

最亲爱的父母亲:

舅舅对我的担忧已有所缓和,他去剧院,他喜欢柏林,和我们一样气恼这物价,但是对他这趟旅行的一丝怀疑却依然存在。

致父母亲

（1922—1924）

张荣昌 译

1922年

1. 致父母亲

最亲爱的父母亲：

多谢寄来好消息。我很想知道详细情况，不过这些情况用两行字便可说清：现在躺卧情况如何，母亲你去那儿多少次，在那儿待多久，什么时候拆线，可望什么时候返回。要我等到父亲到家后再来，但是有人说要去疗养院疗养12天，今天大概满12天了吧。——我们很好，奥特拉和维拉散步去了；她（也就是奥特拉）一天说好几回她要写信，但是她却是家庭主妇，一只手拿着煮锅，另一只手拿着尿布，第三只手拿着糖果哄那些孩子，她不得不引诱、请求、喝骂他们离开我窗户下面那块儿童游戏场地，她还怎么写信呀。况且：假如我不起码给她当当秘书（我正是主任秘书嘛）代她抄抄写写，那岂不就太不像话了。所以我所写的，也正是她想说的话。

最衷心的问候。

亲爱的埃莉，据你对我所言，这封信你在布拉格也肯定收不到的了。所以我给你写到布伦斯霍普滕，写了信和明信片，请你为我到埃韦尔书店那儿做些补救性的工作。有三个可行的办法：要么在柏林去他们那儿一趟（柏林NW7多罗滕街35号），现在在归途中也许有可能做到这一点，这个办法值得一试，因为面谈最好，更便于做出决断，要么你书面订购并让他们把书给你寄往布拉格，或者采取最后一个办法，你让他们把书给你寄往布伦斯霍普滕，这样你就可以比采用第二个办法节省大约25%的费用。瞧，埃莉，不是说要你去订购一大批书，而是只订购几本书，不是为了要去扶埃韦尔书店一把，它的两条腿相当稳健，而是为了向它表明，我没撒谎，我不是爱闹着玩的还在念书的小男孩，诱使书店寄来了信、说明书、估价表，随后便通知他们你将亲自前往（征得了你的充分同意抑或甚至是按照你的建议，这我就不知道了），就算了事，就算把事情了结了。所以求你了，亲爱的埃莉，你照顾一下我的名声吧。怕第一张书单也许已经丢失，我给你寄去了第二张，现在我从中摘其要再次抄录如下：

特姆普尔版席勒文集——你要是觉得这太贵，那么有很好的、价格便宜一些的科塔版或更便宜、然而较蹩脚的博恩版，他们还会给你举出别的版本来的。

世界史，乌尔施泰因出版社，但是他们还会给你提出别的版本来的，家里有一本插图世界史挺美的吧，是不是？或许也来一本文化史、艺术史、文学史、布雷姆的动物世界？或者甚至来一套百科全书。

或**赫茨尔日记**，该日记的第一册现在已出版，一本内容很丰富的、卡尔也会感兴趣的、感人至深的书。

或几本杂色多彩的书：格林童话（全集三卷本，乔治·米勒出版社，一种珍藏本）或杜布诺夫的近代犹太人史或里夏德·代默尔书信集或席勒书信集（朗格维舍出版社一卷本）或歌德书信集（同一家出版社两卷本）或泰纳：法兰西革命或高尔基自传（迄今乌尔施泰因出版社出了两卷，给卡尔和费利克斯）或——或——或——我贪书成癖，不能这么无休止地把这张单子开列下去了，否则会没有个完的。

总的来说，只要你给埃韦尔书店这样写："我无法去柏林登门拜访您们，我订购随便哪本书价约十马克的书并请给我开具我的兄长不是无赖的证明。"你若订购得更多，我的无赖行径就因此而相应地缩小。

我从你的来信中获悉，你不让盖尔蒂去上那所学校了？我已经不清楚我是从你来信中谈到的，还是我这个兄长有心灵感应，还是也许只是听卡尔说的。这真是让人感到难过，我们实在是力不从心，我们大家都是力不从心。

问候你，问候大家！

你的 弗兰茨

〔1922年7月26/27日—普拉那和卢兹尼西〕

最亲爱的母亲、父亲和埃莉！问候你们大家。埃莉，来这儿玩一两天吧。你们的奥特拉。

这真是一个很好的主意，埃莉到我们这儿来待几天吧。

1923年

2. 致父母亲

最亲爱的父母亲：

如果我没记错，已经10天没有得到你们的消息。这是相当长的时间，尤其是因为我经常成为通信中的主要谈论对象，如今家里的许多小事（但愿没发生大事）我都不知道，而这种小事是肯定每天发生的。这就不应该了。我的状况仍然很好。由于我没有忘记自己的"事"，所以补充一个饮食通知单的新鲜事。在我的要求下，第一顿增加了精美蜂蜜的早餐甚为丰盛，当然这也需要破费，而且花钱不少。早点增色不少，女房东问我要配方，但是我说，光有配方不行，必须经过小姐的手工。由克洛普施托克代转的包裹已于昨天星期二安然抵达。多谢。

衷心问候你们和全家！

F.

〔邮戳：23.10.17 柏林—施特克利茨〕

收到公司的钱了吗？我迄今只收到第1号附钱的信。

3. 致父母亲

最亲爱的父母亲：

我刚才收到你们18日的亲切来信和50克朗。这一回好像真的丢失了一封信了，丢失了星期六的那封信，那封你们称之为"内容详尽"的信。可惜，可惜。信里写了些什么？信里兴许也有钱吧？你给这封信标上了号，如此我就会以为信里有钱，可是从最近这封来信来看，信里似乎没有钱，因为您们在信里要我去找格罗斯太太。我重述我昨天的明信片里的话，我已经从格罗斯太太那儿得到1000克朗，加上今天的这50克朗，现在我简直快成了大富翁了，我在认真考虑我是否要去看一场电影。可是眼下我光顾饮食，我悄悄告诉你们，譬如今天午饭我就吃鸽子肉。反正我的伙食比格罗斯太太的疗养院里的强多了，不过格罗斯太太对我还是很好的。

衷心问候你们和大家！

弗兰茨

〔1923年10月19日柏林—施特利茨星期五〕

4. 致父母亲

最亲爱的父母亲：

你们的这封宣布亲爱的母亲你可能来访的信今天来得正是时候。倘若不是在这个季节里、在德国的境况或者你们家里那方面有什么障碍不便作这样一次旅行的话，那么，我这方面，自今天上午以来，便不存在丝毫障碍，而我还根本不能很好想象的这次来访——迄今你只是到杜勃列肖维茨来看望过我——对我来说将会是一桩盛大而隆重的事情。迄今要说有什么障碍的话，那就是住宿了。我现在的房间是豪华的，只是由于你们不喜欢谈冗长的描述我才没有给你们描述过这间房间，而且你们永远失去这样的机会了,因为我将于11月15日迁居。即便在我现在的这间房间里你本来也可以睡的,房间里有一张漂亮的沙发榻,但是睡起觉来会不舒适的,况且,我虽然与女房东相处得很好,但是摩擦还是一直不断。产生这些摩擦的原因是,就她那柏林式的精力和她那柏林式的理解力而言她无限优胜于我。这也导致了我的搬迁。我认为,在我们初次见面的头半个小时里她便已经探听出我有1000克朗退休金(当初是一大笔钱,今天一笔小得多的财产),而后她便开始提高房租和别的各种费用,没完没了地提价。如今当然一般物价的涨幅都是大的,但是我的房租是在暴涨,即便我把这居所的极其特殊的优越性考虑在内也罢。譬如这间房间,月底租给我时每月的租金是四百万,今天就要五亿,连这也不算太多,但是月月都涨,而别的费用也会这样涨,这就让人有一种不安全感,这却是令人不愉快的。所以我搬家。女房东还不知道,我可以到15号才告诉她,然后我就立刻搬走。不远,隔两条胡同,在一座带漂亮花园的小寓所里,在二楼,两个(两个!)布置得漂漂亮亮的房间,其中的一个,那间起居室,它和我现在的这间房间一样阳光充足,而且另一间较小的卧室则只有早晨才有阳光。其余的优点,集中供暖和电灯(我在这里只有燃烧得不是很好的煤气灯,冬天供暖可能也不很容易,因为这是转角上悬楼里的一个房间,门窗关不严实),在这方面那儿好多了。我不想再作什么别的赞词,因为当然只有在那里至少住了一年才会了解一个居所。但是主要的优点是,房租虽然并不比我现在的这间房间低,但是比较稳定,不会月月涨,也没有别的占你便宜的事。而最大的优点则恰恰正是——说了半天这才说到点子上——你,最亲爱的母亲,如果你有兴致来的话,你现在确实可以来了,你会有一个舒适的房间的(此外,我也曾附带着想到,倘若西格弗里德舅舅要来小住几日,他就可以住在那儿并——正是求之不得的——负担一部分房租费用)。

可是我重申:只是作为游览消遣性旅行这趟旅行才压根儿有意义,你和我才会感到开心;作为关怀性旅行,那么这趟旅行就完全没有必要,因为我受到极好的照料,而作为运送行李性旅行,它同样也是多此一举,因为马克斯11月1日来,据他给我来信所述,届时他将把那只手提箱带来(附带说说过冬用品:我想,恐怕有必要也附带往箱里装几双暖和的拖鞋,我这里现有的拖鞋老是扯破。女管家知道这种拖鞋,她经常花费很大力气去补缀,我看它们是无法修补了)。

像拖鞋之类这样的小玩意儿我本来是宁可购买也不愿意写信来要的,可是不可能去买,近几个礼拜物价涨幅大得惊人,也许从总体上来说这里过日子还始终要比在布拉格便宜些,但是恐怕已经相差无几了,可是我觉得除食品以外的其余一切物品都几乎比我们那儿贵。譬如去戏院看戏几乎是不可能的事,我本想进一家戏院的,当然是要最好的戏院之一,可是最蹩脚的座位也要14克朗,人们坐在这样的座位上既看不见也听不见,所以倒可以不受干扰地再数一遍为买这张门票而付出的几十亿马克的钱。另一家戏院我也挺喜欢,这家戏院的票价便宜些,可是这家戏院的门票总是许多天以前就预售一空。我看是,已经不再有零售价低于1.50克朗的报纸了。这种涨风有时波及食品,最近我好不得意地买了50芬尼1个的鸡蛋,今天一个鸡蛋1.60克朗。但是已经说过了,总的来说日子还可以过得去,生活水准和在布拉格一样,不会更贵些。

但是现在我东拉西扯瞎聊了好半天了,就像集市上的妇女们。赶快言归正传吧:3号小包裹今天与信同时到达并且已被怀着感激的心情收纳了日历今天压根儿就没有任何表示,它对搬入新居一事无可奉告,但是我希望能把它带走。

鸡蛋一个也没打破,而睡眠(你们也问睡眠情况,这睡眠比鸡蛋敏感得多)则可能会出问题,如果人们对它谈论得多的话。

多保重,替我问候大家。

你们的 弗兰茨

〔1923年11月初柏林—施特格利茨〕

5. 致父母亲

最亲爱的父母亲：

今天有客来访，我和来客作了一次长久（但愉快）的交谈，所以就晚了。——7号和8号包裹已到，妥善存放在专放特别精美物品的餐室里了，这就是说放在窗户之间了。迄今为止什么也不曾丢失过，这也为汇款单提供了一线希望。眼下不困难，我已经向一个熟人借了一点钱，不过还是现在就开始寄钱来吧（趁我没忘记，从星期五起我的地址：柏林—施特克利茨，格鲁纳森林街13号，赛弗尔特先生寓所）。因为譬如今天早晨，当我听说下个月取暖用煤的金额时，我一下子简直头发懵了（我经常动不动就这样，倒也没什么别的后果）。煤的费用和房租一样，我将设法把第二个房间租出去。再者，这种极大的涨价幅度部分是人为的，这里的汇兑率由官方压低，（譬如昨天正式汇率是约180亿马克换1克朗，黑市上则是250亿，但是在布拉格远远超出1000亿，也就是高出5倍），但是可惜物价却按实际汇率浮动，所以现在在这里用克朗过日子费用十分昂贵。又聊开了。

衷心问候！

弗

这张旧明信片写好一星期后寄出的，大概内容已经陈旧了吧？

〔1923年11月17日柏林—施特克利茨〕

6. 致父母亲

最亲爱的父母亲：

赶快发张明信片道个歉。你们一定为9号信补付邮资了；不管我多么留神，这一回我还是忽略了这（而且是极凶猛的）邮资提价，对不起！

但是也许你们明智地没接受那张明信片,那么现在我就根据记忆重述其中最重要的内容:7号和8号包裹已到。——我的地址从16日起:柏林—施特克利茨,格鲁纳森林街13号,赛弗尔特先生寓所。——钱我已经借到了,所以目前没什么困难。由于官方汇率低(譬如星期六180亿换1克朗,黑市约250亿,而在布拉格则超出1000亿,而可惜物价却是按德国境外的汇率变化的),在这里兑换就很吃亏,所以生活费用就昂贵得不合理,用别的方式,譬如用信用证或用别的什么手段也许可以少吃点亏,然而那就得向当地的一位银行经理,譬如一家布拉格银行支行的经理递交一份个人介绍信。但是也许这样做也没什么价值或者只有暂时的价值,我只是模模糊糊听到过一些这样的说法而已。这种事亲爱的父亲你比我懂行多了。

衷心问候你们和大家!

弗

〔1923年11月18日柏林—施特克利茨〕

7. 致父母亲

最亲爱的父母亲:

不,邮戳是(11)星期四的信受拖延不是邮局的过错,9号信没贴足邮票,为了避免让你们补付邮资,邮局把那封信退回新居了,虽然明信片上没写寄信人姓名,只在正文里把地址告诉了你们。唔,柏林不是挺有秩序的吧?——第三次通知新地址:柏林—施特克利茨,格鲁纳森林街13号,赛弗尔特先生寓所——奥特拉来吗?她将会受到热烈欢迎。可是佩帕果真会让她来吗?无论如何她会在我这儿住得很舒服的。别的事情我迁入新居后再向你们报告。——多谢女管家(还有克拉尔博士)。那张证明够用的了,不必去办理新的医生证明,这正合我意。这不费什么钱就办成了,克拉尔博士做得对呀,这完全是徒劳的,需要时得由市里去办。柏林不是挺有秩序的吧?——如果东西能寄来,那就很好,可是这事确实不急。大家都这样关心我。譬如有人竟借给我一件毛皮背心供我天冷外出时穿。

衷心问候你们。

你们的 弗

你们最近这张明信片是用稍稍有点惶恐不安的笔迹写的。

〔1923年11月19日柏林—施特克利茨〕

8. 致父母亲

最亲爱的父母亲:

这一回谈到你们俩的来信,得知亲爱的父亲身体健康,我特别感到高兴。可惜我没有足够的邮票,不能给你们写一封详尽的回信,也许下一回吧。从1号起就实施价值稳定的收费标准,届时就不必为邮票的事操心了,不过那时的邮资大概会昂贵得让人写信也写不起的吧。——寓所是如此漂亮,以致我担心,我将会因这样或那样的原因不久就失去它。房租自然是贵的。——包裹今天寄到,明天我将让人去取。这花了许多钱吗?——现在这种情况下最好是寄克朗,别寄美元。为什么?因为寄美元兑换两次只会损失钱。——10号小包裹还没到,我也是该受这个报应,月初我有大量黄油,我不用人造黄油,而用黄油烧菜。再者,昨天我买到了相当好的黄油了。——亲爱的父亲,你问,我在这里是否"为今后有什么打算",这是一个很棘手的问题。直到现在我还没看到有可能去挣钱的一线希望。我在这里的确像对待疗养院里的一个病人那样对待我自己。我的确也不能平平安安地住在城里,尤其是现在我已经让施特克利茨的空气娇惯坏了,每天不管什么天气都坐车进城去我这身体也会受不了的。从前我本该在城里租一寓所的,但是最后我退缩了。

〔1923 年 11 月 20 日柏林—施特克利茨〕

9. 致父母亲

最亲爱的父母亲:

包裹已完好无损地寄到,什么也不缺,什么也没遗忘,便鞋比从前的鞋暖和多了。寄送要花掉多少钱,费掉你们多少辛劳!此事不急,不过什么都准备齐全了,这也是件好事,今年这秋日真漂亮,我想,我这一辈子还没遇见过这么漂亮的秋天,今年将会有一个严酷的冬季,我已从各方面为过冬做好了准备。——11 号包裹已到,10 号还没到,托布格施小姐备办的包裹里据说有黄油,这很好,但是有格莱汉姆面包吗?我常写信告诉你们,到现在为止我在这里一直有一种和这一样好吃的面包,这种面包我曾在布拉格徒劳地寻找过。啊,你们似乎还一直不完全相信我的话。——格罗斯先生的钱我今天拿到了;请不要再寄支票来,只寄克朗,我将在一封信里向奥特拉作详细说明。——亲爱的母亲你不必煞费苦心竞相照料我,你将保持你的位置。毕竟,在最近几天里我又得到什么啦?一瓶极好的红葡萄酒,我开心地在瓶子上嗅来嗅去,一大瓶家酿覆盆子果汁和四个盘子。不坏吧,嗯?

衷心问候你们。

你们的 弗

〔1923 年 11 月 23 日柏林—施特克利茨〕

10. 致父母亲

最亲爱的父母亲:

收到这样一封信,看到你们度过星期天下午,安安静静,父亲精力充沛准备到波多尔去(多尔菲在干什么?),看到你洗完澡躺在沙发榻上看报(可惜光线半明半暗),这真叫人感到高兴。这些都是美好的信件。后来瓦莉带着那两个希伯来女人来了(她们什么时候用希伯来语给我写信?),佩帕当上了襄理,我衷心祝贺他!美好的消息,这样的事情引起我的兴趣。——80克朗已如数寄到,我弄得你们精神有些紧张了,这我看得出来,装钱的信封袋是封闭的,并不如你所担心的那样是开着的(这样装着自然和放在保险柜里一样安全)。——我已在信中写明,1月10日以前我什么也不需要,而且在这之后我实际上也只需要黄油(如果女管家往包裹里放一小块奥地利林茨黄油或别的什么黄油,我就会在这里对她感激不尽)。所有其他东西都不值得费邮资,连鸡蛋也不值得,这里鸡蛋价格贵得惊人,但肯定比布拉格鸡蛋加邮资便宜,尤其是因为并不是所有的鸡蛋都完好无损。麦糁儿、大米、面粉肯定不值得寄,只有黄油值得。可是还有别的事情:洗衣很贵,尽量节俭两个月也得花费120—160克朗,而且衣服是没熨过的,洗涤剂也不是很可靠。值不值得每隔一个半月往布拉格寄一次衣服呢?对此人们自然会说"那简直是要我们钻到桌子下面去吃饭"。——你们抱怨天气不好,而这儿的天气迄今一直不坏,干燥而且不是很冷,稍许有点雾,有那么一两回我破例地整天在户外。现在下雨了,可是没关系。——我委托我的房间,令它十分友好地接待并照顾好舅舅。衷心问候大家!

弗兰茨

除了钱以外别拿任何别的事去麻烦莉瑟太太。

〔1923年12月19日柏林—施特克利茨〕

11. 致父母亲

最亲爱的父母亲：

谢谢寄来钱，再者，莉瑟太太真是一片好意，给我带来信和钱，去她那儿一趟路程遥远，而且现在天气相当寒冷。昨天是零下十几度，现在柏林有极漂亮的冰花而且十分便宜，我渐渐开始极度赞赏起这东西来了。过些时候我坐车去莉瑟太太那儿，让她给我讲讲你们的事，眼下她只是通过电话把维拉来信的内容给我说了说。你在汇款单上提及的那封长信我还没有收到；要么有人总是想剥夺我的长信，要么是圣诞期间邮件急增，所以延误了这封信，我的最近几张明信片显然也是遭到了这样的命运。那只曾预告过的小木箱将为我怀着感激的心情所接受，但是正如已说过的，1月10日以前我什么也不缺，在这以后也只要黄油，至多还有那已经遐迩闻名的奥地利林茨大蛋糕（蛋糕上有一层多么神奇美妙的果酱？）、苹果和甜橙一加上邮资就比这儿贵，这是肯定无疑的。——保险公司的钱这一回大概不会准时寄来，因为现在适逢节日期间，我的申请不会这么快就被批准的；这一点你们务必谅解——舅舅大概已经来了吧，他大概是舍不得离开特里施的吧，这一点我可以想象得出来，我要是在一处地方待了这么许多年也会割舍不下的，所以我必须相当频繁地更换我的逗留地，不管花费多少费用，可惜，可惜这都是你们的费用。

衷心的问候！

你们的 弗兰茨

〔1923年12月27日柏林—施特克利茨〕

1924年

12. 致父母亲

最亲爱的父母亲：

那封长信是丢失了，总是只丢失你的长信，我不知道邮局和我有什么过不去的。昨天倒是收到了明信片，今天收到了包裹，多谢这些众多的、预告过的和寄送来的东西。令人感到不快的是，邮包1月10日前寄到了。但是邮包里的东西却又抵消了我的不快，不过我原有的黄油确实还够吃到10号的，黄油现在很好保存，它冻在窗户后面，吃时只需先扯一块下来。天气确实冷得厉害，但是盖着轻柔而暖和的高级鸭绒被我感到很温暖，有时在这里阳光下一座公园的斜坡上甚至会有一个温暖的瞬间，背靠着暖气片也是相当舒服的，如果两只脚偏偏还套在暖脚套里那就更美啦。当然在你们房间里炉边也是很美气的（不算当初你于手术前在那儿烤火）。——公司回信今天收到，非常友好地带有美好的新年祝愿。我必须寄一封授权委托书给经理，还要寄一封简短的感谢信，这两封短信我恳请佩帕翻译成捷克语，这也是今天我浪费邮资写这封信的原因。——顺带说及，现在新年刚过显示出了降低物价的微弱征兆，只盼着政治事变别又来横插一杠，他们似乎对政治事变都很有兴趣。坐市郊铁路到波茨坦广场，新年前是1克朗20芬尼，现在是80芬尼，1公升酒精，新年前6克朗40芬尼，现在是3克朗60芬尼。其余的此类现象可惜我未能观察到，但是即使这几样也已使焦虑不安的心感到欣慰了，这颗心在这之前不多一会儿还曾因看到一家小饭馆挂出的一张菜单而惶恐地跳动过，这家饭馆的维也纳龙须菜炸肉排标价是20克朗。——我在前一些时候给埃莉寄去了几个地址，她可能和犹太妇女联盟有什么联系，这个组织正展开献爱心活动向德国寄送包裹。她没有给我回信，可能她与这个联盟没有什么联系。我最近见到过一个这样的包裹，相当大相当丰富,一个确实值得尊敬的举动,但是却令人沮丧,只有必不可少的东西,并且恰恰又是像麦糁儿、面粉、大米之类在这里肯定不比在布拉格贵的东西。要是他们向你们学习组配献爱心包裹那该有多好,当然你们的配方会昂贵一些。——舅舅已经在特里施度过这么许多个冬天,他居然还会觉得布拉格的冬天太冷,真奇怪。米兰,这地方倒是不错,不过目前我还是待在这儿吧,但是我很想知道那儿情况怎么样。现在那儿的生活费用大概也不会很便宜,因为德国人按其国内物价现在出国旅行很有利,所以他们一定会像在和平时期那样蜂拥着去南蒂罗尔和加尔达湖,当地人好久没有逢上过一个旅游旺季了,他们定会趁机捞一把。不管怎么说吧,这个想法还是可以考虑的。衷心问候你们,你们在一起好好烤烤火吧(你们晚上坐在哪个房间里?)。

你们的 弗

〔1924年1月3/4日柏林—施特克利茨〕

13. 致父母亲

最亲爱的父母亲:

不,这确实是太多了,说这没有"破费"什么,这是不对的,这是确实花了不少钱的。最近的那个邮包简直了不起,这么多好东西、甜食、果品和纸币,挑选、搭配得这么好,但是如今我也请求给我一个好好休整的时间,好让我能够安安宁宁地把这一切吃掉,而不致让新到的包裹转移了我的注意力。譬如黄油我现在就有——又是专家鉴定——够吃到月底的;如果现在再来一个有黄油的包裹,那就太多了嘛,太贵太阔绰,太使人感到羞耻了嘛,当然一切费用我将"付还",但是你们切莫寄得太多让我消受不了。顺带说及,整个包裹中,D.(即多拉·迪曼特,她是卡夫卡生命的最后几个月里的伴侣)最喜欢那"善良的仙女"。——这里的涨价真糟糕(有一只盒子包着一张旧的《布拉格日报》,报上有一篇文章,叫《在柏林的外国人的困窘》,情况就是这样的,市郊铁路票价减价的消息甚至是讹传，只有酒精减价的消息是真的，如果在布拉格一公斤黄油22克朗的话，那么在这里就在两倍以上），但是涨价却也有其好的一面，它可以教育人，人们变得更简朴了（不是在吃的方面，这我做不到，我得到最好和最昂贵的东西，但总算学会珍惜它们了），此外也还有好的效果，只有这倔强的身体有时会与之抗衡。——你们那盛大的除夕庆典（在场人当中我没发现舅舅）和舞蹈令我感到十分高兴，我也庆祝除夕了，即使只是躺在床上庆祝。虽然我住在花园丛中，施特格利茨市区相当远，柏林市区更远，但是开着窗嘈杂声便一连数小时不绝于耳，毫不顾忌这严寒，天空充满焰火，方圆好大的圈子里全是音乐声和喊叫声。——至于说到发烧，这已经是老生常谈，热度快得出奇地在第二天便退掉了。从其表现方式推断，这大概不是感冒。如今，这已经过去了。寓所里的寒冷也不是如你们似乎想象的那样糟糕，我靠近集中供暖的暖气片坐着，那儿是相当舒服的。曾想出租一个房间，这只是一个计划，现在这个计划已经作罢。（顺便说及，我现在也不是没有邻居，起居室与卧室之间是房东太太的卧室，所以我无论在哪个房间里都与她为邻，当然她也总是与我为邻）。我将不出租房间，而是大概将搬走，房东太太的钱不够用，所以她也将把自己的卧室租出去，这就是说把这整个一层租给一户人家，这样她肯定可以得到更多更多的钱。但是你们的来访却完全不会因此而成问题，我已经物色好另外一个寓所，这样我就可以熟悉柏林周围这一带的环境，这一点也不坏。这个寓所异常漂亮，但是它也有些不足之处，而由于每个寓所都有一些优越性，所以常常更换住所我也就可以逐渐品味到许多的优越性，不过我得相当快地更换，以便可以品味到每个寓所的优越性。在布拉格迁一下居那简直会麻烦死的，在这里却不费我什么事。——多谢你对女管家表示的好意，但是简简单单给点钱，这恐怕不好。我也是没辙儿，这一回我态度恶劣，对她一点也不优雅，也许以后会有机会弥补这个过错。——请代我支付改良期刊的订费，我想，订费是10克朗。我忘了我还应该感谢你寄来从《布拉格晚报》上剪下来的文章。你们也可以总是附上几张旧的《日报》，它们总是很有意思的，当地的报纸我反正不读，《柏林日报》2克朗一份，但印量不大，印量越小，售价越贵。——这封信以一个请求开头，如今它又以一个请求告结束。衷心问候并感谢你们和大家。

弗兰茨

亲爱的奥特拉：

多谢信件译文，它们几乎和果酱一样好，多能干的一对夫妇，我也多能干，我能让每一个人为我效劳。把我和这位新房客相比，这令我极其感动，首先你们为这位房客而感谢我，简直好像是我送给佩帕这身运动衣——（不要感谢，我受不了感谢），其次就好像是我在两年前花20克朗给维拉买了一本画册。原来如此！——就这里的物价而言，黄油的价格贵得惊人，这里一磅肯定不怎么好的黄油2马克70芬尼；如果人们不能吮吸真正的柏林的芳香，或者如果人们没有也许大体上能做到这一点的希望，那么人们就必须立刻离开这儿。——我还忘记告诉母亲：这里的肥皂够便宜的，请别寄肥皂来，劳动力昂贵，所以洗衣价格也昂贵，房东太太不让在厨房里洗衣，用蜡烛头是没法烧水洗衣的，但是洗衣也许会便宜一些。我当初写信说要邮寄换洗衣服，那只是受价格惊吓后的初步反应，现在已经没什么事了。——现在这样的物价你们还可以维持吧，还一直紧巴巴的吗？衷心的问候。最近卡茨纳松博士偕夫人来过我这儿，她给我讲了不少有关维拉的事，奇怪的是她也一看照片就愣住了，也有那么点意思，把你当作菲妮了。顺便说及，她也得了一个圆台形蛋糕，她以为自己吃得太多了，她为自己开脱说，因为那是布拉格蛋糕，其实那是块柏林—波兰—俄罗斯风味的蛋糕。

你没听说克洛普施托克有什么消息？现在他大概在布达佩斯。

今晚方才收到你们的共同的亲切来信，我过些日子再写回信。

再者，我想起来，在这里出卖一点黄油，哪怕只是几公斤，是否会有一些赚头，寄下一个邮包时我们不妨试一试。

〔1924年1月5—8日柏林—施特格利茨〕

14. 致父母亲

最亲爱的父母亲：

只匆匆涂几句，马克斯给我打来过电话，他将于下午来我这儿，届时可以把这封信带走。是呀，现在还要省什么邮资，我的钱包里鼓鼓囊囊的，我不知道，我是应该为此而感到高兴呢，还是颓唐，因为严格来说我已经从你们那儿把四月份的养老金都领走了，我这是凭着并不存在的债款接受了一笔贷款，现在竟还要我收进这全部并不存在的债款，另外，我从奥特拉那儿得到 100 克朗，我不知道为什么（也许是因为我在信里提到电话，可是与她的电话交谈是账上最微不足道的，一笔极小极小的费用）。最后我不声不响从埃莉那儿得到 500 克朗，不管怎么说我还是接受了这笔赠款，我是很想知道这是什么意思的，可是我压根儿就不愿意打听，因为我在卡尔（卡夫卡妹妹埃莉的丈夫，维拉和盖尔蒂是卡尔的两个女儿）面前感到羞愧，他平白无故地被牵扯进这样一桩破费钱财的事务中，因为我咬了一口维拉的嫁妆之后，现在竟还要把触角伸向盖尔蒂的嫁妆。

现在谈点别的吧，包裹今天已收到，既漂亮又丰富。不顾钟点早晚也不顾肚子饥饱，我打开来就要吃。这一回苹果似乎没受损伤，鸡蛋就不完全是这样了，苹果压在它们上面大概分量太重了吧。

多谢快要织成的毛线背心，可是这不是太费工夫了吗？这不是要妨碍玩牌，妨碍饭后小睡，妨碍读报，妨碍和维拉玩耍以及你的种种琐碎杂务，我老是要包裹，在你繁忙的杂务之外不知又添了多少麻烦。

公司要求我每月寄一份警察证明，证明我在此地，我已经写信告诉他们，我将每月寄去。但是也许这个要求只是走走形式而已，因为如你来信所说，一月份我没寄去证明，他们照样把钱寄来了。也许二月他们也会这样做的，请写信告知我这方面的情况；他们不寄，我再寄证明。

你抱怨写信时觉得没什么好写的，我恰好想起一个主意，要我赶快三言两语告诉你吗？如果你一时候不知道要写什么，那你就写——我总会对这极有兴味的：你们这一天午饭吃什么，晚饭吃什么，你上午吃了什么，父亲干了什么，上午，下午，他是否责骂过我（他若没责骂，那就说明原因，他若责骂了，那我知道原因），什么时候，哪些孩子去过你们那儿，埃莉、瓦莉、奥特拉讲了些什么，女管家干什么，你读什么，父亲读什么，等等。唔，这下你就得每天写一封长信啦。但是我现在还得去晒晒太阳并且不得不告别施特克利茨。

衷心问候你们和大家

弗

但是也许那 500 克朗根本不是给我的，也许是搞错了，这也太奇怪了嘛，为什么埃莉一句话也没说呢？

〔1924 年 1 月底柏林—施特格利茨〕

15. 致父母亲

最亲爱的父母亲：

这是一封了不起的、内容丰富、充满着钱的信。你们大家对我这个无所事事、养尊处优却还一点也没胖起来的人多好啊。——正好是现在我从窗户朝外面的花园和树林看了很久，为了从那儿找到一个聪明的主意，告诉我对舅舅的慷慨相赠该采取什么态度。最好是悄悄说声多谢便把这钱放进我的口袋里去，但是可惜这样的事我干不了，这钱恐怕我是要收下的，但是我无论如何也总是要张扬一番。一种尤其是对别人来说很不幸的资质，无论如何我现在很感激舅舅。再者，现在这里的情况也许会稍微好一些，我也还是没有哪个月没有特殊开支的（这大概是没有哪个人会有的支出，是根本就没有的支出）。这些支出也许可以稍许缩减一些；如果你们来这儿，你们就会看到我的日子过得多么阔绰。我会给舅舅写信的，也会给埃莉写信，今天我收到她的一封亲切的长信。

自星期六起我就住在新居里了。搬迁的扫尾工作十分顺利,至少对我来说是如此。最后虽然还有一个困难,天气不好,烂泥,下雨,刮风,各种琐碎物件还需用一辆小车运到火车站上去(这些物件我扛不动),D.不费什么力气便将它们运到车站,扛着它们上下楼梯,搬进车厢等等,然后在策伦多夫下车从车站坐小汽车行驶一刻钟将东西搬进屋里,但是首先要设法冒着这样的天气把我运送走,橡皮套鞋已经在策伦多夫——我手头有几个钱,便当机立断,要了一辆小汽车,于是刷地一下子没过几分钟我们便连人带行李到了新居,6马克变出来的神奇魔术。

在新的寓所里一定会很舒适的,第一天它似乎比从前那个极其安静的寓所吵闹一些,但是可能会渐渐安静下来的。某些方面要更好些,充分受到日照的大房间,比在施特克利茨更有乡村风味的周围环境,比别的房屋更好的独门独户特性,火炉取暖也颇有情调。我以为,你们会喜欢的。要是你和舅舅愿意来的话——现在年初当然还太早——你完全可以住在这里(你大概不会如奥特拉受以前那位房东太太利用那样受这位房东太太利用的,顺便说及,我们是怀着依依不舍的心情与以前那位房东太太告别的)——肯定也会给舅舅找到一个合适的住所。吃饭你们俩反正都可以在我们这儿吃,D.很乐意露一手她的手艺,而她的手艺确实高超。我当然不知道舅舅是否住在这儿离柏林这么远的地方,到火车站有一刻钟的路程,然后坐半小时火车到波茨坦广场。去夏洛滕堡区这些地方,据说有更方便的交通联系,我现在还不了解情况。

令我感到非常高兴的是,布拉格黄油价格提到30—36克朗了,之所以高兴,是因为这表明两地价格已经大体相等,我们也许不久就可以停止邮寄黄油。这里人们可以(不受限量地)买到2马克1磅(也有低于此价)的普通乳酪厂黄油,2马克10、2马克20的茶黄油。它的质量也许次于布拉格黄油,我不知道,我们已经很久不吃当地的了,但是差别大概不会很大的。鸡蛋约1克朗50。

从莱特梅里茨寄来的信没解决什么问题,人们只获悉,婶母身体不是很好,她愁绪满怀,没时间去操心像我的搬迁这样不着边际的事情。

但是也许我也没把事情说清楚。我们不需要有合用厨房的寓所,两三个带家具有电灯的尽可能独门独户的房间完全足够了,既不需要厨房也不需要与人合用厨房。这样三个房间那儿怎么会没有的呢?那儿有相当多的领取养老金者住在漂亮的郊外寓所里,不时会有一个如命运所安排的那样逝去,另一个就可以迁入。离莱特梅里茨三公里远的斯卡里茨村自然是太远了。婶母似乎对我的经济状况也一无所知(对于一座小城市来说这也是一件值得商议的事情),并且也不知道我根本不会给她添什么麻烦。

你们去听了哈尔特的朗诵了,是他的忠实听众之一?他在这里获得了更大的成功,一大厅的票子预售一空,D.去过那儿,哈尔特曾从布拉格给我拍来电报,要我们之中务必有人去听一听。

羊毛背心我高兴地期待着,但是这根本不着急,我有一件裘皮背心,你尽管慢慢织吧,每天织三针。如果女管家织几针进去作为向我的问候,我也很欢迎。女管家身体好吗?

最衷心地问候大家。

你们的 弗

去找警察开生命证明之前,我先等候你们的消息,看公司的钱是否已汇到。

我的房东太太叫布塞博士太太,并非是一定要提及她的名字,但是如果要提及,那就是布塞博士。

〔1924年2月2—7日柏林—策伦多夫〕

16. 致父母亲

最亲爱的父母亲:

新寓所似乎不错,它还可以再稍许安静点,从其他各方面来说新寓所是漂亮的，比起旧的来还有新的优点。我已经躺在窗口摇椅里晒太阳了，不久我就敢壮起胆来到阳台上去。——我收到舅舅的一封友好的信。我关于戏剧所写的话，他虽然有点儿误解了，但是这丝毫也不重要。他在我们家里过得愉快，这使我感到很高兴，最后你们也许还会觉得他是个比我更讨人喜欢的儿子哩。我突然想起，他不是已经在我们家过了生日了吗，在1月里？——警察证明我会设法弄来的，但愿我能弄得来；如果弄不来，那就又要和捷克当局联系，这正是我和别人都惧怕的事。——我的电话号码是策伦多夫2434，但是还是请你别打电话，不仅是因为我害怕，我没能力去听什么，而且也是因为这里接电话挺麻烦。我住在二楼，电话机在楼下，在厅里，相当不方便，却又令人感到很舒服，因为这几乎阻止打电话。我怎么办，如果布拉格打来电话而D.又不在家？

最衷心的问候。

你们的 弗

寄邮包来时请写我的名字，这样比较简单些，衷心问候。

迪

〔1924年2月12日柏林—策伦多夫〕

17. 致父母亲

最亲爱的父母亲：

刚才我极感意外地收到了西格弗里德舅舅寄来的明信片。在别的情况下这会让我感到非常高兴的，可是如今我却不太清楚，我该怎么看待它。我把它和你们从前的那些信一比较，亲爱的母亲你在那些信里表示想和舅舅一道来，或者和舅舅的那封信一比较，他在那封信里既没有说以后也没说现在要到柏林来，或者和女管家的信比较，按那封信里所述舅舅是想去维也纳——我想起这一切，我就不得不感到十分惊讶。考虑到你们的包裹信里的一段表示某些忧虑的话我便不由得要担心,这些毫无道理的忧虑已经令我很感遗憾地导致可怜的舅舅在这隆冬季节作一趟旅行到这昂贵的柏林来,甚至还要到这偏僻的、在这个季节对一个外国人来说极其没有意思的策伦多夫来,而他本来大概是很想平平静静待在布拉格或者至多去他十分喜爱的色彩更明朗的维也纳的。如果情况确实如此——似乎对此没有什么可怀疑的了——那我就感到极大的遗憾。我们将设法打电话——如果我们找到电话号码的话,这一搬家不知把它放到哪儿去了——劝阻他。对你们的两封亲切的来信和这美好的今天到达的包裹我改日再写信致谢。

我现在在阳台上美不胜收地晒太阳。

〔1924 年 2 月 20 日柏林—策伦多夫〕

18. 致父母亲

最亲爱的父母亲:

谢谢寄来明信片,你们别为黄油担忧,这里货源充足。但是主要是我大概根本不会在这里久住。舅舅劝我走,D. 劝我走,而我却很想留下。安静、自由、阳光充足、空气流通的寓所,令人愉快的房东太太,风光绮丽的周围环境,离柏林近在咫尺,开始到来的春天——这一切我都要抛下,仅仅是因为我由于这不平常的冬季体温有点升高,因为舅舅来这里时天气恶劣,只看见我晒了一回太阳,却好几次看见我卧床不起,就像去年在布拉格那样。我很不愿意离开这儿,通知解除租约对我来说将是一个艰难的决断。我已经答应舅舅了,他对我的一片好意当然我也不好拂却。但是如今我也许也就要去费用昂贵得惊人的疗养院了。偏偏是在现在这个时候,经历了这个有些艰难的冬天我定会得到酬报,在任何地方我的健康状况都可望得到改善,我完全可以过上一种自由一些的生活的,在这里北方我只有在春天和夏天才能过上这种日子。艰难的事情,艰难的决断。

最衷心的问候。

你们的 弗兰茨

谢谢费利克斯和汉内的来信!

你们是怎么收到公司的钱的?

〔1924年3月1日柏林—策伦多夫〕

19. 致父母亲

最亲爱的父母亲:

这简直不是背心,这是一个杰作,这么漂亮,这么暖和,你是怎样亲自一针一针编织起来的呀?D.也觉得不可思议。无论从哪方面来说它都比这件我迄今所穿、也已经被我认为是很好的背心好不知多少倍。也令我感到非常高兴的是——与背心有着适当的差距——寄来的黄油。自两天以来我就又不能吃当地的黄油了,它大概是很好的,总是有那么一股生嫩熏制火腿的味道,但是我不能总是吃生嫩熏制火腿的呀。——我可能会和马克斯一道来,但是也许星期一以前我的旅行准备工作不能就绪,那我就晚几天动身。千万别让罗伯特来;我知道他愿意来,我也凭经验知道,人们在他那儿就像在保护天使的怀抱里那样定会受到很好的照料。但是这段路程既短又熟悉,他根本没有必要来嘛,劳驾,你们务必要劝阻他。你对各房间所作的安排当然是最佳方案,我感谢女管家腾出房间,不会超出两三天的时间的——星期一晚上不必让舅舅的仆人到车站来接我,因为我是否来,这还一直是桩没准的事。顺便问一句,这还是半年前给我扛过箱子的那同一个仆人吗？一个很讨人喜欢的乐于助人的人。

星期一或此后不久再见。

你们的 弗

〔1924年3月15日柏林—策伦多夫〕

20. 致父母亲

最亲爱的父母亲：

眼下我将不作任何夸奖，用夸奖的办法我永远解决不了什么问题，我将只谈事实，只谈不值得称道的事实。体重50公斤，体温将降下去，因为我每天服用三次去痛退烧药，咳嗽会好转，因为我服用一种止咳药，检查了脖子，情况似乎不严重，详细情况我当然还不知道，再者，这也是一种治病的药。最后夸奖几句，房间是好的，周围环境优雅。

我们再看看吧。

最衷心的问候！

你们的 弗

要是我们当中谁能和多拉说上话，让她写信把她在维也纳的地址告诉我，请她在未接到我向维也纳写给她的信之前别去佩尼茨（维也纳西南40公里的一个小镇，维也纳森林疗养院所在的奥特曼村坐落在这小镇附近）。

若没人能和多拉说上话，这也无伤大雅；这只是我的过分的谨慎罢了。

〔1924年4月7日奥特曼—维也纳 森林疗养院〕

21. 致父母亲

最亲爱的父母:

原谅邮件一开始不准时寄达,这里有点偏僻,但是现在情况已经正常了——除咳嗽外脖子还一直是最不好受的,不过我服用各种药物,今天服用两种新药,明天第三种,总会成功的,这自然也要花费许多钱。也许你们可以写信告诉舅舅,答应他的那10%没有给我减免掉,我自己在这里不愿提起这件事。再者,舅舅认识的那位医生昨天就度假去了。——D.在我这儿,这很好,她住在疗养院附近的一幢农舍里,只小住几天,然后她就回家去。

衷心问候大家。

弗

多多地衷心问候。还没确定我是否回家。如有可能,我将推迟行程。多谢寄来美好而亲切的信。

迪

〔1924年4月9日奥特曼—维也纳森林疗养院〕

22. 致父母亲

最亲爱的父母亲:

多谢来信和邮件。可惜自今天起我的地址变了。他们在这里治不了我的脖子,我得接受神经酒精注射,这只有一个专家可以做,所以我迁往:

大学附属诊所

M.哈谢克教授、博士

维也纳IX军医院街18号

糟糕的是这种注射必须反复进行多次,所以得在那儿逗留几个星期。我在那儿立刻被接纳,这要归功于建筑师莱奥波德·埃尔曼的鼎力相助,他这次也一如既往对我极其热情。要不我就得住进城里的哪家昂贵已极的疗养院并请一位专家来诊治。这样,至少就这一方面来说情况还算可以,为这里这几天而破费的钱也还值得。当然,整个儿这一行动没有D.我是没法进行的,不过这样一来事情就好办多了,至少到现在为止是这样。我将定期写信,邮件从维也纳来得快些了,一个优点。衷心问候。

弗

D.问候你们,她在收拾行装。

劳驾,把我的新地址告诉马克斯·勃罗德。

要是舅舅或别的什么人有可能来这儿那就好了。

〔1924年4月10日奥特曼—维也纳森林疗养院〕

23. 致父母亲

最亲爱的父母亲:

我在这里被安顿得很好,受到在维也纳能受到的最好的医疗看护,受到医生的治疗,譬如我若是在一家私人疗养院的话,那么我就得自己掏钱请医生诊治(我没法写信,多拉不断打搅我,问我要她带什么东西来)。现在的问题是,这事儿要延续多久,因为这里的景色尽管很美,维也纳森林里的景色无疑更美。但是只要我不能好好吃东西,我当然就必须留下。衷心问候你们和大家。

弗

〔1924年4月17日维也纳—哈谢克教授医院〕

24. 致父母亲

最亲爱的父母亲:

  今天上午收到你们寄往佩尼茨的明信片,我顿时便从半醒半睡状态中醒了过来。如果说我理所当然地对那些老问题不能答复的话,那么我也没什么坏消息要报告的。我已经很好地习惯了这里的生活,如果说我理所当然地也可以不用一些小物件的话,那么这多半是因为,这里的活动比在维也纳森林疗养院里更适应我的情况,只不过就是从窗户吹拂进来的不是森林空气罢了。从星期二至星期四多拉总是在我身边,过了星期一她就来,我担心她会把医院里的整个组织工作都搅乱的。今天我将接受注射,然后我们再看情况如何。衷心问候你们和大家。

弗

〔1924年4月12日维也纳—哈谢克教授医院〕

25. 致父母亲

最亲爱的父母亲:

  昨晚探视时间快结束时,卡尔突然从走廊里漫步走来。这真是一场惊喜。然后是你们那亲切的、明智的信,信里只有威尼斯天天都下雨令我感到极不愉快。如果舅舅毫无理由、尤其是对我来说毫无必要地打乱自己的旅行日程的话,那么这就毫无意义,这会让我感到很难过的。但愿他没收到你们的电报,这是我唯一的希望。对w.博士你们不必太过于气愤,一般的医术他还是懂一些的,可是他竟懒得把喉镜带来,他推荐的橡皮糖当然也不是对症的良药。昨天给我注射了一针薄荷脑,相当有效果。刚才卡尔又来了。

衷心问候你们和大家。

弗

〔1924年4月13日维也纳—哈谢克教授医院〕

如有可能请寄一条鸭绒被，或一条普通被子和一个褥子。在诊所里他只有最必不可少的东西，而他却是有一点受娇惯。买很贵。

衷心问候。

多拉

26. 致父母亲

最亲爱的父母亲：

刚才收到寄来的第二批报纸，非常感谢，但是下一回稍许包装得好一些，寄到时太脏了。我身体相当不错，卡尔也可以向你们证实。已经给我注射了三针，今天没注射，这自然是件特别令人愉快的事。现在天气转暖，我的房间的优点便显得特别明显，大窗户开着，满屋的阳光。再者，也已经为更美好的天气做好了准备，届时可以把床搬到屋顶花园上去，由于这医院坐落在一座小山上，所以据说可以从那儿俯瞰整个维也纳。这的确不坏。伙食也无可指摘，譬如今天中午鸡汤加蛋，母鸡炖菜，奶油蛋糕，当然还有香蕉，可以毫不夸张地说，不是医院里所有的人，而是只有多拉为之当厨的人才能过上这样的日子。

最衷心的问候。

弗

我已获准在这里为弗兰茨做饭。皮大衣今天已到。病情好转多了。没有理由不安或灰心丧气。晚上我详细写（这段话是多拉的附言）。

27. 致父母亲

最亲爱的父母亲:
　　已经相当长时间没听到你们的消息了。天气已经变得很好,窗户整天敞开着。今天我第二次停止注射,这也对美化时日颇有好处。如果你们愿意采纳一个好建议,那么你们就多喝水吧,我在这方面已经有所耽误,现在我不能弥补这个过失。一般来说我对这里的生活也还比较满意,我没有过过军事生活,现在这生活可以说是一种小小的事后的补偿吧。早晨5点半起床,6点半做好一切准备,盥洗盆旁边倒没有挤了一大群人。(房间里有热的和冷的自来水)别的方面可能也有某些不同于军队的地方,譬如人们的睡眠。每逢我去吃饭,饭菜总是做得好极了,菜肴的品种也总是相当多。衷心问候。

你们的 弗

〔1924年4月16日维也纳—哈谢克教授医院〕

克洛斯脱诺伊堡—基尔林
霍夫曼博士疗养院

　　这期间,这家大疗养院已经开业。弗兰茨每星期六去疗养院。离维也纳25分钟的路程。医生去那儿进行治疗。我今天去过那儿,要了一间很美丽的朝南有阳台的房间。这是一个林区,风光旖旎。自星期六起的地址:霍夫曼博士疗养院,克洛斯脱诺伊堡——基尔林。

　　我不能弥补这个过失:卡夫卡在生命的最后几周与口渴进行了悲惨的搏斗,这里显然是预示这场斗争的开始。

28. 致父母亲

　　终于顺利搬迁了。这里看来确实很美。就是还有点冷。如果弗兰茨能得到羽绒被，那就太好了。这儿疗养院里弄不到羽绒被。普通被子不能完全代替它。也许，可能的话，也寄一个褥子来。弗兰茨想要一个硬的马鬃毛褥子。然后就一切就绪了。弗兰茨之所以写信，是因为他心里不好受，他没听到家里什么消息。况且也累了。

最衷心的问候。

多

最亲爱的父母：

回到从前的那家疗养院，我是不能了，至少现在不能，我在心头对它萦绕着极其可憎的回忆。再说那儿的医生一个专横一个软心肠，可是两个人都笃信医学、遇到困难束手无策。还有就是离维也纳距离太远（4小时），我若想再去那儿很不方便，那儿的伙食也不是很令人满意，调味很浓，缺少蔬菜，糖煮水果，——所以也就只是位置确实无比优美罢了。所以我就，我们就选择了这家可爱的小疗养院。最要紧的是，现在至少要稍稍取得一些进展。

你们的　弗

〔1924 年 4 月 21 日基尔林—霍夫曼博士疗养院〕

多：这一段是多拉的附言，破例地放在开头了。

29. 致父母亲

可惜我们还一直没收到包裹，也没收到附在其中的美好的信。会不会出什么差错了呢？我当然已经把弗兰茨的地址告诉医院了。我估计，包裹已经退回去了，可惜弗兰茨很需要褥子，而另一个包裹却已经寄出，我们期盼着它。弗兰茨的健康状况还可以，他总是有的时候发烧。天气，天气！但是我们不想诉苦。今天弗兰茨又在外面晒了晒太阳。星期六有一位维也纳医生要来，一位很出色、很著名的主治肺病的医生。他受费利克斯·韦尔奇的一位朋友的鼓励而来，大概会采取某些措施的。一旦他来了，我就写信。脖子的情况没变化。吃东西或其他功能均不受妨碍，只是嗓子有点儿沙哑。

今天又是一个风和日丽的日子，我躺在阳台上，还相当舒服。费利克斯和多拉没有让步，那位主治肺病的大专家、维也纳主治肺病医生的权威，明天来给我诊治，我很怕他，有一回他原本要到这儿的疗养院里来诊治一个病人，但是这事告吹了，因为他要 300 万出诊费。

衷心的问候。

弗

〔1924 年 4 月 25 日基尔林—霍夫曼博士疗养院〕

只是嗓子有点儿沙哑：这一段是多拉的附言。

30. 致父母亲

我想，我可以经常不断地谈天气写天气。现在天气真好，以致所有力量中的这股最强大的力量终于可以产生效果了。弗兰茨几乎光着身子在外面阳台上躺了几个小时，如今刚上床。现在他大概想睡一会儿。所以我得赶快写几句，以便他可以不受干扰地给您们写信。我很想听到，您们身体可好，您们气色是否又好起来了，等等。请接受我向大家致以衷心的问候。

多

最亲爱的父母亲：

多谢你们亲切、美好、善意的来信。今天我已是几乎半裸着身子躺在阳台上的阴影里，这真舒服极了。来了一位客人克罗普施托克，他很关心我。听不到一点舅舅的音讯，他旅行快有五个星期了吧。

衷心问候你们和大家。

弗

〔1924年4月底、5月初基尔林—霍夫曼博士疗养院〕

31. 致父母亲

我已经感到很内疚。由亲爱、善良的克洛普施托克写信，这越发让我感到于心不安，尽管这同时也让人感到欣慰。也没有多少事好报告的。如果您来这儿一趟，亲眼看到弗兰茨在这儿受到多么亲切和妥帖的照料，那么一切就会让人安心得多、令人信服得多。从早晨7点至晚上7—8点他躺在阳台上。阳光照耀到中午2点，然后太阳离去，它去照耀另外那些躺在另一边的人。代之以太阳的是从山脚下渐渐升腾起的一股神奇而醉人的芬芳，它发出像香膏一样的气味。这股芬芳的气味渐渐浓郁，到了晚上达到了难以置信的、几乎无法忍受的程度。远处景色和周遭的响声，它们使视觉和听觉也具有呼吸器官的功能。各种官能变成呼吸器官，种种官能一起吸入痊愈之中，吸入在周围浓郁弥漫着的祈福。可惜我没有这个天赋，不会给您们把这描绘得更美，以还其本来面目。但是通过舅舅、奥特拉和马克斯，他们很有天赋，您们会通过他们而渐渐获得正确的印象的。由于抗病斗争全有赖于此，所以人们无论如何必须相信斗争会成功，必须有这个信心。哪儿一出现隐患，警惕的眼睛便立刻发现并尽可能将其消除。有时轻微出现脖子疼痛，这完全不重要，更何况，脖子一直在治疗中，所以绝对没有理由惶恐不安。我之所以在最近几封信里很少提及此事，是因为怕您们在远方会为此而产生抑郁的想法。现在该吃饭了，我在楼上克洛普施托克这儿，弗兰茨睡在楼下。但愿我不必去叫醒他。体温和其他情况，听克洛普施托克方才对我说，他已经在信里写过了。这是一个多么神奇的人！您们在信里对我表示的好意每一次都重新让我感到无比快乐。只是，我不知道，我是否配得上。我愿意尽心尽力去做。——致衷心的问候。为回报您们的深厚情意，我可以也这样伸出双臂拥抱您们吗？这多美好！再次衷心问候。

多拉

最亲爱的父母亲：

如今我的懒于写信的毛病确实已经超出一切限度了，连对你们那封给我带来极大快乐的、你们共同写给我的亲切的来信我都还没表示过谢意。但是不光在写信上是这样，我这一辈子自婴儿时代起就一如现在这样避开一切哪怕只要付出一点点辛勤和劳苦的事；干吗不呀，我有多拉和罗伯特呢。至多是吃饭比当初可能是静静吮吸稍稍多费点劲。但是即便吃饭我也没法偷懒，譬如，亲爱的父亲，这也许会中你的意的，我喝啤酒和葡萄酒。施韦夏特麦芽啤酒和亚得里亚珍珠葡萄酒，现在我不喝后一种，改喝托考伊甜酒了。当然，喝的量以及喝的方式，你不会喜欢的，我也不喜欢，但是现在没有别的办法。顺便问一下，你没有在这一带当过兵吗？你也亲口喝过新酿的酒了吗？我真想和你一道痛痛快快喝几口这样的酒。因为尽管喝水饮酒的能力不是很大，在口渴程度上我却不比任何人逊色。这样我也就已经倾诉了我思饮的衷情了。

衷心问候你们和大家。

弗

钱我们暂时不需要；我听说有一大笔赠款，我不敢明白地询问这件事。

〔1924年5月19日基尔林—霍夫曼博士疗养院〕

32. 致父母亲

最亲爱的父母亲：

你们有时来信说要来看望我。我每天都在考虑这件事，因为这对我来说是一件很重要的事情。这将会多美好啊，我们已经很久没在一起了，布拉格的相聚我不算在内，那是一种住宅扰乱，但是平平和和地在一起待几天，在一个风光绮丽的地方，单独在一起，我根本记不得，究竟是在什么时候，有一回在弗兰岑温泉我们一起待过几个小时。然后在一起"好好喝一杯啤酒"，如你们在信里所写的那样，我看得出来，父亲不很瞧得起新酿的酒，就啤酒而言我也同意他的这种看法。如今在这炎热的日子里我常常回想起，有一度我们曾定期在一起喝啤酒，那是在多年以前，是在父亲带我去平民游泳学校学游泳的时候。

这次来访有这方面以及许多别的方面的有利之处，但是也有很多不利之处。首先，父亲大概将会因办理护照有困难而不能成行。这自然就使这次来访失去一大部分意义，但是主要是不管此外谁来陪伴母亲，母亲的注意力都将过于被引到我的身上，过分盯住我，而我则还一直不是那么很好看，根本不值得一看。最初在这里维也纳郊外和在市里遇到的麻烦，你们是知道的，它们使我的健康受到些损害；由于这些麻烦，热度未能很快降下来，这使我的身体越来越虚弱；意想不到的喉头事件在最初使身体受到不应有的损害——现在我才在这种远方完全无法想象的、多拉和罗伯特的帮助下（没有他们我不知道会怎么样）尽力克服这种种虚弱状态。各种障碍现在也还有，譬如近几天里出现了一种至今还未完全痊愈的肠炎。这一切造成的后果就是，尽管有人鼎力相助，尽管空气和伙食均好，尽管几乎天天有空气浴，我却还总是没怎么恢复过来，从整体上来说甚至还没恢复到前不久在布拉格时那个状况。如果你们再考虑到，现在我讲话只能低声耳语，而且连这也不能过于频繁，那么，你们也会愿意推迟来访的。一切正处在良好开端的阶段——最近一位教授诊断出喉头大有好转，如果说我恰恰对这个和蔼可亲、不谋私利的人——他每周开着自己的车出诊一次，却几乎不要求什么诊费——也满怀感激的话，那么他的话对我则是一个很大的安慰。——如前所说，一切正处在良好开端阶段，但是良好的开端还不等于就是好转；如果人们不能向来访者——况且是你们这样的来访者——显示出大的不可否认的、用外行的眼睛可以看得出来的进展，那么人们就应该宁可不做这样的事。我们不应该暂时把这事搁一搁吗，我亲爱的父母亲？

你们也许可以在这里改善或加强对我的治疗——你们千万别存这样的想法。疗养院的拥有者是个年老有病的人，不太过问治疗方面的事务。和那位很令人愉快的助理医师的交往中友谊色彩多于医学成分。除了不时有专家来诊治外，主要还有罗伯特在这儿，他不离开我一步，不想自己的考试，一心只想着我。而且还有一个年轻医生，我很信任他（多亏建筑师埃尔曼我才认识他和上面提到的那位教授），他一星期出诊三次。

由于我对来访采取这样的态度……

当然不是坐小卧车，而是简朴地坐火车和公共汽车每星期出诊三次。

我从他手里拿过信来，总算写成了。只要遵照他的请求再添上几句，这几句话似乎很重要。

态度： 写到这里，卡夫卡显然已没有力气把信写完，这句话开了个头，就写不下去了。后来勉强再写时，便写成这样的结尾。

似乎很重要： 最后这几句是多拉附言。

致父亲

黎奇 译

致父亲

最亲爱的父亲:

你最近曾问过我,为什么我声称在你面前我感到畏惧。像以往一样,我不知道该怎么回答你,这一部分正是出于我对你的畏惧,一部分则是因为要说明这种畏惧的根源牵涉到非常多的细节,在谈起它们时我只能把握一半左右。假如我试图在此书面回答你,答案将是很不完整的,因为在写下来时这种畏惧及其后果也会使我在你面前障碍重重,因为素材之大已远远超出了我的记忆和理解力。

在你的眼里事情总是显得非常简单,至少你在我面前和不加区别地在其他许多人面前是这么说的。你大体上觉得是这样的:你一辈子艰苦工作,为你的孩子们,首先是为我牺牲了一切,结果我得以过上"花天酒地的"生活,有充分的自由可以选择学习专业,丝毫不必为吃饭问题担忧,也就是根本无须有任何忧虑。你并不为此要求我们感恩,你是知道"孩子们的感恩心情"的,但我们至少得做出某种迎合姿态,一种同情的信号。我不是这样,反而从来就躲着你,躲进我的房间,躲在书本里,躲在疯疯癫癫的朋友们那儿,躲在偏激的思想中。我从来没同你坦率地交谈过,我没有去教堂站到你的身边去。在弗兰岑斯巴德我从来没有去看过你。除此之外,也从来没有家庭观念,对商店和你的其他事情漠不关心。我把工厂套在你的脖子上,然后扬长而去。对奥特拉我支持她的固执,我从不为你哪怕动一下小指头(甚至从来没给过你一张戏票),却为了朋友什么都干。如果你把你对我的评价加以归纳,就会显示出,虽然你没有指责我下流或恶毒(也许我最近这次结婚意图是个例外),但分明在说我冷淡形同陌路,忘恩负义。你这样责备我,好像那是我的责任,好像我只要转一下方向盘就可以使一切都改观似的,而你对此连一点责任都没有，要有就只有一点，也就是你对我太好了。

你这类习以为常的描述只在一点上我认为是对的，那就是，我也相信，你对我们之间的隔阂是完全没有责任的。但我也同样是完全没有责任的。如果我能说服你承认这一点，那么虽然不可能会产生一种新的生活，对此我们俩都已经是太老太老了，但可能会出现一种和平；不会终止你的没完没了的指责，但会使之温和下来。

奇怪的是，你好像多少预感到了我想要说些什么。比如你在不久前对我说过："我一直是喜欢你的，虽然表面上我对你的态度不像其他父亲习惯做的那样，但这正是因为我不像其他父亲那样会装腔作势。"父亲，整个说来，我从来没有怀疑过你对我的善意，可是我认为你这个说法是不对的。你不会装腔作势，这是对的，但从这个理由出发断言其他父亲装腔作势，那么这不是赤裸裸的、无须进一步讨论的自以为是，就是（依我看真是这么回事）一种隐蔽的表达，认为我们之间总有什么不正常，而你参与了这种情况的造成，但却是没有责任的。如果你真是这么认为的，那么我们的看法就是一致的了。

我当然不是说，我仅仅是在你的影响下才变成现在这样的。这么说就太夸大其词了（而我甚至很喜欢这种夸大其词）。非常可能，即使我是在一点都不受你影响的情况下长大的，我兴许也不会成为你所希望的那种人。那样我可能会成为一个性格懦弱的、谨小慎微的、犹疑不决的、内心不安的人，既不是罗伯特·卡夫卡，也不是卡尔·赫尔曼，但总之是同我现在这样完全不同的一个人，我们可能会相处得非常好。如果有你作为我的朋友、头头、叔叔、祖父，甚至（尽管那样我会更加犹豫呢）作为我的岳父，我都会很高兴的。但正是作为父亲，你对于我来说是太强大了，尤其因为我的哥哥们很早就死了，而妹妹们隔了很久才来到人世，我不得不一个人承受第一次冲击，对此我的力量是太弱了。

比较一下我们俩：用非常简短的话说，我是一个带有一定的卡夫卡根系上的略韦，推动我的不是卡夫卡家族的生活意志、经商意志、占领意志，而是略韦家族的马刺，它显得比较神秘、羞怯，促使我跑向别的方向，甚至经常停止对我的戳刺。而你却是个真正的卡夫卡，强壮，健康，胃口好，有支配力，能说会道，自满自足，有优越感，有韧性，沉着果断，有鉴别人的能力，有一定的慷慨大度，但也带着与这些优点共生的所有缺点和弱点，有时你的情绪起落，有时你的突然暴怒使你的弱点立即暴露出来。就你的世界观而言，你也许并不是个百分之百的卡夫卡，把你同菲利浦叔叔、路德维希叔叔、亨利希叔叔相比就能看出这一点。这是个奇怪的现象，我在这里也并不能看得很清楚。他们全都比你更快乐，更精神饱满，更无拘无束，更逍遥自在，而不像你这么严肃（在这一点上我受到了许多你的遗传，而把这种遗传因素管理得太好了，不过我的本质中却没有你所具有的那些平衡力量）。但是另一方面，你也经历了各个不同的时期，在你的孩子们，尤其是我，给你带来失望之前，在家庭空气因而给你带来压抑之前（如果有外人来，你就表现得不一样了），你也许曾经是比较愉快的。而现在你也许又愉快些了，因为孙儿孙女们和女婿又把你的孩子们（也许瓦莉除外）所不能给予你的那种温暖给予了你。无论如何，我们是那么不一样，这种不一样又使我们互相间都对对方那么危险，以致如果人们能够事先估计到我这个慢慢长大的孩子和你这个成人之间将怎么相处，就会想，你会一脚把我踩到地底下去，使我一点都不能露出地面的。这种事没有发生，活的东西会怎么样是难以估计的，但也许事情更糟糕。而我不断地请求你别忘了我从来就没有一丝一毫认为你有什么过错。你就这样影响着我，就像你必然会做的那样，不过你应该停止认为这种影响毁了我是我的恶意的表现。

  我曾是个腼腆的孩子；但我当然也像其他孩子一样是执拗的；当然母亲也很宠我，但我不能相信，我是特别难以操纵的；我不相信，一句亲切的话，一次默默的握手，一道善意的目光不能使我顺从人们对我的一切要求。而你其实是个善良的、心肠软的人（下面的话并不能否认这一点，我将谈到的仅仅是你对孩子施加影响的现象），但并不是每一个孩子都有韧性和毅力，去长时间地寻找，直到找到善意所在。你只会像对你自己那样对待孩子，用力量、咆哮和暴怒，而你也觉得这种方法很适用，因为你想要把我造就成一个强有力的、勇敢的小伙子。

最初那些年中的你的教育方法我今天当然不可能凭直接经验加以描述，但可以从后面那些年经历的反思中和你对待菲莉克斯的方法中想象得出。现在我们越来越清楚地看到，你那时比今天年轻，因而比今天更精力充沛、更具野性、更淳朴、更无所顾忌，而且你完全被商店业务拴住了，一天到晚几乎就不在我面前露面，因此你给我的印象反而更强烈，这种印象几乎从未平淡下来，化习惯为自然。

最初几年里我记住的只有一件事，你可能也还记得。有一天夜里我不停地要水喝，不过不是出于渴，而可能一部分是为了要惹恼你，一部分是为了寻乐。在一些强烈的威胁不生效后，你把我从床上拽起来，抱到阳台上去，关紧了门，让我独自一人穿着衬衣在那儿站了一阵子。我不想说这是不正确的做法，也许当时除了这样没有办法使夜间的安静得到恢复。但我想要以此说明你的教育方法及其对我的影响的特点。自那以后，我当然是听话了，但这事却给我造成了一种内心的伤害。以我的天性，我根本无法把我认为很自然的那次荒唐的要水的哭闹同极其可怕的被抱出去这件事联系在一起。许多年后我还经常惊恐地想象这么个场面：那个巨大的人，我的父亲，审判我的最后法庭，会几乎毫无理由地向我走来，在夜里把我从床上抱到阳台上去，而我在他眼里就是这样无足轻重。

当时这件事还只是个小小的开端，但这种经常笼罩在我心头的无足轻重的感觉（从另一个角度看这当然也是一种高尚的、有益的感觉）在很大程度上是从你的影响中产生的。我需要一点儿鼓舞、一点儿亲昵、一点儿走自己路的自由，但你却拧歪了我的道路，当然是出于好意，希望我走另一条道路。可是我却没有去走那另一条路。比如，当我一本正经地敬礼并行军式地走路时，你就鼓励我，但我并不是未来的士兵；或者当我大口大口地吃饭时，或甚至还能喝一喝啤酒时，或唱起并不理解的歌时，或模仿你习惯的讲话腔调时，你总是鼓励我，但这一切都与我的未来无关。很能说明问题的是，直到现在你也只有在你自己对事情本身也产生热情时,只有当事情关系到你的自我感觉,而这感觉受到我的伤害(比如通过我的结婚意图)或者在我身上受到伤害(比如当培帕辱骂我)时,你才会鼓励我去干什么事情。这时你勉励我,把我的价值告诉我,指出我肩负的重任,把培帕批得一无是处。且不论以我现在的年龄鼓舞已经对我起不了作用,而且在不是主要牵涉到我的事情上对我进行鼓舞,于我又有什么帮助呢?

当时那样做就好了,当时我倒是很需要鼓励的,而且是无处不需要。仅仅你的体魄那时就已经压倒了我。比如我常想起我们常在一个更衣室里脱衣服的光景。我又瘦、又弱、又细,你又壮、又高、又宽。在更衣室里我已经自惭形秽,而且不仅是对你,而是对全世界,因为你在我眼里是衡量一切的标准。然后我们走出更衣室,去人们面前亮相,我牵着你的手,作为一副小小的骨头架,光着脚站在木板上站都站不稳,怕水,又没有能力模仿你的游泳动作。你出于好意,但真的使我深深羞愧地不断做给我看,那时我绝望极了,而我在所有方面的坏的经验在这样的时刻出色地合成了交响乐。我觉得最舒服的时候是,有时你自己先脱了衣服,我得以一个人留在更衣室里,尽可能拖延到公众面前去献丑的时间,直到你最后亲自来看看是怎么回事,并把我赶出更衣室。我为你似乎没有觉察我的困境而感激你,而且我也为我父亲的体格感到自豪。直到今天,我们俩之间仍然存在着类似的差别。

与这个差别相适应的还有你精神上的统治权威。你以自己的力量单枪匹马奋斗到这么高的位置,因此你对自己的见解抱有无限的信任。这一点对童年时代的我还不像后来对正成为成人的年轻的我那样耀眼眩目。你坐在靠背椅上统治着世界。你的见解是正确的,其他任何见解都是发病的、偏激的、癫狂的、不正常的。你的自信之强,使得你的思想根本不必前后一贯,也照样永远是正确的。还可能出现这种情况:你对一件事根本就没有观点,这就导致对这件事可能产生的任何观点统统都是错误的。比如你可以骂捷克人,然后骂德国人,然后骂犹太人,而且不是有所选择,而是什么都包括在内,到最后除了你以外没有一个人未被骂到。你在我心中产生了一种神秘的现象,这是所有暴君共有的现象:他们的权力不是建立在思想上,而是建立在他们的人身上。至少我觉得是这样。

但你在我面前显得常常是有理的,真是令人吃惊,在谈话中自不待言,因为我们几乎就不谈什么话,而在现实中竟也是这样。但这并不是什么特别不可理解的事情:我的一切思想都处在你的压力之下,那些与你的思想不一致的思想同样如此,而且尤其突出。所有这些似乎与你无关的思想从一开始就带上了等待你即将说出的判断的负担;要想忍受住这个负担,直到完整地、持续地形成这种思想,几乎是不可能的。我这里说的不是那些高层次的思想,而是童年时代任何小的举动。只要是对任何一件事感到高兴,心里只想着它,兴冲冲地回到家里,把这事说出来,回答就会是一声嘲讽的叹息、一个摇头的表示、一个手指敲桌子的动作:"世面我见得多呢",或"你最好把你的烦恼告诉我",或"我的脑袋可不是这么给脸的",或"这对你有什么用",或"这也算回事吗"?当然,你在烦忧和辛劳中生活着,自然不能要求你对小孩子的每件小事都抱以满腔热情。问题也并不在这里。问题的症结是:出于你那与孩子截然相反的天性,你始终如一地给孩子带来这种失望,再加上这种天性的对立通过物质的堆积不断加强,以致最后甚至在你偶然同我的看法一致时,这种对立仍然带着习惯的惯性继续发挥成功,以致孩子的失望最终已不再是寻常生活中的失望,而由于它是由你那决定一切的自身造成的,触及到了核心。勇气、决心、信心和对这对那的愉快都不能坚持到底,只要你表示反对,或只要能够估计到你可能会反对,一切便都告吹;而我做任何事情时几乎都能够估计到你可能会反对的。

无论牵涉到想法或人都是如此。只要我对一个人有一点兴趣(就我的天性而言,这种情况并不多),你就会毫不考虑我的感情、毫不尊重我的评价地对这个人破口大骂、诬蔑、丑化。比如像伊地语演员略韦这样的天真无辜的人就遭到这样的命运。你还从未见过他,就用一种可怕的方式(我已忘了是何种方式)把他同虫相比。你还经常在谈到我所喜欢的一些人时，脱口而出地用上那个关于狗和跳蚤的谚语。关于那位演员我记得特别清楚，因为我曾经用自己的话把你对他的说法记录下来："我的父亲这样说我的朋友（他根本就不认识他），只是因为他是我的朋友。当他指责我缺乏孩子的爱和感恩之情时，我完全可以据此加以反驳。"我始终觉得不可理解的是，你对你的话和论断会给我带来多大的痛苦和耻辱怎么竟会毫无感觉，好像你对你的威力竟是一无所知似的。我的话当然也经常会伤害你，但我总是会意识到的，它使我痛苦，可我就是控制不住自己，没法不说出来，说的时候我就已经后悔不迭。但你却是毫无顾忌地把你的话抛出去，你什么人都不怜惜，说出时不怜惜，过后也不，人们在你面前可以说是完全失去了防卫能力。

可是这就是你的全部教育方法。我相信，你有一种教育天才；你的教育对一个像你这种类型的人很可能会是有效的；他会看得出你对他说的话中的理智所在，从而对其中别的因素不必关心，安安静静地照此行事就是了。但对于我这个孩子，你对我吼叫的一切都不啻是天谕神示，我绝不会忘记它，它成了我判断世界的最重要方法，尤其是判断你自己的最重要方法。你在我身上可以说是完全失败了。我童年时主要在吃饭时同你在一起，所以你给我上的课一大半是关于吃饭时的行为的课。凡是端上桌子的东西，都必须吃光，对伙食的好坏不可以说三道四——可你自己经常认为菜没法吃，称之为"饲料"，说那头"牲口"（指女厨师）把它给弄坏了。因为你不是由于特别饿就是由于特别喜爱某个菜而不管烫不烫，总是迅速地、大口大口地吃个精光，所以孩子也必须快吃，饭桌旁笼罩着阴沉沉的寂静，只有一些训诫不时打破这种寂静。"吃完再说话"，或"快一点、快一点、快一点"，或"你看，我早就吃完了"。骨头不可以咬碎，你却可以。醋不可以咽下去，你却可以。关键要把面包切好切齐，但你拿着一把滴着汤汁的刀来切却无所谓。必须当心别让残食落在地上，但你的脚底下却落得最多。坐在饭桌旁只可以一门心思地吃饭，但你却修剪指甲，削铅笔，用牙签挖耳朵。父亲，请别误解我的意思，这些本来都是完全不足称道的小事，只是由于这个对我来说具有极大权威的人自己并不遵守他给我规定的条条，这些小事才给我造成心理阴影。这么一来，世界在我眼中就分成了三个部分：一个部分是我这个奴隶居住的，我必须服从仅仅为我制定的法律，但我又（我不知原因何在）从来不能完全符合这些法律的要求；然后是第二个世界，它离我的世界极其遥远，那是你居住的世界，你忙于统治，发布命令，对不执行命令的情况大发雷霆；最后是第三个世界，其他所有的人全都幸福地、不受命令和服从制约地生活在那里。我永远蒙受着耻辱，或者我执行你的命令，这是耻辱，因为它们只对我起作用；或者我不服从，这也是耻辱，因为我怎么可以不服从你呢？或者我无法执行，因为我比如说不具备你的力量、你的胃口、你的技巧，尽管你是把这作为毫无问题的事向我提出的，这无疑是最大的耻辱。以这种方式活动着的不是孩子的想法，而是孩子的感觉。

假如我把我当时的处境同菲利克斯的处境加以比较，情况也许就更清楚些了。你对待他的态度同对我是相似的，甚至他用了一种特别可怕的教育方法，如果他在吃饭时在你看来弄脏了什么，你就不光像那时对我说的那样，说"你这个大蠢猪"，而还要加上一句"一个地地道道的赫尔曼"，或者"跟你父亲一模一样"。但这也许（在此顶多只能说"也许"）对菲利克斯确实没有多大伤害，因为对他来说你只不过是个特别重要的外祖父，但你对他并不具有你当时对我所具有的全部意义；再说菲利克斯的秉性是沉着的，现在已有些男子汉的气质，一个雷鸣般的吼声也许能使他吃惊，但不会长时间地抑制他的情绪，但更重要的是，他同你在一起的时间相对来说要少得多，他也受到其他影响，你对他来说不如说是个亲爱而又滑稽的人，他从你这里可以有所选择地接受。你对于我却不是滑稽的，我没有选择余地，必须照单全收。我也不可以表示任何不同意见，因为你从来就不可能对一件你不同意、或仅仅不是由你的意思产生的事情平静地发表议论，你的发号施令的性格不允许你这么做。近年来你把这归咎于心情紧张，我不知道你是否有过什么时候不是这样的，顶多你是把心情紧张看成了一种更严厉地施行统治的手段了，因为统治的思想窒息了所有由其他想法产生的反驳论点。这话当然不是谴责,而只是确定一个事实。比如对奥特拉,你习惯这么说:"根本没办法跟她讲话,一开口她就冲着你暴跳如雷。"但事实上她根本不会暴跳,你把事与人搞混了;是事情冲着你暴跳如雷,而你听都不听人家说什么,马上就对此事做了决定;要是事后再向你解释,只会更激怒你,从来说服不了你。这时只能听到你嗓音沙哑地这么说:"你想怎么干就怎么干好了,我随你的便;你算是长大了,我是不需要再对你说什么了。"而这些话是带着一种充满愤怒的、可怕的弦外之音说出来的,而且还是百分之百的先入之见。我今天对这种弦外之音之所以不像童年时代那样害怕得浑身发抖,是因为童年时那种绝对的负疚感已部分地被我们俩同样可怜的认识所取代。

由于不可能进行平心静气的交往,于是另一个其实很自然的后果产生了:我把讲话的本领荒疏了。不错,本来我也成不了伟大的演说家,但是正常的流畅的人类语言能力我总还是掌握得了的吧?你很早就禁止了我讲话,你那"不许顶嘴"的威胁和为此而抬起的手从来就一直陪伴着我。在牵涉到你的事情时,你是个出色的演说家,而我得到的却是一种断断续续、结结巴巴的讲话方式,但就是这样,你还是觉得过分了,最终我沉默不语了。首先是出于抗拒心理,再就是因为我在你面前既不能思想也不能讲话。由于你是我的真正教育者,这一点在我生活的所有方面都产生了广泛的影响。如果你认为我从来不服你,那真是个奇怪的误会。跟你所想的和指责我的不同的是,"总是一切相反"真的不是我在你面前所持的生活准则。恰恰相反:假如我对你不那么听话,你也许会对我满意得多。应该说,你的一切教育措施都不折不扣地得到了贯彻,我从未想过要逃出你的掌心;以现在的我而言(当然要撇开生活的基础及其对我的影响不谈),我是你的教育和我的服从的产物。但尽管如此,这么一个产物却使你深感不快,你甚至无意识地否认这是你的教育成果,原因是你的手和我这块料互相之间形同陌路。你说:"不许顶嘴!"是想压服我这儿令你不快的反对力量,但你这句话的力量对我来说却太强大了,我太听话了,于是我完全闭了嘴,蜷缩在你面前,而只有在我离你很远,在你的力量至少不再能直接达到的地方,我才敢动弹一下。可是你站在面前,于是一切在你看来都是"相反"的,而其实那些只不过是你的强大和我的孱弱的理所当然的结果罢了。

你在教育中运用的效果特别好的,至少在我身上从未失效过的语言手段是:斥骂、威胁、讥讽、冷笑,还有(这是奇怪的)自责。

我记不起你曾经直接用骂人的字眼骂过我。这也没有必要,你拥有那么多其他手段,再说在家里的谈话中,尤其在店里,你的骂人的字眼在我身边层出不穷,落在其他人头上,我这个小男孩有时几乎被它们震得麻木了,没有理由不把它们同我自己联系起来,因为你骂的那些人肯定不比我坏,而且你对他们的不满肯定并不超过对我的不满。这里你那谜一般的无辜和不可侵犯又显示了出来,你骂人时从来不会疑虑、踌躇,而你却谴责别人骂人的行为,并加以禁止。

你用威胁来加强斥骂的威力,这就对我也直接运用了。使我感到恐惧的比如有"我要把你像条鱼一样撕碎",尽管我知道,此后并不真会出现那么可怕的事(童年时我当然并不知道这一点),但它几乎与我对你的巨大力量的想象相符,我认为你也确有能力这么做的。可怕的还有,你吼叫着围着桌子跑,做出要抓住谁的样子,很明显你并不想抓住他,但最后总是像那么回事地碰到他,而母亲则最终做出救他的样子。在孩子的眼里,生命由于你的慈悲才又一次得以存在,并作为无功受赏的你给的礼物而继续下去。这方面也包括因不听话而引起的威胁。假如我开始做一件你不喜欢的事,你就用失败来威胁我,由于对你的见解的敬畏是如此之甚,以致失败(即使也许在相当一段时间之后才会发生)成了无法遏止的事。我失去了做自己的事的自信。我动摇不定,疑惑不已。我年龄越大,你能够拿出证明我的无价值的材料也就越多;渐渐地,你在有些方面还真是说对了。我又要留神不能断言仅仅由于你我才变成这样的了;你只是强化已经存在的因素,但你强化得很厉害,因为你在我眼里是非常强大的,并为此而动用了一切力量。

你在教育中特别喜欢讥讽，它也最能表达你在我面前的优势。你的训诫常以这样的形式出现："你就不能这样和这样干吗？这样你是不是认为已经做得太多了？你当然是没有时间来做啰。"等等。每提出这么一个问题，总伴随着恶意的笑和恶意的表情。人们在还不知道做了件错事之前，在一定程度上已经受到了惩罚。令人气愤的还有那些作为第三者对待的指责，也就是说连直接受到恶意训话的资格都被取消了；比如你表面上对母亲讲话，但实际上是冲着坐在一旁的我来的，如："这事当然不能要求儿子先生去做了。"等等。（这种话的后果是，有母亲在旁，我就不敢直接向你问话，后来习惯成自然，我连直接问你的念头都不会产生了。对于孩子来说，向坐在你旁边的母亲问你的情况，危险要小得多，比如问母亲："父亲好吗？"这样就防止了任何答复可能会带来的震惊。）当然，有时人家会非常赞同最刻薄的讥讽的，也就是说，如果牵涉到的是别人，比如埃莉，我有好多年一直生她的气。当几乎每次吃饭时都这么说时，对于我来说堪称是恶毒和幸灾乐祸的节庆："那个胖姑娘喜欢坐在离桌子十米远的地方。"然后你生气地坐在你的椅子上，毫无喜悦或带感情色彩地、像个死敌般地夸张地模仿她那不合你胃口的坐相。这种动作或类似的动作你经常重复，事实上你这么做能达到的目的非常之少。我认为原因是，对一件事耗费怒火和生气与事情本身是格格不入的，人家不会感觉到，这种怒火是由于坐得离桌子太远这样的小事造成的，而是它早在这之前已经存在，程度也那么深，只不过偶然地把这件事当成了导火线，由于人家确信，无论如何总会出现一个导火线的，人家便对事情的进展不十分在意，再说人家在不断的威胁之下脑子也变迟钝了；至于不会挨打，这一点人家渐渐放心了。人家变成了一个闷闷不乐的、精神涣散的、不听话的孩子，老是想逃跑，多半是一种内心的逃遁。你是这样地受着折磨，我们是这样地受着折磨。当你咬牙切齿地、带着咕噜咕噜的喉音笑着，第一次向孩子描述地狱景象时，你习惯于痛苦地说（最近收到一封来自康士坦丁堡的来信时你也是这么说的）："那里是一个社会！"你的论点是完全正确的。

你的公开诉苦（这是经常发生的事）同你对你的孩子们的态度是很不相称的。我承认，我童年时（当然是稍大一些时）丝毫无法感受和理解，你怎么竟会需要别人的同情。你无论在哪个方面都是巨人，我们的同情或甚至帮助对你又有什么用处呢？你本来必然是蔑视这种同情或帮助的，就像蔑视我们一样，所以我不相信你的诉苦，总想找出潜在其后的某种秘密意图。后来我才懂得，孩子们确实给你带来了很多痛苦。但当时，这些诉苦如果换个地方就会得到一种纯真的、坦率的、毫无顾虑的、随时准备加以伸手援助的反应，但它们在我的心目中却只是再清楚不过的教育和压抑手段，它们本身并未强烈地显示出这种功能，但它们具有一种有害的副作用：孩子习惯于对恰恰应该认真对待的事情不能非常认真地对待。

所幸还有例外的时候，这多半是，当你默默无言地忍受着痛苦，用爱和善良的力量来战胜一切对立现象，并立即产生了感人的力量之时。这种时候是罕见的，但确实是美妙的。比如当我以前在炎夏正午时分饭后在店里看到你疲倦地打瞌睡时，你那胳膊肘支着台子的样子；或者当你星期天风风火火地赶到避暑地来看我们；或者当母亲一次重病时你紧抓住书橱，全身在抽泣中发抖；或者当我最近那次得病时，你蹑手蹑脚地走到奥特拉的房间来看我，站在门槛上，只探进脖子来看看躺在床上的我，因怕打扰我而只用手势向我问候。在这种时刻，人们就会扑倒在床上，幸福得哭起来，而且现在写到这里也禁不住又哭了起来。

你也有一种特别美的、但很罕见的微笑方式，这是一种静静的、满意的、赞许的微笑，它能使它的接受者深感幸福。我不记得童年时这种微笑是否曾赐予过我，但很可能有过这种事，因为你为什么要拒不给我这种微笑呢，我那时在你眼里是无辜的，并且是你的莫大的希望所在。再说从长远看这种亲切的印象只能造成这样的后果：我的负罪意识扩大了，世界在我眼中变得更不可理解了。

我宁可要那些真实的、持久的东西。为了在你面前显示我还是有点能力的，还有一部分是出于一种报复心理，我很快就开始对我在你身上发现的一些小小的可笑之处进行观察、搜集和夸张。比如你很容易被那些多半只是好像地位很高的人弄得眼花缭乱，并总是津津乐道着他们的事情，如某个皇室顾问或类似的人物（另一方面，你，我的父亲，你竟认为你的价值需要这样一些毫无价值的证明，并以它们来炫耀自己，这类事情也是使我难过的）。或者我观察你对那些不正经的讲话方式的偏爱，你最喜欢大声地说出它们来，并为此开怀大笑，就像你说的是什么特别出色的言论似的，但实际上那只是些庸俗的、小小的不正经的话（当然这同时又是你的生命力之令我自惭形秽的表达）。这类观察当然多的是，我为此感到愉快，这些观察给了我窃窃私语和寻求乐趣的机会，有时你发现了这一点，对此十分恼怒，认为这是恶毒、不尊重，但请相信我，这对于我只不过是一种自我维持的不中用的手段。这是些玩笑，就像是人们对天神和国王们所散播的那种玩笑，这种玩笑是含着最深的敬意的，这种敬意不仅使开玩笑的人深受约束，而且可以说这些人已成了这种敬意的一部分。

而且你同我对你的做法一样，也在寻找一种反击手段。你经常指出，我的日子是怎么好得太过分了，我受到的待遇是怎么好。这是对的，但我不相信这一点在我过去的处境中给过我什么真正的帮助。

确实，母亲对我好得无以复加，可是这一切对我来说是同跟你的关系联系在一起的，这是一种不好的联系。母亲无意中扮演了狩猎中轰赶者的角色。一旦你的教育在某种未必真实的情况下使我产生了抗拒心理、反感甚至仇恨（这些因素本可迫使我自立的），母亲便以温柔体贴、谆谆劝诫（在童年的思想杂乱中她是理智的象征）以及说情，把那些因素消弭于无形之中，于是我被赶回了你的圈子，而本来我也许可能会突破这个圈子的，这无论于你于我都有好处。或者就是这样：谅解无法达成，而母亲只是在你面前悄悄地保护着我，私下给我些东西，允许我做什么事，于是我在你面前又变成了怕见天日的东西，成了骗子、知罪者，由于自身的毫无价值，这个人连到他认为是他的权利的地方去，也要偷偷摸摸。当然我渐渐习惯于在这些偷偷摸摸行进的途中，也顺便寻找些即使在我看来也是我无权得到的东西。而这么做又扩大了我的负罪意识。

确实,你几乎从未真正地打过我。但是那种吼叫,你涨红的脸,那种迅速解下裤子背带,放在椅背上备用的动作在我眼里几乎比打更可怕。就好像是要把人吊起来似的。如果他真的被吊上绞架,他接着就死去了,从而一了百了。可是如果他不得不亲身经历上绞架的一切准备活动,直到套圈在面前晃动时才得知他被宽恕了,那么他将一辈子摆脱不了这个阴影。而且,那么多次我听到你明明白白地表明我应该挨打,但总是在最后关头由于你的仁慈而逃脱了这种命运,一种强烈的负罪意识自然越积越深。无论我从哪个方向走来,都进入欠你的罪疚之中。

你自来这样指责我(有时面对我一人,有时当着其他人的面,你对后一种场面的侮辱性压力毫无感觉,你的孩子们的事从来是公开的事情),说我由于你的劳作而得以在充满安宁、温暖、应有尽有的环境中生活。我还记得你的一些话,它们显然在我大脑中刻下了沟纹,如:"我七岁时就不得不拽着小车走村串户了";"我们大家挤在一个小房间里睡觉";"有山芋吃我们就高兴死了";"多少年我因为冬装单薄,腿上的伤口裸露在外面";"我还很小的时候就不得不到皮谢克的商店里去做事了";"家里没有给我任何东西,就连当兵时也不例外,可我还得寄钱回家";"但尽管如此,尽管如此,父亲对我来说总是父亲。今天有谁知道这一点!孩子们知道什么!谁都没受过这份罪!今天有哪个孩子懂得这些吗?"换一种环境,这些叙述满可以成为非常出色的教育手段,他们可以鼓舞孩子们,增强孩子们的信心和力量,去顶住父亲曾艰苦地经历过的同样的磨难和饥寒。但这根本不是你的本意,你努力的结果已使环境完全变了样,像你做过的那样,通过同样的方式来显示自己才干的机会已不复存在。只有通过暴力和剧变才会产生这样的机会,人们必须闯出家门才行(前提是:人们有这么干的决断力和力量,而且母亲也不用其他手段横加阻挠)。但这一切绝非你之所愿,你把这种行为称为忘恩负义、偏激、不听话、背叛、发疯。你一方面用事例、叙述往事和揶揄来引诱人,另一方面却严厉地绝对禁止别人这么做,否则,比如说你（撇开一些次要情况不谈）对奥特拉的苏劳冒险应是极其欣赏的。她想到农村去，你就是从那里来的；她想要经受劳动和贫困的考验，这些都是你经历过的；她不想享受你的劳动成果，你就是脱离了你父亲而孤身奋斗的。这是些那么可怕的意图吗？距离你这个榜样和你的教导就那么远吗？好吧，奥特拉的意图最终是失败了，也许变得有点好笑，搞得太兴师动众，她为她的父亲考虑得也不多。但这难道完全是她的过错吗？这不也是环境的过错，尤其是你对她这般疏远的过错吗？她在商店里时（就像你后来说出来想让自己相信的那样）对你不像后来在苏劳时那么疏远吗？而且你难道没有力量（当然你必须首先说服你自己去这么做）通过鼓励、出谋划策和监督，也许甚至仅仅通过容忍，使这次冒险产生某种非常好的结果吗？

谈完这些经历之后，你总是习惯用酸涩的玩笑说我们的日子过得太好了，但这种玩笑从一定程度上看并非玩笑。你当时必须靠艰苦奋斗得来的东西，我们轻而易举地从你手中拿来，但那种为外在生活进行的斗争你是很早就在进行了，这种斗争当然也免不了要把我们卷进去，只是要比你晚，也就是说在进入成人年龄后才以孩子的力量去斗争。我的意思并不是说，这么一来我们的处境与你相比就是绝对不利的，可以说它们是相等的（当然这里并未将基础条件加以对比）；我们的不利之处仅仅在于：我们无法以我们的磨难吹嘘自夸，也不能像你利用你的磨难所做的那样以此压得别人低声下气。我并不否认，我是有可能从你那伟大的、成就非凡的劳动果实中得到享受，加以利用，并为讨取你的欢心，利用它们继续开拓的，但我们对这种做法却是异化了的。我能够享受你的给予，但只能是怀着自惭、疲乏、孱弱、负罪感来享受。所以为此一切我只能以乞丐的方式表示感谢，却不能以行动来感谢。

整个这种教育的最直接外露结果是：我躲避着能使身在远方的我联想到你的一切。首先是那商店。尤其在童年时代，那时它只是一个街头小店，它使我很愉快的是，它是那么活跃，晚上有灯光照明，人们看到、听到的甚多，不时可以帮个手，显示自己，但最重要的是欣赏你那些伟大的商人才干,你怎样售货,怎样接待人,开玩笑,不知疲劳,遇疑难情况马上就知道该如何决断,等等;还有比如你怎样包装或打开一个箱子,这是一场值得一看的戏剧,而且一切从整体而言无疑并不是最差劲的儿童学校。可是由于你渐渐在各个方面都给我带来恐惧,而且在我眼里商店和你重叠起来,于是商店在我心目中不再是舒服的了,那里一些最初在我眼里是自然而然的事情,开始使我痛苦,令我羞愧,尤其是你对商店职工的态度。我不知详情,也许这种态度在大多数商店中都是一样的(比如在保险总公司中,对待职工的态度就十分相似,我辞职时对那里的经理说的也许不完全符合实际,但也不完全是编造,我说我无法忍受那里的骂人,尽管这种待遇从未冲着我来;我在这方面有一种痛苦的敏感,这是在家里就已形成了的),但其他商店如何,童年时的我是毫不关心的。可我在店里看到的却是你在吼叫、怒骂、暴跳如雷,我当时认为全世界都不会有类似的情景。而且不仅是骂人,还有其他粗暴手段。比如看到你如何把你平时不希望与其他商品搞混的正品猛一下从柜台上掠到地上——只有你愤怒时的丧失理智可以稍稍为你开脱——然后命令店员拣起来。再如你对一个身患肺病的店员常说这样的话:"他死了算了,这只病狗。"你把职工称为"受雇的敌人",他们确实是这种人,但还在他们成为这种人之前,你在我心中似乎已成了他们的"雇主敌人"了。在那里我也受到了伟大的开导:你也会做出不公正的行为;我在自己身上并未马上发现这种现象,于是我身上积聚起越来越多的犯罪感,这种感觉使我觉得你是对的;但根据我那后来有所改变、却又改变不大的孩子观念,那里是一些陌生人在为我们劳动,因此而不得不始终生活在对你的恐惧之中。当然我这些话是夸大了的,这是因为我认为你对那些人心灵的影响同对我的影响一样可怕。如果他们真像我所想的那样,那么他们也许根本无法生存下去,但由于他们是有着多半很出色的神经的成年人,他们可以毫不费力地把咒骂从身上抖掉,以致最终〔咒骂〕给你带来的伤害比给他们带来的要多得多。但我对这个商店却无法忍受,它太逼真地使我联想起与你的关系了:完全撇开企业主的利益,撇开你的统治欲不谈,仅仅作为商人,你已比所有在你手下学艺的人高明得多,以致他们的任何成绩都不能使你满意,同样,你也必然永远对我不满意。所以我不得不被划入职工一边,此外,由于我至少出于害怕而不能理解,人们怎么能这样骂一个陌生人,因此,出于害怕,我仅仅从自身安全考虑,也要在我觉得已是怨怒深积的职工和你与我们的家庭之间居间调停,以求得相互谅解。为此目的,取通常的、正直的对待职工的态度已经不够了,甚至更谦逊的态度也不够,而是我应该低声下气,不仅是抢先问好,而且要尽可能阻止对方回报我的问好。即使我这个无足轻重的人在下面舔他们的脚,也不足以弥补你这个主人在上面对他们的大砍大劈。我在这里与人们之间的这种关系的影响超越了商店的范围而伸向未来(与此有点相似的,但并不像我这样的危险、深入的现象,比如表现为奥特拉对与穷人交往的偏爱,她那使你如此恼火的同女佣们和其他人促膝而谈的行为)。说穿了,我几乎畏惧这个商店,当然,还在我上中学之前,它早就不是我的事业了,上中学后,我离它就更远了。而且它在我看来也是我的能力所无法应付的,因为就像你所说的,它把像你这样的人都搞得精疲力竭,焦头烂额。于是你试图(现在我想起这事觉得它既令人感动又令人羞愧)从我对商店、对你的事业的那种使你深感痛苦的反感中提炼出一点儿甜味来,你的做法是扬言我没有做生意的意识,而是头脑里怀着更崇高的思想等等。母亲当然对你强加于我的这种解释感到高兴,即使是我,由于我有虚荣心,且处境不佳,所以也愿让这种说法来影响我。但如果使我离开商店(我现在,但也仅仅是现在,真正地、确实地恨着它)的仅仅是,或主要是"更高的思想",它就会以别的办法表达出来,而不是让我平静而又害怕地游过中学和法学学习阶段,直到最终在公务员的办公桌旁登岸。

如果我要逃离你,我就必然也要逃离家庭,甚至包括母亲在内。人们虽然永远可以在她那里得到保护,但必然是在与你有关的前提下。她太爱你,太忠实于你了,以致在孩子的斗争中她未能成为一股独立的、持久的精神力量。这可以说是孩子的一种正确的直觉,因为母亲随着岁月的流逝与你结合得更紧密;一方面,她在有关她自己的事情上始终美妙地、温柔地、在本质上不伤害你的前提下维护着她自身最低限度的独立性,但另一方面,她一年比一年更彻底地(与其说出于理智不如说出于感情)对你关于孩子们的论断和裁决盲目地加以接受,尤其在奥特拉这一无疑是重大的事件上。当然,人们永远记得,母亲在家庭中的位置是多么痛苦,多么吃力。她为商店、为家务辛苦操劳,家里每个人每病一场她都比病人多受一倍的罪,但这些与她在我们和你之间的中间位置上所受的折磨简直不可同日而语。你对她一直是爱的、关心的,但你又像我们一样,给她的体贴少之又少。我们毫无顾忌地对她轰击,你在你那边这么干,我们在我们这边这么干。这是一种方向偏转,人们心中并不怀恶意,想着的只是你同我们、我们同你的斗争,但却在母亲头上大吼狂叫。像你那样为了我们的缘故而折磨她(当然你是毫无过错的),并不是为教育孩子而做出的积极贡献。这种做法甚至为我们本来无法在她面前自圆其说的行为作了辩护。她为了你在我们这里和为了我们在你那里受了多少折磨啊,这还没有把那些被你言之有理地称为对我们的娇惯的情况计算在内,当然,这种"娇惯"有时只是对你的体系的一种默默的、无意识的"反示威"。自然,如果母亲没有从对我们大家的爱和这种爱所带来的幸福感中汲取忍受这一切的力量,她就无法承受这一切。

　　妹妹们仅在一定程度上是我的同路人。在与你的关系中最幸运的是瓦莉。她与母亲的关系最亲近,因此也没费多大劲就建立起与你之间的亲近关系。你见到她也就联想到母亲,所以也比较亲切地对待她,尽管她身上卡夫卡血系的因素很少。可是也许正是这样才见容于你;在没有卡夫卡素质的人身上,即使是你也无从要求有这种素质;在那儿,你也不会有在对我们其他人的那种卡夫卡血统淡化的感觉,那种必须强力挽救、不使素质失落的感觉。再说你对在女人们身上体现出的卡夫卡素质从来就不是特别喜欢的。要不是我们其他这些人有所干扰,瓦莉同你的关系也许甚至会更亲切些。

　　埃莉几乎是完全成功地从你的圈子中突围出来的唯一例子。在她小时候，我最想不到能做到这一点的就是她。她那时是个迟钝的、疲劳的、胆怯的、乏味的、知罪的、过于谦卑的、恶毒的、懒惰的、贪吃的、小气的孩子，我简直不想看到她，根本不愿同她搭讪，她太使我联想到我自己了，她与我处在同样教育的魔力之下，情况太相似了。尤其是她的吝啬使我厌恶，因为我的吝啬也许比她有过之而无不及。吝啬是大不幸的最可靠的标志之一；我对一切都感到无把握，以致我实际拥有的仅仅是已攒在手中或含在口中或至少快要达到这种地步的东西，而处于相似处境中的她恰恰总是最喜欢把我快要拿到的那些东西拿走。但这一切都改观了：她年轻时（这是最重要的）便离开了家，结了婚，有了孩子，她变得快乐、无忧虑、勇敢、慷慨、不自私、充满信心。几乎令人难以置信的是，你竟然没有发现这一变化，没有给予它应有的评价，你对埃莉的恼怒自来存在，不加更改，它使你眼花，看不见这一变化；不过这种恼怒现在已不再那么现实，因为埃莉不再与我们住在一起。此外，你对菲莉克斯的爱和对卡尔的喜欢使这种恼怒隐退了下去，只有盖尔蒂有时还要遭到它的袭击。

  关于奥特拉我几乎不敢写；我知道，写奥特拉，就等于拿写这封信所希望达到的效果开玩笑。在一般情况下，只要她没有陷入困境中或危险中，你对她只有仇恨；你自己对我承认过，照你看，她说是故意给你制造痛苦和烦恼，一旦你为了她的缘故而痛苦，她就感到满足和高兴。这就是说她是一个魔鬼。这是多么深刻的隔阂啊，你与她之间的隔阂必定是比你与我之间的更甚，否则就不会出现这么大的误解。她离你这般遥远，远得你几乎看不到她，于是在她的位置上你以为见到的是取而代之的一个幽灵。这种非常复杂的情况我也不能完全洞察，但那里无疑是个像略韦那样的形象，用最好的卡夫卡家族的武器装备着。在我们之间没有存在过真正的斗争；过去的斗争，都很快就被解决了；残存的只有逃亡、痛苦、悲哀、内心斗争。但你们俩永远处在斗争状态中，永远精力充沛，永远力量无穷。这是一幕既雄壮、又无望的场景。首先你们俩一定是挨得很近，因为直到今天奥特拉在我们四兄妹中仍然是你与母亲的婚姻和连接你和母亲的力量的最纯的体现。我不知道是什么使你们失去了父女间和睦之乐,我只是几乎相信,你们关系的发展同我这里的情况是相似的。你这边是你的本性的专横,她那边是略韦血统的固执、敏感、正义感、不安,而这一切则是由对卡夫卡血统力量的意识支撑着的。当然我也影响过她,但几乎不是出于我的有意的行为,而是通过我的存在这一简单的事实。而且她是作为最后一员出生,进入已经形成的权力关系中来的,可以根据那些众多的、现存的材料来构造她自己的判断。我甚至可以设想,她的内心本质曾有一度摇摆不定,不知她是投入你的怀抱好,还是投入你的对手们的阵营中好,显然你错过了某种机会:你把她推了回去;而你们(如果可能的话)本来是满可以成为出色的、和睦的一对的。这样我虽然会失去一个同盟者,但看到你们俩这样,我的损失便得到了充分的补偿,你也会由于至少在一个孩子身上得到了完全彻底的满足而朝着有利于我的方向变化。在今天看来这一切只是梦想,奥特拉和父亲之间没有关系,她必须单独寻找她的道路,就像我一样;但由于她的信心、自信、健康、无所顾虑这些素质都比我强,所以她在你的心目中也比我更坏、更离经叛道。我是明白这一点的;你对她的看法不会是别的什么样的。甚至她自己也有能力用你的目光来看她自己,共同感受你的感觉,并对此(不是绝望,绝望是属于我的)十分悲伤。你似乎怀着反感看到我们经常在一起,我们窃窃私语,开怀大笑,你还不能听到提起你。你感到我们是胆大妄为的阴谋集团,奇怪的阴谋家。你当然从来就是我们的谈话和思考的主题之一,但我们坐在一起,真的并不是想要想出什么对付你的办法来,而是为了以全副精力,以幽默,以严肃、以爱、抗拒、愤怒、反感、服从、负罪感,以脑袋和心脏的一切力量来详细研讨那在我们和你之间晃悠的可怕的诉讼,谈一切细节、一切方面,利用所有机会,无论相距远近都来共同透彻地谈论这个问题。在这场诉讼中你总是声称自己是法官,但实际上,至少在绝大多数情况下(我在此不把话说绝,以防出现我当然也可能造成的失误),你同我们一样,是既弱小而又诚惶诚恐的一个当事人。

从你的教育方法所产生的影响的整体上看，它有个很能说明问题的例子，那就是伊尔玛。一方面她是个外来人，到你的店里来时已经是成年人，同你之间主要是主仆关系，也就是说是在一种已有抗拒力量的年龄才部分地受到你的影响的；另一方面，她也是你的一个亲戚，她对你的尊重是对她父亲的兄弟的尊重，所以你对她的威力远远超过一般上司的威力。尽管如此，尽管她那包容在弱小躯体中的禀赋是那么能干、聪明、勤劳、谦逊、可信赖、不自私、忠实，尽管她将你作为叔父来爱戴，作为上司来钦佩，尽管她在以前和以后的其他工作岗位上都工作得很好，但她在你眼中却不是一个很好的职工。她在你面前（当然也是在我们的影响下）的地位相当于孩子的位置，而你的天性的塑造力在她的面前是如此之大，以致在她身上（当然只是在你面前，但愿这些未给这孩子带来更深的折磨）逐渐产生了健忘、疏忽大意、辛酸的幽默，甚至产生了一点抗拒心理，假如她有抗拒的能力的话。我在此还没有把这些因素算进去，她体弱多病，而且并不很幸福，并有沉重的家务压在她身上。你同她那种举一反三的关系被你归纳成了一句话，这句话在我们心中已成经典语言，它几乎是亵渎神明的，但恰恰能很好地证明你所持的待人方法是无罪的："这个伪善的信徒给我留下了一大堆臭狗屎。"

我还可以描述你的影响所及的其他圈子和反抗你的影响的斗争，但写这些我就没有把握了，有的地方也许还得虚构。再说，你从来都是离商店和家庭越远，你就越和气、越迁就、客气、体贴人、关心人（我说的也包括表面上），这就像一个君主，一旦出了他的国家的边界，就没有理由仍然摆出暴君的架子来，于是，甚至可以和善地同最低贱的人打交道了。确实，你在弗兰岑巴德拍的集体照中总是那么伟岸而又愉快地站在一些闷闷不乐的小人物中间，犹如一个巡访的国王。你的孩子们本来显然也可以从中获益的，只是他们必须在童年时就有能力（而这是不可能的）认识到这一点。比如我就不应该始终在一定程度上居于你的影响的最里面、最严格、最牢固联结的圈子之中，可惜我就是这么做了。

这么一来，我并非仅仅失去了家庭观念，就像你指出的那样；相反，我对家庭还是有观念的,但这种观念主要的成分是不利于(当然是永无止境的)解脱你的内心愿望的。与家庭之外的人际关系在你的影响下也许受害更深。你的想法是完全错误的,你认为我对其他人出于爱和忠诚什么都干,而对你和家庭出于冷漠和背叛则什么都不愿干。我愿不厌其烦地再重申一遍:换一种环境,我可能也会成为一个怕交际的、胆小的人,但在那种环境中,比我到达现在的境地所走过来的路,还得多走一段长长的、黑暗的道路。(至此,在这封信中我避而不谈的相对来说还不多,但现在和将来我将不得不对一些事避而不谈,那些事要我对你和对我自己承认,是我所难于启齿的。我之所以说这些,是为了使你不要以为,在什么地方出现整体图像模糊不清的现象,必是我缺少证据的表现,恰恰相反,是因为一些证据能使图像鲜明刺眼得令人难以忍受。要找到一个中间途径确非易事。)这里只需回忆一下以前的事就可以了:我在你面前失去了自信,换来的是一种无穷无尽的负罪意识。(想起这种无穷无尽时,有一次我在描述一个人时说得很正确:"他担心羞耻将在他身后继续存在下去。")我不能突然间摇身一变,当我同其他人相遇在一起时,我在他们面前会陷入更深的负罪意识之中,因为正如我前面说过的,我必须弥补在商店里你把我牵连进去的,对他们犯下的罪过。此外,你对任何我所交往的人总有令人不快的言论当着人面或背地里说出来,而这也是我必须向当事人求得原谅的。你在店里和家里教我对大多数人不能信任(你能举得出一个在童年时对我有重大意义的、而没有至少一次被你说得体无完肤的人来吗?),奇怪的是这并未给你带来多少心灵负担(你确有足够的承受力,再说这种行为事实上也许只是统治者的一种标志),这种不信任在我这小人物的目光中从未得到证实,因为我到处看见的都是遥不可及的出色的人;到头来,这种不信任变成了我对自己的不信任,变成了对其他所有人的永无止境的害怕。在这方面我无法把自己从你的影响下解放出来。你在这方面之所以会误会,原因也许是,你对我的人际交往其实一无所知,却不信任地、妒忌地(我难道否认过你是爱我的吗?)估计,我离开家庭生活圈子,必然会在别处寻找补偿，因为要我在外面像现在这样生活是不可能的。此外，恰恰在我的童年时代，就这方面而言，我对我的判断有所怀疑，从而得到了一定的自我安慰；我对自己说："你一定是太夸大了，在你的感觉中，你过分地把小事看成了大的特例，这是青年时期的普遍现象。"可是以后随着我对世界观察的视野的扩大，我几乎失去了这种安慰。

我在你身上找不到多少获得拯救的希望，在犹太教中同样找不到多少。这里本来是应该有获救的希望的，但本来可能性更大的是：我们俩在犹太教中相逢，甚至我们意志一致地从那里出发。但我从你那儿得到的又是什么样的犹太教啊！随着岁月的流逝，我对它先后采取了三种姿态。

孩提时代，我同你一样，为我到教堂中去得不多、不持斋戒等原因而责备自己。我认为我这些行为不是对我自己，而是对你不公正，而无所不在的负罪意识一阵阵穿透我的身心。

后来，作为青年人，我不明白，你自己对犹太教持可有可无的态度，却为什么会指责我不努力去追求（像你所说的，仅从虔诚出发也该如此）一种与你相类似的可有可无。据我所见，那真是一种可有可无态度，一种开玩笑，甚至连开玩笑都谈不上。你一年中到教堂去四次，在那里与其说是近于那些认真信教的人，不如说更近于那些满不在乎的人，你耐心地走形式地做完祷告，有时你竟然能抽闲向我指出祷告书上正读到了什么地方，使我深感惊讶。此外，只要我在教堂里（这是主要的），我想转悠到哪里就可转悠到哪里。在那漫长的好多个小时中我不停地打哈欠和打瞌睡（我想，后来我只有在上跳舞课时才感到这么枯燥过），并不断尽可能在那里的一些小小的变化中寻找欢乐，比如人们打开约柜，这总使我想起游艺射击棚，在那里若有人击中黑心，一扇小门就会打开；所不同的是，那些出来的总是些有趣的东西，这里出现的却永远是一些无头的木偶。此外，我在那里心中总是怀着许多畏惧，不仅是因为那里有许多人，我将与他们有更接近的接触，而且也是因为你有一次曾顺口说道，人们也有可能会把我叫上去朗读托拉的。为此我战栗了好几年。

除此之外，我的枯燥烦闷未受到什么值得一提的干扰，顶多是巴尔朱茨弗经，但它只要求可笑的熟记，也就是说只要达到一种可笑的考试标准即可；再就是与你有关的一些小小的、不太重要的插曲，比如你被叫上去朗读托拉，而你出色地经受住了这个在我的感觉中完全是社会活动性质的事件；或者是你被留在教堂中参加悼灵典礼，而我被打发走，于是在我心中，显然是由于被打发走和无任何深深的关心这些因素，产生了一种几乎不曾为我意识到的感觉：这件事办得不太地道。——这是在教堂里的情况。在家里，敬教的行为更其稀少，仅局限于那第一个塞德尔晚上，这个晚上一年较之一年更成了一幕充满痉挛的笑的喜剧，当然这一幕是在正在长大的孩子们的影响下产生的（你为什么会顺从于这种影响？因为是你造就了这种影响）。这些就是提供给我的信仰素材；在这之外顶多还能加上你那伸出的手，让我读《百万富翁富克斯的儿子们》，他们在崇高的〔宗教〕节日里与父亲一起进入教堂。至于如果不是尽快把这些〔信仰〕材料抛弃，就要用这些材料做些好事，我可就不知该如何下手了。

　　再往后一些，我对问题的看法就不同了，我懂得了你为什么认为我在这方面也背叛了你。你从那小小的、犹太聚居区的村镇中来，确实曾带来了一些犹太教的东西，但本来就不多，在城市和军队里又失落了一些。尽管如此，青春时的印象和回忆还勉强可以凑成一种犹太生活，尤其因为你不需要这类帮助，你生于一个非常强大的家族，宗教上的疑虑如果不是同社会上的疑虑混杂得难分难解，那么你，你的人格就几乎不可能被动摇。事实上，引导你一生的信仰是：你相信一个特定的犹太人的社会阶级的观念是绝对正确的，由于这些观念是你的本性的组成部分，于是你便产生了对你自己的信念。这里面确还有足够的犹太教，但要把它继续传给孩子就太少了，当你传下来时，它已经几乎滴完了最后的一滴。其中有一部分是不可留传的青年时的印象，一部分是你那令人生畏的本质。同时，可不可能使一个出于满心害怕而观察得非常仔细的孩子理解：你以犹太教的名义、以相应的满不在乎的态度搞的那些全不相干的事情有着崇高的意义。这些不相干的事情对你来说意味着对以往的年头的小小的回忆。尽管你想把它们传给我,但由于它们连对你都失去了自身价值,于是你只有靠说服或威胁来这么做:一方面,这么做是不会成功的;另一方面,由于你根本认识不到你在这方面的虚弱的处境,你自然会由于我看上去顽固不化而大动肝火。

这一切并非单独的现象,从崇尚虔诚的农村拥入城市的过渡的一代犹太人中,有相当一部分都是这样的。这是自然而然产生的现象,只不过它在丝毫不乏尖锐性的我们的关系上又加上了一重痛苦的尖锐性。在这一点上,你虽然应该像我一样相信你的无辜,但应该通过你的本质和时代环境来解释这种无辜,而不是用外在因素来解释,比如说你其他工作和操心的事太多,以致你无法抽身来干这件事云云。你惯于用这种方式,把你无可置疑的无辜转化为对其他人的不公正的谴责。你最近读了富兰克林的青年时代回忆录。我确实是故意给你读的,但不是像你开玩笑地说的那样,是为了关于素食的一小段,而是为了让你读读那里描述的作者与他的父亲之间的关系和这本本来就是写给他的儿子的回忆录中所表达的作者和他的儿子之间的关系。我在此不想具体举例了。

我从你在最近几年中的行为得到了对你的犹太教观念的一个后到的证明。在这些年中,你感觉到我比以往更多地从事于犹太人事业了。由于你从一开始就对我的一切活动、尤其是对我产生兴趣的方式甚为反感,在这里你的反感自然也一样存在着。但尽管如此,人们却可以抱着一线希望,等待你对此作为例外看待。这里活动着的正是与你的犹太教同根的犹太教,因此也有可能成为连接我们之间关系的纽带。我不否认,如果你对一些事情表现出兴趣,就会使这些事情在我心中变得可疑。我根本就没打算说我在这方面要比你好。但现在的问题根本不是检验谁好谁差。经过我的中介作用,犹太教在你眼中成了讨厌的,犹太文献成了不可卒读的,它们"使你厌恶"。——这也许意味着,你坚持认为,只有你在我童年时向我展示的犹太教是唯一正确的,此外再没有别的犹太教形式。但你坚持这一点,却几乎是不可想象的。这样,那种"厌恶"(且不论它首先针对的不是犹太教,而是针对我来的)只能意味着,你无意识地承认了你的犹太教和我所受的犹太教教育是虚弱的,你绝不愿意旧话重提,并对所有回顾报之以毫不掩饰的仇恨。此外,你从消极方面出发对我的犹太教的高度的估计是非常夸张的。首先,我的犹太教中充满了你的诅咒;其次,人际的根本关系对于它的发展有着关键的作用,就我的情况而言,这种关系能使犹太教的发展走上绝路。

你对我的写作和与之有关的、你不知道的各种因素所持的反感倒是比较正确的。在这方面,我确实独立地离开你的身边走了一段路,尽管这有点让人联想起一条虫,尾部被一只脚踩着,前半部挣脱出来,向一边蠕动。我在此获得了一些安全,得以松口气。你一开始就对我的写作产生了反感,这种反感却例外地受到我的欢迎。你对我的书的欢迎方式已为我们所熟悉,它虽然伤害了我的虚荣心、我的抱负:"放在床头柜上!"(每当有书送来时,你多半正在打扑克)但实际上我感到舒服,这种舒服感并非仅仅产生于突然生出的恶作剧的想法,并非仅仅产生于关于我们之间关系的观点得到新的证实,而引起的我心中的快乐,这种舒服感其实也完全是自发的,因为你这句常说的话响在我耳中犹如"现在你自由了"!当然这是一种误解,我没有获得,或最乐观地说还没有获得自由。我写的是关于你的事,我在那里发泄的仅仅是在你怀里不能发泄的。这是有意拖延的与你的告别,只不过,这种告别虽然是由你逼出来的,但却是朝着由我选定的方向发展着。但这一切是多么微不足道啊!说到底,这事之所以还值得一提,是因为它发生在我的生活中,若在别处我便会根本就看不到;还有一个原因是,它在我童年时作为预感,后来作为希望,再后来作为绝望笼罩着我的生活,而且——这是做得到的,当然又是以你的形象出现的——是它指使我做出了一些小决定。

比如职业选择。当然,你以你那宽宏大度的、甚至可以说是宽容忍让的方式,在这方面给了我充分的自由。自然你在这方面是遵照对你具有制约力的犹太人中产阶层通常的教子方式行事的，或至少是根据这一阶层的价值观念行事的。最终，在此起作用的还有你对我个人的一个误解。也就是说，你自来就是从做父亲的自豪，从对我本身存在的无知，从联系回溯到我的孱弱这些方面出发，认为我是特别勤奋的。童年时，你认为我在不断地学习，后来又不断地写作。这种看法与事实何止相距千万里。如果说我学得很少，并一无所成，那么夸张的程度倒要轻得多；如果说多年来我以中等的记忆力、不算太差的理解力毕竟把一些东西留在了脑子里，这也并不奇怪，但无论如何，与在一种特别无忧无虑、平静泰和的生活中所付出的时间和金钱相比，尤其是与我认识的几乎所有人相比，在知识上、尤其是在知识的打基础问题上的全部收获那真是少得可怜。这些收获是微不足道的，但我觉得这是可以理解的。自我有思考能力以来，我就对精神存在的维护问题怀着极深的忧虑，以致其他一切于我全是无所谓的。我们这儿的犹太中学生往往很古怪，我在这儿常常看到一些不可思议的事。以我这么个奇想迭出、但多半寒气逼人的孩子，怀着冷冰冰的、几乎不加掩饰的、不可摧毁的、像孩子般不知所措的、近乎可笑的、像动物般感到满足的淡泊冷漠心态，我还从来没有在别的人身上看到过。当然它也是防止我因恐惧和负罪意识而产生精神崩溃的唯一保护工具。我心里只有对我自己的关心，但这种关心却是以各种截然不同的方式表现出来的。比如对我的健康状况的担忧：这种担忧很容易出现，不时产生对消化、落发、脊骨弯曲等的小小的担心，这种担心害怕上升而形成无数层次，直到以一次真正的疾病而告终。由于我对任何事情都感到不安，每时每刻都需要证实我的存在，我没有任何本来就属于我的、属性无可置疑的、归我一个人独有的、唯我可以调动的所有物。由于我实际上是个被剥夺了继承权的儿子，所以我当然对最接近的物体、即自己的身体也感到无把握了；我越长越高，但不知该怎么对待我增加着的高度，负担太沉重了，背脊因而弯曲；我几乎动弹不得，更何谈做体操，于是我永远是孱弱的；我把我仍可支配的一切都视为奇迹，比如我那良好的消化；仅这种心态就足以使我失去它〔良好的消化〕，于是通往所有忧郁的道路全部毫无阻挡地展现在我面前，直到在想要结婚的超人的紧张压力下（这个问题我后面还要说到）血从肺里涌出，逊伯伦宫中的寓所对此也是有相当一部分责任的——我之所以需要这个寓所，是因为我需要它用于我的写作，所以它〔写作〕也应该在这封信中得到描述。也就是说，不像你一直认为的那样，这一切都是由工作过度造成的。有几年我在健康状况很好的情况下在长沙发上荒度的时间比你在一生中荒废的更多，我这么说是把所有患病的养病时间计算在内了。每当我极其匆忙地离开你时，多半是为了到我的房间里去躺下睡一觉。我的整个工作成绩无论在办公室里（在那里，偷懒不是非常引人注目的，而且由于我的畏惧心理，偷懒也是有限度的），还是在家里都是微不足道的；如果你能全面地了解一下，必会感到震惊。也许我的素质根本就不是懒惰的，但是我无事可干。在我生活的地方，我被抛弃了，被宣判了，被打倒在地；为逃往别的地方我虽然使出了浑身解数，但这不是工作，因为这是一件不可能办到的事情，除个别小的例外之处，我的力量是远远不够的。

在这种情况下我获得了选择职业的自由。但我还有能力去利用这种自由吗？我还能相信我有获得一种名副其实的职业的能力吗？我的自我评价之取决于你的看法，远甚于其他因素，如一次外在的成功。一次成功只是对一个瞬间的强化，没有其他作用，但另一方面，你的重量却越来越重地压下来。我曾以为我是永远通不过小学一年级的学习的，但却成功了，我甚至得到了一笔奖学金；我想我必然通不过升中学的考试，但又成功了；我想这回我在中学一年级非被淘汰不可，不，我没有被淘汰，我仍然是一次又一次地成功地向前走。但由此产生的并不是信心，相反，我始终坚信（从你那拒绝的表情中我更得到了证明），我成功得越多，结局就越惨。我脑子里经常出现教师大会的场面（中学只是个最完整的例子，但对付我的形势在哪里都差不多），如果我通过了一年级，他们就在二年级集会，如果我通过了二年级，他们就在三年级集会，以此类推。他们开会的目的是审查这一奇怪的、骇人听闻的案例，探讨我这个最无能、至少最无知的人怎么竟会溜进了这个年级,由于现在大家的注意力都集中在了我身上,这个年级当然会马上把我排除掉,从而使所有摆脱了这场噩梦的正义者弹冠相庆。——带着这种设想生活对于一个孩子来说是不轻松的。在这种情况下我又怎么会对上课感兴趣呢?谁又有能力在我心中激发出关心课堂的火花来呢?课堂使我感兴趣的情况(不仅仅是课堂,而是在这个关键性的年龄中我周围的一切)就像小小的正常银行业务使一个侵吞公款的银行职员感兴趣的情况,他还在职,由于担心被发现而发抖,还必须一如既往地处理银行业务。除头等大事之外,其他一切都显得那么渺小、遥远。这样的情形持续到中学毕业考试,我真的是在一些地方耍了些手腕,才通过了它;然后这种情形停止了,我自由了。我本无选择职业的自由,我知道,在我面前,一切与头等大事相比都是无足轻重的了,就像中学里所有的教学素材在我心中的分量一样,主要的事情是:找一个在不太伤害我的虚荣心的情况下最能允许我这种无所谓的态度存在的职业,那么法学是最顺理成章的。出于虚荣心和荒谬的希望而进行的一些小小的相反的尝试,比如两周的化学学习,半年的德语学习,它们只是加强了那种基本看法。于是我学起了法学。这意味着,在每次考试前的几个月内,我在神经高度紧张的情况下,精神上靠吃食木粉度日,这种木粉在我之前已为千万张嘴巴咀嚼过。但从某种意义上说,我吃得津津有味,在某种意义上正如以前的中学生活和以后的职员职业,因为这一切完全与我的处境相符。不管怎么说,我在此显示了令人吃惊的先见之明,还是小孩子时,我已对学习和职业有了相当清楚的预感。在这方面我并不期待什么救星,对此我早就放弃了获救的希望。

但在我的婚姻的意义和可能性上,我却没有显示出任何先见之明;这场我一生中至今最大的灾祸几乎是完全出乎意料地突然降临在我的头上。孩提时的我是慢慢发育成长着的,外表上这些事情在我心中是完全被撇在一边的;当时根本看不出,这方面正酝酿着一场旷日持久的、事关重大的、甚至是最艰难困苦的考试。事实上结婚的图谋变成了最了不起的、最有希望的自救尝试,尝试是惊心动魄的,其失败当然也是惊心动魄的。

由于在这个地方我一切都失败了,所以我担心我也不能够把这些结婚意图解释清楚。然而我这封信的成败是取决于这方面的解释之成败的。因为,一方面在这些尝试中集中着我所能支配的所有正面力量;另一方面所有反面的力量也怒气冲冲地会聚在这里,也就是我描绘成你的教育的副产品的那些因素,如虚弱、缺乏自信、负罪意识,这些因素在我和结婚之间划出了一条警戒线。我之所以很难作出解释,是因为我在那么多日夜中反复深思、掂量一切,以致我现在看到的景象使我也觉得杂乱无序,无所适从了。只有你那照我看来对事情的全盘曲解使我的解释任务轻松了些?稍微纠正一下一种彻底的错误似乎并不算太难。

首先你把各次结婚的失败归纳在我其他方面的失败的系列之中;我对你这种看法本来并无异议,但前提是:你必须接受我迄今为止关于失败的解释。它确实属于这个系列,但这件事的意义你却低估了,你低估得如此之甚,以致当我们相互谈论时,其实说的却是完全不同的事。我敢说,你一生中没有发生过任何一件事情,其对你的意义像结婚尝试对我的意义这么大。我并不是说,你没有经历过这样意义重大的事情,恰恰相反,你的生活比我的要丰富得多,操心得多,紧迫得多,但正因为如此,你身边没有发生这样的事情。就好比是有个人要走五级较低的台阶,而另一人只需走一级,但这一级至少对他来说同前面的五级加起来一样高;第一个人不仅将走上这五级,而且还将走上其他的几百级、几千级,他将度过的是伟大而紧张的一生,但他走过的台阶中没有一级像第二个人的那一级,高高的、竭尽全力也不可能走上去的那一级台阶有着那么大的意义,他走不上这一级,自然就谈不上继续行进了。

结婚,建立一个家庭,接受所有将要来到的孩子,并在这个不安全的世界上维护他们的生命,甚至还对他们略加引导,这些依我看是一个人所能达到的最高境界。至于那么多人成功地完成了此事,并不足以引为反证。因为第一，事实上并没有许多人成功；其次，这些不太多的人并不是"做"出来的，而只不过是"发生"在他们身上，这虽然还不是那种最高境界，但终究是非常伟大的，非常可敬的（尤其因为"做"和"发生"是很难黑白分明地加以区分的）。而且归根结蒂需要达到的也不是那种最高境界，而只需达到一种离之尚远的、但却是正当的接近状态；没有必要飞到太阳上去，但应该爬到地球上一块纯净的地点，只需那里不时有太阳照耀，使人得到一些温暖即可。

我对此有何准备呢？准备之差到了极点。从迄今为止的事态发展中已可看到这点。但只要是在对某一具体问题上有直接准备或对普遍的基本条件有直接创造的情况下，你表面上并未作很多干涉。其实也只能如此，因为这里起决定作用的是普通血统的等级的风俗、民族风俗和时代风俗。你在这些场合当然也插手了，但不多，因为这种干涉的前提只能是很强的相互信任，而我们俩之间很久以来就缺乏关键时刻的这种信任了。我们不很愉快，因为我们的需求是完全不同的。深深吸引我的事情一定是无法使你动心的，反之亦然；在你那里是无咎可指的事，在我这儿就是罪孽，反之亦然；在你那儿毫无后果的事情，对我来说也许就是我的棺材盖。

我记得有一天晚上同你和母亲散步，走在今天的州银行附近的约瑟夫广场上时，我开始愚蠢地、大言不惭地、自视高明地、骄傲地、冷静地（这是不真实的）、冷漠地（这是真实的）、结结巴巴地——我同你说话时多半是这样的——谈起有趣的事来，责备你不让我知道，直到同学们发现并估计我处在很大的危险边缘时，才由他们对我说（在此我以我的方式恬不知耻地撒了谎，意在表现得勇敢，因为由于我的胆小怕事，我对所谓"很大的危险"并无准确的了解），最后我却暗示说，所幸我现在已知道了一切，不再需要别人为我献策了，一切都很好了。重要的是，不管怎么说我至少是开始谈论这件事了，因为我认为至少谈谈此事很有意思，再就是出于好奇心，最后还有个因素，即想以某种方式为某件事向你报复。你的应付办法十分简捷，这是与你的素质相符合的,你仅仅大体上这么说,如果我想不担风险地进行这类事情,你也许可以为我出个主意。也许你正是诱你作出这样的答复,它同我这个喂饱了肉和其他好东西、但肉体上无所作为的、永远与自己搏斗着的孩子的性欲是一拍即合的。可是这个答复却仍然严重地损伤了我的羞耻心,或者我认为我的羞耻心一定是遭到了伤害,以致我(尽管这是违背我的意愿的)再也无法同你谈这个问题了,以致我高傲而放肆地中断了这次谈话。

评价你当时的这个回答是不容易的,一方面它具有某种不言而喻的性质,某种原始性质,另一方面,就这教诲本身而言,从现代的角度看也是无可置疑的。我不记得当时我多大了,但肯定不会比 16 岁大多少。对这么一个青年人来说,这毕竟是个很奇怪的答复,而我们俩之间的差距也在这里表现出来,这是我第一次从你那里获得的、直接的、牵涉到广泛的生活内容的教诲。其根本性质当时已经沉入我的心底,但很久以后才浮现在我的意识中,那就是:你为我出主意的那种事情在你看来,而且也在我当时看来,是世界上最肮脏的。至于你打算防止我在肉体上把这种污秽带回家去,这是次要的,你这样做无非是为了保护你,保护你的家。主要的是,你置身于你的建议之外,你是个丈夫,一个纯洁的男人,所处位置高出这类事情。这一点当时通过下面这个因素而更尖锐化了:我也觉得婚姻是可羞可耻的,所以我就不可能把我就婚姻听到的一般情况延伸到我的父母身上。这么一来,你就更纯洁,更高高在上了。要说你在结婚前也给自己提出过类似的建议,我觉得是完全不可能的。这么算下来,你身上就分明没有一星半点儿污秽了。但你却用几句直截了当的话把我推到这种污秽中去,仿佛我命该如此。如果这个世界仅仅是由我和你组成的(这是个我几乎相信的假想),那么世界的纯洁就到你为止,而由于你出的主意,〔世界的〕污秽从我开始。你这样看待我,这是无法解释的,只有旧的罪孽和你的极深的蔑视才可能是原因所在。而这事又一次给了我的内心最深处以打击,而且是沉重的。

这里也许最清楚地显示了我们俩的无辜。A 给 B 一个坦率的、与他的人生观相符的、不太美的、却是今天在城市里很有普遍意义的、也许能防止健康受损的建议。这个建议对于B在道德上没有多大鼓舞力量，但他难道就不能随着岁月的推移逐渐从这种损伤中摆脱出来吗？再说，他并不是非听从这个建议不可的，何况仅仅在这个建议中也看不到促使B的整个未来世界行将崩溃的因素。但事情偏偏还是这样发生了，原因仅仅在于：你是这个A，我是这个B。

这种双方的无辜我之所以能看得一目了然，是因为大约二十年后在完全不同的情况下我们之间又发生了一次类似的冲突，作为事实，它是可怕的，但就其本身而言，却是无害得多，因为，还有什么东西能给我这个36岁的人带来什么伤害呢？我指的是在我告诉你最后那次结婚意图后，我有几天心情紧张，在其中的一天，你对我发表了一通小小的言论。你大体上是这么对我说的："她可能穿上了一件精心挑选的上装，布拉格的犹太女人是懂得这一套的，那么你当然就下决心要娶她了。而且想尽可能地快，一星期后，明天，今天。我不懂你是怎么回事，你毕竟是个成年人了，住在城市里，却只知道看到一个女的就马上跟她结婚。难道就没有其他可能性了吗？要是你害怕，我可以陪你去。"你讲得更详细，更清楚，但我记不起细节了，也许当时我的眼前也有点模糊了。是母亲使我更感兴趣些，她虽然完全同意你的看法，但还是从桌上拿起什么东西，并以此为借口走出了房间。

你几乎从来没有比这次用言语对我的侮辱更深的了，也从来没有比这次更清楚地表示出你的蔑视。当你二十年前对我说类似的话时，从你的眼睛里甚至还看得出对一个早熟的城市青年的一点敬意，依你看来他可以被毫无周折地引导上生活之路。今天若从这个角度看，只能使轻蔑的程度显得更甚，但当时开始踏上征途的这个年轻人一开始就陷在那里动不了了，在你眼里，他今天没有增加丝毫经验，而只是减少了二十年年华。我为一个姑娘所做的决定在你看来毫无价值。你始终（无意识地）压制着我的决断力，现在却（无意识地）自以为知道它有多少价值了。你对我在其他方面所作的自救尝试一无所知，所以你对引导我进行这次结婚尝试的思路也就一点都不知道,于是你必须猜我的思路,从你对我的整体看法出发,猜测的结果便是最可恶的、最生硬的、最可笑的了。你毫不迟疑地以这种方式把它说出来。你这么做给我带来的耻辱,在你眼里是不能与我通过结婚会给你造成的耻辱来比拟的。

你可以以我那些结婚尝试为依据来回答我,而且你已经这么做了。在我两次解除了与F.的婚约,两次重新订约之后,在我把你和母亲白白地拽到柏林去参加订婚仪式和其他一些事情之后,你当然不能够十分尊重我的决定了。这一切都是真实的,但却是怎么产生的呢?

两次结婚尝试的基本思想是完全正确的:建立一个家庭,获得独立。这个思想是为你所同情的,但它在实际上却出现了出乎意料的结果,就像那个儿童游戏,一个人抓着另一个人的手,甚至使劲压着,同时却喊着:"喂,走啊,走啊,你为什么不走呢?"当然,在我们的情况中,事情复杂化了,那句"走啊!"你从来是发自内心的,但同样是从来如此的:你在不知不觉的情况下,仅仅是由你的天性抓着、制约着我,或说得更准确些,把我压在下面。

两位姑娘虽说都是偶然的选择,但都是选得非常好的。你竟会相信,我这个胆小的、踌躇的、多疑的人是心血来潮地决定要结婚的,比如由于被一件女上装迷住而心血来潮;这又一次证明了你对我彻头彻尾的误解。两次婚姻本来都会是理智的婚姻的,可以这么告诉你,我曾经日日夜夜地竭尽我的思维力量来考虑计划,第一次长达数年,第二次长达数月。

两位姑娘中谁也不曾使我失望,而是我使她们俩失望。我对她们的看法一如既往,今天仍同当初想要同她们结婚时一样。

也不能说,我进行第二次结婚尝试时忽视了第一次尝试的经验教训,也就是说变得掉以轻心了。情况是完全不同的,正是以前的经验在第二次尝试中(它比第一次更有希望)给了我希望。细节我在此就不加详述了。

为什么我没有结婚呢?这里当然像所有地方一样,有种种障碍,但生活就是由越过这些障碍组成的。最重要的,可惜超脱了具体事例之外的障碍却是：我精神上实际上没有结婚的能力。这一点表现在：从我决心结婚的那一瞬间开始，我就再也无法入睡了，脑袋日夜炽热，生活已不成其为生活，我绝望地东倒西歪。造成这种现象的主要并不是担忧，虽然与我的忧郁和迂腐相应地有许多忧虑伴随着我，但它们并不是关键因素，它们虽然也像蛆虫对付尸体那样的工作完成得很出色，但对我的思想起着决定性影响的是其他一些因素。那就是恐惧、懦弱、自卑的无所不在的压力。

我想进一步作番解释：在我的结婚尝试中，两种似乎是截然相对的因素激烈地在我与你的关系之中碰撞，比其他任何场合都更激烈。结婚当然是对最充分的自我解放和独立的担保，那样我就会有个家庭，这是我心目中人力所及的最高点，也是你所达到的最高点；那样我就与你平等了，一切旧的、新的耻辱及暴政将永远成为历史。这可真不啻为美妙的童话世界，但其中却有大可怀疑之处。所获太多了，要获得这么多是不可能的。这就有如有个人被囚禁了，他不仅怀着逃跑的意图（这也许是有可能实现的），而且还要同时把这座监狱改建成一座避暑行宫。但如果他逃跑了，他就无法改建；如果他改建，他就无法逃跑。如果我想要在我所处的与你的关系中获得独立，我就必须做某种同你毫无关系的事情；结婚虽是最伟大的事，并赋予人以最可敬的独立性，但它同时也与你有着最密切的关系。所以要想从这里脱身，是某种接近狂想的东西；几乎每一次尝试都会因而受到惩罚。

但也正是这种密切的关系在一定程度上诱惑我去结婚。我之所以把我们之间可能产生的、你对其理解之深会甚于任何现象的平等想得这般美妙，是因为那时我将成为一个自由的、知恩图报的、无罪的、正直的儿子，而你会成为一个毫不郁闷的、不粗暴的、有同情心的、心满意足的父亲。但要达此目的，必须将一切已发生的事情抹去，也就是说，必须把我们自己抹去。

以我们现在这种状况看，结婚算是与我无缘了，它正是你最堪称独领风骚的领域。有时我突发奇想，觉得在打开的世界地图上，你四脚八叉地躺着。于是我感到，只有那些你的肢体未曾盖住或尚够不到的地方才是我的生活可以插入的空地。根据我对你魁梧身材的遮盖面的设想，留给我的地方是不多的，那些有限的地方也不是很令人鼓舞的，尤其是婚姻并不在其中。

仅这个比较就足以证明，我绝不是认为你通过你的例子把我从婚姻领域驱逐出去，就像从商店中驱逐出去一样。尽管情况从很多方面看确实像是这么回事，但实际上并非如此。我从你们的婚姻中看到的是一场在许多方面堪称楷模的婚姻，在忠诚、互助、儿女数量这些方面都堪称楷模。甚至在儿女们长大成人并不断破坏和平宁静之后，这场婚姻仍不为所动，依然如故。我对婚姻所抱的崇高信念也许正是由这一例证产生的；至于对结婚的要求会使我晕眩，是有其他原因的。这些原因存在于你同孩子们的关系之中，这封信从头到尾谈的就是这种关系。

有一种看法认为，对结婚的恐惧心理有时是这么来的：人们自己对父母犯下的罪过，将来会由子女来施还在自己身上。这种看法对我的案例没有多大意义，因为我的负罪意识本是由你而来，充满了独特性，这种独特性是这种意识折磨人的本质的一部分，重复它是不可想象的，无论如何我必须承认，如果我有这么一个愚蠢、迟钝、乏味、堕落的儿子，我会受不了的，假如没有别的办法，我会逃走、迁居，就像你在我一旦结婚后想做的那样。你这种想法也参与影响了、促成了我的无能力结婚现象。

这方面重要得多的是我为自己而生的恐惧。这点可以这样理解：我已经说过，我通过写作和与此有关的事情做了些小小的独立尝试、逃亡尝试，获得了微乎其微的成功，但这些将无所进展，许多事情已经向我证明了这一点。尽管如此，守护它，不让任何我能挡得住的危险，甚至不让任何产生这种危险的可能性接近它，乃是我的义务，或不如说是我全部生命的寄托。婚姻就是这么一种危险，当然也可能是最大的促进，但对我来说，它可能是一种危险这一点便够了。如果它真的成为一种危险，我该怎么办呢？我又怎么能够怀着对这种危险的也许无法证实的、但却也是无法反驳的感觉继续过这种婚姻生活呢？虽说在这种感觉面前我可以犹豫三思，但最终的结果却是无疑的，我必须放弃。关于手上的麻雀和屋顶上的鸽子的比较用在这里并不很贴切。我手中一无所有，而屋顶上应有尽有，而我必须（这是斗争形势和生活欲望所决定的）这样一无所有。我在职业选择上的情况也是如此。

但最重要的结婚障碍是那已无法消除的信念：对于赡养家室乃至照管家室来说，我在你身上看到的品质缺一不可，各方面的无一例外，好的和坏的，就像它们有机地在你身上组合成的那样：强有力和对他人的嘲弄、健康和一定程度的无所节制、说话天才和知识欠缺、自信和对其他任何人的不满、高于世俗和专制粗暴、识人经验和对大多数人的不信任，再就是一些没有任何反面作用的优点，如勤奋、韧性、专注、无所畏惧。相比之下，所有这些品质我都没有，或只有很少一点，凭这么一点我就想要结婚吗？何况我看到，即使是你，也必须在婚姻生活中艰苦搏斗，在孩子们面前甚至落到失败的境地，不是吗？这个问题我当然不曾明确地想过，因而也不曾明确地答复过，否则寻常的思索便可使它迎刃而解，并使我看到别的男人，他们与你不同（就近即可举个与你截然不同的人为例：里查德叔叔），但却也结了婚，并至少没有因此而崩溃，仅这些就相当说明问题了，对我来说正是完全足够了。但我并未提出那个问题，而是从小经历着它。我并不是遇到婚姻关系才检验自己，而是每逢一件小事都检验一下；在每件小事面前你都以你的榜样和你的教育（这我已试着描述过）使我充分认识我的无能，在每件小事上符合实情的并证明你有理的，自然最大的事上——亦即婚姻——更是极其符合实情的。在进行结婚尝试之前，我是像个商人一般成长起来的，这个商人虽然怀着忧虑和恶兆预感，但从不做细账，糊里糊涂地过着日子。他偶然有些小赢利，但由于这是罕见，他在想象中不断对这些赢利百般爱抚、沾沾自喜，越想越多；但除此之外，他每天却不断地亏着血本。一笔一笔都记在了账上，但从不结算。现在可到了非结算不可的关头了，这个关头就是结婚尝试。这里需要计算的数目十分巨大，以致简直连一点儿有过赢利的迹象都看不出来，一切汇成了一笔大亏损。现在要是结婚，那不是非发疯不可了吗！

我至今与你共同度过的生活大致讲完了，这种生活的未来前景如何呢？

你若注意看一下我对你畏惧的根由，你就会回答说："你声称，我简单地以你的罪责来解释我与你的关系，那是图省事，但我认为，尽管你表面上花了很大力气，但实际上并不很费劲，这事例反而使你大为得益。首先你也拒不承认负有任何罪责，在这方面我们的做法是一样的。我那样坦率地、一如心中所想地认定你单独负有全部罪责，而同时你却打算表现得'特别聪明'和'特别温柔'，并宣布我也是无罪的。当然后面那点你只是似乎做到了（你的意图也不外于此），而在品质、天性、对立和绝望这些方面尽管有种种'说法'，但字里行间却透出这么一层意思：我是进攻者，而你干的一切都是自卫。现在你通过不正当的手段得到的已经够多的了，因为你证实了三点：第一，你是无罪的；第二，我是有罪的；第三，你纯粹出于慷慨胸怀，不仅要原谅我，而且多多少少还想证明，并且想要使自己相信：我也是无辜的（当然这是不符合事实的）。这些于你本来应该够了，但却还不够，你满脑子塞着的是完全依靠我生活的想法。我承认，我们在相互斗争。但世上有两种斗争，一种是骑士式斗争，这是两个自立的对手间的相互较量，各自为阵，胜败都是自己的事。另一种是甲虫的斗争，这甲虫不仅蜇人，而且还吸血以维持生命。这是真正的职业战士，这就是你。你在生活上是不能干的；但为了把这一点解释得舒服、无须忧虑、无须自责，你证明是我夺去了你的所有生活本事，并塞进了你的口袋里。你对你在生活上不能干又何必担心呢？反正我有责任，你尽管放松四肢，无论肉体上还是精神上，任我拽着穿过生命之河。一个例子：当你最近想要结婚时，你同时不想结婚（这点你已在信中承认），但为了不多花自己的精力，却希望我帮助你结不了婚，也就是说，使我认识到这一结合将给予我姓氏以'耻辱'，因而禁止你们结婚。但我根本没有往这方面想。首先，我在这方面永远不想成为'阻止你获得幸福'的绊脚石;其次,我绝不愿听到我的孩子对我发出那样的指责。我克制了自己,给你以做出婚姻决定的自由,但这么做对我又产生了什么益处呢?一点都没有。反感,我对这场婚事的反感也许阻止不了它,而且反而成为促使你娶那位姑娘的因素,因为这么一来,'逃亡尝试'(你是这么表达的)将是万事俱备了。而我即使允许你结婚,也无法阻止你的指责,因为你在此证实,无论如何我都对你的结不成婚负有责任。但实际上你在这方面,以及其他诸方面,对我来说什么也未曾证明,只证明了我的所有指责都是对的,这些指责中还缺少一个特别合乎情理的指责,即对你不正直、阿谀逢迎和寄生的指责。我想不至于搞错,即使这封信也是你靠我过寄生生活的一个明证。"

我的回答是,首先这一大段插话(一部分是反对你的)并不真是你说的,而是我写的。你对别人的不信任还没有这么严重,还不像我的自我不信任那么严重,我的自我不信任是在你的教育下养成的。我不否认这段插话具有一定的合理性,它也为表明我们之间关系的性质做出了一些新的贡献。在现实中,事物间的关系当然不会像我的信中所证明的那样,生活并非仅仅是磨砺耐心的游戏;但这段插话对此作了一些矫正,这一矫正我既不能、也不愿详加阐释了。我认为通过这一些矫正,情况已表达得非常接近事实了,使我们俩都能得到一些安慰,使我们的生与死都变得轻松起来。

弗兰茨

这次婚姻意图是个例外:这一年(1919年)卡夫卡曾和一位名叫尤丽叶·沃里泽克的姑娘热恋,并打算同年秋结婚,但因父亲嫌姑娘出身低微激烈反对而告吹。

根系上的略韦:卡夫卡母亲原姓略韦,是富有且有知识的家族,而父亲则出身于贫穷的劳动家族。

培帕:卡夫卡的一个亲戚。

狗和跳蚤的谚语：这句谚语是："和狗一起睡觉的人总是满身跳蚤。"

人家：德语中第三人称这个代词有时也可以用于第一人称，此文几个"人家"均指卡夫卡自己。

附录 1

《致奥特拉》原编者序

这部书信集当属断简残篇。一方面,这是一部残缺的家庭通信录,因为卡夫卡不仅同他的小妹奥特拉飞鸿传书,也同大妹埃莉有着通信往来(一部分信件在战争中得以保存下来,但现在暂时下落不明),并且肯定还给二妹瓦莉写过信。从本集中为数不多的引例看,卡夫卡给父母双亲写的,在本集中很少,他一般只单独给母亲写信,却似从未单独给父亲写信——除了那封未曾寄出的《致父亲》的信。致父母的书信显然未被保存起来。父母既没有把这个儿子视为掌上明珠,亦未把他看作一名作家。致埃莉和瓦莉的信件,(大部分)在纳粹占领捷克斯洛伐克期间佚失;卡夫卡的妹妹们当时都被驱逐出境或杀害。

另一方面,这也是一部残缺的兄妹对话录。因为,这里搜集的只有卡夫卡与他最钟爱的妹妹之间几乎长达二十年的对话中可供阅读的一部分。至于兄妹俩在无数次散步远足、周末郊游和浴室窃语中的对话内容,我们却不得而知("浴室"是背着父母交换秘密的场所);兄妹俩共同阅读过的书籍和共同欣赏过的戏剧,我们则所知寥寥。

即使作为兄妹两地书,也仍是残缺之集,因为尚缺收信人的回信。当然,这与卡夫卡的其他书信集亦无二致,统统算不得书信"往来",我们听到的只是一个声音。诚然,卡夫卡没有把所有写给他的信都保存起来,然而有案可查的信件也为数不少。致奥特拉的书信直到卡夫卡死后才遗失,留存下来的是占多数还是少数,一时难以断言。有人传说,卡夫卡本人销毁过信件,也曾劝妹妹不要把他的信到处乱放,建议她把信撕成碎片从阳台上抛向鸡群。兄妹们之间谈话时,要比同父母谈话时直率些。卡夫卡有过一次经验:母亲曾经看过他情人菲莉斯的一封来信,后来偷偷地同她通过信。

不过，奥特拉给其他人的一些信件曾经被搜集到，例如致她的情人，即后来的丈夫约瑟夫·达维德（1891—1962年）的书信。在这些信中，奥特拉常常提到她的哥哥。编者在注解中根据史实关联尽可能详尽地引述了与卡夫卡有关的段落。

奥特拉信中的德语显得烦冗琐碎，带有几分忧郁，令人再次回忆起卡夫卡一家在布拉格时的境状：父亲原本是来自南波希米亚省份、大约以说捷语为主的犹太人；母亲则出身于以德语为主的城镇小资产阶级犹太家庭。在奥匈帝国时期的布拉格，唯有操德语者才可能受到社会的认可，社会地位才可能上升。因此，在这个93%居民说捷语的城市里（大约1900年前后），德语成了卡夫卡家几个孩子的母语。赫尔曼·卡夫卡的妇女摩登服饰店里，顾客们操的也是捷语。奥特拉就在这个店里工作了很多年。在家里说德语，在外的交际语言用捷语——本书中搜集的家书便反映了当时的这种状况。

奥特拉（学名奥蒂莉）出生于1892年，是弗兰茨·卡夫卡的小妹，比他小9岁。8年制公立学校毕业后，在父亲的店里帮工，刚刚年满25岁就成为姐妹中唯一自主选择职业者：她在一个庄园里工作，后来进入一所农业专科学校。第一次世界大战前不久，她认识了法律大学生达维德。1920年，她与这位信奉基督教的捷克人结婚。她在婚姻大事上也一反当代年轻姑娘的时尚做法，不顾朋友和亲戚的反对自己做主。奥特拉的固执与她的矜持、谦恭和沉默寡言融为一体。在纳粹时代，奥特拉也以同样的态度来面对犹太人的命运：为了不危及丈夫的前途，她断然决定来到特雷津，自愿报名护送儿童前往奥斯威辛（1943年10月初）。她护送的孩子们，把卡夫卡写给她的信件保存了下来。

这部书信集的出版由于各种原因几经推迟，最终原因是柏林法官克劳斯·瓦根巴赫同时审理两宗案件（"您正在审理案件？"成为编者之间频度超过卡夫卡引语的对话内容）。因此，哈特穆特·宾德尔担起了出版的主要任务——转译和注释，克劳斯·瓦根巴赫则不得不局限于校勘、协助和补充。编者之间的意见分歧毋庸讳言：宾德尔意欲旁征博引，瓦根巴赫力主简言赅意——本文稿成为妥协之产物。凡认为本书过于详尽者，请责备宾德尔；凡认为过于简略者，当批评瓦根巴赫。书中错谬，责在双方。

编者衷心感谢承担了致约瑟夫·达维德捷文书信翻译任务的玛丽安妮·施泰讷女士（伦敦），衷心感谢对布拉格情节中若干特殊资料不吝赐教的库尔特·克罗洛普先生（哈雷）。

哈特穆特·宾德尔
克劳斯·瓦根巴赫

王建政 译

附录 2

《致奥特拉》原出版者跋

本书发表的弗兰茨·卡夫卡的 119 封书信中,有 101 封是致其爱妹奥特拉的;4 封致奥特拉的男友、日后的丈夫约瑟夫·达维德(第 27、90、92、103 和 107 号信),达维德亦是其他两封信(第 99 和 114 号信)的共同收信人;8 封致父母尤丽叶和赫尔曼·卡夫卡(第 22、94、100、113 以及 117 至 119 封信),此外他们还曾与幼女共同收到过信(第 79 封信)。与此同时,还有 2 张风景明信片系致奥特拉及其姐姐瓦莉(第 11 封信)和致奥特拉、瓦莉以及父母的(第 14 封信)。只有第 6 封信,才是卡夫卡给大妹埃莉及其丈夫卡尔·海尔曼的。在第 89、115 和 116 封信中,含有卡夫卡致其公务上司的函件,嘱其妹夫达维德将信译成捷文。

卡夫卡致父母的两封信(第 22 和 119 号信)以及并致两位妹妹的一张风景明信片(第 14 号信),系摘引自马克斯·勃罗德所著《卡夫卡传》(出版于 1937 年)和《卡夫卡书信集 1902—1924》(纽约/美茵河畔法兰克福,1958 年版,参阅第 94 页)。《卡夫卡书信集》中主要收集了卡夫卡与朋友和库尔特·沃尔夫出版社的通信录,从收信人和事件本身来看,作此说明便于对上下文关联的了解。

除上述三封信外,本书均基于奥特拉遗物中的原始信件。奥特拉的遗物中,还包括奥特拉致达维德的信和明信片,她父亲致情人尤丽叶的信件,母亲致小女儿和儿子的信件,伊尔玛·卡夫卡致女友奥特拉的信件,以及多拉·迪曼特和罗伯特·克罗普施托克在卡夫卡于基尔林疗养时致其布拉格家人的病情报告信件。凡此种种,只要对本书所收信件内容的理解有裨益的重要资料,均在注解中引述。由于奥特拉自 1917 年起以捷文给达维德去信,因此从这些信件中摘引的内容大部分作了翻译。

此外，已在《卡夫卡书信集1902—1924》中发表过的信件包括第20、64、66（日期有误）、90（德文译件、日期有误）、96和102号信。已译成捷文的信件包括第45、53、54、67、68、69、72、78、81、99、101以及第116封信的第二段和第115封信的附件；此外，直接以捷文致达维德的信件为第92、103、107和第99封信中有关他的一段内容（《NeznámédopisyFranzKafky》，见于《*Plamen*》第6期[1963]第84至94页）。第115封信中致达维德的一段内容的真迹影印件和德文译件（已收入本书）发表于《论坛·奥地利文化自由月刊Ⅱ》（1964年）第130号498页。第64封信中卡夫卡所作的漫画，曾被K.瓦根巴赫发表过（《弗兰茨·卡夫卡1883—1924》柏林1966年版第78页）。第27、28和63封信的影印件，均曾刊于J.鲍尔、I.波拉克和J.施纳德合编的《卡夫卡和布拉格》一书中（斯图加特1971年版第90、131页）。此外，本书所收卡夫卡与奥特拉的通信中，还有一些章节分别在其他一些出版物中刊用过：K.瓦根巴赫所著《弗兰茨·卡夫卡的自我见证与图片资料》一书（莱恩贝克出版社1964年版第133页，收有第117封信的影印件）、H.宾德尔所著《卡夫卡和他的妹妹奥特拉》和《卡夫卡书信中的幽默》等文章（见于《德意志席勒协会年鉴》第12册[1968年]第403页和第13册[1969年]第536页）。

致奥特拉及其丈夫的明信片和信，看来基本上得到了完整保存。原因之一是，1909年以前卡夫卡不大可能给妹妹写很多信。其二，书信保存比较完备也基于另一事实，即卡夫卡在后来的大多数旅行中都会寄来度假问候的信卡。不过亦有例外情况：如1913年圣诞节，1914年年初和复活节时的柏林之行，1915年年初在博登巴赫与菲莉斯·鲍威尔会面时，1916年11月在慕尼黑二人会面时，以及1917年夏季二人在布达佩斯一同度假时。以上例外均是在与菲莉斯聚会之时，卡夫卡显然只想以口头形式将他试图结婚时遇到的种种困难告诉奥特拉，而不大可能是偶然的巧合。其三，卡夫卡的某些便条本不重要，只是叙述了日常生活中的一些即时插曲。这些便条从客观角度看本无保留价值，但之所以能够保存下来，须归功于奥特拉对哥哥的内心感情至深，以至于把来自卡夫卡的一切都妥善保存下来。

从现有信件中可以推断出，卡夫卡给其他家庭成员，尤其是给父母亲去信十分频繁（参阅第19、77、88和115号信）。尽管如此，这些信和明信片中只有相当少量部分得以保存下来。在一段时间内，当卡夫卡的病情并不危险时，家庭中显然没有刻意保存他的信件。此外还有一点原因是可以推测的，即这部分信件之所以得以幸存，也许是由于母亲1934年去世时奥特拉偶然地得到了它们；或许是由于马克斯·勃罗德为了研究他的朋友而在30年代得到了这部分信件的真迹或影印件（参阅《卡夫卡书信集1902—1924》第514页）。所有其他信件，尤其是卡夫卡致妹妹瓦莉和埃莉的几乎所有信件，很可能是在纳粹占领捷克斯洛伐克时遗失。

由于本书所收录的信件中有相当大的一部分系卡夫卡在旅行期间所写，因此风景明信片的数量达到37帧之多便不足为奇了。引人注目的是，卡夫卡有三次是在两张明信片上连续书写的（第17、32和92封信，其中92封信缺第2张明信片）。

第27封信的正面，卡夫卡画了一幅有趣的漫画；第100封信则附有卡夫卡与马特里亚利的病友和医护人员的合影照片。第87封信由于特殊原因而未作明信片寄出（参阅注解）。第1、3、6、7、9、10、11、12、16、26、30和33封信为着色或彩色明信片。

邮政明信片共有35张，不包括第24封信的战地军邮通信片。卡夫卡只将此卡作为便笺使用，未经邮局盖戳寄发。第48封信系在两张明信片上连续写就。第64封信则是卡夫卡以自己创作的一幅漫画作为某种明信片使用。

此外还须注意的是，卡夫卡的某些信文是在其他收信人的信件上保存下来的。例如第27封信源于奥特拉致达维德的明信片，第34封信是她致男友的信中摘引的，第38封信附于埃莉致奥特拉的信中，第57封信附于母亲致小女儿的信中，第117、118封信则是附于多拉·迪曼特致卡夫卡父母的明信片上。

其他的信件中，也远远谈不上都是通常意义上的书信。第24、31、35、36和61号信，都是卡夫卡在布拉格的父母家中或在炼丹师小巷与奥特拉共用的斗室内给妹妹留言用的便条，因为他无法遇见她或不愿与她见面。第59封信虽然称得上是书信，但它未经邮局投递，而是托人捎带的。

本书收集的家书、便条和明信片，在时间顺序的判断上并不容易。因为，卡夫卡通常不注明书写时间。只有第20封信上的时间要素齐全；时间要素多多少少不够齐全的有第37、53、77和84封信；由于信件转手的特殊方式而间接获知时间要素的则有第27、31、34和57封信。许多明信片的邮戳有助于确定时间，但部分邮戳很难辨认，加盖不完整或根本无法判读。一些风景明信片的正面图案也有助于确定时间，但有的明信片书写或投递地点与画面并不相符（如第55封信）。另一方面，由于一些信是经过转交并随意抽出、插放的，因此信封的判断依据常常不可靠，甚至某些通过邮局投递的正常信件也缺乏信封或难以辨认。有些信或明信片缺少邮戳，因为达维德是集邮者，事后将明信片或信封上的邮票剪去收藏了。

在时间顺序的表述上，本书采取以下方式：凡卡夫卡所标明的时间，均原封不动地采用；所有补充的时间要素或完全系推断的时间要素，均用方括号标示；凡有邮戳的，均按邮戳的原始形式采用；若邮戳部分内容无法卒读，均用连接号标明；凡是有把握的时间要素，则以圆括号标示；若所有时间要素均系判断，则年代注明四位数，"月"、"日"等字也悉数标明。

并非所有邮戳都能准确地表明实际书写地点，读者遇有疑虑时可以参阅收信人的逗留地点、信件的注解，尤其是后附大事年表。年表中包含了卡夫卡及其妹妹的详细生平经历。

第37封信的全部和第60封信的局部系用打字机书写，其他信件均系手书，尽管书写风格迥异，常常显得比较潦草，有如草稿一般，但是这些信基本上都能辨认得清。然而，每当卡夫卡用明信片写信时，几乎次次都有纸短之虞，以至于只能想办法把明信片的边缘处统统加以利用，尤其是补上不同的附言。当有若干段内容并无关连的附言时，其前后书写的顺序便无法确切地判明。有时，卡夫卡在审阅信文时将一些解释性的插言写在行间或边缘。此类插言统统没有标明应当插于何处。

卡夫卡喜欢用墨水写信。但是，如果时间紧迫（如第39封信），如果在旅馆房间之外旅行时（如第26封信）或在炼丹师小巷的房内写作时（如第36封信），他也会使用铅笔，因为当时手头显然没有羽毛笔或自来水笔。他从马特里亚利寄往布拉格和苏劳的信，从梅拉诺发出的信，以及后来从柏林发出的信，几乎均用墨水所书。之所以有时也用铅笔写信，卡夫卡对此有过两次解释：1919年初，他曾认为奥特拉"用铅笔书写"是具有她独特风格的模仿（第68封信）——奥特拉通常均用铅笔写信。两年之后，他在给她的信中致歉道："为了节省时间，我坐在躺椅上写信。"（第89封信）——以这种方式写信自然难以使用墨水（参阅《致菲莉斯的信和恋爱时期的其他书信集》第158页）。

本书信集的编辑原则是，尽可能不改动原稿的面目。首先，这意味着所有收编的明信片和信函内容未作任何删减；其次，他的拼写方式和段落安排均予保留（在明信片上写信时，由于篇幅有限，他常以破折号代替分段）；同时，卡夫卡信件中捷语部分的重音符号欠缺亦未予改正，因此与官方出版的卡夫卡书信略有不同——后者中，部分业经约瑟夫·达维德翻译，部分则经过卡夫卡本人润色，从而可能给人以他对捷文的掌握臻于完美的假象（参阅第91和第116封信）。因为本书中致妹夫的信件可对卡夫卡的捷文水平作出明确的审视：卡夫卡的捷文十分出色。

用当今的标准看，卡夫卡的书信中欠缺的标点符号相当多。但是，他的原文基本上予以保留，只是在少数情况下给予改正。如他在某些段落中明显地打算加入句号，但在将后边字母改成大写后因时间仓促而忘记将句号置入。（如果他用圆括号将句子明确地断开时，则未予改正。）

不应当说卡夫卡没有注意到标点的规范化，因为从许多处可以看出，他重新消除了错误的标点符号；然而他在这一点上显然不想遵照学校中的严格规范。

本书予以纠正的只是那些明显的前后矛盾之处（如省略号的使用）和因卡夫卡匆忙疾书或事后修改句法时产生的语法疏漏之处。

卡夫卡手书中在文字下边划的加重语气线，一概未予采印。卡夫卡的明信片或信函中，常常会有其他人对收信人的问候语等，此类章句通常用黑体字以示区别。

本书的注解部分，当比《卡夫卡全集》中迄今已经出版的书信集详尽得多。卡夫卡致菲莉斯和密伦娜的文件中，内容相对封闭，题材大致集中，从信件的横向关联角度看涉及面小得多；特别是由于卡夫卡与她们是在通信中发展了爱情关系，因此至少在关键性的初始阶段，除了信件往来之外几乎没有口头交谈（如通信者之间的直接交往）等可资研究其特殊关系的其他途径。卡夫卡致朋友们的信件较易理解，因为那些重要的收信人在编发此书时仍然在世，他们的回忆或现存的回信有助于理解信件内容和判断书信日期。这些信件的题材也常常与文学问题有关，其中的不明之处可通过对当时一般文学历史的研究得到澄清，以当时的资料帮助今日的理解。

而致奥特拉的信件则大不一样，一则卡夫卡致妹妹的信件只是兄妹间一生中私下交谈无数内容的冰山之一角。这类交谈，只是在某一方离开布拉格或双方凑巧同时旅行外出时才会突然中断。此外，他们之间的对话常常围绕着完全属于个人范围内的、十分短暂的生活琐事，而卡夫卡在大部分信件的产生日期内并未写日记，因而我们今天对奥特拉的了解便受到很大限制，何况约瑟夫·达维德也已去世多年。最后，这些书信中的相当一部分是通常读者所不了解（从出版的角度来看）和不理解（因为大多是用捷文书写的）的病假延续报告；卡夫卡自1917年以后不得不经常向就职单位呈交这样的报告。所有这一切，要求借助对具体生活日程的必要了解。而在当今随处可得的《卡夫卡全集》中，并未详载这些日程的资料，从而使得对家书留传和布拉格经历的研究回顾日趋必要。而对这些有关卡夫卡生活证据的只言片语的搜集、分析与定义，仅仅浏览一遍还不足以具有充分的说服力。

哈·宾德尔

王建政 译